THE ESSENTIAL TALES OF
EDGAR ALLAN POE

W
호러 컬렉션

프랑켄슈타인

메리 셸리

에드거 앨런 포 단편선

에드거 앨런 포

드라큘라

브램 스토커

에드거 앨런 포
단편선

에드거 앨런 포 지음

황소연 옮김

윌북

일러두기

1. 이 책은 *The Raven: Tales and Poems*(Penguin Books, 2013)을 바탕으로 번역했습니다.
2. 원주라고 밝힌 것은 지은이주이고 그밖의 것은 모두 옮긴이주입니다.
3. 본문 중 고딕체는 원서에서 이탤릭체로 강조한 부분입니다.
4. 책에 언급된 일부 도량형은 저자의 집필 의도를 살리고자 통일하지 않았음을 밝혀둡니다.
5. 이 책은 저작권법에 의하여 한국 내에서 보호를 받는 저작물이므로 무단전재 및 복제를 금합니다.

에드거 앨런 포 단편선

어셔가의 몰락

당신의 마음은 팽팽한 류트,
손이 닿자마자 울리는 류트.

—

드 베랑제

그해 가을, 구름이 하늘을 짓누르듯 뒤덮은 음산하고 고요
했던 어느 날, 나는 온종일 혼자 말을 타고 유달리 황량한 시
골길을 지나 저녁 땅거미가 내려앉을 무렵에야 어셔가의 음
산한 저택이 보이는 곳에 다다랐다. 이유는 알 수 없었지만,
그 건물이 눈에 들어온 순간부터 내 영혼은 견딜 수 없는 우
울감에 젖어들었다. 견딜 수 없다고 말한 이유가 있다. 아무
리 황폐하고 끔찍한 광경이라도 시적인 감흥이 일으키는 유
쾌한 정서가 얼마간 있을 법한데, 여기는 그런 정서마저 일

지 않았다. 나는 눈앞의 광경을 바라보았다. 홀로 자리한 집, 영지의 단조로운 풍광, 쓸쓸한 벽, 눈처럼 생긴 텅 빈 창문들, 군데군데 무성한 사초, 썩은 나무 몇 그루의 허연 등걸. 영혼에 스미는 그 극심한 우울감은 아편을 탐닉한 후 겪는 환멸, 일상으로의 쓰라린 귀환, 베일이 벗겨지는 끔찍함 말고는 속세의 어떤 정서에도 비할 바가 아니었다. 심장이 얼어붙고, 침잠하여 병드는 느낌이랄까. 아무리 상상력을 쥐어짜도 고상한 면이라고는 찾아볼 수 없는 가망 없는 황량함이었다. 무엇 때문일까? 나는 잠시 멈추고 생각에 잠겼다. 어서 저택을 바라보면 어째서 이토록 기운이 빠지는 것일까? 도무지 풀 수 없는 수수께끼였고, 곰곰이 생각하는 동안 대적할 수 없는 어두운 상상이 나를 둘러쌌다. 세상에는 우리에게 영향력을 미치는 대상들이 분명 존재하고, 그 힘을 분석하는 것은 우리의 능력을 넘어선 차원의 일이라는 불만스러운 결론으로 돌아올 수밖에 없었다. 문득 그 풍경의 요소들, 그러니까 그림의 일부만 조금 다르게 배열해도 쓸쓸한 분위기가 바뀌거나 사라지지 않을까 하는 생각이 들었다. 그런 생각에 이끌려 검고 매끄러운 호숫가의 위태로운 절벽 쪽으로 말을 몰았다. 건물 옆에 자리한 호수는 물결 하나 없이 매끄러웠다. 아래를 내려다보니 조금 전보다 더 격렬한 몸서리가 났다. 그 잿빛 사초와 으스스한 나무줄기, 사람의 눈 같은 텅 빈 창문들의 물그림자가 거꾸로 수면에 드리워져 있었기 때문이다.

그래도 나는 몇 주 동안 이 음산한 저택에서 지내기로 마음을 굳혔다. 이 저택의 주인 로더릭 어셔는 내 어릴 적 친구였지만, 그를 마지막으로 만난 것은 여러 해 전의 일이었다. 그런데 얼마전 어셔가 먼 곳에서 한 통의 편지를 보내왔다. 편지에서 느껴지는 어조가 어찌나 절절하고 간곡하던지 답장을 보낼 수밖에 없었다. 내용으로 보아 그는 지금 무척 초조하고 불안한 상태인 것 같았다. 극심한 신체적 고통과 옥죄어오는 정신병, 가장 절친한 친구이자 유일한 친구인 나를 꼭 보고 싶다는 진지한 바람, 나와 흥겹게 어울리다 보면 자신의 병증이 나아지지 않을까 하는 기대가 그 안에 담겨 있었다. 이 모든 것을 말하는 그의 어조와 부탁에서 뚜렷이 느껴지는 진심 때문에 나는 조금도 망설일 여유가 없었다. 그래서 참으로 기이한 부탁이라는 느낌이 드는데도 흔쾌히 그러겠노라고 응했다.

어린 시절에는 친한 사이였지만 나는 그에 대해 아는 것이 거의 없었다. 그는 늘 지나치게 과묵한 편이었다. 하지만 유서 깊은 그의 집안 사람들이 까마득한 옛날부터 유달리 예민한 감수성으로 유명하다는 건 알고 있었다. 그것은 오랜 세월에 걸쳐 만들어진 다수의 훌륭한 예술 작품에서도 드러났지만, 최근에는 후하면서도 겸손한 자선 활동을 반복한다든가, 이해가 쉽고 아름다운 정통 음악보다는 난해한 음악에 더 심취한다는 것에서도 드러났다. 또한 나는 어셔가의 혈통이 역사가 길기는 해도 분파가 오래 지속된 적이 없다는 아주 특이한 사실도 알고 있었다. 다시 말해 집안 전체가 직계 후손들로만 이루어져 있다는 것이다. 그의 집안은 사소하고 일시적인 변이는 있었으나 항상 직계로만 이어져 왔다. 그렇다면 원인은 이 결핍이었다. 나는 이 저택의 특성과 모두가 인정하는 이 집안 사람들의 특성이 그대로 유지되어 내려왔다는 데 생각이 미쳤고, 오랜 세월 동안 이 둘이 서로에게 영향을 미쳤을 가능성을 따져보던 중 이 결핍에 주목하게 되었다. 어쩌면 이 방계 혈통의 결핍, 그로 인해 재산과 이름이 아버지에게서 아들에게로만 이어지는 정통 세습 때문에 두 특성이 동일시된 것이 아닐까. 그래서 저택의 원래 이름이 '어셔가'라는 기이하고 다의적인 명칭에 흡수된 것은 아닐까. '어셔가'라는 명칭은 이 말을 사용하는 농민들의 머릿속에 가문과 가문의 저택 둘 다를 뜻하는 말로 자리 잡은 듯했다.

앞서 말했다시피 호숫물을 내려다본 나의 다소 유치한 시도는 기괴한 첫인상을 더 기괴하게 만들 뿐이었다. 미신적인 생각에 (이렇게 부르지 못할 까닭이 있을까?) 무섭게 빠져드는 나 자신을 의식할수록 더욱 그렇게 느껴졌다는 것은 의심할 여지가 없다. 그것은 내가 오래전부터 아는 사실, 즉 공포에서 비롯한 모든 감정이 가지는 역설의 법칙이었다. 순전히 이러한 연유로 호숫물에 비친 저택의 물그림자에서 눈을 들어 저택의 실물을 쳐다봤을 때 내 마음속에서는 이상한 공상이 커져갔다. 워낙 터무니없는 공상이라 그 당시 나를 압박하던 느낌을 생생하게 보여주기 위해 언급하는 것이다. 상상의 나래를 펴다 보니 저택과 영지 전체를 비롯해 인근 모든 곳에 어떤 독특한 공기가 감도는 듯한 느낌이 든 것이다. 분명 하늘의 공기와는 전혀 달랐다. 썩은 나무와 잿빛 벽, 고요한 호수에서 흐릿하고 굼뜨며 잘 분간되지 않는 해롭고도 신비로운 납빛 증기가 나오는 것만 같았다.

나는 그 꿈결 같은 느낌을 털어버리고 건물의 실제 모습을 더 자세히 훑어보았다. 가장 두드러지는 건 지나치게 오래된 흔적이었을 것이다. 세월에 퇴색된 부분이 많았다. 외벽 전체를 뒤덮은 자잘한 곰팡이가 가늘고 헝클어진 거미줄처럼 차양에 매달려 있었다. 그러나 딱히 부서진 곳은 보이지 않았고 석벽도 허물어진 부분이 없었다. 전체적으로는 아직 완벽하게 형태를 유지하고 있었으나, 저마다 점점 부서져가고 있는 돌들이 부조화를 이루었다. 나는 그것을 보고 방치된 지하실에서 외부 공기의 접촉 없이 오랜 세월 부패해 겉만 번듯한 어느 낡은 목재 물품의 완전무결함을 떠올렸다.

하지만 넓게 삭은 흔적 말고는 구조적으로 불안정한 징후는 보이지 않았는데, 눈썰미가 있는 사람이라면 보일 듯 말 듯 한 균열을 발견했을지도 모르겠다. 앞쪽 지붕에서부터 시작된 균열이 지그재그 모양으로 벽을 타고 내려가 칙칙한 호숫물 속으로 사라졌기 때문이다.

나는 이런 것들을 바라보면서 짧은 둑길을 따라 말을 몰아 저택으로 향했다. 말은 대기하던 하인이 데려갔고, 나는 고딕풍 아치 통로로 들어갔다. 하인은 말없이 살금살금 걸으며 어둡고 복잡한 통로를 여러 번 지나 주인어른의 작업실로 나를 안내했다. 이유는 모르겠지만 거기까지 가는 도중에 앞서 언급한 그 모호한 정서가 더욱 강렬하게 다가왔다. 천장의 조각들, 벽에 걸린 칙칙한 태피스트리, 흑단처럼 까만 바닥, 걸을 때마다 달그락거리는 환상적 문양의 트로피 등 갓난아이 때부터 익숙하게 접한 것들이 널려 있었다. 의심할 여지없이 내게는 모두 익숙한 것들이었지만, 평범한 인상이 불러일으키는 생소한 환상에 놀라지 않을 수 없었다. 계단 한 곳에서는 집안의 주치의와 마주쳤다. 그의 얼굴에서 저열한 교활함과 당혹감이 뒤섞인 표정을 본 듯했다. 그는 당황하면서 내게 말을 건네고는 지나갔다. 하인이 문을 열고 나를 주인 앞으로 들여보냈다.

들어간 방은 매우 널찍하고 천장이 높았다. 길고도 좁으며 끝이 뾰족한 창문들이 검은 참나무 바닥에서 아주 멀찍이 떨어진 위치에 있었다. 안에서는 절대 손이 닿지 않을 높이였다. 격자 무늬 창을 통해 비쳐든 미약한 붉은 햇살에 주변의 도드라진 물건들은 확실히 보였지만, 멀리 떨어진 구석과 돌림무늬 아치형 천장 꼭대기는 아무리 애를 써도 눈길이 닿지 않았다. 벽에는 짙은색 휘장이 걸려 있었고, 가구들은 너무 많은 데다 낡고 불편해 보이는 것들이었다. 책과 악기 들이 여기저기 흩어져 있었지만 방 안의 풍경에는 아무런 생기도 불어넣지 못했다. 숨을 들이마시자 슬픈 기운이 느껴졌다. 지독하고 가망 없는 깊은 우울감이 자욱하게 퍼져 방 곳곳을 맴돌았다.

소파에 다리를 쭉 뻗고 누워 있던 어셔는 내가 들어서자마자 일어나 기쁜 얼굴로 나를 따뜻하게 맞이했다. 처음에는 그가 지나치게 다정한 게 아닌가, 만사 권태로운 남자가 억지로 애쓰고 있구나 생각했지만, 그의 얼굴을 보니 나를 진심으로 반기고 있다는 걸 알 수 있었다. 우리는 자리에 앉았다. 그가 잠시 침묵하는 동안 나는 안타깝기도 하고 두렵기도 한 마음으로 그를 바라보았다. 로더릭 어셔만큼 그리 단기간에 판이하게 변해버린 인간은 이 세상에 없을 것이다! 지금 눈앞에 있는 이 창백한 남자가 내 어린시절 친구라는 것이 도저히 믿기지 않았다. 하지만 그의 얼굴의 도드라진 특징들은 예나 지금이나 변함이 없었다. 시체처럼 창백한 낯빛, 누구보다 크고 촉촉하게 빛나는 눈, 조금은 얇고 아주 창백하지만 곡선이 빼어나게 아름다운 입, 콧구멍의 너비가 다르다는 것 말고는 섬세한 히브리인의 전형에 해당될 법한 코, 돌출되지 않은 모양새가 어떤 도의적 의지력이 부족함을 말해주는 듯한 수려한 윤곽의 턱, 거미줄보다 더 가늘고 부드러운 머리카락. 게다가 지나치게 넓은 관자놀이 윗부분까지 더해져 잘 잊히지 않는 인상을 만들어냈다. 이목구비의 이러한 현저한 특징들과 그것이 전달하는 표정이 강조된 것뿐인데도 누구와 이야기하는 것인지 헷갈릴 정도로 엄청난 변화로 다가왔다. 무엇보다 섬찟하게 창백한 피부색과 유달리 번뜩이는 눈빛은 놀라움과 두려움마저 자아냈다. 비단결 같던 머리카락도 손질을 하지 않아 제멋대로 자라 있었는데, 밑으로 늘어지지 않고 거미줄처럼 얼굴 주변에 떠 있었다. 나는 도저히 그 아라베스크풍 인상을 평범한 인간과 연결 지을 수 없었다.

　　내 친구의 행동에는 조리도 없고 일관성도 없었다. 나는 이것이 습관성 신경증, 즉 지나친 신경 불안을 극복하려는 미미하고 헛된 그의 노력에서 비롯되었다는 것을 곧 알게 되었다. 사실 이것은 그의 편지뿐 아니라, 어릴 적 그에 대한 기억, 그의 특이한 체격과 체질에서 이미 어느 정도 예상한 바였다. 그의 행동은 유쾌함과 침울함 사이를 오갔다. 목소리는 발발 떨리고 갈팡질팡하다가도 (원기가 완전히 소멸한 듯) 어느새 기운차고 무뚝뚝한 말투로 바뀌었다. 그 퉁명스럽고 무겁고 느긋하고 공허한 발음—묵직하고 균형감 있고 완벽하게 조절된 후두음—은 극도로 흥분한 상태의 자포자기한 술꾼 아니면 가망 없는 아편쟁이한테서나 들을 법한 것이었다.

바로 그러한 목소리로 그는 나를 여기로 부른 목적과 나를 보고자 했던 그의 간절한 바람, 그가 나에게서 기대하는 위안에 대해 이야기했다. 그리고 스스로 진단한 자신의 병에 대해 꽤나 자세하게 털어놓았다. 그의 말에 따르면 그의 질병은 타고난 집안 내력이었다. 그는 치료법을 찾으리라는 희망을 버렸다고 하더니 틀림없이 금방 지나가버릴 단순한 신경 장애라고 곧바로 덧붙였다. 병증은 여러 가지 부자연스러운 감각들로 나타난다고 했다. 그가 설명한 감각들 중에 몇 가지는 흥미로웠고, 당혹스러운 것들도 있었다. 그래도 용어를 비롯해 그가 말하는 태도는 대체로 무겁게 다가왔다. 그는 병적으로 예민한 감각 때문에 대단히 고통받고 있었다. 그나마 아무런 맛도 나지 않는 음식만 먹을 수 있었고 특정한 질감의 옷만 입을 수 있었다. 종류에 상관없이 꽃향기를 맡으면 숨이 막혔다. 희미한 빛 앞에서도 눈이 부셔 고통스러웠다. 그런데 어떤 특정한 소리, 그러니까 현악기가 내는 소리만은 고통스럽지 않았다.

그는 이상한 두려움에 속박되어 있었다. 그가 말했다. "나는 죽을 거야. 이 한심한 짓거리를 벌이다가 죽고말 거야. 그래, 그렇게, 바로 그렇게 파괴될 걸세. 앞으로 일어날 사건들이 두려워. 사건 자체가 아니라 그 결과가 두렵단 말일세. 아무리 사소한 것이라도, 견딜 수 없이 동요하는 이 영혼에 타격을 주는 일이 생긴다고 생각하면 진저리가 나. 위험한 것은 두렵지 않네. 순전히 그 결과가, 공포가 두려울 뿐이지. 이리 무기력하고 이리 딱한 상황이니, 공포라는 무시무시한 유령과 싸우다가 조만간 스스로 생명과 이성을 포기하는 때가 닥칠 거라는 느낌이 든단 말일세."

그것만이 아니었다. 나는 그가 가끔씩 단편적으로 모호한 암시를 내비칠 때 그 속에서 정신상태의 기이한 점을 하나 더 알아챘다. 그는 살고 있는 이곳에 대한 미신적인 생각에 단단히 빠져 있었다. 몇 년째 감히 밖으로 나가지 못하고 여기 살고 있다면서 어떤 영향력과 그 가상의 힘에 대해 말했는데, 여기에 옮겨 적기엔 너무 모호한 말들이었다. 이 저택의 특이한 형태와 재질이 오랜 세월에 걸쳐 어떤 영향력을 갖게 되었고, 그것이 그의 정신을 지배하고 있다고 했다. 회색 벽과 탑, 그것들이 내려다보는 칙칙한 호수에 실제로 무슨 기운이 어려 있고 그것이 끝내 자신의 기력에 영향을 끼친다고도 했다.

하지만 자신을 괴롭히는 특이한 우울감은 주로 훨씬 더 자연스럽고 명백한 요인에서 비롯된 것 같다고 그는 망설이며 인정했다. 그 요인이란 바로 사랑하는 누이가 오랫동안 앓고 있는 혹독한 질병, 누이에게 점점 다가오는 파멸이었다. 그에게 누이는 오랜 세월 의지해온 유일한 말동무이자 지상에 단 하나 남은 피붙이였다. 그는 결코 잊지 못할 비통한 어조로 말했다. "내 누이가 죽으면 나는 (형편없고 허약한 나는) 오랜 어서 가문의 마지막 후손이 될 걸세." 그가 말하는 사이 방 저편에서 그의 누이 매들린이 내가 있는 것을 모르고 천천히 지나갔다(그의 누이는 매들린으로 불렸다). 나는 깜짝 놀라 두려움 어린 눈으로 매들린을 쳐다보았다. 하지만 그 감정을 설명하기란 불가능했다. 내 눈이 멀어지는 매들린의 발걸음을 쫓는 동안 무기력한 느낌이 나를 덮쳤다. 마침내 매들린이 나가고 문이 닫혔을 때, 내 시선은 본능적으로 친형제인 그의 얼굴을 열렬히 살피게 되었다. 하지만 그는 손에 얼굴을 파묻고 있었고, 보이는 것은 수척한 손가락에 완연히 퍼져나간 병약한 기색과 손가락 사이로 줄줄 흘러내리는 뜨거운 눈물뿐이었다.

매들린의 병은 오랫동안 의술을 따돌렸다. 만성 무기력증, 서서히 진행되는 인격 상실, 일시적이지만 빈번히 발생하는 강직증의 증상이라는 특이한 진단이 내려졌다. 매들린은 이제껏 병마의 압박에 굴하지 않고 꾸준히 인내하며 병상에 눕는 것만은 피해왔지만, 내가 그 집에 도착한 날 저녁 무렵, 끝내 파괴자 앞에 무릎을 꿇고 말았다. (그날 밤 오빠인 어셔는 말로 다하지 못할 만큼 동요하며 그렇게 말했다.) 방금 얼핏 본 모습이 내가 본 그 여자의 마지막 모습일 될 공산이 컸다. 내가 어셔가의 여자를, 적어도 이 여자가 살아 있는 동안에는 다시 볼 일이 없을 거라고 했다.

그로부터 며칠 동안 어셔도 나도 그 이름을 거론하지 않았다. 나는 친구의 수심을 달래주려 진심으로 노력했다. 우리는 함께 그림을 그리고 책을 읽었다. 나는 그가 즉흥적으로 연주하는 그윽한 기타 소리에 꿈을 꾸듯 귀를 기울였다. 그렇게 조금씩 두터워진 친밀감은 나를 그의 영혼 깊숙한 곳으로 선뜻 안내했지만, 그럴수록 어두운 천성을 어쩌지 못하고 끝없이 우울감을 내뿜어 정신이든 물질이든 세상 만물을 온통 어둠으로 덮어버리는 그 마음을 위로하려 해봤자 모두 부질없는 짓임을 깨달을 뿐이었다.

나는 어셔가의 주인과 둘이서 보냈던 그 엄숙한 시간들을 영원히 간직할 것이다. 하지만 그가 내게 권하고 보여주었던 연구나 유흥의 정확한 성격에 대해서는 도무지 전달할 길이 없다. 몹시 병적이고 열띤 공상이 모든 것에 지옥불의 광채를 던졌다. 그가 즉흥적으로 지은 긴 장송곡은 언제까지나 내 귓전을 맴돌 것이다. 무엇보다 폰 베버의 마지막 왈츠를, 그 열정적인 분위기를 특이하게 바꾸어 증폭시킨 그의 변주는 지금도 내 가슴속에 아픔으로 자리하고 있다. 나는 그의 정교한 상상력이 낳은 그의 그림들이 붓질이 더해질수록 점점 모호해지는 것을 보고 그 연유를 알 수 없어 진저리가 났다. 그 그림들(지금도 눈앞에 있는 듯 생생한 이미지들)로부터 뭐든 끌어내보려고 해도 글자의 울타리에 갇힌 작은 의미 말고는 얻는 것이 없었다. 그는 지극한 단순함과 꾸밈없는 의도로 관심을 사로잡았다. 만약 관념을 그림으로 그릴 수 있는 사람이 있다면 로더릭 어셔뿐일 것이다. 내가 보기에는―당시 나를 둘러싼 그런 상황에서는―그 우울증 환자가 캔버스에 쏟아낸 그 순수한 추상으로부터 못 견디게 강렬한 두려움이 솟아났다. 분명 강렬하지만 너무 구체적인 퓨절리(스위스 태생의 영국 낭만주의 화가 헨리 퓨절리-옮긴이)의 백일몽을 보았을 때도 느낀 적 없는 두려움이었다.

　　그 친구의 공상 가운데 엄밀히 보면 추상의 정신에 완전히 들어맞지 않는 것도 있었다. 말로는 부족하겠지만 한 가지 사례를 들어보면 이랬다. 아주 긴 직사각형 지하실 아니면 터널의 내부를 그린 듯한 작은 그림이 있었다. 매끄럽고 낮은 하얀 벽이 끊어지지 않고 쭉 이어질 뿐 특별한 구도는 없었다. 몇 가지 부수적인 요소만이 그곳이 지면에서 아주 깊이 내려간 지하라는 것을 알려주었다. 긴 통로의 어디에도 출구는 보이지 않았고, 횃불이나 다른 인공적인 빛은 찾아볼 수 없었다. 그런데도 강렬한 빛줄기가 홍수처럼 모든 곳을 휩쓸고 다니며 사방을 섬뜩하고 엉뚱한 광채로 물들였다.

나는 앞서 내 친구가 특정한 악기 소리 외에 어떤 음악 소리도 참지 못하는 청신경의 병적 상태라고 말했다. 그의 연주가 환상적인 성격을 띠는 것은 그가 기타 연주만 고집해서일 가능성이 높다. 하지만 그의 열정적인 즉흥 연주 솜씨까지 그렇게 설명할 수는 없다. 앞서 암시했던 지극히 차분한 정신 상태, 즉 인위적으로 끌어낸 흥분이 절정에 달해야만 보이는 정신 상태와 집중력이 이 환상곡의 선율은 물론 열정적인 가사에도 작용했다고 봐야 한다. (그는 심심찮게 운율을 갖춘 가사를 즉흥적으로 가미했다.) 그 광시곡들의 어떤 구절은 지금도 쉽게 떠올릴 수 있다. 유달리 강렬한 인상을 받았던 구절인데, 그 의미의 이면을 파고들거나 신비한 흐름을 따라가니 비로소 처음으로 어셔의 자의식을, 왕좌에서 휘청거리는 그의 고매한 이성을 보았다는 생각이 들었기 때문이다. 〈유령의 궁전〉이라는 제목의 그 운문은 대략적으로 이런 내용이었다.

I

우리 계곡의 가장 푸르른 곳에
착한 천사들이 사는
아름답고 장엄한 궁전
찬란한 궁전이 고개를 들었다.
생각의 군주가 다스리는 땅
그곳에 서 있었다!
대천사의 날개 아래
그리 아름다운 궁전은 없었다.

II

그 지붕 위로 휘날리던
노란 빛의 영광스러운 황금 깃발.
(이제는 이 모두가 까마득한
옛일이 되었다.)
그 태평한 날들의
깃털로 장식된 창백한 성벽을
희롱하던 바람도
날개 달린 향기도 가버렸다.

III

방랑자들은 그 행복한 계곡 안에서

빛나는 두 창문 너머로

잘 조율된 류트에 맞춰

선율처럼 왕좌 주위를 맴도는

영혼들을 보았다. 왕좌에 앉은 이는

(포르피로진!)

찬란한 영광을 거느린

영토의 봉지자였다.

IV

온통 진주와 루비로 반짝거리는

아름다운 성문

그 문으로

아주 찬란한

무수한 메아리가 흐르고 흐르고 흘러나왔다.

그것의 사랑스러운 임무는 오로지

아름다움을 능가하는 목소리로

왕의 재치와 지혜를 노래하는 것이었다.

V

그러나 악의 무리가 슬픔의 옷을 차려입고
군주의 고귀한 영토를 습격했다.
(아, 애도하라, 그에게는 영영 내일이 밝지 않으리니,
이 얼마나 슬픈가!)
그의 집을 감싸고
붉게 피어났던 영광은
예전에 묻혀버린
희미한 기억 속 이야기일 뿐.

VI

이제 계곡에 들어온 나그네들은
붉은 창문 너머로
조화롭지 못한 멜로디를 따라
꿈결처럼 움직이는 거대한 형상들을 보네.
그 창백한 문에서는
흉측한 무리가 멀건 급류처럼
끝없이 흘러나오며
소리 내어 웃을 뿐 더는 미소 짓지 않는구나.

지금도 똑똑히 기억나는 것은, 이 발라드가 암시하는 것들을 따라가다보니 생각이 꼬리를 물고 이어지다가 결국 어셔의 의견이 분명히 드러났다는 것이다. 이 말을 하는 이유는 그것이 참신한 의견이었다기보다 (다른 사람들도 이런 생각을 가지고 있었으므로) 그가 이것을 아주 집요하게 주장했기 때문이다(왓슨, 퍼시벌 박사, 스팔란차니, 특히 랜다프 주교, 「화학 에세이」 5권 참조—원주). 그 의견이란, 대체로 모든 식물에도 감각이 있다는 것이었다. 하지만 그러한 생각은 그의 무질서한 공상 속에서 더욱 대담한 성격을 띠었고, 특정한 상황에서는 무생물의 세계를 넘나들기도 했다. 그가 얼마나 전심전력으로 설득을 했는지는 말로 표현할 길이 없다. 하지만 그 믿음은 (앞서 내가 암시했듯이) 조상들의 집을 구성한 그 잿빛 돌들과 관련이 있었다. 그는 여기 돌들이 결합된 방식이 그 감각의 조건을 충족한다고 보았다. 돌들이 배열된 질서뿐 아니라, 돌을 뒤덮은 곰팡이와 주변에 늘어선 썩은 나무들의 질서, 무엇보다 이 배열이 오랜 세월 어그러지지 않고 유지되었다는 점, 게다가 모든 것이 잔잔한 호숫물에 비쳐 그 수가 배가된다는 점을 들었다. 그 증거, 그러니까 그 감지력의 증거는 호숫물과 벽 근처에서 서서히 그러나 확실히 응축되는 본연의 공기에서 찾아볼 수 있다고 그는 말했다(이 말을 할 때 나는 깜짝 놀랐다). 그리고 덧붙이기를, 고요하지만 끈질기고도 끔찍한 영향력이 그 결과이며 그것이 수세기에 걸쳐 이 집안의 운명을 결정지었다고 했다. 나아가 지금 내가 보고 있는 그의 모습, 말하자면 그를 만들어왔다고도 했다. 그 의견에 대해서는 달리 덧붙일 말이 없으니 나도 하지 않겠다.

우리가 읽은 책들, 즉 오랫동안 이 병자의 정신세계를 적잖이 장악해온 책들은 짐작할지 모르겠지만 바로 이 망상적 측면과 완전히 궤를 같이하는 것들이었다. 우리가 함께 몰두한 책들은 그레세의 『수녀원 앵무새』와 『샤르트뢰즈 수도원』, 마키아벨리의 『대악마 벨파고르』, 스베덴보리의 『천국과 지옥』, 홀베르의 『닐스 클림의 지하 여행』, 로버트 플러드와 장 댕다지네와 들라 상브르가 각각 쓴 『수상술手相術』, 티크의 『푸르고 먼 곳으로의 여행』, 캄파넬라의 『태양의 나라』 같은 작품이었다. 그중에서도 우리가 좋아했던 책은 도미니크회 수사 에메릭의 『종교 재판 안내서』이었다. 어셔는 고대 아프리카의 사티로스(디오니소스의 자손으로 뿔이 달린 반인반수-옮긴이)와 아이기판(상반신은 산양의 뿔이 달린 인간, 하반신은 산양인 가축의 신-옮긴이)에 대한 폼포니우스 멜라의 구절을 곱씹으며 몇 시간씩 멍하니 앉아 있곤 했다. 하지만 그가 대단히 기뻐했던 것은 아주 희귀하고 흥미로운, 고트어로 쓰인 어느 잊힌 교회의 기도서를 정독할 때였다. 그것은 『마인츠 교회식의 망자를 위한 기도』라는 책이었다.

그 무렵 이 책의 야만적인 의식이 이 심약증 환자에게 미쳤을 영향력에 대해 생각할 수밖에 없는 사건이 일어났다. 어느 날 저녁 어셔는 내게 매들린이 더 이상 세상에 존재하지 않는다는 사실을 불쑥 알리면서, 시체를 보름간 (매장하기 전까지) 저택의 본채 내 수많은 지하실 중 한 곳에 두고 싶다고 말했다. 하지만 왜 이런 이상한 방식을 취해야 하는지 그 현실적 이유에 대해 내가 이러쿵저러쿵 따질 만한 입장이 아니라는 생각이 들었다. 죽은 매들린의 친남매인 그가 그러한 결정을 내린 것은 망자의 병이 흔한 것이 아니었고, 의사들이 치열한 연구욕을 드러낸 데다 가족 묘지가 먼 야외에 있다는 점을 고려했기 때문이었다(그는 내게 그렇게 말했다). 그 순간 이 집에 온 첫날 계단에서 마주쳤던 의사의 독한 얼굴을 떠올렸다는 걸 부인하지는 않겠다. 그래도 특별히 해가 되지는 않을 것 같았고, 썩 부자연스러운 일도 아니거니와 조심하는 차원에서 반대할 마음은 들지는 않았다.

어셔의 부탁에 따라 나는 임시 매장 작업을 하는 그를 직접 도왔다. 관에 든 시신을 둘이서 옮겼다. 관을 안치한 지하실은 작고 축축한 데다 빛이 조금도 들지 않는 곳이었다(워낙 오랫동안 문을 연 적이 없다 보니 그곳의 짓누르는듯한 공기에 우리가 든 횃불이 꺼지려 해서 더 살펴볼 수는 없었다). 그리고 깊은 땅속이긴 했지만 내가 자는 방 바로 아래였다. 먼 봉건

시대에는 지하 감옥이라는 최악의 목적으로 쓰였을 것이 분명했고, 바닥의 일부와 우리가 지나온 긴 아치형 통로의 안쪽이 전부 구리로 꼼꼼히 덮인 것을 보니 이후 화약이나 가연성 물질을 보관했던 곳 같았다. 거대한 철문 역시 비슷하게 보강된 상태였는데, 엄청난 무게 때문에 문을 여닫을 때마다 경첩에서 유달리 귀에 거슬리는 날카로운 소리가 났다.

우리는 이 공포스러운 공간의 선반 위에 슬픔의 짐을 내려놓은 뒤 아직 못질을 하지 않은 관 뚜껑을 조금 밀어 열고는 관 속의 얼굴을 응시했다. 남매가 놀랄 만큼 닮았다는 사실이 처음으로 내 관심을 끌었고, 어셔는 그런 내 생각을 눈치챘는지 몇 마디를 중얼거렸다. 나는 그 말을 듣고서야 고인과 그가 쌍둥이였으며 두 사람 사이에 이해하기 힘든 공감대가 존재했었다는 걸 알게 되었다. 하지만 우리의 시선은 망자에 오래 머물러 있지 않았다. 매들린을 보면 두려움이 일었기 때문이다. 꽃다운 청춘을 관에 들게 한 질병은 강직 증세가 나타나는 질병이 흔히 그렇듯 가슴과 얼굴에 희미한 거짓 홍조를 남겼다. 입술에 남겨진 모호한 미소는 죽음과 결부되어 너무나 끔찍하게 다가왔다. 우리는 뚜껑을 다시 덮고 못질을 한 뒤 철문을 닫고 나와 별반 다를 바 없이 침울한 위층 우리 방을 향해 힘겹게 나아갔다.

그로부터 비통하고 슬픈 날들이 며칠 지났을 때 내 친구의 어그러진 정신 상태에 눈에 띄는 변화가 일어났다. 그의 평소 모습은 사라지고 없었다. 그가 일상적으로 하던 일들은 관심 밖으로 밀려나거나 잊혔다. 그는 불안정하고 바쁜 걸음으로 아무런 목적 없이 이 방에서 저 방으로 돌아다녔다. 안 그래도 창백하던 얼굴이 어찌된 일인지 유령 같은 빛을 띠었다. 눈빛은 완전히 꺼지고 없었다. 가끔씩 냈던 걸걸한 목소리도 더는 들리지 않았고, 말할 때마다 극심한 공포에 시달리는 사람처럼 바들바들 떨었다. 나는 끝없이 동요하는 그의 마음이 가슴을 짓누르는 비밀을 털어놓으려고 용기를 쥐어짜느라 애쓰는 게 아닌가 하는 생각이 들었다. 그러면서도 그 모든 것이 설명할 길 없는 광기의 변덕에 불과하다고 생각할 수밖에 없는 때도 있었다. 환청에 귀를 기울이듯 완전히 몰입한 상태로 몇 시간씩 멍하니 허공을 응시하는 그를 보았기 때문이다. 그런 그의 상태가 내게 공포감을 자아내고 그 공포감에 내가 전염된 것은 당연한 일이었다. 그의 공상에서 비롯한 그럴듯한 미신의 엄청난 영향력이 느리지만 확실하게 내게 밀려드는 것을 느꼈다.

매들린을 지하실에 두고 온 지 일주일쯤 되던 날 밤, 밤 늦게 잠자리에 막 들었을 때 그 느낌이 나를 거세게 압박했다. 밤은 갈수록 깊어가는데 잠이 통 오지 않았다. 나는 나를 사로잡은 초조함을 이성으로 물리쳐보려고 안간힘을 썼다.

전적인 이유는 아니겠지만 방 안의 가구들이 내뿜는 음산한 기운 탓에 어수선한 느낌이 크게 다가온 것뿐이라고 생각을 바꿨다. 아니면 거세지는 폭풍에 낡고 칙칙한 커튼이 벽에서 와락와락 이리저리 흔들리고 침대 장식 근처에서 성가시게 바스락거리는 소리 탓이겠거니 생각했다. 하지만 아무리 노력해도 허사였다. 걷잡을 수 없는 전율이 점차 몸 전체로 번져나갔고, 끝내는 정체불명의 공포감이 심장을 짓눌렀다. 어떻게든 그것을 떨쳐내려고 헐떡거리며 몸부림을 치던 나는 일어나 앉아 베개에 몸을 기대고 깜깜한 방 안을 가만히 응시하며 귀를 기울였다. 그저 본능적으로 그랬을 뿐 왜 그랬는지는 잘 모르겠다. 그런데 어쩌다 한 번씩 폭풍이 잦아들 때마다 나직하고 실체를 알 수 없는 어떤 소리가 들려왔다. 소리의 근원은 알 수 없었다. 설명할 수도 견딜 수도 없는 극심한 공포감에 휩싸인 나는 서둘러 옷을 걸쳐 입고는 (더 이상 잠자는 건 틀렸다는 생각이 들어) 나도 모르게 빠져버린 그 비참한 함정에서 벗어나보려고 종종걸음으로 이리저리 방 안을 서성였다.

그런 식으로 몇 번쯤 방향을 틀었을 때 가까운 계단에서 나는 가벼운 발소리가 내 주의를 끌었다. 나는 그것이 어서의 발소리임을 금세 알아차렸다. 곧바로 그가 문을 가볍게 두드리고는 등불을 들고 들어왔다. 그의 얼굴은 평소와 다를 바 없이 시체처럼 파리했지만, 눈에 유쾌한 광기 같은 것이 어른거리는 데다 몸짓에는 전반적으로 억제된 히스테리가 어려 있었다. 나는 그의 태도에 충격을 받았으나 오랫동안 홀로 외로웠던 차에 그래도 혼자 있는 것보단 낫겠다 싶어 마음을 놓고 그를 반겨 맞이했다.

"자네 아직 그걸 못 봤는가?" 그는 아무런 말없이 잠시 두리번거리다가 불쑥 말했다. "그걸 못 본 게로군? 하지만 기다려보게! 보게 될 테니까." 그는 그렇게 말하며 조심스럽게 등을 가리더니 서둘러 여닫이창 중 하나로 다가가서 폭풍을 향해 창문을 활짝 열어젖혔다.

안으로 와락 불어닥친 돌풍 때문에 우리는 날아갈 지경이었다. 폭풍이 몰아치는데도 너무나 공포스러우면서도 아름답다는 점에서 그야말로 이상하게 기이한 밤이었다. 바람의 방향이 수시로 휙휙 바뀌는 것으로 보아 근처에서 회오리바람이 불어오려는 모양이었다. 짙디짙은 구름이 드리워져 있었지만(저택의 탑 지붕에 닿을 만큼 낮게), 멀리 흩어지지 않고 생물체의 속도로 사방에서 한곳으로 몰려드는 것을 볼 수 있었다. 구름이 그토록 짙은데도 그 모습이 훤히 보였다. 달이나 별은 보이지 않았고 번쩍이는 번개 역시 보이지 않았다. 하지만 꿈틀거리는 거대한 수증기 덩어리 아래로, 은은히 빛나면서도 또렷한 안개 같은 기체가 저택을 휘감고 있었다. 그것은 예사롭지 않은 빛을 뿜어내며 우리를 둘러싼 인근의 모든 지형지물들을 비추고 있었다.

"안 돼, 이런 걸 보아선 안 돼!" 나는 진저리를 치며 어셔에게 그렇게 말하고는 그를 살살 끌어당겨 창가에서 의자로 데려갔다. "지금 자네를 현혹하는 저건 그저 현상일 뿐일세, 드물지 않은 전기 현상 말이네⋯⋯. 아니면 저 호수의 유독한 공기가 화근인지도 몰라. 창문을 닫는 게 어떤가. 공기가 차서 자네 몸에 해로워. 자네가 좋아하는 로맨스가 있구먼. 내가 읽을 테니 듣기만 하게⋯⋯. 그렇게 이 끔찍한 밤을 함께 견뎌보세나."

내가 집어 든 오래된 책은 랜슬롯 캐닝 경의 『광란의 조우』였다. 어셔가 좋아하는 책이라고 말했던 건 진심이라기보다 서글픈 농담에 가까웠다. 사실 그 상스럽고 상상력이 부족한 장광설에는 내 친구의 고상하고 영적인 관념에 흥미롭게 비칠 만한 내용이 거의 없었다.

그러나 당장 손에 잡히는 책이 그것뿐이었다. 나는 이제부터 읽을 것이 비록 황당무계한 이야기지만 여기에도 이 불안한 심약자의 흥분을 가라앉힐 만한 내용이 있을지 모른다는 (이와 유사한 예외적인 사례가 정신병의 역사에 널려 있기에) 희박한 가능성에 희망을 걸었다. 이상하리마치 지나치게 책 이야기에 귀를 기울이는, 아니 기울이는 듯한 그의 쾌할한 태도만 본다면 내 의도가 성공했다고 자축해도 좋았으리라.

나는 책의 유명한 대목에 이르렀다. 이야기의 주인공 어셀리드가 은둔자의 거처 안으로 평화롭게 들어가려다 실패하고 강제로 끌려 들어가는 장면이었다. 기억하겠지만, 그 내용은 이렇게 진행된다.

"용맹한 심장을 타고난 데다 포도주까지 들이켜 술기운이 오른 에셜리드는 완고하고 악독한 은둔자와 더는 협상할 마음이 나지 않았다. 그는 어깨에 떨어지는 빗방울을 느끼고 폭풍우가 몰려올 것이 두려워 곧바로 철퇴를 들어 내려쳤고, 순식간에 문의 판자를 뚫어 장갑 낀 손이 들어갈 만한 틈을 만들었다. 거기서부터 힘껏 잡아당기고 쪼개고 뜯고 조각조각 부수니, 속이 빈 마른 나무 소리가 온 숲으로 쩌렁쩌렁 울려 퍼져 두려움을 자아냈다."

이 문장을 읽었을 때 나는 깜짝 놀라 잠시 말을 멈추었다. 작가가 상세히 묘사한 그 쪼개고 찢는 소리의 메아리가 (더 무디고 희미하긴 해도) 저 멀리 저택 안에서 어렴풋하게 들려온 것 같았기 때문이다(하지만 흥분한 내 상상력에 속은 거라고 바로 결론짓고 말았다). 내가 그 소리에 관심이 간 것은 우연의 일치일 수밖에 없었다. 덜컹덜컹 흔들리는 창문 소리와 폭풍이 거세질 때 으레 들려오는 잡음들 사이에서 특별히 관심을 끈다거나 불안을 자극할 만한 소리가 아니었기 때문이다. 나는 이야기를 계속 읽어나갔다.

"하지만 문 안으로 들어갔을 때 승자 에설리드는 어디에도 그 악독한 은둔자의 모습이 없는 것을 알고 놀라 분노했다. 그곳에는 비늘로 뒤덮인 거대한 용이 있을 뿐이었다. 입에서 불을 뿜는 용은 황금 궁전 앞에 버티고 앉아 그곳을 지키고 있었다. 궁전의 바닥은 은이었고, 벽에 걸린 황동 방패에는 이런 글이 새겨져 있었다.

여기 들어오는 자, 정복자가 되고
용을 베는 자, 방패를 얻으리라.

에설리드가 철퇴를 들고 용의 머리를 후려치자 용이 에설리드 앞에 쓰러지며 유독한 숨을 내뿜었다. 용이 내지르는 비명이 어찌나 무시무시하고 날카로운지 에설리드는 두 손으로 귀를 틀어막았다. 이제까지 한 번도 들어본 적 없는 끔찍한 소리였다."

여기서 나는 깜짝 놀라 다시 말을 뚝 끊었다. 무슨 소리인지 알 수 없었지만, 이번에는 낮으면서도 거칠고 길게 이어지는 소리가 먼 곳에서 (소리의 방향은 가늠할 수 없어도) 들려왔기 때문이다. 기괴한 비명 같기도 하고 뭔가가 삐걱거리는 소리 같기도 했는데, 책에서 용의 이상한 비명을 묘사한 부분을 읽고 상상한 소리와 정확히 들어맞았다.

두 번째로 일어난 이 심상치 않은 우연의 일치 때문에 서로 갈등하는 오만 가지 감정들이 나를 압박했다. 놀라움과 극도의 공포감이 밀려왔지만, 아직은 이성이 충분히 남아 있어 예민하고 불안정한 친구를 자극할 만한 말을 하지 않았다. 그가 문제의 소리를 들었는지는 확실하지 않았지만, 지난 몇 분 사이에 그의 행동거지에 이상한 변화가 일어난 것만은 분명했다. 나를 마주하고 앉아 있던 그가 조금씩 의자를 돌렸고, 어느새 그의 얼굴은 방문을 향하고 있었다. 얼굴은 잘 보이지 않아도 들리지 않는 말을 웅얼거리는 것처럼 입술이 발발 떨리는 것은 보였다. 그는 머리를 가슴께에 떨구고 있었는데 옆모습에서 부릅뜬 눈이 얼핏 보여 잠든 게 아님을 알 수 있었다. 몸의 움직임을 보더라도 그랬다. 그는 끊임없이 일정한 동작으로 몸을 좌우로 살살 흔들고 있었다. 나는 그것을 재빨리 알아채고 랜슬롯 경의 책을 계속 읽어나갔다.

"용의 무시무시한 분노를 피한 승자는 황동 방패와 방패에 걸린 마법에 생각이 미쳤다. 그래서 용의 시체를 치운 다음 성의 은빛 길을 따라 방패가 걸린 벽을 향해 씩씩하게 나아갔다. 그런데 그가 미처 도달하기도 전에 방패가 먼저 은빛 바닥 위 그의 발치에 떨어지며 엄청난 굉음이 울려 퍼졌다."

그 순간, 내 말이 끝나기가 무섭게 황동 방패가 실제로 은빛 바닥에 거세게 떨어지기라도 한 것처럼 쩽그랑거리는 무딘 쇳소리가 쩌렁쩌렁 울려 퍼졌다. 나는 소스라치게 놀라 벌떡 일어섰지만, 일정하게 몸을 흔드는 어셔는 아무런 변화가 없었다. 나는 그가 앉아 있는 의자로 달려갔다. 그의 시선은 앞쪽에 고정돼 있었고 표정은 돌처럼 경직돼 있었다. 하지만 내가 그의 어깨에 손을 올리자, 그의 몸 전체가 부들부들 떨리기 시작하더니 입술에 병든 미소를 띠며 전율했다. 그는 낮고 다급한 목소리로 횡설수설 지껄였다. 내가 앞에 있는 걸 의식하지 못하는 듯했다. 나는 그에게 가까이 몸을 굽히고 나서야 그가 하는 섬찟한 말들을 알아들을 수 있었다.

"저게 안 들리나? 그래, 난 들려. 쭉 들려왔어. 오랫동안…… 오랫동안…… 오랫동안……. 숱한 순간, 숱한 시간, 숱한 날들이 흐르는 동안 줄곧 들었다네. 하지만 차마……. 오, 나를 딱히 여겨주게. 나는 불행한 신세라네! 차마…… 차마 그건 말할 수 없었어! 우리가 매들린을 산 채로 무덤에 넣었다는 걸! 내 감각이 예리하다고 말하지 않았나? 이제야 말하지만 나는 그 빈 관 안에서 내 누이가 처음으로 미세하게 움직이는 소리를 들었네. 그 소리를 들었단 말일세…… 여러 날, 여러 날 전에 말이야. 하지만 차마 말할 수가 없었어! 그런데 이제…… 오늘 밤…… 에설리드가…… 하하! …… 은

35

둔자의 문을 부수고, 용은 울부짖으며 죽고, 방패가 댕그랑 떨어지다니! 그건 말이지, 매들린의 관이 부서지고, 감옥 경첩이 삐걱거리고, 매들린이 지하실의 동판 아치 통로 안에서 몸부림치는 소리일세! 아, 어디로 도망칠까? 곧 들이닥치겠지? 뭐가 그리 급했냐고 곧바로 나를 나무라지 않을까? 그가 계단을 올라오는 발소리가 들리지 않았나? 무겁게 쿵쿵거리는 매들린의 무시무시한 심장 소리를 내가 모를 것 같은가? 미친놈아!" 그는 벌떡 일어서서 죽을힘을 다해 고래고래 소리쳤다. "미친놈아! 지금 매들린이 저 문밖에 서 있잖아!"

그가 뱉은 말이 초인적 에너지가 되어 마법의 힘이라도 발휘한 것처럼, 그가 가리킨 크고 오래된 문이 서서히 밀려나며 거대하고 검은 아가리를 쩍 벌렸다. 몰아친 돌풍 때문이었다. 하지만 문밖에는 수의에 싸인 매들린 어셔의 형체가 실제로 우뚝 서 있었다. 흰 옷에는 피가 묻어 있었고, 깡마른 몸 곳곳에서 힘겨운 싸움의 흔적이 보였다. 매들린은 덜덜 떨리고 휘청거리는 몸으로 문간에 잠시 서 있다가 낮게 신음하는 소리를 내지르며 오빠의 몸 위로 풀썩 쓰러졌다. 그렇게 매들린이 격렬하게 최후의 고통과 싸우다가 죽음을 맞이하는 동안, 어셔도 스스로 예상했던 것처럼 바닥에 쓰러져 또 다른 시체, 또 다른 희생자가 되었다.

나는 혼비백산해서 그 방과 저택을 빠져나왔다. 정신이

들었을 때는 폭풍이 한창 맹위를 떨치는 오래된 둑길을 건너고 있었다. 돌연 한 줄기 기묘한 빛이 길 위에 드리웠다. 나는 어디서 그런 야릇한 빛이 나오는지 의아한 마음으로 주변을 돌아보았다. 뒤쪽에는 그 거대한 저택과 그것의 그림자밖에 없었기 때문이다. 그 빛은, 기우는 핏빛 보름달이 비추는 달빛이었다. 예전에는 겨우 보였던 균열, 건물 지붕부터 아래까지 지그재그로 뻗어나갔다고 앞서 언급했던 그 틈새로 형형한 달빛이 빛나고 있었다. 지켜보고 있던 그때 틈새가 순식간에 쩍 벌어지더니 맹렬한 회오리바람이 불어오면서 그 동그란 빛이 불쑥 내 시야 안으로 완전히 들어왔다. 나는 거대한 벽이 산산이 부서지는 것을 넋 놓고 바라보았다. 수많은 물살의 포효 같은, 어마어마하게 큰 고함이 길게 이어진 뒤 발밑의 깊고 축축한 호수가 무심하게 '어셔가'의 잔해 위로 묵묵히 몰려들었다.

병 안의 수기

죽음을 앞둔 자가 더 이상 무엇을 숨기겠나.

–

필리프 퀴노, 〈아티스〉

내 조국과 가족에 대해서는 별로 할 말이 없다. 가혹한 삶과 긴 세월이 나를 조국과 갈라놓고 가족들과 떼어놓았을 뿐이다. 나는 물려받은 유산으로 고등교육을 받을 수 있었고, 사색을 좋아하는 기질 덕에 일찍이 부지런히 공부해 습득한 지식을 체계화할 수 있었다. 무엇보다 독일 윤리학자들의 저작이 내게는 큰 기쁨이 되었다. 그들의 유창한 광기를 무작정 찬미했기 때문이 아니라, 늘 이성적으로 사고하는 습관 탓에 그들의 오류를 쉽게 찾아낼 수 있었기 때문이다. 나는 재능이 부족하다는 비난을 자주 받아왔다. 상상력의 결여는 나를 죄인으로 몰아갔고, 피로주의(고대 그리스 철학자 피론이 주장한 회의론적 사상-옮긴이)에 버금가는 나의 견해는 항상 내게 오명을 안겼다. 유감스럽게도 자연과학에 대한 강한 호감이 이 시대의 아주 흔한 오류를 내 마음에 심어놓은 게 아닌가 싶다. 만사에, 그러니까 과학과 전혀 동떨어진 현상마저도 과학의 원리와 결부 짓는 습관 말이다. 나는 이그니스 파투이(도깨비불을 뜻하는 라틴어-옮긴이) 같은 미신에 현혹되어 엄밀한 진리의 영역을 벗어날 공산이 그 누구보다도 희박한 사람이다. 이렇게 서론을 늘어놓는 이유는 이제부터 믿기 힘든 이야기를 할 수밖에 없기 때문이다. 이것이 헛된 공상은 쓸데없는 글에 불과하다고 여기는 어떤 이성적 인간의 실제 경험이 아니라 조악한 상상력의 산물로 간주되는 일이 있어서는 안 되기 때문이다.

18XX년, 나는 오랫동안 타지를 떠돈 끝에 풍요롭고 인구가 많은 자바섬의 바타비아(인도네시아의 수도 자카르타의 옛 명칭-옮긴이) 항구에서 순다열도로 항해를 떠났다. 당시 내가 승객으로 그 배에 오른 것에는 악령에 홀린 듯 잠시도 가만 있지 못하게 만드는 불안감 말고는 딱히 이유가 없었다.

우리 배는 구리판으로 보강한 400톤급의 아름다운 선박으로, 말라바 티크(열대 식물의 일종-옮긴이)가 나는 봄베이(뭄바이의 옛 명칭-옮긴이)에서 건조된 것이었다. 배에는 래카다이브제

도의 목화와 기름이 실려 있었다. 그것 말고도 야자 섬유와 설탕, 인도 버터, 코코넛, 아편 몇 상자도 있었다. 적재 작업이 대충 이루어진 탓에 배는 기우뚱했다.

우리 배는 미풍을 받으며 나아갔고, 자바섬의 동쪽 연안을 따라 서 있기가 여러 날이었다. 그래서 가끔씩 목적지인 순다열도에서 온 작은 가로돛 범선 몇 척을 마주치는 일 외에는 항해의 단조로움을 달래줄 만한 사건은 없었다.

어느 날 저녁, 나는 배의 뒤쪽 난간에 기대어 있다가 북서쪽에서 아주 특이한 구름 한 점을 발견했다. 바타비아를 떠난 이후 처음 보는 구름이었는데 구름의 색깔이 눈길을 끌었다. 가만 지켜보니 석양 무렵 구름이 별안간 동서로 퍼지며 가느다란 수증기 띠처럼 수평선을 감쌌고, 곧 길게 이어지는 얕은 해변의 모양새를 이루었다. 이어 검붉은 달의 모습과 바다의 이상한 동태가 내 주의를 끌었다. 바다는 급격한 변화를 겪고 있었고, 바닷물은 평소보다 유독 투명해 보였다. 밑바닥이 또렷이 보였지만 측연을 던져보니 우리 배가 있는 곳은 수심 27미터 정도 깊이었다. 공기는 달궈진 쇳덩어리에서 구불구불 피어오르는 증기처럼 못 견디게 뜨거웠다. 밤이 되자 바람 한 점 불지 않고 지극히 고요한 정적이 찾아왔다. 배 뒤쪽 선루에서는 양초가 조금의 흔들림도 없이 타올랐고, 엄지손가락으로 집어든 긴 머리카락 한 올은 미동조차 없이 늘어졌다. 하지만 선장은 위험한 징조는 없다면서 배가 뭍 쪽으로 세차게 떠내려가고 있으니 돛을 접고 닻을 내리라고 선원들에게 명령했다. 불침번은 없었다. 대부분 말레이인으로 이루어진 선원들은 재주껏 갑판 위에 늘어졌다. 나는 갑판 아래로 내려갔다. 불길한 예감을 떨칠 수 없었다. 모든 정황이 시뭄(아라비아와 북아프리카에서 부는 건조한 모래 열풍으로, 여기서는 폭풍을 의미한다-옮긴이)이 임박했음을 말해주는 듯했다. 나는 선장에게 내가 우려하는 바를 말해보았지만 선장은 들은체도 않고 아무런 대답 없이 나가버렸다. 불안한 마음에 잠을 이루지 못하다가 자정 무렵 갑판으로 올라갔다. 발을 사다리 위쪽에 올렸을 때 돌방아가 빠르게 도는 듯 우르릉하는 커다란 소리가 들려왔다. 무슨 소리인지 알아채기도 전에 배 전체가 중심부까지 흔들리고 있다는 느낌이 들었다. 곧바로 거친 파도가 우리를 가로돛 쪽으로 내던지고는 앞뒤로 밀어닥치며 뱃머리부터 꼬리까지 갑판을 휩쓸었다.

따지고 보면, 배가 무사했던 것은 그 거센 바람 때문이었다. 배는 바닷속으로 완전히 가라앉았지만 돛대가 부러진 덕에 얼마 후 다시 바다 위로 육중한 몸을 일으킬 수 있었고 기세등등한 돌풍 속에 잠시 요동치다가 결국 자세를 바로잡았던 것이다.

내가 무슨 기적으로 죽음을 피했는지는 설명할 길이 없

다. 파도에 맞아 의식을 잃었다가 정신을 차려 보니 선미재(배 끝머리에 달린 기둥-옮긴이)와 방향타 사이에 끼어 있었다. 가까스로 두 발을 딛고 일어서서 어지러운 눈으로 주변을 둘러보니, 우리는 부서지는 파도 한가운데에 있는 것 같았다. 산처럼 드높고 거품이 이는 바닷물의 소용돌이에 둘러싸인 광경은 상상 이상으로 공포스러운 것이었다. 잠시 후, 출항 전 같이 승선했던 스웨덴 노인의 목소리가 들렸다. 내가 힘껏 소리쳐 부르자 얼마 뒤 그 스웨덴인이 흔들리는 배의 뒤쪽으로 왔다. 우리는 이 사고의 생존자가 우리뿐이라는 사실을 곧 알게 되었다. 우리를 빼고 갑판 위에 있던 사람들은 모두 파도에 휩쓸려 배 밖으로 떠내려간 모양이었다. 선실이 물에 잠겼으니 선장과 항해사들도 자다가 봉변을 당한 것이 분명했다. 도움을 받지 않고는 우리가 배를 지킬 방법은 거의 없었다. 처음에 우리는 언제 배가 가라앉을지 모른다는 두려움에 그저 넋을 놓고만 있었다. 닻줄은 폭풍의 첫 일격에 노끈처럼 끊겨 나간 상태였는데, 그러지 않았다면 순식간에 물속으로 침몰했을 게 분명했다. 우리는 무시무시한 속도로 바다를 질주하고 있었고, 머리 위로 투명한 물보라가 튀었다. 배는 뒤쪽이 완전히 파손되었고 여러모로 상당한 타격을 입은 상태였지만, 천만다행으로 배수펌프는 막히지 않은 데다 선창의 바닥짐도 그다지 흐트러지지 않았다. 일단 폭풍우가 한

풀 꺾였기 때문에 거센 바람의 위협은 더 이상 없었음에도 바람이 멎었을 때를 상상하자 곧 절망이 밀려왔다. 이렇게 부서진 상태로는 잇따라 닥쳐올 엄청난 파도에 필히 침몰할 것이라는 생각이 들었기 때문이다. 하지만 당분간은 이 당연한 걱정이 현실이 될 가능성은 없는 듯했다. 연달아 부는 강풍에 난파선이 측정 불가능한 속도로 닷새나 (이 동안 우리는 선루에서 어렵사리 구해온 약간의 설탕으로 연명했다) 내리 질주했기 때문이다. 첫 시풍만큼 맹렬하지는 않지만 이제껏 만난 어느 폭풍보다 두려운 바람이었다. 처음 나흘간 우리의 항적은 조금 차이가 있기는 해도 남동쪽과 남쪽이었다. 분명 '뉴홀랜드'(17-19세기에 통용된 오스트레일리아의 옛 지명-옮긴이) 해안 아래로 질주했을 것이다. 닷새째 되던 날에는 바람이 북쪽으로 조금 방향을 틀었을 뿐인데 극심한 추위가 몰려왔다. 누리끼리하고 희미한 몰골로 떠오른 태양은 수평선 위로 겨우 몇 도쯤 기어오를 뿐 뚜렷한 빛을 내뿜지 않았다. 구름이 보이지 않는데도 바람은 점점 강해졌고 느닷없이 와락 몰아치곤 했다. 추측하건대 정오 무렵이었을 것이다. 태양의 모양이 다시금 내 주의를 끌었다. 태양이 이렇다 할 빛을 내놓지 않고 일제히 분산되어, 반사도 되지 않는 미약하고 음산한 빛을 발했다. 그러다가 그 중심부의 빛이 불가사의한 어떤 힘에 의해 급격히 꺼지듯 부푼 바닷물 속으로 순식간에 내려갔다. 헤아릴 수 없는 바다 밑으로 곤두박질친 그것은 흐릿한 은빛 고리에 지나지 않았다.

우리는 하릴없이 엿새째 날이 밝기를 기다렸다. 내게는 아직 오지 않았으나 스웨덴인에게는 영영 밝지 않은 그날을. 이후 우리는 얼룩덜룩한 어둠에 둘러싸여 배에서 고작 스무 걸음 앞에 있는 물체도 볼 수 없었다. 영원한 밤이 계속 우리를 감쌌다. 열대지방에서 흔히 겪었던, 환한 바다의 인광에 어둠이 밀려나는 일도 없었다. 폭풍은 여전히 맹위를 떨쳤지만 지금까지 보였던 일상적인 파도나 물거품이 이는 모습은 더 이상 찾아볼 수 없었다. 사방은 온통 두려움, 짙은 우수, 흑단처럼 검고 축축한 사막이었다. 두려운 미신이 조금씩 스웨덴 노인의 영혼을 파고들기 시작했고, 내 영혼은 소리 없는 의문에 휩싸였다. 배를 돌보아봤자 더 이상 이로울 게 없었기에 배를 돌보는 것은 그만두고 부러진 뒤쪽 세로돛 밑동에 붙어 몸을 사리면서 비통하게 망망대해만 바라보았다. 시간을 계산할 수단도 없었고, 위치를 가늠할 방법도 없었다. 하지만 어느 항해자보다도 남쪽으로 내려왔다는 것만은 분명했기 때문에 앞을 가로막고 서 있어야 할 빙하가 보이지 않는 게 어리둥절할 뿐이었다. 매 순간이 고비였다. 산더미 같은 파도가 우리를 덮쳤다. 파도가 상상을 초월할 만큼 거대했기 때문에 우리가 순식간에 가라앉지 않은 것은 기적이었다. 옆의 노인은 뱃짐이 가볍다는 것과 이 배의 훌륭한 만듦새에 대해 이야기했지만, 나는 희망을 품어봤자 부질없다고 생각할 수밖에 없었다. 불가피한 죽음이 임박했음을 느끼고 죽음을 받아들이겠다는 무거운 마음이었다. 배가 더 나아갈수록 검고 드넓은 바다의 파도는 더욱더 패악을 부렸다. 앨버트로스보다 더 높이 치솟아 숨이 턱 막힐 때도 있었고, 정체된 공기에 크라켄의 잠을 깨울 소리 하나 없는 물 지옥으로 곤두박질하는 바람에 아찔한 순간도 있었다.

우리가 이런 나락의 바다에 있을 때, 겁에 질린 노인이 내지르는 목소리가 밤을 갈랐다. "봐! 봐!" 그가 내 귀에 대고 외쳤다. "전능하신 하느님! 봐! 보라고!" 그가 말을 하는 동안 나는 가물가물하고 음침한 붉은빛이 거대한 파도의 골짜기 옆을 타고 내려와 우리 갑판 위에서 명멸하는 것을 알아챘다. 나는 눈을 들어 위쪽을 보았다가 눈앞의 광경에 피가 얼어붙고 말았다. 머리 위 까마득히 높은 곳에 4000톤은 될 법한 거대한 배가 금방이라도 떨어질 듯 위태롭게 떠 있었다. 선체 높이보다 백배는 더 높은 파도 꼭대기에 있었지만 그 규모가 현존하는 어떤 전함이나 동인도회사의 배보다 크다는 것은 알 수 있었다. 거대한 선체는 거무칙칙했고 대개 있기 마련인 조각 장식 하나 없었다. 열린 좌현에서는 황동 대포들이 일렬로 튀어나와 있었는데, 삭구에 매달려 앞뒤로 달랑거리는 전투용 등불의 수많은 불빛이 그 반들반들한 표면에 반사되었다. 하지만 무엇보다 우리에게 놀라움과 공포를 안긴 것은 그 배가 초자연적인 바다의 횡포와 제멋대로 날뛰는 폭풍 속에서도 돛을 전부 올린 채 버티고 있다는 사실이었다. 처음에는 뒤쪽의 어둡고 공포스러운 심연에서 서서히 떠올랐기 때문에 뱃머리밖에 보이지 않았다. 마치 얼마나 높은 곳에 있는지 음미하는 것 같았다. 그러다 일순간 아찔한 정점에서 멈춰 극심한 공포감을 자아내다가 전신을 떨며 휘청하더니 아래로 내려온 것이다.

그 순간 왠지 모를 평정심이 내 영혼을 찾아왔다. 나는 비틀비틀 배 뒤쪽으로 최대한 나아가 파멸이 덮쳐오기를 담대히 기다렸다. 우리가 탄 배는 끝내 투쟁을 멈추고 뱃머리부터 바닷속으로 가라앉고 있었다. 위쪽에서 내려온 배는 결국 물속에서 우리 배와 충돌했고, 그 충격에 불가항력으로 튕겨나간 나는 그 낯선 배의 삭구에 부딪쳤다.

내가 그 배 위로 떨어졌을 때 뱃머리가 바람이 부는 방향으로 돌아섰다. 곧이어 벌어진 소동 때문에 선원들은 내가 이곳으로 탈출한 것을 눈치채지 못했다. 나는 사람들의 눈을 피해 반쯤 열린 선창까지 어렵지 않게 나아갔고, 곧 기회를 잡아 짐칸에 몸을 숨겼다. 왜 그랬는지는 잘 모르겠다. 그 배의 선원들을 보자마자 형언하기 어려운 두려움이 엄습해 몸

47

을 숨겼던 것 같다. 언뜻 봐도 여러모로 범상치 않고 수상쩍은 데다 두려움을 자아내는 부류의 사람들이었기에 그들에게 의지하는 게 영 내키지 않았다. 그래서 짐칸에 몸을 숨기기로 한 것이다. 나는 화물 고정판을 조금 치우고 거대한 목재 사이에 은신할 자리를 마련했다.

작업이 끝나기 무섭게 짐칸에서 발소리가 들려 곧바로 은신처에 숨어야 했다. 한 남자가 허약하고 휘청거리는 걸음으로 내가 숨어 있는 곳을 지나갔다. 그의 얼굴은 보이지 않았지만 기회를 보아 전체적인 모습은 관찰할 수 있었다. 한눈에 봐도 나이가 많고 쇠약한 티가 역력했다. 무릎은 세월의 무게를 이기지 못해 삐걱거렸고, 몸 전체가 체중을 견디지 못해 후들거렸다. 남자가 쇠약한 목소리로 낮게 뭐라뭐라 중얼거렸는데, 내가 모르는 언어였다. 그자는 짐칸 구석 쪽이상하게 생긴 기구들과 닳아 빠진 해도海圖 사이를 더듬거리며 돌아다녔다. 노망난 늙은이의 괴팍함과 신의 위엄이 뒤섞인 듯한 태도였다. 한참 후 남자는 갑판으로 올라갔고, 나는 두 번 다시 그를 보지 못했다.

정체를 알 수 없는 느낌이 내 영혼을 사로잡는다. 어떤 이해도 불가능하고, 지나간 시절의 어떤 가르침도 적용되지 않는 감각이다. 유감스럽지만 미래 역시 아무런 실마리를 주지 못할 것이다. 미래도 실마리가 되지 못한다는 생각은 나 같은 사고방식을 가진 사람에겐 악이나 다름없다. 나는 내 생각의 본질을 절대, 장담하건대 절대 이해하지 못할 것이다. 하지만 이 생각들이 규정될 수 없다는 것은 그리 놀랍지 않다. 완전히 새로운 근원에서 나온 생각들이니 말이다. 새로운 감각, 새로운 존재가 내 영혼에 더해졌다.

이 끔찍한 배의 갑판에 발을 디딘 지도 한참이 지났다. 내 운명도 갈피를 잡아가는 듯하다. 그런데 참으로 이해가 안 가는 자들이다! 이들은 짐작조차 안 되는 상념에 젖어 나를 알아채지 못하고 그냥 지나간다. 몸을 숨긴 것은 순전히 헛수고였다. 아무도 나를 쳐다보지 않기 때문이다. 방금 나는 항해사의 눈앞을 지나쳐 왔다. 얼마전에는 선장의 선실에 들어가 필기구를 가져왔고, 그것으로 글을 쓰고 있다. 가끔씩 이 수기를 쓸 생각이다. 이것을 세상으로 내보낼 기회가 영영 없을지라도 노력은 게을리하지 않을 작정이다. 최후의 순간에 이 수기를 봉하여 바다에 던지려 한다.

*

생각의 지평을 넓혀야 할 사건이 일어났다. 그저 통제불능한 우연이 벌인 일로 봐야 할까? 한번은 갑판에 올라가 누구의 눈에도 띄지 않고 작은 보트 바닥 안의 줄사다리와 낡은 돛 사이에 앉은 적이 있다. 기이한 내 운명을 곰곰이 곱씹다가 무심코 타르 붓으로 옆의 나무통 위에 차곡차곡 접혀 있던 보조 돛 가장자리에 타르를 발랐다. 이제 그 보조 돛은 배에 활짝 펼쳐져 있는데, 내가 생각 없이 했던 붓칠이 '발견'이라는 단어가 되어 있었다.

*

얼마 전부터 이 배의 구조를 구석구석 관찰하고 있다. 무장하긴 했지만 전함은 아닌 것 같다. 삭구, 선체, 전체적인 장비들이 전함의 그것과는 달랐다. 이 배가 무엇이 아닌지는 이렇게 쉽게 가늠할 수 있는데, 유감스럽게도 무엇인지는 통 모르겠다. 영문은 알 수 없지만 이 배의 기이한 양식이며 특이한 돛대, 엄청난 규모, 어마어마한 크기의 범포, 아주 단순한 뱃머리와 구식인 선미를 찬찬히 살피다 보면 가끔씩 익숙한 느낌이 뇌리를 스치곤 하는데, 그때마다 매번 아련한 기억의 그림자랄까, 아주 오래전 타국의 기록에서 본 듯한 모호한 기억이 뒤섞이곤 한다.

*

이 배의 목재를 살펴보고 있다. 무엇으로 건조된 것인지 잘 모르겠다. 배의 건조에는 적합하지 않은 특이한 나무라는 생각이 든다. 바다를 항해하는 동안 벌레 먹고 오래되어 썩은 것을 감안해도 지나치게 잔구멍이 많다. 넘겨짚는 것일 수도 있으나 이 나무는 여러모로 스페인산 참나무의 특징을 가지고 있다. 어떤 비정상적인 방법으로 스페인산 참나무를 팽창시킬 수 있다면 말이다.

위의 문장을 읽어 보니 바다에서 잔뼈가 굵은 어느 늙은 네덜란드인 항해사가 하던 말이 떠오른다. 그는 자기가 하는 말에 누군가 의문을 제기할 때마다 "확실해, 살아 있는 뱃사람의 몸이 곧잘 그러하듯 어떤 바다에선 배의 선체가 불어나는 게 확실하단 말일세"라고 말하곤 했었다.

*

한 시간쯤 전 모여 있는 선원들 사이로 과감히 들어가 보았다. 아무도 내게 관심을 두지 않았고 내가 그들 한가운데 서 있는데도 내 존재를 전혀 의식하지 못하는 듯했다. 처음 짐칸에서 보았던 사람처럼 모두에게서 백발 노인의 특징이 보였다. 무릎은 병약해 부들부들 떨리고 어깨는 노쇠해 굽어 있었다. 쪼글쪼글하게 늘어진 피부는 바람에 덜렁거리고 목소리는 낮고 바르르 떨리는 데다 쇠약했다. 눈은 세월의 눈물로 반짝이고 백발은 강풍에 휘날렸다. 그들 주변에는 구닥다리 항해 기구들이 갑판 곳곳에 널려 있었다.

*

얼마 전 보조 돛이 펼쳐졌다는 이야기를 했었다. 그 무렵부터 배는 순풍을 타고 돛대 꼭대기부터 보조 돛대 아래 활대까지 누더기 돛을 있는 대로 활짝 펼친 채 남쪽을 향해 두려운 항해를 계속하는 중이다. 윗돛대의 양쪽 활대는 시시각각으로 흔들리며 인간이 상상할 수 있는 가장 공포스러운 지옥의 바다로 진입하고 있다. 나는 도저히 발을 딛고 있을 수가 없어 갑판을 떠났지만 선원들은 그다지 불편한 기색이 아니다. 내게는 이 거대한 배가 당장이라도 침몰하지 않은 것이 기적 중의 기적으로 느껴진다. 이 배는 심연으로 곤두박질쳐 최후를 맞이하지 않고 영원의 가장자리를 끊임없이 맴돌 운명인 모양이다. 지금까지 본 것보다 천배는 더 거대한 파도가 들이닥쳐도 이 배는 재빠른 갈매기마냥 빠져나간다. 무지막지한 파도가 심해의 악귀들처럼 우리 위로 고개를 치켜들지만, 위협만 할 뿐 파괴는 행할 수 없는 악귀들인 것 같다. 나로서는 이처럼 매번 고비를 넘기는 이유를 한 가지 그럴듯한 원인에서 찾을 수밖에 없다. 아무래도 이 배는 거센 조류나 빠른 저류의 영향력 아래 있는 것 같다.

선장과는 계속 얼굴을 마주치고 있다. 선장실 안에서도 만났지만 예상한 대로 그는 내게 주의를 기울이지 않았다. 언뜻 보아서는 선장에게 인간다운 면모가 전혀 없는 듯하지만 나는 그에게 가슴 벅찬 존경심과 경외감을 느꼈다. 키로 말할 것 같으면 나랑 거의 비슷하다. 173센티미터쯤. 건장하고 탄탄한 체구인데도 활기차 보이거나 멋지지는 않았다. 하지만 얼굴에 가득한 독특한 표정만은 그렇지가 않다. 나이 듦을 보여주는 그 또렷하고 놀라우면서도 섬뜩한 특징이 어찌나 확연하고 극단적인지, 그것은 내 영혼 안의 어떤 감정, 뭐라 형언할 수 없는 감수성을 일깨운다. 이마에는 주름은 거의 없지만 무수한 세월의 인장이 찍힌 듯하다. 그의 잿빛 머리는 과거의 기록이고, 더 진한 잿빛 눈은 미래를 말하는 예언자다. 선실 바닥에는 철제 잠금장치가 달린 이상한 2절판 책과 부식된 과학 기구, 오래전에 잊힌 한물간 해도 따위가 잔뜩 널려 있었다. 그는 양손으로 머리를 받치고는 고개를 숙인 채 이글거리는 조용한 눈으로 명령서로 보이는 문서를 골똘히 들여다보았다. 국왕의 서명이 있는 문서였다. 그리고 짐칸에서 처음 보았던 선원과 마찬가지로 외국어 몇 마디를 나지막히 중얼거렸다. 바로 옆에 있는데도 그의 목소리는 1킬로미터는 떨어진 곳에서 와닿는 것처럼 아련히 들려왔다.

*

이 배와 이 안의 모든 것들에는 옛것의 기운이 어려 있다. 선원들은 까마득한 옛날의 유령처럼 이리저리 흘러 다닌다. 그들의 눈은 열렬하고 불안한 빛을 품고 있다. 전투용 전등의 환한 불빛 속에서 그들의 형체가 내 앞을 불쑥 가로막을 때면 한 번도 느끼지 못한 기분을 느끼게 된다. 평생 고대 유물을 사고팔면서 영혼마저 폐허가 되도록 바알베크, 타드모르, 페르세폴리스에서 쓰러진 기둥의 그림자를 흡수했건만.

*

주위를 둘러보면 이전에 느꼈던 두려움이 부끄러워진다. 이제껏 우리를 따라다닌 폭풍에 내가 몸을 떨었다면, 회오리바람이니 시뭄이니 하는 시시하고 미미한 말로는 감히 다 전달할 수 없는 이 바람과 대양의 교전 앞에선 그저 망연자실 서 있어야 마땅하지 않겠나? 배 바로 옆에는 영원한 밤의 어둠과 물거품조차 없는 혼돈뿐이지만, 양옆 5킬로미터쯤 떨어진 곳으로 광대한 빙벽들이 황량한 하늘을 향해 우뚝 솟은 모습, 그 우주의 장벽 같은 풍경이 드문드문 흐릿하게 보이는 것 같기도 하다.

*

　내가 상상한 대로 배는 조류를 탄 것이 확실하다. 횡횡 쌩쌩 울부짖으며 하얀 빙하 옆을 지나 내리꽂히는 폭포수의 속도로 남쪽을 향해 나아가는 것을 조류라고 부를 수 있다면 말이다.

*

　내가 느끼는 이 공포를 이해하기란 전적으로 불가능할 것이다. 하지만 이 끔찍한 해역의 미스터리를 풀고 싶다는 내 호기심이 절망감마저 넘어선 이상, 더없이 참혹한 죽음과도 타협할 수 있게끔 나를 이끌 것이다. 분명한 것은 우리가 어떤 흥미로운 지식을 향해, 아는 자는 파멸할 수밖에 없어 결코 밖으로 새어나갈 수 없는 비밀을 향해 곧장 나아가고 있다는 것이다. 어쩌면 이 조류는 우리를 남극으로 데려가는지도 모르겠다. 너무나 터무니없는 추정이 오히려 더 그럴듯하다는 것을 고백하지 않을 수 없다.

　선원들은 요란하고 떨리는 발걸음으로 갑판 위를 오가지만, 얼굴에 어린 표정은 무덤덤한 절망보다 열렬한 희망에 더 가깝다.

　그러는 동안 바람은 여전히 뒤 선루 쪽에서 불어오고 우리가 돛을 잔뜩 펴고 있기 때문에 때때로 선체는 바다 위로 들썩이곤 한다! 아, 끝없는 공포여! 별안간 좌우로 얼음길이 펼쳐진다. 우리는 거대한 동심원을 그리며 담장이 어둠 속으로 높이높이 치솟은 거대한 원형 경기장의 주변을 어지러이 휘돈다. 하지만 내겐 내 운명을 숙고할 만한 시간이 없다! 우리가 그리는 원의 크기가 급속히 작아지고 우리는 그 소용돌이의 손아귀 안으로 미친 듯이 돌진한다. 으르렁 괴성을 내지르고 발광하는 바다와 폭풍 한가운데서 배는 전율한다. 오, 하느님! 그리고 내려간다!

참고. 「병 안의 수기」는 1831년에 처음 출판되었다. 이후 여러 해가 지나고 나서야 나는 메르카토르(16세기 독일-플랑드르 지리학자이자 지도 제작자-옮긴이)의 지도를 알게 되었다. 그 지도에서 대양은 네 개의 입구를 통해 북극 만灣으로 흘러가 지구 속으로 흡수되는 것으로 표현되었으며, 극지방은 아찔하게 치솟은 검은 바위로 표시되어 있다.

윌리엄 윌슨

뭐라고 하느냐?
내 앞을 가로막는 이 우울한 양심,
이 망령이 뭐라고 하느냐?

—

체임벌린, 「파로니다」

일단 내 이름은 윌리엄 윌슨이라고만 해두겠다. 내 진짜 이름으로 지금 이 앞에 놓인 깨끗한 종이를 더럽힐 필요는 없으니까. 내 실명은 이미 내 가문에서 비웃음, 두려움, 혐오의 대상이 되고도 남았다. 성난 풍문이 전대미문의 오명을 세상 구석구석까지 전하지 않았나? 오, 철저히 버림받은 외톨이라니! 세상에게 너는 영원히 죽은 사람이 아니더냐? 세상의 명예, 영화, 황금빛 소망도 너에게 등을 돌리지 않았나? 끝없이 펼쳐진 짙은 먹구름이 너의 희망과 천국 사이에 걸려 있지 않은가?

　말로는 다 못 할 만큼 불행한 내 인생 후반기와 용서받을 수 없는 범죄의 기록을 오늘 여기서 늘어놓을 생각은 없다. 지금 내 목적은 오로지 내 부도덕한 행위가 이 시기, 그러니까 내 인생 후반기에 갑자기 폭발하게 된 근원을 밝히려는 것이다. 인간은 대개 서서히 비열해진다. 하지만 내 경우에는 모든 미덕이 껍질이 벗겨지듯 송두리째 떨어져나갔다. 나는 비교적 사소한 악행을 거쳐 엘라가발루스(음란하고 괴팍한 정치로 물의를 일으키다 암살당한 로마 황제-옮긴이)의 극악무도한 죄악 속으로 거인처럼 성큼성큼 들어갔다. 어떤 우연(어떤 한 가지 사건)이 이런 참사를 불러왔는지 이야기할 테니 참고 들어주길 바란다. 죽음이 다가오고 있다. 앞장선 그 그림자가 내 영혼에 부드러운 손길을 미쳤다. 부디 같은 인간들의 공감 속에서 (하마터면 공감이 아니라 동정이라는 말을 쓸 뻔했다) 어두운 골짜기를 지나고픈 마음이다. 어떤 면에서는 내가 인간의 통제를 벗어난 상황에 있었다는 것을 사람들이 믿어주어야 가능한 일일 것이다. 이제부터 나를 위해 내가 하려는 이야기에서 죄악의 황무지에 자리한 숙명이라는 작은 오아시스를 찾아주기를 바란다. 유혹이란 것은 본디 이전부터 막강한 존재였을지 모르나 적어도 인간의 몸으로 그런 유혹 앞에 떨어진 자는 일찍이 없었다는 것을 사람들이 받아들이게끔 (도저히 거부할 수 없게끔) 애써볼 생각이다. 한데 이제껏 그런 고통을 겪은 인간이 과연 없었을까? 혹시 내가 환상 속에 살았던 게 아닐까? 나야말로 지금 하늘 아래 가장 기괴한 공포와 불가사의에 희생되어 죽어가는 것은 아닐까?

나는 대대로 상상력이 풍부하고 쉽게 흥분하는 기질로 유명한 집안의 후손이다. 그런 집안의 기질이 내게 그대로 유전되었다는 것은 아주 어릴 때부터 명백했다. 성장하면서 그 기질은 더욱 뚜렷해졌고, 여러 가지 이유로 친구들에게는 그것이 심각한 불화의 씨앗이 되고 나 자신에게는 부상의 원인이 되었다. 나는 고집이 세고 변덕이 말도 못하게 심하며 성질이 불같았다. 부모님은 심약한 데다 나처럼 기질적으로 단점이 많아 내게서 보이는 못된 성향들을 제압하지 못했다. 미약하고 헛된 노력을 기울이다가 번번이 패배감을 맛보았을 뿐이다. 물론 내 입장에서는 완전한 승리였다. 그때부터 내 말은 곧 집안의 법이 되었다. 웬만해선 부모의 지도 아래 있을 나이에도 나는 나 자신의 인도를 따랐고, 실질적으로 아무런 제지도 받지 않고 내 멋대로 살았다.

학창 시절에 얽힌 최초의 기억은 널찍하고 사방으로 뻗어나간 엘리자베스풍 건물과 관련이 있다. 학교는 안개가 자욱한 잉글랜드의 한 마을에 자리하고 있었는데, 옹이가 진

거목들이 많고 집이란 집은 아주 오래된 것들뿐인 마을이었다. 몽환적이면서도 영혼을 달래주는 듯 경건하고 오래된 소도시였다. 지금도 그곳을 상상하면 그늘이 짙게 드리운 큰길의 상쾌하고 서늘한 기운이 느껴지고, 수천 그루의 관목림이 발산하는 향기를 들이마시는 것만 같다. 복잡한 문양의 고딕 첨탑이 곤히 잠든 어스름한 대기의 적막 위로, 매시간 갑작스럽고 음울한 포효 소리처럼 울려 퍼지던 그윽한 교회 종소리를 생각하니 형언할 수 없는 기쁨과 함께 어떤 전율이 새삼 솟아오른다.

그 학교나 그와 연관된 소소한 추억에 잠기는 것이 지금의 내가 누릴 수 있는 가장 큰 기쁨일 것이다. 작금의 이 불행(아! 이 엄연한 현실)을 생각하면, 내가 하찮은 말 몇 마디를 주절거리며 잠시나마 작은 위안을 찾는다고 해도 용서되리라 믿는다. 또한 이것들은 아주 사소하고 하찮은 일들이기는 해도, 훗날 먹구름처럼 드리운 운명의 첫 경고를 내가 희미하게나마 알아챘던 시기나 장소와 관련이 있기 때문에 생각보다 중요할지도 모른다. 그러니 기억을 더듬어보려 한다.

그 학교는 오래되고 불규칙한 형태의 건물이었다. 너른 교정은 꼭대기에 모르타르를 바르고 유리 조각을 박은 높고 단단한 벽돌담에 둘러싸여 있었다. 이 감옥 같은 성벽이 우리 땅의 경계선이었고, 그 너머를 볼 수 있는 것은 일주일에 세 번뿐이었다. 토요일 오후에 보조 교사 둘을 동반해 근처 들판으로 다 같이 잠깐 동안 산책을 나갈 수 있었고, 일요일에는 하루 두 번, 아침과 저녁 예배에 참석하러 마을의 하나뿐인 교회를 향해 똑같이 격식을 갖춰 행진했다. 교장은 그 교회의 목사였다. 나는 먼 신도석에 앉아 엄숙하고 느린 발걸음으로 연단에 오르는 교장을 보면서 얼마나 놀라고 혼란스러웠는지 모른다! 저 점잖고 온화한 얼굴이, 저 반들반들하고 치렁치렁한 사제복에 분을 뿌린 뻣뻣하고 거대한 가발을 쓴 저 성직자가 정녕 얼마 전 험악한 표정으로 코담배 냄새를 풀풀 풍기면서 손에 든 몽둥이로 학교판 '드라콘의 법'(형벌이 가혹해서 '피로 쓰인 법'이라 불렸던 아네테 최고의 성문법—옮긴이)을 집행하던 그 사람이란 말인가? 오, 도저히 이해가 안 가는 너무도 해괴하고 거대한 모순이었다!

장엄한 벽의 한구석에 자리한 더 장엄한 문은 위압감을 자아냈다. 쇠못과 나사가 박혀 있고 꼭대기에는 비쭉비쭉한 쇠꼬챙이가 솟은 문이었다. 그 모습이 어찌나 섬뜩하던지! 그 문은 앞서 말한 대로 일주일에 세 번 있는 정기 외출과 복귀 때 말고는 절대 열리지 않았다. 장대한 경첩이 삐걱 소리를 낼 때마다 우리는 불가사의의 극치, 정숙한 말과 더 정숙한 행동이 요구되는 세상을 발견했다.

널따란 교정은 널찍하고 후미진 곳이 많아서 형태가 일

정하지 않았다. 그중에서도 가장 넓은 서너 곳은 운동장으로 조성되었는데, 잘고 단단한 자갈돌로 덮인 평지였다. 나무나 벤치 같은 게 전혀 없었던 것이 똑똑히 기억난다. 물론 운동장은 학교 건물 뒤편에 있었다. 앞쪽에는 회양목과 다른 관목을 심어놓은 화단이 있었지만, 우리가 그 성스러운 구역을 지나가는 경우는 극히 드물었다. 학교에 온 첫날이나 학교를 떠나는 마지막 날, 아니면 부모님이나 친구가 찾아왔을 때, 크리스마스 휴가나 여름 방학을 맞아 신나게 집으로 갈 때뿐이었다.

하지만 그 건물! 진기하고 오래된 그 건물은 내게는 참으로 마법의 궁전과도 같았다! 굽이굽이 돌아가는 모퉁이와 알 수 없는 구획이 끝도 없이 이어졌다. 어떤 시간이든 그 2층짜리 건물 안에 있으면 어느 층에 있는지 정확히 분간하기가 어려웠다. 한 방에서 다른 방으로 가려면 반드시 계단을 서너 개 올라가거나 내려가야 했다. 게다가 옆으로 뻗어나간 별채가 셀 수 없이 (상상을 초월할 만큼이나) 많았고 가끔은 스스로 제자리로 돌아오기도 해서 이 건물 전체에 대해 우리가 가진 생각은 무한성에 대한 상념과 별반 다르지 않았다. 나는 그곳에서 5년을 지냈지만, 나를 비롯해 스무 명쯤되었던 학생들에게 배정된 작은 침실이 서로 얼마나 떨어져 있는지 정확히 알아낸 적은 없다.

학교에서 가장 큰 방은 교실이었다. 나는 세상에 그것보다 더 큰 방은 없을 거라고 생각했다. 그 방은 아주 길고, 짜증나게 낮았다, 뾰족한 고딕풍 창들이 나 있었고 천장은 참나무였다. 그리고 저 멀리 두려움을 자아내는 한구석에 크기가 이삼 미터쯤 되고 사방이 막힌 네모난 공간이 있었다. 거대한 문이 달린 그 견고한 구조물은 교장 브랜스비 목사가 '수업 중'에 쓰는 내실이었다. 우리 모두는 '목사님'이 자리를 비우고 없는 동안 그 문을 여느니 차라리 고문형을 받고 죽겠다는 마음이었다. 또 다른 구석에도 비슷하게 네모난 방이 두 개 더 있었는데, 위압감은 훨씬 덜했지만 큰 두려움의 대상이기는 마찬가지였다. 그중 하나는 '고전 과목' 교사의 강단이었고, 다른 하나는 '영어와 수학' 교사의 것이었다. 세월에 마모된 검고 오래된 장의자와 책상 들이 무수히 교실 여기저기에 난잡하게 흩어져 있었고, 그것들 위에는 손때 묻은 책들이 엄청나게 쌓여 있었다. 장의자와 책상 들은 누군가의 이니셜과 이름, 기괴한 도형, 칼이 남긴 온갖 자국 같은 것들 때문에 오래전 원래의 모습이 어땠는지 짐작조차 할 수 없었다. 물이 담긴 큰 양동이 하나가 교실 한쪽 구석에 놓여 있었고, 반대쪽 끝에는 거대한 시계가 서 있었다.

나는 열 살 때부터 이 경건한 학교의 장엄한 담장에 둘러싸여 지루하지도 끔찍하지도 않은 5년을 보냈다. 어린 시절의 풍요로운 두뇌는 집중하거나 즐길 만한 바깥세상의 사건들이 필요하지 않다. 그렇기에 내게 그 침울하고 단조로운 학교생활은 이후 청년기에 누렸던 풍요나 성년기에 저질렀던 범죄보다 더 강렬하고 흥미로웠다. 하지만 어린 시절 나의 정신적 발달은 상당히 평범하지 않았고 기이하기까지 했다. 아주 어린 시절의 사건들은 어지간해서는 성인이 될 때까지 또렷한 인상으로 남지 않는다. 모든 것이 희미하고 어수선한, 말하자면 잿빛 그림자 같은 기억일 뿐이고 어렴풋한 즐거움과 환상적인 고통의 불분명한 재구성일 뿐이다. 그런데 내 경우는 그렇지 않다. 어린 시절 나는 혈기 왕성한 성인 남자처럼 세상을 느꼈고, 그것들은 지금까지도 내 기억 속에 카르타고 메달의 글자처럼 선명하고 깊고 견고하게 차곡차곡 각인되어 있다.

하지만 사실상,—세상의 관점에서 보면—기억에 남을 만한 특별한 일은 거의 없었다! 아침에 일어나고, 밤이면 잠자리에 들고, 속임수를 쓰고, 암송하고, 주기적으로 반쪽짜리 휴일을 즐기고, 돌아다녔다. 운동장에서 싸우고 놀고 작전을 짰다. 그러나 이것들이 오랫동안 잊힌 마음의 신비에 의해 감각의 생태계, 다채로운 사건들의 세상, 다양한 감정들과 가장 열정적이고 가장 신나는 일들로 충만한 우주를 형성했다. '오, 그 철권의 시대, 얼마나 좋았던가!'

나는 불같은 성격과 정열적이고 드센 기질로 인해 아이들 사이에서 두각을 나타냈고, 자연스러운 변화를 거쳐 서서히 모든 아이들을 지배하게 되었다. 나이 차이가 크지 않다면 나보다 나이가 많은 아이들까지도 내 밑에 두었지만, 한 학생만은 예외였다. 친척지간이 아닌데도 성과 이름이 나와 완전히 똑같은 아이였다. 따지고 보면 그리 별난 상황은 아니었다. 내가 귀족 집안의 자손이기는 해도 내 이름은 까마득한 옛날부터 군중의 공동재산인 양 날마다 불리는 흔한 이름이었기 때문이다. 이 이야기에서 내 실명과 아주 동떨어지지 않은 '윌리엄 윌슨'을 가명으로 쓴 것도 그 때문이다. 당시 아이들 말로 이른바 '우리 무리'에 속한 아이들 중 나랑 이름이 같은 그 아이만이 수업 시간에 공부할 때도 운동장에서 운동을 하거나 싸움을 벌일 때도 내 주장을 순순히 받아들이지 않았다. 내 의사에 반기를 들고 사사건건 내 독단적인 지시에 딴지를 걸었다. 지구상에 가장 부당한 절대 독재가 존재한다면, 기가 더 약한 또래를 조종하는 아이들의 독재가 그것이다.

윌슨의 저항은 내게 크나큰 난관이 아닐 수 없었다. 그도 그럴 것이 다 함께 있을 때는 녀석과 녀석의 주장에 호기롭게 대처했지만 나는 내심 녀석이 두려웠고, 계속 대수롭지 않게 나와 맞먹는 녀석의 태도로 보아 우월한 놈이라는 생각을 하지 않을 수 없었기 때문이다. 나는 지지 않으려고 끊임없이 노력해야 했다. 하지만 나 말고는 아무도 그 녀석이 우월하다는 것을—대등하다는 사실조차—인지하지 못했다. 무작정 나를 따르던 친구들은 아무런 의심도 하지 않는 듯했다. 녀석이 나와 경쟁하고 나에게 반발하고 특히 내가 하려는 일에 건방지고 고집스럽게 끼어드는 것은 두드러지지도 은밀하지도 않았다. 나와는 다르게 윌슨은 추동하는 야심이라든가 발군의 실력을 가능케 하는 열정적인 에너지가 부족해 보였다. 순전히 나를 주저앉히고 놀래키고 모욕하려는 변덕이 일어서 나와 맞서는 것 같았다. 하지만 녀석이 내게 상처를 주고 모욕하거나 반발하는 와중에도 참으로 엉뚱하며 결코 달갑지 않은 애정을 비치는 바람에 나는 경악과 굴욕, 불쾌감을 느꼈다. 나로서는 윌슨의 이런 별스러운 행동이 나를 밀어주고 보호해주어야 한다는 그야말로 속된 허영심에서 비롯된 것이라 여길 수밖에 없었다.

상급생들은 여간해선 하급생들의 일을 캐묻지 않지만, 그와 이름도 같고 우연히 같은 날 학교에 들어온 데다 이러한 행동까지 더해지니 우리가 형제라는 생각이 상급생들 사이에 퍼질 수밖에 없었을 것이다. 윌슨이 우리 집안과 무관하다는 것은 이미 말했고 말할 수밖에 없었던 사실이다. 하지만 만약 우리가 형제였다면 쌍둥이였을 것이 분명하다. 브랜스비 선생의 학교를 나온 후 나와 이름이 같은 그 녀석이 1813년 1월 19일생이라는 걸 어쩌다가 알게 되었다. 어떻게 이런 우연이 있을까. 나 역시 그날 태어났던 것이다.

월슨과의 경쟁, 녀석의 성가신 반골 기질이 끊임없는 불안감을 야기하는데도 이상하게 나는 녀석을 무작정 미워할 수가 없었다. 우리는 거의 날마다 싸웠다. 녀석은 싸울 때마다 번번이 공개적으로는 내게 져주면서도 진정한 승리자는 자기라는 인상을 남겼다. 하지만 내 자존심과 녀석의 기품 덕에 우리는 '말은 나누는 사이'의 관계를 유지할 수 있었다. 서로 기질적으로 공통점이 많았기에 입장 차이만 없었다면 장차 우정으로 키워나갈 만한 감정이 내 안에서 피어났을지도 모른다. 월슨에 대한 내 감정은 참으로 정의하기가, 아니, 설명하는 것조차 어려운 것이었다. 아직 증오라고는 할 수 없는 비딱한 적대감, 약간의 존중심, 큰 두려움, 여기에 불안한 호기심이 아주 많이 더해진 잡다하고 이질적인 감정들의 복합체였다. 도덕주의자들의 관점에서 보면 월슨과 내가 불가분의 짝패였다는 것은 두말할 필요가 없을 것이다.

우리 사이에 존재했던 그 이례적인 (흔하게 공개적이고도 은밀하게 이루어진) 상황들이 내가 월슨에게 가하는 공격을 진지하고 맹렬한 적의가 아니라 농담이나 장난(재미를 가장한 괴롭힘) 쪽으로 돌렸다는 것은 분명하다. 하지만 이러한 나의 노력이 항상 성공한 것은 아니다. 아무리 치밀한 계획을 세워도 마찬가지였다. 나와 이름이 같은 그 녀석은 거드름을 떨지 않고 조용히 위엄을 풍기는 성격이라 아킬레우스의 발뒤꿈치 같은 약점은커녕 그저 장난의 통렬함을 즐길 뿐 조롱거리가 되는 법이 없었다. 나처럼 궁지에 몰린 라이벌이 아니라면 어김없이 지나쳤을 테지만 나는 신체적 불편함에서 비롯된 듯한 그의 특별함에서 한 가지 약점을 찾아냈다. 내라이벌은 입천장이나 후두가 약해서 아주 낮게 속삭이는 것 이상으로 목소리를 높이지 못했다. 나는 이 대단찮은 약점을 십분 활용했다.

윌슨도 지지 않고 수차례 반격을 가했는데, 그중에 몹시 거슬리는 장난이 하나 있었다. 내가 사소한 일에 발끈한다는 걸 녀석이 첫눈에 알아본 것이다. 정말이지 그 영리함의 깊이를 가늠할 길이 없다. 어쨌든 그걸 간파한 녀석은 툭하면 그쪽으로 내 성미를 건드렸다. 나는 저속한 내 아버지 쪽 이름을 혐오했다. 평민의 이름은 아니었지만 아주 흔한 이름이긴 했다. 내 귀에 그것은 독약이나 다름없었다. 학교에 도착한 첫날 나는 내가 아닌 또 다른 윌리엄 윌슨이 들어온 걸 알고는 그 이름을 가진 그 녀석에게 화가 치밀었다. 생판 모르는 아이가 그 이름을 갖고 있다고 생각하니 그 이름이 두 배로 역겨워졌다. 모르는 아이 때문에 그 이름이 곱절로 불리

68

게 될 테고, 그 아이는 끊임없이 내 앞을 오갈 것이며, 그 가증스러운 우연의 일치로 인해 학교에서 그 아이와 내가 혼동되는 일이 자주 벌어질 수밖에 없었다.

그렇게 생겨난 성가신 느낌은 내 라이벌과 나의 정신적 혹은 신체적으로 닮은 점들이 부각될 때마다 점점 커져갔다. 당시에는 우리가 동갑이라는 놀라운 사실은 몰랐지만 키가 같다는 건 알 수 있었다. 심지어 우리는 체형과 이목구비까지도 묘하게 비슷했다. 그런 점들을 언급하는 소문이 상급생 사이에 돌았다는 것 역시 씁쓸했다. 불쾌한 마음을 철저히 감추긴 했지만, 한마디로 성격이든 생김새든 집안 배경이든 우리 둘의 닮은 점을 암시하는 것만큼 내 성미를 건드리는 것은 없었다. 하지만 그 닮은 점이나 윌슨의 존재 자체는 논외로 하더라도 학생들이 우리의 닮은 점을 화제로 이야기를 나눈다거나 심지어 알고 있다고 믿을 만한 근거는 어디에도 없었다. 그런데 행동거지로 보아 윌슨 본인은 나만큼이나 이것을 알고 있는 게 분명했다. 이런 상황에서도 손쉽게 도발할 거리를 찾아낸 것은 앞서 말한 대로 그의 비범한 통찰력 때문이라고 봐도 좋을 것이다.

윌슨은 말이든 행동이든 나를 완벽하게 흉내 냈다. 정말이지 감탄할 수밖에 없는 훌륭한 연기였다. 흉내 내기 쉬운 옷차림부터 걸음걸이, 전체적인 몸가짐까지 힘 하나 안 들이고 나를 따라 했다. 목소리까지도 그랬다. 녀석의 신체적 결함에도 피할 수 없었다. 물론 내 목소리가 더 크긴 했지만 음색만은 똑같아서 녀석의 독특한 속삭임이 갈수록 내 목소리의 메아리가 되어갔다.

이 정교한 모사가 나를 얼마나 괴롭혔는지 (단순한 모사 정도가 아니었기에) 지금도 도저히 설명할 엄두가 나지 않는다. 그래도 한 가지 위안은 있었다. 그 연기를 나만 알아챘다는 점, 그러니 그 사실을 그 녀석의 이상한 냉소와 함께 그저 참아 넘기면 된다는 사실이었다. 녀석은 의도한 대로 내 감정을 건드렸다는 것에 만족하고 자기가 야기한 따끔한 고통을 생각하며 남몰래 낄낄대는 것 같았지만, 아이들에게 익살을 부려 손쉽게 박수갈채를 받는 일에는 유달리 무관심했다. 그렇게 불안 속에 여러 달이 흘렀지만 다른 아이들은 윌슨의 의도와 성공을 알아채지 못했고 녀석의 조롱에 동조하지도 않아서 내게는 풀지 못한 수수께끼가 되었다. 나를 향한 윌슨의 모사가 조금씩 이루어져 쉽게 알아차리지 못한 것일까. 그보다는 작자 서명(그림에 넣으면 둔감한 사람도 알아보게 만드는 창작자의 이름)은 빼버리고 당사자인 나만 알아보고 분노하게끔 독창성을 발휘한 모방자의 능수능란한 기술이 나를 지켜주었을 가능성이 더 높다.

윌슨이 내게 보호자인 양 취한 역겨운 태도나, 툭하면

내가 하려는 일에 호기롭게 끼어들었다는 것은 이미 여러 번 이야기했다. 녀석은 주로 주제넘는 조언의 형식을 빌려 참견을 했는데, 남들 앞에서 대놓고 하는 게 아니라 넌지시 암시를 주는 식이었다. 녀석에게 조언을 들을 때마다 내가 느끼는 반감은 해가 갈수록 커져갔다. 그러나 오랜 시간이 흐른 오늘에서야 인정할 수밖에 없는 것은, 아직 미성숙하고 경험이 부족한 또래들이 흔히 저지르는 오류나 어리석음이 내 라이벌의 조언에는 전혀 없었다는 점이다. 일반적인 재능이나 세상 물정은 몰라도 도덕 관념만은 나보다 훨씬 더 확고했다. 그가 속삭인 뜻깊은 조언을 매번 무시하지만 않았어도 오늘날 나는 더 나은 사람, 그래서 더 행복한 사람이 되어 있지 않았을까. 그때 그것들을 그토록 질색하며 깡그리 경멸하지만 않았어도.

실제로는 녀석의 못마땅한 감시를 참지 못했고, 녀석의 오만이 도를 넘었다는 생각에 점점 더 노골적으로 분노를 표출했다. 말했다시피 같은 학교 학생이 된 첫해에는 우정으로 발전할 법한 감정을 녀석에게 느꼈지만, 후반기에는 평소 간섭을 일삼던 녀석의 태도가 어느 정도는 누그러진 것이 분명했는데도 내 감정은 오히려 증오 쪽으로 기울었다. 녀석도 어떤 계기로 이것을 눈치챘는지 이후로는 나를 피하거나 피하는 시늉을 했다.

내 기억이 맞다면 윌슨과 격렬한 말다툼을 벌인 것도 바로 이 무렵이다. 사건이 일어날 당시 윌슨은 평소 둘렀던 보호막을 던져버리고 녀석답지 않게 솔직한 말과 행동을 보였다. 나는 녀석의 말투와 분위기, 전반적인 모습에서 뭔가를 보았다. 내 상상일지도 모르지만, 어쨌든 처음에는 그것에 놀랐다가 이내 갓난아기 적 기억이 떠올라 큰 호기심이 일었다. 기억이 아직 시작되지도 않은 시절의 거칠고 혼란스럽고 와글와글한 기억이었다. 아주 먼 옛날, 까마득히 먼 과거의 어느 시점에 지금 내 앞에 서 있는 이 존재와 친밀하게 지냈을 거라는 믿음이 생겨났다. 그 믿음을 떨쳐내는 데 애를 썼다는 말 말고는 당시의 압박감을 설명할 길이 없다. 하지만 그 망상은 나타날 때처럼 순식간에 사라져버렸고, 이 이야기를 하는 것도 그 이상한 동명이인과 마지막으로 대화를 나눈 날을 짚고 넘어가기 위해서다.

무수히 많은 구역으로 나뉜 그 오래된 건물에는 서로 연결된 널찍한 방들이 몇 개 있었는데, 꽤나 많은 학생들이 그 방에서 잠을 잤다. 하지만 구조상 작은 크기의 구석진 공간이나 우묵한 벽들이 잡다하게 많아서(그렇게 되는 대로 대충 지은 건물들은 으레 그렇다) 기가 막히게 알뜰했던 브랜스비 교장은 이것들을 기숙사로 사용토록 했다. 겨우 벽장만 한 크기였지만 한 명 정도는 들어갈 수 있었다. 윌슨도 이 작은 공간 하나를 쓰고 있었다.

그 학교에 들어온 지 5년 가까이 된 어느 날 밤이었다. 나는 방금 언급한 말다툼을 벌인 직후 모두들 잠이 든 것을 확인하고 침대에서 일어나 등불을 들고서 내 방을 출발해 복잡하고 비좁은 통로들을 지나 라이벌의 방으로 살금살금 나아갔다. 녀석을 목표로 오래전에 계획했지만 이제까지 좀체 성공하지 못했던 못된 장난 하나가 있었다. 이제는 계획을 실행에 옮겨야 할 때였다. 내가 얼마나 적의로 가득 차 있는지 똑똑히 보여줄 작정이었다. 나는 녀석의 벽장에 도착해서 가리개를 씌운 등불을 바깥에 놓아 두고 소리 없이 안으로 들어갔다. 한 걸음 다가가자 녀석의 평온한 숨소리가 들렸다. 녀석이 잠들었다는 생각에 나는 등불을 가져와서 녀석의 침대 쪽으로 다시 다가갔다. 주위에 커튼이 드리워져 있어서 소리가 안 나게 커튼을 천천히 걷었다. 그 순간 환한 빛이 잠든 사람 위에 선명히 떨어졌고 그와 동시에 내 시선은 녀석의 얼굴에 가 닿았다. 나는 보았다⋯⋯. 마비되는 느낌, 싸늘한 느낌이 내 몸을 휘저었다. 가슴이 들썩거리고 무릎이 후들거렸다. 그리고 정체를 알 수 없는 공포, 참을 수 없는 공포가 내 영혼을 장악했다. 나는 숨을 몰아쉬며 등불을 내려 그 얼굴에 더 가까이에 댔다. 이것이⋯⋯ 이것이 정말 윌리엄 윌슨의 얼굴이란 말인가? 분명 그 녀석의 얼굴일 텐데

도무지 아닌 것만 같았다. 말라리아에 걸린 사람처럼 온몸이 부들부들 떨렸다. 무엇이 나를 이토록 혼란스럽게 하는 것일까? 나는 계속 쳐다보았다. 두서없는 생각들이 빗발쳐 내내 머릿속이 복잡했다. 녀석은 도저히—아무리 봐도—깨어 있을 때처럼 활기차 보이지 않았다. 나와 이름이 같은데! 체격도 같은데! 학교도 같은 날 들어왔는데! 내 걸음새와 목소리, 버릇, 태도를 집요하게 쓸데없이 흉내 내더니만! 조롱 어린 모사를 그리 습관처럼 실행한 결과가 지금 내 눈앞의 이것이란 말인가? 이것이 정녕 인간적으로 가능한 일인가? 겁에 질린 나는 진저리를 치며 등불을 꺼버리고는 조용히 방에서 나왔고, 곧장 그 오래된 학교의 방들을 나와 다시는 발걸음을 하지 않았다.

　나는 몇 달간 집에서 게으름을 부리다가 이튼에 입학했다. 그 짧은 기간은 브랜스비 교장의 학교에서 겪은 일들의 기억을 희미하게 만들기에 충분했다. 적어도 그 기억에 대한 감정만큼은 확실히 변화시켜주었다. 극적 사건의 비극적 진실 같은 건 더 이상 없었다. 이제는 인식하는 바를 의심할 줄 아는 여유가 생겼고, 여간해선 그 일을 떠올리지 않았다. 떠올린다고 해도 인간의 어리석음이 그저 놀라울 뿐이었고 내가 물려받은 상상력의 생생한 힘을 생각하면 웃음이 났다. 이러한 회의는 이튼에서 영위하는 삶 속에서는 결코 사그라들 것 같지 않았다. 입학하자마자 무작정 뛰어든 무분별한 어리석음의 소용돌이는 모든 것을 쓸어버리며 지나간 시간들의 껍데기만 남겨놓았고, 예전 생활의 견고하고 진지한 면들은 곧장 삼켜버리고 지극히 경솔한 면모만 기억에 남겨두었다.

내 허랑방탕한 행실, 교칙을 무시하고 학교의 감시망을 빠져나가곤 했던 그런 방탕한 행실을 여기서 재차 이야기하고 싶지는 않다. 어리석음으로 점철된 3년의 시간은 보람 없이 흘러갔고 뿌리 깊은 악습과 갑작스레 커져버린 체격만 내게 남겨놓았다. 무심한 일주일을 흥청거리며 보낸 뒤, 나는 학교에서 가장 놀기 좋아하는 학생 몇 명을 내 방의 은밀한 술자리에 초대했다. 술판이 아침까지 이어질 예정이었기 때문에 우리는 밤늦은 시각에 만났다. 포도주는 얼마든지 있었고 더 위험한 다른 유혹들도 부족함이 없던 터라 동쪽에 잿빛 여명이 희미하게 비쳤을 무렵 우리의 환희는 정점에 달해 있었다. 카드놀이와 음주로 한껏 상기된 나는 평소보다 더 불경스럽게 건배를 강요하던 중 별안간 기숙사 문이 조금 열리는 소리와 함께 밖에서 들려오는 하인의 다급한 목소리를 듣고 그쪽으로 주의를 빼앗겼다. 하인은 어떤 사람이 급한 용무로 홀에서 나와 면담을 하고 싶어 한다는 말을 전했다.

포도주를 마셔 잔뜩 취기가 오른 나는 갑자기 일어난 이 사건이 놀랍기보다 재미나게 느껴졌다. 그래서 곧장 비틀비틀 걸어 나가 몇 걸음 만에 건물 대기실에 도착했다. 그 좁고 낮은 방에는 등불이 걸려 있지 않았고 들어오는 빛이라고는 반원형 창문을 통해 비쳐든 극히 미약한 새벽빛뿐이었다. 문턱을 넘는데 키가 나와 비슷한 청년의 모습이 눈에 들어왔다. 청년은 한창 유행하는 모양의 하얀 캐시미어 프록코트 차림이었는데, 나 역시 그런 옷을 입고 있었다. 희미한 새벽빛에 외투는 보였지만 청년의 이목구비는 분간할 수 없었다. 내가 들어서자마자 그는 서둘러 내게 성큼성큼 다가와 애가 타는 몸짓으로 내 팔을 와락 붙잡더니 "윌리엄 윌슨!"하고 내 귀에 속삭였다.

나는 취기가 싹 달아났다.

낯선 이가 내 눈에 새벽빛 사이로 그의 손가락을 들어올릴 때, 그 몸짓과 손가락의 떨림에 정체를 알 수 없는 놀라움이 있었다. 하지만 내 마음을 격렬히 뒤흔든 건 그것이 아니라 독특하고 낮은 목소리로 쉭쉭 내뱉는 의미심장하고 엄중한 질책이었다. 무엇보다 그 단순한 몇 마디 음절을 속삭이는 익숙한 목소리의 어조와 음색이, 지난날의 무수한 기억들을 데려와 전기충격처럼 내 영혼을 후려쳤다. 정신을 차려보니 그는 사라지고 없었다.

이 사건은 내 어그러진 상상력에 생생한 인상을 남기긴

했지만 생생한 만큼 신기루 같기도 했다. 몇 주 동안 부지런히 진지한 탐문을 하고 그 생각에 집착하게 되었다. 그리 끈질지게 내 일에 참견하고 은밀한 충고로 나를 괴롭히는 그 기이한 인물의 존재를 모르는 척 넘길 수는 없었다. 하지만 이 윌슨이라는 자는 대체 누구이고 무엇이란 말인가? 대체 어디서 나타난 걸까? 목적이 무엇일까? 무엇 하나 속 시원한 것이 없었다. 윌슨에 관해 확실한 것 하나는 내가 학교를 그만둔 날 오후에 윌슨도 갑작스런 집안 사정으로 학교를 떠났다는 것뿐이었다.

하지만 나는 옥스퍼드 입학을 고려하게 되었고 그것을 고민하느라 그 일은 금세 잊어버렸다. 그리고 곧 옥스퍼드로 떠났다. 허영심이 무한한 부모님이 인력과 숙소를 지원해준 덕분에 안 그래도 부족함이 없었던 나는 마음껏 호사를 누릴 수 있었다. 사치스런 생활 수준만 보면 대영제국에서 가장 부유한 백작 가문의 가장 콧대 높은 상속자들과 맞먹을 정도였다.

내 천성은 비행을 부채질하는 이 수단을 등에 업고 배가된 기세로 폭발했다. 나는 체면과 어느 정도의 자제력마저 내려놓고 광란의 향락에 빠져들었다. 하지만 내가 벌인 방탕한 짓들을 일일이 설명하는 것은 쓸데없는 짓일 것이다. 그저 낭비벽에서는 헤롯 왕을 능가했고, 다수의 어리석은 행각들을 만들어내는 것으로는 가장 방종한 유럽 대학의 길고 흔한 비행 목록에 결코 짧지 않은 부록을 더했다는 정도로만 말해도 충분하리라. 믿기 힘들겠지만 나는 거기서 더 나아가 신사의 영역을 완전히 벗어났다. 전문 도박꾼의 비열한 기술을 습득하고 그 비열한 비법을 연마해 같은 학교 학생들 가운데 만만한 놈들을 희생양으로 삼아 안 그래도 이미 막대했던 재산을 증식하는 수단을 습관처럼 써먹었던 것이다. 사실이 그러했다. 이것은 사내답고 명예로운 사고방식에 어긋나는 엄청난 범죄였지만 오히려 그렇기 때문에 감행해도 들통나지 않는 주요한 이유가 되었다. 아무리 막된 놈들도 자기 눈을 의심할지언정 쾌활하고 솔직하고 너그러운 성품의 윌리엄 윌슨—옥스퍼드에서 가장 고상하고 가장 여유로운 인간—이 그런 짓을 하리라고는 아무도 의심하지 않았다. 어리석은 면이라면 그저 젊음과 거침없는 상상력에서 기인한 것뿐이고, 실수를 하긴 해도 아무나 흉내 낼 수 없는 변덕일 뿐이며, 가장 큰 악덕이라고 해봐야 부주의하고 호기로운 사치가 전부인 그 녀석이?(내게 기생하는 녀석들이 한 말이다)

이런 식으로 2년을 승승장구하며 정신없는 날들을 보내고 있을 때, 벼락출세한 젊은 귀족 글렌디닝이 내가 다니는 대학에 입학했다. 듣자 하니 헤로데스 아티쿠스(고대 그리스에서 대부호의 아들로 유명했던 변론가-옮긴이)만큼 부자였고 재산도 손쉽게 벌어들인 것이라고 했다. 나는 그의 지성이 그리 뛰어나지 않다는 걸 간파하고는 당연히 내 기술을 써먹을 적당한 목표물로 점찍었다. 그래서 자주 그를 게임에 끼워주면서 도박꾼들이 흔히 쓰는 수법대로 그에게 상당한 액수의 돈을 잃어주었다. 그것이 상대를 함정에 빠트리는 데 더 효과적인 방법이었기 때문이다. 계획이 착착 진전된 끝에 나는 양쪽과 모두 친한 친구인 프레스턴의 방에서 그를 만났다(이번 만남에서 최종 결정타를 날릴 속셈이었다). 프레스턴을 위해 한마디 해두자면, 그 친구는 내 계획을 꿈에도 모르고 있었다. 나는 구색을 맞추는 차원에서 인원을 열 명쯤 더 불러들였고, 우연히 카드놀이 이야기가 나온 김에 목표물의 제안에 따라 판이 벌어지게끔 세심히 유도했다. 이 사악한 이야기를 요약해보자면, 그렇고 그런 상황에서 으레 쓰이는 뻔한 속임수들이 모조리 나왔는데도 까맣게 모르고 함정에 빠지는 멍청한 녀석이 있다는 게 그저 놀라운 상황이었다.

우리는 밤늦게까지 앉아 시간을 보냈다. 나는 교묘하게 조종해 글렌디닝과 단둘이 승부를 벌이기에 이르렀다. 게다가 게임은 내가 좋아하는 에카르테(32장의 카드로 두 사람이 하는 게임-옮긴이)였다. 다른 친구들은 우리의 게임에 흥미를 느낀 나머지 자기 카드를 접고 주변에 둘러서서 구경하는 중이었다. 내 작전대로 초저녁부터 퍼마신 졸부는 카드를 섞고 돌리고 게임에 임하는 모습이 대단히 불안정해 보였다. 술에 취한 탓이기도 했지만 순전히 술기운 때문만은 아닌 듯했다. 그는 순식간에 내게 큰돈을 빚지고는 포도주를 길게 쭉 들이켜고 나서 정확히 내가 예상한 대로 이미 어마어마한 판돈을 두 배로 올리자고 제안했다. 나는 짐짓 난색을 표하다가 나의 거듭되는 거절에 그가 성난 말을 지껄이는 걸 듣고 불쾌함을 못 이겨 마지못해 응하는 모양새를 취했다. 물론 결과는 먹잇감이 얼마나 내 손바닥 안에 있는지를 보여주었을 뿐이다. 한 시간도 못 돼 그의 빚은 네 배로 불어났다. 술기운에 올랐던 혈색이 한동안 점점 옅어지는가 싶더니 이제 그의 안색은 섬찟하도록 창백한 빛을 띠었다. 정말이지 놀라웠다. 내가 알아본 바에 의하면 글렌디닝은 어마어마한 갑부였다. 그가 큰돈을 잃긴 했지만 타격을 입고 휘청거릴 만한 액수는 아니었다. 그래서 방금 삼킨 포도주가 너무 과해 그렇겠거니 생각하고 말았다. 흥미가 떨어졌다기보다는 친구들의 눈에 비칠 내 이미지를 생각하지 않을 수 없어 이제 그만하자고 말하려는데, 무리 가운데 가까이 있던 몇몇 구경꾼들의 표정과 글렌디닝이 내지르는 절망에 찬 절규를 듣고서야 깨달았다. 내가 그를 완전히 거덜내버렸다는 사실을. 이제 그는 누구나 동정할 수밖에 없는 신세, 심지어 악마가 농간을 부려도 보호받아야 할 존재로 전락했다.

이제 와서 그때 내가 어떻게 행동했어야 했는지 말하기란 어렵다. 내게 당한 바보의 딱한 신세가 모두에게 당혹스럽고 우울한 분위기를 던졌다. 잠시 무거운 침묵이 이어졌고, 그동안 나는 무리 중 덜 타락한 자들의 따끔한 눈총에, 그 경멸 어린 혹은 책망하는 시선에 뺨이 화끈거렸다. 그때 갑작스럽고 기이한 일이 불쑥 끼어들어 잠시나마 무거운 불안감에서 내 마음을 풀어주었다. 넓고 무거운 접이문이 활짝 열린 것이다. 거세고 맹렬한 그 기세에 마법처럼 방 안의 촛불이 모두 꺼졌다. 우리는 꺼져가는 불빛에 낯선 사람이 안으로 들어왔다는 것과 그자의 키가 나와 비슷하며 망토를 둘렀다는 것을 알아볼 수 있었다. 하지만 이제 방 안은 완전히 컴컴해서 그자가 우리 가운데 서 있다는 걸 느낌으로만 알수 있었다. 모두들 이 갑작스러운 상황에 너무 놀란 나머지 얼떨떨해하고 있는데 침입자의 목소리가 들려왔다.

"신사 여러분." 그자가 낮고 속삭이는 목소리로 또렷하게 말했다. 절대 잊을 수 없는 그 목소리가 내 뼛속을 파고들며 울려 퍼졌다. "신사 여러분, 저의 이런 행동에 대해선 사과하지 않겠습니다. 제가 이러는 것은 의무를 이행하려는 것입니다. 여러분은 오늘 밤, 에카르테 게임을 통해 글렌디닝 씨에게 엄청난 돈을 따낸 저자의 본색을 모르고 계신 겁니다. 그러니 제가 저자의 실체를 알아볼 수 있는 신속하고 결정적인 방법을 알려드리죠. 여러분에게 반드시 필요한 정보일 겁니다. 저자의 왼쪽 소맷단 안감 부위를 찬찬히 살펴보세요. 그러면 저 자수 가운의 넓은 주머니 안쪽에서 작은 꾸러미가 나올지도 모릅니다."

그가 말하는 동안 방 안이 어찌나 고요한지 바늘이 떨어지는 소리도 들릴 것 같았다. 그는 말을 마치고 들어올 때처럼 홀연히 사라졌다. 그때의 내 기분을 설명할 필요가 있을까? 지옥에 떨어진 자들이 느낄 법한 온갖 공포를 느꼈다는 말을 굳이 해야 할까? 그때는 이런 생각을 할 겨를도 없었다. 수많은 손들이 득달같이 나를 붙잡았고, 즉시 불이 다시 켜졌다. 몸수색이 시작됐다. 소매 안감에서 에카르테에 꼭 필요한 높은 패가 모두 나왔고, 가운 주머니에서는 게임에 사용했던 것과 똑같은 카드가 몇 벌 나왔다. 그것은 이른바 '어론디'라는 카드였는데, 높은 패는 위아래 가장자리가 살짝 볼록하고 낮은 패는 양옆이 살짝 볼록했다. 먹잇감은 습관처럼 위아래로 패를 집기에 상대에게 높은 패를 주게 되고, 도박꾼은 양옆으로 패를 집어서 중요한 패는 먹잇감에게 내주지 않는다.

이것이 들통났을 때 그 고요한 경멸, 그토록 차분한 냉소가 아니라 차라리 분노가 터져나왔더라면 그렇게까지 괴롭지는 않았을 것이다.

"윌슨." 방 주인이 몸을 굽혀 발밑의 사치스럽고 희귀한 모피 망토를 집어들며 말했다. "윌슨, 이거 자네 물건이야." (그 망토는 날씨가 추워 방을 나올 때 가운 위에 걸쳤다가 판을 벌일 방에 왔을 때 벗어둔 것이었다.) "더 이상 몸수색은 필요 없겠어(그는 눈짓으로 옷의 주름진 부분을 가리키며 씁쓸한 미소를 지었다). 자네가 쓴 속임수의 증거는 충분하니 말이야. 옥스퍼드는 그만둬야 할 거야……. 어쨌든 당장 이 방부터 나가주게."

어찌나 치욕스럽고 부끄럽던지 그 모욕적인 말에 즉각 주먹을 휘둘러 분노를 내비쳐도 이상하지 않을 상황이었지만, 내 관심은 놀랍기 짝이 없는 사실에 온통 쏠려 있었다. 내가 입고 온 망토는 아주 진귀한 모피로 만든 것이었다. 그것이 얼마나 진귀하고 얼마나 값비싼 옷이었는지는 굳이 말하지 않겠다. 그 디자인 역시 내 머릿속에서 나온 독특한 것이었다. 나는 어리석을 정도로 사소한 부분까지 멋을 따지곤 했었기 때문이다. 그래서 프레스턴이 접이문 근처 바닥에서 주운 망토를 내게 건넸을 때 나는 경악할 수밖에 없었다. 내 망토는 이미 내 팔 위에 걸쳐져 있었는데(내가 나도 모르게 그것을 내 팔에 걸쳐둔 게 분명했다), 건네받은 그 망토가 아주 미세한 부분까지 모든 면에서 내 것과 똑같았기 때문이다. 내 정체를 잔인하게 폭로한 그 해괴한 작자가 망토로 몸을 칭칭

감고 있었다는 것이 기억났다. 그리고 그 자리에 모인 사람들 중에 나 말고는 아무도 외투를 가져온 사람은 없었다. 나는 마음을 굳게 먹고 프레스턴이 내민 것을 받아 눈에 띄지 않게 내 망토 위에 얹고 나서 반발하듯 잔뜩 찌푸린 얼굴로 방을 나왔다. 그리고 이튿날 아침 동이 트기 전 공포와 수치감이라는 엄청난 고통 속에 서둘러 옥스퍼드를 떠나 대륙행 여정에 올랐다.

도망쳤지만 허사였다. 사악한 운명은 기세등등 나를 쫓으며 불가사의한 통치는 이제 겨우 시작에 불과하다는 걸 곧바로 증명했다. 나는 파리에 발을 들여놓기 무섭게 윌슨이 내 일에 주목하고 있다는 끔찍한 사실을 새삼 깨닫게 되었다. 해가 거듭 바뀌어도 내게 안식이란 없었다. 이 악당! 로마에서는 얼마나 난데없이, 얼마나 유령처럼 나와 내 야망 사이에 끼어들었던가! 비엔나에서도, 베를린에서도, 모스크바에서도! 저주를 퍼붓지 못할 곳이 놈에게 대체 있기는 한 걸까? 나는 역병을 피하듯 겁에 질려 놈의 불가사의한 폭정으로부터 달아났고, 그렇게 세상 끝까지 도망쳤지만 모두 허사였다.

나는 내 영혼과 은밀히 교감하며 몇 번이고 물었다. "놈은 누구인가? 어디서 왔나? 목적이 무엇인가?" 하지만 답은 없었다. 그래서 그 무례한 감시의 형태와 방법, 주된 특징을 면밀히 분석했다. 하지만 이것 역시 추측할 만한 단서가 거의 없었다. 한 가지 분명한 것은, 놈이 최근에 내 앞을 막아선 수많은 사건은 하나같이 성사되었다면 큰 죄악으로 번졌을 모의나 행동이었다. 그걸 방해하고 좌절시킨 것이다. 아무리 그래도 도저히 정당화될 수 없는 강압적 행동이었다! 천부적 자율권을 그토록 집요하고 무자비하게 짓밟다니 결코 넘어갈 수 없는 행위였다!

또 하나 도드라진 점은, 나를 아주 오랫동안 괴롭혀온 그놈이 (꼼꼼하면서도 기적에 가까운 재주로 내 차림새를 판박이처럼 따라 하면서) 갖가지 방식으로 내가 하려는 일에 훼방을 놓으면서도 용케 자기 얼굴은 내게 한 번도 보인 적이 없다는 사실이었다. 윌슨의 정체가 무엇이든 이것은 적어도 기만이 아니면 아둔함의 극치였다. 이튼에서 그토록 내게 훈계를 하고 옥스퍼드에서 내 명예를 짓밟았으며, 로마에서는 내 야망을, 파리에서는 내 복수를, 나폴리에서는 열정적인 사랑을, 이집트에서는 탐욕이라고 멋대로 오해하며 내 일을 방해했으면서, 나의 주적이자 사악한 천재인 주제에 자기가 내 학창 시절의 윌리엄 윌슨, 내 동명이인, 내 동급생, 내 라이벌, 브랜스비 교장의 학교에서 내가 증오하고 두려워했던 놈이라는 걸 들키지 않을 거라는 기대를 단 한 순간이라도 했단 말인가? 어림도 없지! 이제 그만 이 드라마의 마지막 사건으로 넘어가보겠다.

　그때까지 나는 이 전횡에 속수무책으로 당해왔다. 윌슨의 고매한 품성과 막강한 지혜, 어디에나 존재할 수 있고 못하는 게 없는 능력을 생각하면 으레 깊은 경외감이 느껴졌다. 그것은 그의 다른 본질적 특성들과 행동거지가 자아내는 두려움과 더불어 나 자신의 약점과 무기력함을 부각시키며 그의 독단에 억지로라도 따르라는 암시를 던졌다. 하지만 그즈음 술에 절어 지내던 나는 타고난 성질에 광포한 술기운까지 가세하다 보니 통제받는 것을 점점 견딜 수 없게 되었다. 나는 중얼거리고 멈칫거리고 저항하기 시작했다. 내 의지가 단단해질수록 나를 괴롭히는 놈의 의지는 반대로 약화된다는 믿음은 착각이었을까? 어쨌든 나는 희망이 꿈틀대며 타오르는 것을 느끼기 시작했고, 더 이상 노예처럼 굴종하지 않겠다는 단호하고 필사적인 결심을 내심 키워나갔다.

　그러던 중 18XX년 어느 날, 나는 로마의 축제 기간 중에 나폴리 디브롤리오 공작의 저택에서 열리는 가장무도회에 참석했다. 평소보다 더 과하게 술을 마셔댔더니 북적거리는 실내 공기가 답답해 참을 수 없을 만큼 짜증이 솟구쳤다. 미로 같은 사람들 사이를 힘들게 헤치고 나아가야 하는 것 역시 적잖이 성미를 건드렸다. 나는 늙고 망령이 난 디브롤리오 공작의 젊고 유쾌하고 아름다운 아내를 열심히 찾는 중이었다(무슨 낯부끄러운 연유로 그랬는지는 말하지 않겠다). 참 부도덕하지만 아내가 입을 옷을 공작이 미리 은밀히 일러준 덕택에 나는 그 모습을 얼핏 발견하고는 그의 아내가 있는 곳으로 발걸음을 재촉했다. 그 순간 누군가의 손이 내 어깨에 가볍게 닿더니 영원히 잊을 수 없는 목소리, 낮게 속삭이는 그 망할 목소리가 내 귀에 들려왔다.

나는 날뛰는 분노에 휩싸여 나를 방해한 그자를 향해 홱 돌아서서 그자의 멱살을 거칠게 움켜쥐었다. 아니나 다를까, 놈은 나랑 똑같이 스페인풍 파란 벨벳 망토를 두르고 양날검을 매단 선홍색 허리띠를 하고 있었다. 얼굴은 검은색 실크 가면으로 완전히 가리고 있었다. "이 악당아!" 나는 분노로 거칠어진 목소리로 말했다. 내가 내뱉는 한마디 한마디가 오히려 분노를 더욱 부채질하는 듯했다. "이 악당아! 사기꾼아! 저주받을 악마 놈아! 절대, 절대 네놈에게 괴롭힘을 당하다가 죽진 않겠다! 따라와, 이 자리에서 네놈을 찔러버리기 전에!" 나는 무도회장을 빠져나가 작은 옆방으로 들어갔고, 놈은 내가 이끄는 대로 순순히 끌려왔다.

나는 방에 들어서자마자 놈을 거칠게 내던졌다. 놈은 비틀거리며 벽에 부딪쳤고, 그사이 나는 욕을 지껄이며 문을 닫고 나서 놈에게 칼을 뽑으라고 말했다. 놈은 일순간 멈칫하더니 작게 한숨을 내쉬며 묵묵히 칼을 뽑고는 방어 자세를 취했다.

　결투는 오래가지 않았다. 나는 온갖 혈기가 뻗쳐 제정신이 아니었고 한쪽 팔에서만 여러 명의 에너지와 힘이 솟구치는 것을 느꼈다. 불과 몇 초만에 나는 순전히 힘으로 그를 벽 아래쪽으로 몰아붙이고는 야수처럼 포악하게 놈의 가슴을 검으로 찌르고 또 찔렀다.

　그때 누군가 잠긴 문을 열려고 시도했다. 방해하는 자를 즉시 쫓아버리고는 죽어가는 적에게 곧장 돌아갔다. 하지만 눈앞에 펼쳐진 광경을 보는 순간 나를 사로잡은 그 놀라움, 그 공포를 어떤 인간의 언어가 제대로 표현할 수 있을까! 잠깐 눈을 돌린 사이에 방 저쪽 풍경이 변해 있었다. 처음에는 정신이 없어 헛것을 본 줄 알았는데, 아까는 아무것도 보이지 않았던 곳에 커다란 거울 하나가 서 있었다. 지독한 두려움에 사로잡혀 그쪽으로 걸음을 옮기자 거울 속의 내 모습, 하얗게 질린 채 피투성이가 된 내가 연약하고 후들거리는 걸음으로 다가와 나를 맞이했다.

　언뜻 그렇게 보였지만 사실은 그렇지 않았다. 그것은 나의 숙적이었다. 소멸의 고통에 붙잡혀 내 앞에 서 있는 것은 윌슨이었다. 놈의 가면과 망토는 아까 벗어 던진 그대로 바닥에 널브러져 있었다. 옷의 실오라기 하나하나, 얼굴 생김새를 구성하는 독특한 선 하나하나까지 판에 박은 듯 나와 같지 않는 데가 없었다!

　그것은 윌슨이 분명했다. 하지만 놈은 이제 더는 속삭이지 않았다. 놈이 하는 말은 꼭 내가 하는 말처럼 다가왔다.

　"네가 정복했고 나는 항복했다. 하지만 이제부터는 너 또한 죽은 것이다. 세상에게, 천국에게, 희망에게 너는 죽은 자니까! 너는 내 안에 존재했었다. 이제 죽은 내게서, 너와 똑같은 이 모습에서 네가 얼마나 철저히 자기 자신을 죽였는지 보아라."

검은 고양이

이제부터 지극히 광적이고 지극히 야만스러운 이야기를 하려 한다. 그러므로 믿어주기를 바라지도 간청하지도 않겠다. 미쳤다면 모를까, 직접 경험한 내 감각도 믿지 못하는 일을 믿어달라고 할 수는 없다. 하지만 나는 미치지도 않았고 지금 꿈을 꾸는 것도 아니다. 내일이면 죽기에 오늘은 영혼의 짐을 덜고자 하는 것이다. 지금 내 목적은 한 가정에서 일어난 일련의 사건들을 숨김없이 간결하게 어떠한 개인적 의견도 없이 세상에 내놓는 것이다. 이 사건들로 인해 나는 두려움에 떨었고 고통받았고 파괴되었다. 하지만 그것들을 장황하게 설명할 생각은 없다. 내게는 공포 그 자체인 사건들이지만 많은 이들에게는 참혹하다기보다 기괴하게 비칠 일들이다. 훗날 어떤 지성인의 등장으로 나의 망상을 자연스러운 현상으로 결론짓는다면 모를까. 나보다 차분하고 논리적이며 감정에 휩쓸리지 않는 지성인이라면 이제부터 내가 두려운 마음으로 기술하게 될 그 상황에서 지극히 당연한 인과관계의 연속 말고는 아무것도 인정하지 않을 것이다.

나는 어릴 때부터 온순하고 인간적인 성품으로 알려졌다. 누구나 알 만큼 다정다감해서 친구들이 그것을 농담거리로 삼을 정도였다. 내가 동물을 워낙 좋아하니 부모님은 내게 갖가지 반려동물을 허락해주었다. 많은 시간을 동물들과 함께 보냈는데, 그들을 먹이고 쓰다듬을 때만큼 행복한 시간은 없었다. 이 특이한 성향은 성장할수록 점점 도드라졌고 어른이 되고 나서는 큰 즐거움의 원천 중 하나가 되었다. 충성스럽고 영리한 개를 아껴본 사람은 내가 굳이 설명하지 않아도 거기에서 비롯되는 강렬한 만족감을 알 것이다. 이기적이지 않고 자기를 희생할 줄 아는 동물의 사랑은 한낱 인간들의 보잘것없는 우정과 빈약한 신의를 겪어본 사람의 마음을 울릴 수밖에 없다.

나는 일찍 결혼했다. 다행히 아내의 성향은 나와 크게 다르지 않았다. 아내는 내가 반려동물을 사랑하는 것을 알고 기회가 생기면 유순한 동물들을 집에 들였다. 우리에게는 새들과 금붕어, 멋진 개 한 마리, 토끼들, 작은 원숭이 한 마리, 고양이 한 마리가 있었다.

그 고양이는 대단히 크고 아름다운 동물이었는데, 온몸

이 검고 놀라우리만치 영리했다. 미신을 적잖이 들어왔던 아내는 녀석의 영리함을 이야기할 때마다 검은 고양이는 모두 마녀가 둔갑한 것이라는 오랜 사회적 통념을 종종 언급했다. 아내가 그것을 진심으로 믿어서 이야기한 것은 아니다. 나역시 지금 이 순간 기억났기 때문에 이야기하는 것이지 다른 뜻은 없다.

그 고양이의 이름은 플루토(저승의 통치자이며 망자들의 신인 하데스의 라틴어식 명칭-옮긴이)였다. 녀석은 내가 가장 아끼는 반려동물이자 놀이 친구였다. 녀석의 먹이를 챙기는 것은 오롯이 내 몫이었다. 녀석은 집 안에서 내가 어디를 가든 나를 졸졸 따라다녔다. 거리에서도 나를 따라다니려고 해서 간신히 떼어놓곤 했다.

우리의 우정은 그렇게 몇 년간 계속되었는데, 그사이 나의 전반적인 기질과 성격이 악마 같은 폭음으로 인해 (얼굴을 붉히며 고백하건대) 나쁜 쪽으로 급격한 변화를 겪었다. 나는 나날이 괴팍해졌고 성질을 부리는가 하면 타인의 감정에는 무관심했다. 아내에게도 폭언을 서슴지 않았고 급기야 폭력까지 휘둘렀다. 달라진 내 성향을 반려동물들이 모를 리 없었다. 나는 녀석들을 방치만 한 게 아니라 학대도 했다. 그래도 플루토에게는 애정이 남아서 폭력을 자제했다. 우연히 내 앞을 지나가거나 내가 좋아서 앞을 알짱거리는 토끼나 원

93

숭이, 개한테는 가차없이 폭력을 휘둘렀지만 말이다. 그러나 나는 갈수록 병들었고(세상에 술만 한 질병이 또 있을까?), 이제는 늙어서 다소 까탈을 부리게 된 플루토마저도 내 불같은 성미에 희생되기 시작했다.

그러던 어느 밤 시내의 단골 술집에서 얼큰히 취해 귀가한 나는 고양이가 슬금슬금 나를 피한다는 생각이 들었다. 내가 녀석을 움켜잡자 내 완력에 두려움을 느낀 녀석이 이빨로 내 손에 작은 상처를 냈다. 순간 사악한 분노가 나를 사로잡았다. 나는 제정신이 아니었다. 본래의 영혼마저 순간 육신을 떠난 듯했고, 온몸의 세포 하나하나가 술이 끓어낸 사악한 악의로 전율했다. 나는 조끼 주머니에서 주머니칼을 꺼내 칼을 펼친 뒤 그 가엾은 짐승의 목을 움켜잡고 눈구멍에서 한쪽 눈알을 파냈다! 그 저주받을 악행을 글로 쓰자니 얼굴이 뜨겁게 달아오르고 온몸이 부들부들 떨린다.

이튿날 아침 이성이 돌아왔을 때, 그러니까 잠을 자고 일어나 간밤에 마신 술이 깼을 때 나는 내가 저지른 악행이 끔찍하기도 하고 후회스럽기도 했지만 그것은 미약하고 모호한 감정에 불과했을 뿐 깊이 통감한 것은 아니었다. 나는 또다시 방탕의 늪에 뛰어들었고, 그 일에 대한 모든 기억은 금세 술에 잠겨버렸다.

그사이 고양이는 서서히 회복되었다. 눈알이 없는 눈구

멍은 참으로 흉측했으나 고통스러운 기색은 없어 보였다. 고양이는 평소처럼 집 안을 돌아다녔지만 역시나 내가 다가가면 질겁해 달아났다. 예전의 마음이 그대로 남아 있었는지 한때는 나를 너무나 좋아했던 존재가 노골적으로 혐오감을 내비치는 것에 처음에는 슬픈 감정이 들었다. 하지만 곧 그 감정 역시 분노에 밀려났다. 이후에는 비뚤어진 정신이 최후의 정복자처럼 그 자리에 들어섰다. 어떤 철학으로도 설명할 길 없는 정신이었다. 그러나 나는 내 영혼이 살아 있다는 걸 확신하듯 그 비뚤어진 반항심이 인간의 마음에 깃든 원시적 충동, 즉 인간의 성향을 결정짓는 근원적인 요인 혹은 정서라고 확신한다. 순전히 그러면 안 된다는 걸 알기에 악랄하거나 어리석은 짓을 수없이 저지르는 것이 인간 아니던가? 법이 그렇다는 걸 알기에 멀쩡한 판단력이 작동하는데도 끊임없이 그것을 어기는 것이 우리 아니던가? 이 비뚤어진 반항심은 나의 최후의 정복자였다. 스스로 분노하고 폭력적인 본성을 끌어내며 악행을 위한 악행에 목마른 이 영혼의 갈망이 그 무고한 짐승에게 계속 학대를 가하고 마무리까지 하라고 나를 부추겼으니까. 어느 날 아침 나는 아무렇지 않게 녀석의 목에 올가미를 걸어 나뭇가지에 매달았다. 녀석을 목매다는 동안 눈에서 눈물이 흘러내리고 가슴에는 지극히 비통한 후회감이 차올랐다. 녀석이 나를 사랑했었다는 걸 알고 있었기에,

녀석이 내게 괴롭힘을 당할 만한 아무런 짓도 하지 않았다는 걸 느꼈기에 나는 녀석을 목매달았다. 그것이 죄라는 것을, 내 불멸의 영혼을 위태롭게 하는 큰 죄라는 것을 (이것이 가능한 일인지는 모르겠지만) 알고 있었기에 녀석을 목매단 것이다. 그것은 가장 자비롭고도 가장 두려운 신의 무한한 자비가 닿지 않는 곳으로 내 영혼을 밀어내는 짓이었다.

이 잔인한 짓을 저지른 그날 밤, 나는 잠을 자다가 "불이야!" 하고 외치는 소리에 깨어났다. 침대 커튼이 불타고 있었다. 집 전체가 활활 불타고 있었다. 아내와 하인과 나는 큰불을 피해 간신히 빠져나왔다. 집은 전소되었다. 전 재산이 화마에 사라졌고, 그때부터 나는 절망의 구렁텅이에 빠졌다.

나는 재앙과 만행 사이에서 인과관계를 찾을 만큼 나약하지는 않다. 그저 일련의 사실들을 상세히 기술하는 것뿐이며, 어느 연결 고리 하나도 빠지는 건 원치 않는다.

불이 난 이튿날 나는 잿더미가 된 집을 찾아갔다. 벽은 모두 무너지고 하나만 덜렁 남아 있었다. 그 벽은 집 한가운데 서 있던 칸막이벽으로, 그다지 두껍지 않았고 내 침대 머리판과 맞닿아 있던 것이었다. 꽤나 두텁게 칠해진 회반죽 덕에 불길을 견뎌낸 것이었는데, 회반죽을 칠한 지 얼마 되지 않아서 그런 듯했다. 사람들이 그 벽을 빼곡히 둘러싸고 있었고, 많은 사람들이 벽의 한 지점을 자세히 들여다보는 것 같았다. "이상하다!" 혹은 "특이하다!" 같은 말들이 들려와 내 호기심을 자극했다. 가까이 다가가보니 그 하얀 벽면에 돋을새김 조각 같은 거대한 고양이 형상이 나타나 있었다. 놀라우리만치 정교한 모양이었다. 그런데 그 짐승의 목에 밧줄이 감겨 있었다.

이 유령을 처음 본 순간—도저히 유령 말고 다른 것으로는 보이지 않았다—나는 지극한 놀라움과 두려움을 느꼈다. 하지만 생각이 돌아와 나를 부축했다. 기억하기로 그 고양이를 매단 곳은 집 옆의 공원이었다. 이 집에 불이 났다는 소리에 그 공원은 즉시 사람들로 가득 찼을 테고, 그들 가운데 누군가가 줄을 끊고 이 짐승을 나무에서 내려 열린 창문으로 던졌으리라. 나를 깨우려는 의도에서 생긴 일인 듯했다. 하지만 무너지던 다른 벽들이 내게 잔혹하게 희생된 녀석을 갓 회칠된 벽면 위로 내리눌렀을 테고, 회칠의 석회와 불길, 사체의 암모니아가 내가 본 그 초상화를 만들어냈을 것으로 짐작됐다.

그 놀라운 사실을 그런 식으로 설명하니 뭔가 찜찜하긴 해도 이성적으로는 대충 납득이 되었다. 그렇다고 그 일이 내 뇌리에 깊은 인상을 남기지 않은 것은 아니었다. 그후로 몇 달 동안 그 고양이의 환영이 내게서 떠나지를 않았고, 그러는 내내 후회 비슷한 어정쩡한 감정이 내 마음을 다시 파고들었다. 아니, 후회하는 마음은 아니었지만 그래도 그 짐승을 잃은 것이 아쉽기는 해서 습관적으로 비천한 단골집들을 드나들 때 비슷하게 생긴 놈으로 녀석을 대신할 동종의 반려동물을 물색하기도 했다.

어느 날 밤 얼큰히 취해 그렇고 그런 비천한 소굴에 앉아 있는데 문득 어떤 검은 물체가 눈에 띄었다. 그것은 거대한 술통 위에 누워 있었는데, 큰 가구처럼 실내에 자리를 잡은 그 술통 안에는 진 아니면 럼이 담겨 있었다. 벌써 몇 분째 그 술통 위를 멍하니 바라보던 나는 그 위에 있는 걸 바로 알아채지 못했다는 생각에 놀라고 말았다. 나는 다가가서 그것을 만져보았다. 검은 고양이였다. 몸집이 아주 크다는 것을 비롯해 여러모로 플루토와 닮았지만 한 가지만은 달랐다. 플루토는 몸 어디에도 흰 털이라고는 없었지만 이 고양이는 얼룩덜룩하긴 해도 흰 털이 둥글게 거의 가슴 전체를 뒤덮고 있었다.

내 손이 닿자마자 녀석은 일어나 우렁차게 가르랑거리며 내 손에 몸을 비벼댔다. 내 관심이 반가운 듯했다. 나는 찾던 고양이를 찾았구나 싶었다. 그래서 곧장 주인장에게 고양이를 사겠다고 했지만 주인장은 자기 고양이가 아니라고 했다. 전혀 모르는, 한 번도 본 적 없는 고양이라고.

나는 녀석을 계속 쓰다듬었다. 내가 집에 가려고 나서자 녀석이 나를 따라나서려 했다. 나는 그걸 말리지 않았고 가는 도중에는 가끔씩 몸을 숙여 녀석을 다독거렸다. 녀석은 집에 도착하자마자 금세 적응해 아내의 귀염둥이가 되었다.

하지만 나는 녀석에게 금세 반감을 느끼게 되었다. 예상했던 것과 정반대의 일이었다. 녀석이 나를 노골적으로 따르는 게 왠지 싫증나고 화가 치밀었다. 이 감정은 서서히 지독한 증오로 발전했다. 나는 녀석을 피했다. 일종의 수치심과 과거에 저지른 잔악한 행위에 대한 기억 때문에 녀석을 때리지는 않았다. 몇 주 동안은 손찌검이나 어떤 식의 폭력도 가하지 않았지만 점차, 아주 조금씩, 녀석에게 말로는 다하지 못할 만큼 증오감을 불태우게 되었고, 그 가증스러운 놈이 있는 자리는 전염병을 피하듯 조용히 달아났다.

게다가 녀석을 집에 데려온 다음 날 알게 된 사실이 녀석에 대한 내 반감을 더욱 부채질했다. 이 녀석도 플루토처럼 눈이 하나 없었던 것이다. 하지만 그 때문에 녀석에 대한 아내의 애정은 더욱 각별해졌다. 앞서 말한 바와 같이 아내는 과거의 나처럼 인정이 많은 사람이었고, 그래서 내게 가장 단순하고도 순수한 기쁨의 원천이 되어준 사람이었기 때문이다.

하지만 이 녀석에 대한 내 적대감이 커갈수록 나에 대한 녀석의 애정도 덩달아 커가는 듯했다. 녀석은 내가 가는 곳마다 졸졸 따라다녔는데 아주 끈질겼다. 이 글을 읽는 독자들은 상상도 못할 만큼 말이다. 내가 의자에 앉으면 의자 아래 웅크리고 앉거나 무릎 위로 뛰어올라 내게 딱 붙어 귀찮게 비비적거렸다. 내가 걸으려고 일어나면 두 발 사이로 끼어들어 넘어질 뻔하게 만드는가 하면, 길고 뾰족한 발톱으로 내 옷자락을 찍고 가슴까지 기어오르기도 했다. 나는 그럴 때마다 녀석을 때려죽이고 싶었지만 그러지 않으려 자제했다. 한편으로는 예전에 저지른 악행이 기억나서이기도 했지만 그보다는—고백하자면—그 짐승이 너무도 두려웠기 때문이었다.

이 두려움은 실재하는 악에 대한 두려움은 아니었지만, 그렇다고 달리 정의하기도 뭣한 것이었다. 차마 고백하기 부끄럽지만—그렇다, 이 중죄인의 감방에서조차 차마 고백하기가 부끄럽다—그 짐승이 내게 일으킨 공포와 두려움은 세상 터무니없는 공상으로 인해 더욱더 증폭되었다. 앞서 언급한 대로 아내가 독특한 무늬라며 여러 번 말했던 녀석의 흰 털은 그 이상한 짐승과 내가 죽인 짐승 사이의 유일한 차이점이었다. 읽었으니 기억하겠지만, 이 무늬는 크기는 커도 원래 아주 불분명한 모양이었는데 서서히—내 이성이 그것을 내 상상으로 치부할 만큼 알아차리기 힘들게 점진적으로 진행된 끝에—윤곽선이 또렷하게 드러났고, 그것은 입에 담기조차 힘들 만큼 소름 끼치는 모양을 띠었던 것이다. 나는 그것 때문에 그 괴물을 증오하고 두려워했다. 용기만 있다면 없애버리고 싶을 정도로. 그것은 징그럽고 섬찟한 흉물, 바로 교수대의 모양이었다. 오, '공포와 범죄'로 얼룩진 끔찍한 기구, '고통'의 기구, '죽음'의 기구였다!

이제 나는 평범한 인간의 불행을 훨씬 넘어선 불행을 마주했다. 한낱 짐승이, 내가 하찮게 여겨 죽인 놈과 동족인 짐승이, 고매한 신의 형상을 갖춘 인간인 내게 견딜 수 없는 고민거리가 된 것이다. 아! 낮이든 밤이든 내게 휴식의 축복이란 더 이상 없었다! 그놈은 낮 동안 나와 한시도 떨어지지 않았다. 밤새 여러 번 극도로 공포스러운 악몽에서 화들짝 깨어나면 놈의 뜨거운 숨결이 내 얼굴에 닿았고 놈의 거대한 몸뚱이가, 떨쳐낼 수 없는 그 악몽의 화신이 내 가슴을 끊임없이 압박했다!

이러한 고문이 압박을 가하자 그나마 조금 남아 있던 나의 선함마저 백기를 들었다. 악랄한 생각들이, 가장 음흉하고 악독한 생각들이 내 유일한 친구가 되었다. 평소 보였던 침울한 성향은 이 세상 모든 것과 모든 인간에 대한 증오로 번졌다. 나는 될 대로 되라는 심정으로 걸핏하면 분노를 마음껏 터뜨렸고, 불평할 줄 모르는 아내는 그런 내게 가장 자주 시달렸으나 묵묵히 참아냈다.

어느 날 아내는 집안일로 나를 데리고 궁색한 형편상 살게 된 낡은 우리 건물의 지하실로 내려갔다. 고양이가 나를 따라 가파른 계단을 내려왔고, 그 와중에 녀석에게 발이 걸려 넘어질 뻔한 나는 미친 듯이 화가 났다. 분노에 휩싸인 나는 여태 나를 통제하던 유치한 두려움마저 까맣게 잊어버렸다. 도끼를 치켜들어 그 짐승에게 일격을 날렸다. 겨냥한 대로 도끼를 내리쳤다면 고양이는 그대로 즉사했을 테지만, 아내의 손이 그것을 막았다. 아내가 끼어드는 바람에 분노는 더욱 거세게 날뛰었고 나는 아내의 손을 뿌리치고 도끼로 아내의 머리를 내리찍었다. 아내는 소리조차 내지 못하고 그대로 쓰러져 죽었다.

　　나는 이 참혹한 살인을 저지른 뒤 용의주도하게 시체를 감추는 작업에 돌입했다. 낮이든 밤이든 시체를 집 밖으로 내가려면 이웃 사람들의 눈에 띨 위험을 감수해야 했다. 머릿속으로 여러 가지 계획들이 떠올랐다. 시체를 조각내 불에 태우면 어떨까. 아니면 지하실 바닥에 구덩이를 파 볼까. 마당의 우물에 시체를 던지는 것도 고려했다. 그것도 아니면 평소 잘 그러듯이 물건처럼 상자에 넣고 포장해서 짐꾼이 집 밖으로 나르게 하면 어떨까. 그러다 마지막에 이것들보다 훨씬 더 나은 방편이 생각났다. 중세의 수도사들이 죽인 사람을 벽 속에 넣었다는 기록처럼 나도 지하실 벽 속에 시체를 숨기기로 한 것이다.

집 지하실은 이런 목적으로 쓰기에 아주 적당했다. 벽들이 원래 헐겁게 지어진 데다 얼마전 대충 칠한 회반죽도 습기때문에 딱딱하게 굳지 않은 상태였다. 게다가 한쪽 벽면에는 돌출된 가짜 굴뚝인지 가짜 벽난로가 있었는데, 입구가 막혀 있어서 지하실의 다른 부분과 비슷해 보였다. 이 부분의 벽돌을 빼내고 시체를 넣은 다음, 벽을 이전처럼 완전히 막아버리면 아주 간단히 누구의 의심도 사지 않을 게 확실했다.

예상은 틀리지 않았다. 나는 쇠막대기로 손쉽게 벽돌을 뜯어낸 뒤 시체를 조심스럽게 안쪽 벽에 기대어놓았다. 그다음 시체가 자세를 유지하도록 시체를 받치는 모양새로 큰 어려움 없이 벽을 원상태로 복구했다. 그러고 나서 신중에 신중을 기하며 모르타르와 모래, 철사를 준비해놓고 원래의 회반죽과 구분이 안 되는 회반죽을 만들어 새로 쌓은 벽돌 위에 세심히 발랐다. 일을 마치자 다 잘된 것 같아 만족스러웠다. 벽은 손댄 흔적이라고는 없이 감쪽같았다. 바닥에 흩어진 쓰레기도 꼼꼼이 주워 치웠다. 나는 의기양양하게 주위를 둘러보며 중얼거렸다. "역시 공을 들인 보람이 있구나."

다음 단계는 이토록 엄청난 불행을 몰고 온 그 짐승을 찾는 일이었다. 그놈을 죽이기로 단단히 마음을 먹었기 때문이었다. 만약 그때 내가 그놈과 마주쳤더라면 녀석의 운명은 하나뿐이었겠지만, 그 교활한 녀석은 내 분노와 폭력에 너무 놀라 내가 이런 기분인 걸 알고 내 앞에 나타나지 않는 듯했다. 그 가증스러운 놈의 부재가 내 가슴에 일으킨 깊은 희열과 안도감은 뭐라 설명할 수 없는 상상을 초월한 것이었다. 그날 밤 놈은 나타나지 않았다. 그래서 나는 그놈이 우리 집에 들어온 이후 처음으로, 적어도 그날 하루만은 편히 단잠을 잘 수 있었다. 영혼에 살인이란 짐을 지고도 잠이 왔다!

이틀이 지나고 사흘이 지났는데도 나를 괴롭히던 놈은 끝내 나타나지 않았다. 나는 다시 자유의 몸으로 숨을 쉬었다. 그 괴물은 내게 겁을 먹고 집에서 영원히 달아난 것이다! 다시는 그 꼴을 안 봐도 된다고 생각하니 그렇게 행복할 수가 없었다! 내 만행에 대한 죄책감 때문에 심란하긴 했지만 죄책감이 심하지는 않았다. 몇 차례 조사를 받았지만 모두 바로바로 대답했다. 가택수색도 이루어졌지만 물론 아무것도 발견되지 않았다. 앞으로 내 행복은 보장된 것이나 다름없었다.

살인이 있고 나서 나흘째 되는 날, 경찰관 무리가 느닷없이 집에 들이닥쳐 집 안을 샅샅이 뒤지기 시작했다. 하지만 나는 감쪽같이 은폐했다는 생각에 안심이 되어 당황하지는 않았다. 경찰관들은 수색 작업에 나를 대동했다. 움푹한 벽과 구석도 그냥 지나치지 않았다. 그들은 서너 번 정도 다시 지하실로 내려갔다. 나는 조금도 떨지 않았다. 내 심장은 곤히 잠든 무고한 사람처럼 조용히 고동쳤다. 나는 지하실을 끝에서 끝까지 거닐었다. 가슴에 팔짱을 끼고 이리저리 슬슬 돌아다녔다. 경찰관들은 살필 만큼 살피고 나서 떠날 준비를 했다. 주체할 수 없을 만큼 강렬한 기쁨이 내 가슴에 차올랐다. 무슨 말이든 한마디 하고 싶었다. 승리감에 취하기도 했고, 내가 무죄라는 그들의 확신을 더 단단히 굳히고도 싶었다.

"신사분들." 경찰관들이 우르르 계단을 올라갈 때 내가 말했다. "여러분의 의심을 풀어드리게 되어 기쁩니다. 모쪼록 모두들 건강하시길 바라며 아울러 예의를 조금만 더 갖춰주시길 바랍니다. 그나저나, 신사분들, 이 집은요…… 이 집은 아주 잘 지어진 집입니다." (나는 무슨 말이든 술술 하고픈 욕망에 눈이 멀어 무슨 말인지도 모르고 마구 지껄였다) "참으로 잘 지어진 집이에요. 이 벽들은…… 정말 가시는 겁니까, 신사분들? 이 벽들은 튼튼하게 지어졌습니다." 그 대목에서 나는 순전히 객기로 손에 쥐고 있던 지팡이로 벽을, 사랑하는 아내의 시체가 세워진 지점을 세차게 두드렸다.

그래도 신은 마왕의 송곳니에서 나를 보호하고 지켜주시겠지 하고서! 그런데 벽을 두드린 소리의 여운이 침묵 속으로 가라앉자마자 무덤 속에서 한 목소리가 내게 응답을 보냈다! 처음에는 아이가 훌쩍거리는 소리처럼 무디고 중간중간 끊기는 울음소리였는데, 곧 길게 이어지는 커다란 비명으로 바뀌었다. 너무도 괴이하고 인간답지 않게 울부짖듯 흐느끼는 소리랄까. 공포감과 승리감이 반씩 섞인 그 소리는 지옥에서 올라온 것 같았다. 고통스러워하는 인간의 목소리와 나락에 떨어진 자를 보고 기뻐하는 악마의 목소리가 합쳐진 듯한 소리였다.

내 생각을 말해봤자 어리석은 짓이다. 나는 까무러칠 것만 같아서 맞은편 벽으로 휘청대며 걸어갔다. 경찰관들은 순간 질겁해 잔뜩 겁을 먹고 계단 위에서 꼼짝하지 않았다. 그러나 곧바로 십여 개의 건장한 팔들이 벽을 부수기 시작했다. 벽이 와르르 무너졌다. 이미 심하게 부패한 피투성이 시체가 바로 선 자세로 구경꾼들의 눈앞에 드러났다. 시체의 머리 위에는 그 흉악한 짐승이 붉은 입을 활짝 벌리고 애꾸눈을 번뜩이며 앉아 있었다. 교활한 술수로 내가 살인을 하도록 부추긴 것도 모자라 목소리로 나를 고발하여 교수대로 보낸 그놈. 내 손으로 그 괴물을 벽에 묻어버렸던 것이다!

군중 속의 남자

혼자 있을 수 없다는 이 크나큰 불행이란.

–

라브뤼예르

어느 독일 책을 두고 '읽히는 것을 거부하는' 책이라고 하는
데 그것은 옳은 말이다. 세상에는 밝혀지기를 거부하는 비밀
들이 존재한다. 사람들은 밤중에 침대에서 파리한 고해신부
의 손을 부여잡고 신부의 눈을 애처롭게 바라보며 죽곤 하는
데, 스스로 폭로되기를 거부하는 불가사의한 비밀 때문에 가
슴에 절망을 안고 목구멍에 경련을 일으키며 죽는 것이다.
애석하게도 인간의 양심은 종종 무덤에 들어가야만 풀리는
천 근 같은 짐을 짊어지곤 한다. 그렇기에 모든 죄악의 본질
은 새어 나가지 않는다.

얼마 전 어느 가을날, 나는 저녁을 앞둔 시각에 런던에 있는 D 카페의 큰 내닫이창 옆에 앉아 있었다. 몇 달 동안 앓아누웠다가 건강을 회복하는 중이었고, 기운이 돌아온 덕에 권태와는 정확히 상반되는 행복한 기분을 만끽하고 있었다. 머릿속에 드리웠던 장막, 그 눈앞의 안개(호메로스의 서사시『일리아스』 5권의 구절-옮긴이)가 걷히면서 가장 선명한 욕구가 생동하는 기분이었고, 활기차지만 공정한 라이프니츠의 이성이 광적이고 빈약한 고르기아스의 웅변술을 능가한 것처럼 내 지성은 감전된 듯 평상시 수준을 크게 뛰어넘었다. 그저 숨만 쉬어도 즐거웠다. 고통을 야기하는 여러 가지 현실의 문제들마저도 기쁨의 대상이 되었다. 모든 것들이 소소한 호기심을 불러일으켰다. 나는 입에 시가를 물고 신문을 무릎 위에 올려놓은 채 오후 시간을 즐겁게 보내고 나서 지금은 광고를 읽기도 하고 카페 안의 다양한 인간 군상을 관찰하기도 하고 스모크 유리창(연기를 쐬어 짙은 색을 입힌 유리창-옮긴이)을 통해 길거리를 내다보는 중이었다.

이 거리는 큰 시가지 중 한 곳으로 온종일 사람들이 넘쳐났다. 땅거미가 내릴 무렵 사람이 순식간에 불어나더니 가로등 불빛이 켜질 때쯤엔 조밀한 인파 두 줄기가 가게 문 앞을 끊임없이 흘러갔다. 이 시간대에 이런 장소에 있는 것은 처음이었기 때문에 사람들의 머리가 만들어내는 격동적인 파도는 참신하고 색다른 느낌을 주었다. 나는 호텔 내부의 사정은 모두 잊고 오롯이 그 광경이 일으키는 상념에만 빠져들었다.

관찰은 일단 추상적이고 일반적인 방향으로 흘렀다. 나는 무리를 이룬 행인들을 보면서 그들을 아우르는 관련성을 생각했다. 하지만 점차 세부적인 것들을 파고들기 시작했다. 체격과 옷차림, 분위기, 걸음걸이, 얼굴, 표정 등 헤아릴 수 없이 다양한 특징들을 세밀하게 주시했다.

지금까지 지나간 사람들은 대부분 여유 있는 걸음걸이에 볼일이 있는 듯 보였고, 밀려든 인파를 뚫고 지나가느라 여념이 없는 듯했다. 미간을 찌푸린 채 눈을 획획 돌렸고, 행인에게 떠밀려도 짜증스러운 기색 없이 그저 옷매무새만 가다듬은 후 계속해서 걸어갔다. 또다른 인파는 붉은 얼굴로 잠시도 가만 있지를 못하고 빽빽한 군중 속에서 고독감을 느끼는지 혼잣말을 하며 걸어갔다. 이 사람들은 누군가에 의해 길이 막히면 중얼거리던 입을 갑자기 다물었지만 몸짓은 곱절로 늘어났다. 그러고는 입가에 공허하고 억지스러운 미소를 띤 채 끼어든 사람들이 지나가기를 기다렸다. 거칠게 떠밀려도 떠민 사람에게 몇 번씩 고개를 숙이고 영문을 모르겠다는 듯 당황한 표정을 지었다. 다수를 차지하는 이 두 부류는 방금 언급한 부분 말고는 딱히 도드라진 특징이 없었다.

옷차림은 누가 봐도 품위 있는 계층에 걸맞은 것이었다. 이들은 귀족, 도매상, 변호사, 소매상, 증권업자, 즉 에우파트리다이 같은 세습 귀족 및 평민들, 말하자면 유한계급과 직업 활동을 활발히 영위하는 사람들이었다.

사무원들은 도드라지는 부류여서 나는 그들을 크게 두 집단으로 구분했다. 신생 회사의 하급 사무원들은 꼭 맞는 외투와 밝은색 부츠, 머릿기름을 발라 손질한 머리, 입가에 거만함을 장착한 젊은 신사들이었다. '사무직'이라는 말 말고는 달리 표현할 길이 없는 이들의 말쑥한 몸가짐은 논외로 하고 행동거지만 가지고 말한다면 1년이나 1년 반 전의 유행을 그대로 답습한 듯한 인상을 주었다. 이들은 신사 계급의 한물간 품위를 지니고 있었는데, 이것이 이 부류에 대한 가장 정확한 정의가 아닐까 싶다.

탄탄한 회사의 고위직 사무원들, 이른바 '착실하고 나이 지긋한 사람들'은 몰라볼 수가 없었다. 앉기 편하도록 만들어진 검은색 혹은 갈색 외투와 나팔바지, 흰 크라바트(넥타이의 전신이 된 남성용 스카프-옮긴이), 조끼, 넓적하고 튼튼해 보이는 구두, 두껍고 긴 양말이나 각반(걸음걸이를 가볍게 하기 위해 발목에 두르는 띠-옮긴이)을 보면 알 수 있었다. 머리는 하나같이 살짝 벗어졌고, 오른쪽 귀는 오랫동안 펜을 끼운 탓에 위쪽 끄트머리가 젖혀진 이상한 모양새였다. 지켜보니 이들은 항상 두 손으로 모자를 벗거나 썼고, 굵직하고 고풍스러운 짧은 금사슬이 달린 회중시계를 착용했다. 차림새에서 품위를 의식한 허세가 보였다. 허세도 명예로울 수 있는지는 모르겠지만.

잘 차려입은 사람들이 많았지만 나는 이들이 대도시에 만연한 일급 소매치기 족속이라는 것을 단번에 알아보았다. 상당한 호기심을 가지고 이 신사들을 관찰하다 보니, 어찌하여 진짜 신사들은 이들을 같은 신사로 착각하는 것인지 이해하기가 어려웠다. 아주 길고 큰 소맷단과 지나치게 스스럼없는 태도가 단번에 그들의 정체를 폭로하거늘.

노름꾼들도 적지 않았는데 그들을 알아보기는 더 쉬웠다. 차림새로 말하자면 벨벳 조끼에 화려한 목도리와 도금 사슬, 세공 단추 등 야바위꾼의 요란한 복장부터, 의심을 전혀 사지 않게끔 용의주도하게 성직자처럼 꾸민 소박한 옷차림까지 다양했다. 그러나 거뭇한 안색과 무표정한 얼굴, 막이 낀 것처럼 흐리멍덩한 눈, 앙다문 창백한 입술로 다른 이들과 구별되었다. 그것 말고도 언제든 이들을 알아볼 수 있는 특징이 두 가지 더 있었다. 대화를 나눌 때 목소리를 조심스럽게 낮춘다든가, 엄지손가락을 다른 손가락에 직각이 되도록 지나치게 뻗기도 했다. 이 협잡꾼들의 동행 가운데 복장이 다소 다른 이들도 자주 목격되곤 했는데 알고 보면 모두 같은 종자들이었다. 정의하자면 '재주로 먹고사는 신사들' 정도가 될 터인데, 크게 두 가지 부류로 사람들을 벗겨먹곤 한다. 멋쟁이가 그 하나요, 다른 하나는 군인이었다. 전자의 주요한 특징은 긴 머리와 미소였고, 후자의 경우에는 프로그(실이나 매듭 끈으로 만든 장식 단추로, 프로그가 늑골 모양으로 연이어 달린 군복 상의가 유행했다–옮긴이) 외투와 찌푸린 표정이었다.

신사 계층에서 아래 계급으로 내려가다 보니 더 어둡고 심원한 느낌의 사색거리를 만나게 되었다. 여러모로 비굴하게 겸손을 떠는 표정을 지으면서도 눈빛만은 매처럼 번뜩이는 유대인 행상들, 절박한 마음으로 자선의 손길을 찾아 밤거리로 나온 걸인들과 그나마 더 나은 행색으로 이 걸인들에게 인상을 쓰는 팔팔한 거렁뱅이들, 죽음이 이미 손짓을 하는데도 사람들 사이를 비틀비틀 나아가면서 혹시나 위안을 얻을 수 있을까, 잃어버린 희망을 찾을 수 있지 않을까 간청하는 눈빛으로 모든 얼굴을 쳐다보는 힘없고 파리한 병약자들, 밤늦게까지 이어진 고된 노동을 마치고 암울한 집으로 돌아가던 길에 무뢰한들의 시선이나 직접적인 접촉에 화를 내기보다는 겁을 먹고 움츠러드는 단정한 여자들. 온갖 나이대의 온갖 사람들이 보였다. 루키아노스(로마시대 풍자 작가로 그리스어 작품을 썼다. 풍자시와 미술과 건축에 관한 저술을 남겼다–옮긴이)가 말한 조각상을 연상시킬 만큼 아름답고 파로스산 대리석 같은 피부를 가졌지만 내면은 오물로 가득한 한창때의 미인들,

정신이 나간 듯 넝마 차림의 흉물스러운 나병 환자들, 장신구와 진한 화장으로 어떻게든 젊어 보이려 안간힘을 쓰는 주글주글한 노파들, 아직 다 자라지 않았지만 경험이 많은 탓에 능숙하게 장사를 하면서 나이가 더 많은 사람들에게 절대 지지 않겠다고 맹렬한 야심을 불태우는 아이들. 술꾼들은 많기도 많거니와 설명하기도 어려웠다. 누더기 옷에 비틀거리는 걸음새, 꼬인 혀, 멍든 얼굴, 흐리멍덩한 눈, 그게 아니면 멀쩡한 정신에 지저분한 옷, 약간 불안정하게 으스대며 걷는 걸음새, 육감적인 입술, 유쾌해 보이는 붉은 얼굴을 하고 있었다. 어떤 이들은 한때 고급 옷이었고 지금도 꼼꼼한 솔질로 잘 관리한 옷을 입고 있었다. 출렁출렁 걷지만 안색이 섬찟하게 파리한 데다 소름끼치게 거칠고 빨간 눈빛을 가진 남자가 있는가 하면, 군중을 헤치고 나아가며 덜덜 떨리는 손으로 손에 닿는 것이면 뭐든 잡으려 드는 남자도 있었다. 이들 옆으로 파이 장수, 짐꾼, 석탄 인부, 굴뚝 청소부, 풍각쟁이, 원숭이 광대, 노래꾼과 같이 다니는 행상, 온갖 남루한 행색의 직공들과 녹초가 된 인부들이 지나갔고, 그들의 소란스럽고 과도한 활력은 불협화음으로 귀에 총공세를 가하고 눈에는 고통스러운 감각을 유발했다.

　밤이 깊어갈수록 거리 풍경에 대한 내 관심도 깊어갔다. 군중의 전반적인 성향이 근본적으로 바뀌었을 뿐 아니라 (질서를 지키는 쪽 사람들이 점차 물러가면서 온화한 분위기가 사라지고 늦은 밤이 소굴에서 끌어낸 온갖 이기주의자들 때문에 비정한 분위기가 두드러졌다) 처음에는 물러가는 햇빛과 힘겹게 싸우느라 약해 보였던 가로등 불빛이 드디어 우위를 점하며 모든 것들에게 환한 빛을 깜빡깜빡 던졌기 때문이다. 모든 것이 어두우면서도 찬란한 그 광경은 테르툴리아누스(고대 로마의 기독교 신학자. 그의 문체를 흑단에 비유한 이는 17세기 프랑스 문인이자 비평가인 장 발자크이다-옮긴이)의 문체에 비견되는 흑단이라 할 만했다.

나는 가로등 불빛의 강렬한 효과에 이끌려 사람들의 얼굴을 하나하나 관찰했다. 장가에 펼쳐지는 빛의 세상이 빠르게 변했기 때문에 잠깐씩 보이는 얼굴들이었지만 당시의 그 특별한 정신 상태에서는 얼핏 보이는 인상인데도 오랜 세월의 역사가 읽히는 경우가 상당히 많았다.

이마를 창문에 붙이고 군중을 살펴보고 있는데 갑자기 한 얼굴(예순다섯이나 일흔 살쯤 된 노쇠한 남자의 얼굴)이 시야에 들어왔다. 굉장히 특이한 표정으로 내 관심을 단번에 사로잡았다. 그런 표정은 비슷한 것도 본 적 없었다. 지금도 또렷이 기억나는 것은, 그 얼굴을 보자마자 만약 레치(독일의 화가 프리드리히 모리츠 레치. 괴테의『파우스트』삽화 작업에 참여했다-옮긴이)가 봤다면 자신이 창조한 악마보다 이걸 더 좋아했겠구나 생각했던 것이다. 그자가 눈에 들어온 그 짧은 순간에 나는 내게 전해진 의미를 애써 분석했다. 그동안 머릿속에서는 강한 정신력, 조심성, 인색함, 탐욕, 냉정함, 악의, 피에 대한 굶주림, 승리감, 즐거움, 극도의 공포감, 그리고 강렬하고 지독한 절망감과 같은 상념들이 어지럽게 상충되며 일어났다. 이상하게 들뜨고 놀랍고 매혹되었다. 나는 혼잣말을 했다. "저 가슴에 야만의 역사가 새겨졌겠구나!" 그 노인을 계속 보고 싶고 더 알고 싶은 열망이 생겨났다. 나는 서둘러 외투를 걸치고 모자와 지팡이를 집어 들고 거리로 나갔지만, 노인은 이미 사라지고 없었기 때문에 그를 목격한 방향으로 군중을 헤치고 나아갔다. 그렇게 조금 힘겹게 나아가니 노인의 모습이 시야에 들어왔다. 나는 그 뒤를 따라붙어 노인의 이목을 끌지 않도록 조심하면서 그 뒤를 바짝 쫓았다.

이제는 얼마든지 노인을 살펴볼 수 있었다. 키가 작고 깡마른 것이 아주 허약해 보였다. 옷은 전반적으로 지저분하고 남루했지만, 가끔씩 환한 가로등 불빛 아래로 들어갈 때마다 더럽기는 해도 아름다운 질감의 리넨이 드러났다. 혹시 내가 잘못 본 것일까. 단추가 바짝 채워졌고 낡은 티가 나는 로클로르(18세기에 유행했던 남성용 망토로 무릎까지 내려오며 중앙에 단추가 있고 뒤쪽에 트임이 있다-옮긴이)의 옷자락 사이로 언뜻 다이아몬드와 단도가 하나씩 보였다. 그것이 내 호기심을 더욱 부채질했다. 나는 그 낯선 노인이 어디로 가든 따라가기로 결심했다.

이제 완연한 밤이었다. 도시를 뒤덮은 축축하고 자욱한 안개가 곧 장대비를 불러왔다. 날씨의 변화는 군중에게 뜻밖의 영향을 미쳤다. 사람들은 즉시 색다른 소란을 떨며 우산 그늘 안으로 들어갔다. 동요와 밀치기, 웅성거리는 소리가 열 배로 커졌다. 나로 말하자면 비는 그다지 신경쓰지 않았다. 열기가 아직 몸속에 남아 있어서인지 습기가 아찔할 만큼 상쾌하게 느껴졌다. 나는 손수건으로 입을 감싸며 계속 걸었다. 노인은 30분가량 큰길을 따라 힘겹게 나아갔고, 나는 그를 놓칠세라 바짝 붙어 따라갔다. 그가 뒤를 돌아보고 나를 발견하는 일은 없었다. 곧 그는 교차로로 들어갔는데, 사람들이 북적이긴 해도 방금 지나온 길만큼 복잡하지는 않았다. 여기서부터 노인의 행동에 확연한 변화가 일어났다. 아까보다 더 천천히 걸었고 목적의식이 약해졌는지 더 망설이는 기색이었다. 그는 정처 없이 길을 건너고 또 건너기를 반복했다. 밀려드는 사람들이 여전히 많았기 때문에 나는 계속 떠밀려 자연스럽게 그의 뒤를 바짝 따라가게 되었다. 거리는 좁고 길었다. 노인은 한 시간 가까이 그 길을 따라 걸었고, 그러는 동안 행인들은 차츰차츰 줄어들어 평상시 정오 무렵 브로드웨이 공원 부근에서 볼 수 있는 정도가 되었다. 런던의 인구와 미국에서 가장 붐비는 도시의 인구 사이에는 엄청난 차이가 존재한다. 그와 나는 두 번째로 방향을 틀어 불빛이 환하고 생동감이 넘치는 광장으로 들어갔다. 낯선 그이는 아까 취했던 태도를 다시 보였다. 턱을 가슴께로 떨구고는 잔뜩 찌푸린 미간 아래의 눈알을 사방으로, 자기를 에워싼 사람들을 향해 거칠게 굴렸다. 그러면서 일정하고 끈질기게 길을 재촉했다. 하지만 놀랍게도 광장을 한 바퀴 돌고 나자 돌아서서 왔던 길을 되돌아가기 시작했다. 나는 노인이 그런 식으로 광장을 몇 번이나 도는 것을 보고 더 놀라지 않을 수 없었다. 한번은 갑작스럽게 방향을 바꾸다가 나를 발견할 뻔하기도 했다.

노인은 이렇게 한 시간쯤 더 움직였고, 마지막엔 길을 막는 행인들이 처음에 비해 현저히 줄어들었다. 비가 세차게 내리고 공기가 차가워졌다. 사람들이 집으로 돌아가고 있었다. 노인은 다급한 몸짓으로 비교적 인적이 드문 옆길로 들어갔다. 그러더니 그런 노인에게 있으리라고는 상상도 못 했던 활력으로 400미터가량을 달려가는 바람에 나는 힘겹게 그 뒤를 쫓아가야 했다. 몇 분 뒤 우리는 크고 북적이는 시장에 이르렀는데 그 노인에게는 익숙한 곳 같았다. 그는 맨 처음 보였던 태도로 돌아와 상인들과 손님들 사이를 정처 없이 왔다 갔다 서성였다.

한 시간 반가량 이곳을 지나는 동안 노인에게 의심을 사지 않고 따라붙기 위해 각별한 주의가 필요했는데, 다행히 생고무 덧신을 신은 덕에 소리 없이 움직일 수 있었다. 노인은 내가 지켜보고 있다는 걸 한시도 눈치채지 못했다. 그는 가게마다 들어가서 가격을 묻지 않고 열렬하면서도 허한 눈길로 말없이 모든 물건을 쳐다볼 뿐이었다. 그의 행동에 완전히 놀란 나는 그에 대해 뭐든 알아낼 때까지 절대 떨어지지 않겠다고 다짐했다.

11시를 알리는 우렁찬 시계 소리에 사람들이 재빨리 시장을 떠났다. 상인 하나가 덧문을 올리며 노인을 밀었다. 나는 그 순간 노인의 몸이 심하게 떨리는 것을 보았다. 그는 얼른 거리로 나가서 잠시 주위를 초조하게 둘러보더니 놀랄 만큼 민첩하게, 구불구불하고 인적이 뜸한 샛길을 달렸다. 결국 우리는 또다시 큰길로 나갔는데 우리가 처음 출발했던 D 호텔이 있는 곳이었다. 하지만 아까와 같은 느낌은 더 이상 없었다. 환한 가로등 불빛은 여전했지만 비가 퍼붓는 데다 사람도 몇 명 보이지 않았다. 노인은 창백해진 얼굴로 붐볐던 대로를 침울하게 몇 걸음 걸어가다가 무거운 한숨을 푹 내쉬며 강 쪽으로 방향을 틀더니 이리저리 꺾이는 구불구불한 샛길을 통과해 큰 극장 하나가 보이는 곳으로 나갔다. 극장 영업이 끝날 시각이라 문에서 관객들이 쏟아져 나왔다. 노인은 군중에 둘러싸여 있는 동안 숨이 차서 헐떡이는 것처럼 보였지만, 가만 보니 그의 얼굴에 어렸던 극한의 고통은 어느 정도 잦아든 것 같았다. 그의 고개가 다시 가슴께로 툭 떨어졌다. 처음 보았을 때의 모습 같았다. 나는 그가 많은 관객이 걸어간 길을 따라가는 것을 보았지만 그가 내키는 대로 행동하고 있다는 걸 알고 당황하지 않을 수 없었다.

그가 걷는 동안 사람들은 다시 점점 흩어져 사라졌고, 그러자 그의 오랜 불안과 동요가 재발했다. 한동안 그는 떠들썩하게 몰려가는 사람들 여남은 명을 바짝 따라갔지만, 이들도 하나둘 떨어져나가고 결국 셋만 남아 인적이 뜸한 비좁고 음침한 샛길로 들어갔다. 노인은 멈춰 서서 잠시 생각에 잠기는 듯하더니 몹시 심란한 기색으로 어떤 길을 따라 빠르게 도시 변두리로 나아갔다. 지금까지 우리가 돌아다닌 곳과는 판이한 지역이었다. 극한의 궁핍과 흉악한 범죄가 들끓는 지역이라는 최악의 오명을 쓴 이곳은 런던에서 가장 지독한 소굴이었다. 어쩌다 나타나는 등불의 희미한 불빛에 낡고 벌레 먹은 목재 공동주택들이 금방이라도 쓰러질 듯 높고 위태롭게 서 있는 것이 보였다. 집들이 사방으로 하도 난잡하게 뻗어 있어서 그 사이로 난 길을 구분하기란 어려웠다. 포석도 되는대로 깔려 있었고 그나마 깔린 것들도 무성하게 자라난 풀에 밀려 원래 자리에서 벗어나 있었다. 꽉 막힌 도랑에는 끔찍한 오물이 썩어가고 있었다. 대체로 황량한 분위기가 감돌았다. 하지만 계속 걸어가자 인기척이 또렷이 다시 살아나면서 런던 최악의 파렴치한들이 비틀거리며 이리저리 지나다니는 것이 보였다. 꺼지기 직전의 등불처럼 노인의 기세가 깜빡거리며 솟구쳤다. 그는 경쾌한 발걸음으로 성큼성큼 나아갔다. 모퉁이를 도니 별안간 환한 불빛 하나가 시야 안으로 불쑥 들어왔다. 우리는 교외에 자리한 거대한 방탕의 사원, 독주毒酒라는 악마의 궁전 앞에 섰다.

이제 조금 있으면 동틀 시각인데도 술에 몹시 취한 자들 여럿이 그 휘황찬란한 출입구를 들락거렸다. 노인은 울부짖듯 환호성을 올리며 안으로 밀고 들어가서는 원래의 기운을 곧장 회복하고 뚜렷한 목적 없이 무리 사이를 왔다 갔다 활보했다. 그러나 오래 버티지는 못하고 다시 문 쪽으로 서둘러 향했는데, 주인장이 밤 장사를 그만 접는 모양이었다. 그 순간 나는 이제까지 쭉 지켜본 그 별난 사람의 얼굴에서 절망보다 더 강렬한 것을 보았다. 하지만 그는 잠시도 멈칫거리지 않고 광기 어린 기세로 장대한 런던 중심부를 향해 즉시 발길을 돌렸다. 노인은 오랫동안 빠른 걸음으로 걸었고, 나는 내내 강렬한 의문에 휩싸여 그를 따라갔다. 지금 내 관심을 사로잡은 이 탐색을 절대 포기하지 않으리라 다짐했다. 해가 떠오르는 와중에도 우리는 계속 걸었고 그 대도시에서 가장 붐비는 상점가인 D 호텔 근처 거리에 다시금 이르렀다.

그곳을 수놓는 인간들의 소란과 활력은 전날 저녁 못지 않았다. 거리는 시시각각 혼잡해졌지만 나는 여기서도 오랫동안 그 낯선 이를 쫓았다. 하지만 노인은 여전히 서성서성 거닐면서 낮 동안 복잡한 거리에서 벗어나지 않았다. 저녁 어스름이 또다시 내려올 무렵 나는 지치다 못해 죽을 것만 같아서 방랑자 앞에 걸음을 멈추고 노인의 얼굴을 똑바로 응시했다. 노인은 나를 전혀 알아보지 못하고 진지한 발걸음을 다시 옮겼다. 나는 그 뒤밟기를 멈추고 그 자리에서 생각에 잠겼다. 그리고 말했다. "이 노인은 큰 죄악의 전형이자 달인이다. 혼자 있기를 거부하는, 군중 속의 남자다. 따라가봐야 허사다. 이자에 대해서도, 이자의 소행도 알아내지 못할 테니까. 세상에서 가장 악독한 마음은 기도서 『호툴루스 마니메』(그뤼닝거의 『Hortulus Anime cum Oratiunculis Aliquibus Superadditis』 -원주)보다 더 방대한 책이니 '스스로 읽히기를 거부하는' 것이야말로 신이 내린 가장 큰 자비일지도 모른다."(『호툴루스 마니메』는 '영혼의 동산'이라는 뜻의 라틴어 기도서로, 신에 대한 헌신과 윤리 지침을 담고 있으며, 16세기 유럽 각국으로 널리 전파되어 인기를 끌었다-옮긴이)

소용돌이 속으로의
하강

자연에서 드러나는 하느님의 방식은 하느님의 뜻이
그러하듯 우리의 방식과는 다르다. 우리가 고안한
모범들도 그분의 작품이 가지는 광활함이나 심오함,
불가해함에는 미치지 못한다. 그분의 작품에는 데모
크리토스의 우물보다 더한 깊이가 있다.

—

조지프 글랜빌

우리는 가장 높은 바위벽 꼭대기에 이르렀다. 노인은 몇 분
동안 말도 못 할 만큼 완전히 지쳐 있었다.

마침내 노인이 입을 열었다. "이 지경이 된 지는 오래되
지 않았어요. 이런 길 정도는 내 막내아들처럼 거뜬히 안내
했을 텐데, 한 3년 전에 인간으로선 차마 못 겪을 일을 겪었

지 뭡니까. 생존자가 없어 이야기를 전할 사람도 없는 사건이었지요. 그때 여섯 시간 동안 지독한 공포에 시달리고 나서 몸도 영혼도 망가지고 말았어요. 나를 나이가 아주 많은 늙은이로 생각하겠지만…… 실은 그렇지 않아요. 까맣던 머리털이 하얗게 세고, 팔다리의 힘이 빠지고, 간이 오그라드는 데는 하루도 걸리지 않았어요. 이제는 조금만 기운을 써도 몸이 후들거리고 그림자에도 겁을 먹습니다. 이 작은 벼랑도 내려다보면 이렇게 어질어질하니, 짐작이 가십니까?"

노인은 미끄러운 벼랑 끝에 부주의하기 짝이 없게 털썩 주저앉아 몸의 대부분이 벼랑 너머로 기울어지든 말든 팔꿈치에 몸을 기대고 쉬고 있었다. 그 '작은 벼랑'은 막힘없이 홀로 치솟은 반들반들한 검은 암벽이었는데, 아래에 널린 바위들보다 4, 5미터는 더 높았다. 나라면 무슨 일이 있어도 벼랑 끝 5미터 이내로는 절대 접근하지 않았을 것이다. 사실 나는 이 길동무의 아슬아슬한 위치를 보고 하도 조마조마해서 바닥에 납작 엎드려 옆에 있던 떨기나무를 움켜쥐었다. 하늘 쪽은 감히 올려다볼 엄두도 나지 않았다. 그 상태로 강풍이 불면 그 산의 토대가 흔들릴지 모른다는 생각을 떨쳐내려 애를 쓰다가 한참 후에야 간신히 이성을 되찾고는 용기를 끌어내 일어나 앉아 먼 곳을 바라보았다.

"머릿속의 그 상념들을 넘어서야 합니다." 노인이 말했다. "여기로 안내한 이유는 말씀드린 그 사건의 현장이 여기서 가장 잘 보이기 때문이에요…… 그곳을 직접 보면서 그 사건의 전말을 알려드리고 싶었습니다."

"지금 우리가 있는 곳은요." 그는 특유의 세심한 말투로 말을 이었다. "지금 우리가 있는 곳은 광활한 노를란(서쪽으로는 대서양, 동쪽으로는 스웨덴과 인접한 노르웨이의 북부 지역-옮긴이) 지방의 노르웨이 해안 근처입니다. 위도로는 68도이고, 황량한 로포텐 제도 내에 있지요. 지금 우리가 앉아 있는 곳은 구름 산이라는 헬세겐산 정상이고요. 조금만 몸을 일으켜보세요…… 어지러우면 풀을 잡으시고……. 자, 이제 아래쪽 수증기 띠 너머로 바다를 한번 보세요."

나는 어질어질한 눈으로 넓게 펼쳐진 바다를 바라보았다. 바닷물이 어찌나 검은지 보자마자 누비아(아프리카 수단 북부 지방-옮긴이)의 지리학자가 거론한 마레 테네브라룸(영국 고고학자 제이컵 브라이언트는 자신의 저서에서 대서양을 어둠의 바다를 뜻하는 '마레 테네브라룸'으로 표현했다-옮긴이)이 생각났다. 인간의 상상력으로는 도저히 품기 어려울 만큼 쓸쓸하기 그지없는 전경이었다. 검게 불거진 무시무시한 절벽들이 세상을 둘러싼 성벽처럼 좌우로 눈이 닿는 곳까지 줄줄이 늘어서 있었는데, 높이 솟구치며 절벽에 부딪치는 파도, 한없이 울부짖는 그 허옇고 섬찟한 물마루가 풍경의 암울한 분위기를 부각시켰다. 우리가 자리한 높다란 곳에서 맞은편 바다 쪽으로 10킬로미터가량 앞선 위치에 작고 황량해 보이는 섬이 하나 있었다. 더 정확히 말하면, 거친 파도 한가운데 위치한 섬이라 할 만했다. 그 섬에서 육지 쪽으로 3킬로미터 남짓 나아간 곳에 더 작은 크기의 척박한 바위섬이 또 하나 있었는데, 역시 검은 바위들이 드문드문 다양한 간격으로 그 섬을 둘러싸고 있었다.

더 멀리 있는 섬과 육지 사이의 바다는 아주 심상치 않은 기운을 띠었다. 육지 쪽으로 아주 거센 강풍이 불고 있어서 먼 앞바다에 보조 돛을 접고 정박한 범선 한 척은 선체가 완전히 물에 잠기며 시야에서 사라지기를 반복했다. 하지만 이쪽으로는 규칙적인 풍랑 같은 건 전혀 없고 잔물결만 사방에서 바람을 맞서거나 따르며 짧고 빠르고 거칠게 교차할 뿐이었다. 포말도 바위 옆 말고는 거의 보이지 않았다.

노인이 말을 이었다. "저 멀리 있는 게 노르웨이인들이 부르그라고 부르는 섬입니다. 그 중간에 있는 건 모스쾨예요. 북쪽으로 1.6킬로미터 지점에 있는 저건 암바렌이고요. 저기 보이는 저것들은 이슬레젠, 호트홀름, 카일트홀름, 수아르벤, 부크홀름입니다. 모스쾨와 부르그 사이에 더 멀리 있는 섬들은 오테르홀름, 플리멘, 산드플레젠, 스톡홀름이고요. 모두 저 섬들의 실제 지명인데, 왜 저것들에게 이름을 붙여야겠다고 생각들을 했는지는 선생이나 나나 모를 일이지요.

아무 소리 안 들립니까? 물에서 이는 어떤 변화가 안 보이세요?"

우리가 헬세겐 정상에 올라온 지 10분 정도가 지났다, 로포덴 안쪽으로 올라왔기 때문에 오는 길에는 바다가 전혀 보이지 않았는데 정상에 올라서자 별안간 바다가 눈앞에 펼쳐졌다. 노인의 말을 듣고 보니 갈수록 높아지는 우렁찬 소리가 귀에 들려왔다. 아메리카 대평원의 거대한 물소 떼가 내는 소리와 비슷했다. 나는 뱃사람들이 말하는 이른바 삼각 파도가 일던 아래쪽 바닷물이 급속히 해류로 변하며 동쪽 방향으로 나아가는 것을 보았다. 내가 지켜보는 사이 해류에 엄청난 가속도가 붙었다. 시시각각 속도와 저돌적인 기세를 더해갔다. 불과 5분 만에 바다 전체가 부르그섬까지 거침없이 날뛰었지만, 주로 큰 풍랑이 이는 곳은 모스쾨섬과 해안 사이였다. 수천 개 물길로 갈라져 서로 충돌하는 거대한 물 덩어리가 별안간 광란의 몸부림을 부리며―들썩이고 끓어오르고 철썩거리며―크고 무수한 소용돌이 꼴로 선회하다가, 곤두박질칠 때가 아니고서야 절대 불가능한 속도로 빠르게 한꺼번에 빙글빙글 동쪽으로 질주했다.

몇 분 후 그 풍경에 다시 급격한 변화가 일어났다. 수면이 전반적으로 조금 가라앉고 소용돌이가 하나둘 사라지면서 이제껏 누구도 본 적 없는 어마어마한 포말 띠들이 나타났다. 그 포말 띠들은 아주 멀리까지 뻗어나가 서로 어우러지면서 잔잔한 소용돌이 꼴로 빙글빙글 돌았다. 이곳을 기반으로 더 거대한 소용돌이가 생겨나려는 듯했다. 별안간 지름이 1.6킬로미터가 넘는 뚜렷한 원 모양이 생겨났다. 넓은 물보라 띠가 소용돌이 가장자리를 에워싸며 반짝거렸지만 단한 방울도 그 거대한 깔때기 안으로 들어가지 않았다. 그 안쪽은 눈이 닿는 곳까지 매끄러운 검은 물 벽이었는데, 수평선과 약 45도의 각도를 이룬 채 흔들흔들 부풀어오르며 어지럽게 돌고 또 돌았고, 바람결에 실려오는 그것의 섬뜩한 목소리는 비명 같기도 하고 으르렁거리는 소리 같기도 했다. 그토록 장엄한 나이아가라 폭포도 이제껏 이처럼 고통스럽게 하늘을 향해 울부짖은 적은 없었다.

바위산이 밑바닥까지 뒤흔들렸고 바윗돌마저 흔들렸다. 나는 얼굴을 바닥에 대고 엎드려 조마조마한 마음으로 몇 포기 안 되는 풀에 매달렸다.

나는 간신히 노인에게 말했다. "이게, 이게 바로 그 말스트룀 대소용돌이군요."

노인이 말했다. "가끔 그렇게들 부르더군요. 우리 노르웨이 사람들은 모스쾨스트룀이라고 부릅니다만. 중간에 있는 모스쾨섬의 이름을 따서요."

그 소용돌이를 직접 내 눈으로 보니 그간 들은 이야기들은 아무것도 아니었다. 가장 생생하다고 할 만한 요나스 라무스(지역색과 역사성이 강한 저술로 유명한 17세기 노르웨이 목사 겸 역사학자-옮긴이)의 설명도 그 광경의 웅장함이나 공포감, 보는 사람을 엄습하는 그 당혹스럽고 생경한 격정은 티끌만큼도 전달하지 못한다. 그의 글이 어떤 지점에서 언제 관찰한 것인지는 모르겠지만, 헬세겐 정상이나 폭풍이 칠 때 쓴 것이 아니라는 점만은 분명하다. 그 광경의 인상을 전하기에는 어림도 없지만 세부적인 면에서는 인용할 만한 구절이 일부 있다. 그는 이렇게 말한다. "로포덴과 모스쾨 사이는 수심이 73미터 정도이지만 맞은편 베르(부르그) 쪽으로 가면 수심이 얕아져 배들이 암초에 부딪치는 위험을 무릅쓰지 않고서는 편히 지나다닐 수가 없다. 밀물 때 그 해류는 로포덴과 모스쾨 사이로 육지를 향해 활기차고 빠르게 올라가지만, 우르릉거리며 바다로 빠져나가는 격렬한 썰물 때의 소리는 가장 우렁차고 두려운 폭포 소리에도 비할 바가 아니다. 그 소리는 몇 킬로미터 밖에서도 들린다. 구덩이나 다름없는 소용돌이는 하도 크고 깊어서 사정권 내로 들어간 배는 어김없이 안으로 빨려들어가 바닥까지 끌려 내려간 뒤 암석에 부딪쳐 산산조각이 나고, 잠잠해지고 나서야 그 파편들을 다시 물 위로 게워낸다. 평온한 시간은 밀물과 썰물이 바뀌는 시점에, 그것도 날이 좋을 때 딱 15분쯤만 나타날 뿐이고 그 광란은 점차 되돌아온다. 해류가 가장 기세등등할 때 거기에 폭풍까지 가세해 그 맹렬함이 더욱 치솟을 때는 10킬로미터 이내로만 들어가도 위험하다. 보트와 요트, 선박 들은 조심하지 않다가 그 영향권 내로 흘러들곤 했고, 고래들도 그 해류에 너무 가까이 다가갔다가 그 완력을 이기지 못하는 일이 자주 발생했다. 고래들이 빠져나오려고 속절없이 몸부림치며 울부짖는 소리, 그 소리를 설명하기란 불가능하다. 한번은 로포덴에서 모스쾨로 헤엄쳐 건너가려던 곰 한 마리가 해류에 휩쓸려 어찌나 처절하게 울부짖는지 뭍에서도 들릴 정도였다. 커다란 전나무와 소나무 토막들은 그 해류에 빨려들었다가 부서지고 찢겨 뻣뻣한 털이 마구 돋친 꼴로 다시 떠오르곤 하는데, 이것은 소용돌이 바닥이 울퉁불퉁한 바위로 이뤄져 있고 이 나무들이 거기서 이리저리 나뒹굴었다는 것을 말해준다. 이 해류는 조수潮水, 즉 바닷물이 여섯 시간마다 높아졌다가 낮아지기를 반복하는 것에 의해 조절된다. 1645년 사순절 두 번째 일요일 이른 아침부터 그것이 엄청난 굉음을 내며 맹위를 떨치는 바람에 바닷가 근처 집들의 돌이 땅바닥으로 떨어져내렸다."

그곳의 수심은 그 소용돌이에 근접해 측정해야 할 테니 과연 그것을 알 수나 있을지 의문이다. '73미터'라는 수치는 아마도 모스쾨나 로포덴 쪽 해안과 가까운 물길의 정보인 듯하다. 모스쾨스트룀 중심부는 측정할 수 없을 만큼 깊은 게 틀림없다. 비록 측면이지만 가장 높은 헬세겐 바위산 정상에서 그 소용돌이의 심연을 내려다보는 것보다 그것을 더 확실히 증명해주는 것은 없다. 산꼭대기에 서서 아래에서 울부짖는 플레게돈(그리스신화에서 저승을 감싸고 흐르는 강—옮긴이)을 내려다보자니, 정직한 요나스 라무스가 고래와 곰의 일화를 믿기 힘든 이야기인 양 기록한 단순함에 웃지 않을 수 없었다. 내가 보기에는 세상에서 가장 큰 배도 그 치명적인 영향권 안에 들면 폭풍 앞의 깃털처럼 속수무책으로 즉시 사라질 것이 자명했기 때문이다.

이 현상을 설명하는 이야기들 가운데 정독하면 꽤나 그럴싸하게 들리는 몇 가지 경우가 있었지만, 이제 이 현상은 아주 색다르고 풀리지 않는 수수께끼처럼 보였다. 이것과 페로 군도 내에 있는 더 작은 소용돌이 세 개는 "밀물과 썰물 때 높아지고 낮아지는 파도가 암벽과 암반에 부딪쳐서 생기는 것일 뿐 다른 원인은 없다"는 것이 일반적인 정설이다. "그 암벽과 암반에 갇힌 물은 폭포수처럼 흐르고, 밀물이 높을수록 폭포수가 더 깊이 흐르기 때문에 자연히 소용돌이나 물회오리라는 결과를 낳는데, 그것의 엄청난 인력引力은 별다른 연구 없이도 충분히 알 만하다"는 것이 브리태니커 백과사전의 내용이다. 키르허(종교학, 지질학, 의학 등 광범위한 저술 활동으로 유명했던 17세기 독일의 예수회 수도사—옮긴이) 같은 사람들은 말스트룀의 물길 중심부에 지구를 관통해 아주 먼 지점으로, 예를 들면 보트니아만(스웨덴과 핀란드 사이 북쪽의 발트해 만—옮긴이) 같은 곳으로 빠져나가는 심연이 있을 것으로 상상한다. 이것은 근거 없는 의견이기는 하지만 눈앞의 광경을 바라보고 있자니 얼마든지 동의할 만한 이야기였다. 노인에게 그 이야기를 해주었더니 그는 놀라운 대답을 했다. 자기는 아니지만 노르웨이 사람들 누구나 화제 삼아 즐기는 이야기라고 했다. 또한 백과사전에 실린 의견에 대해서는 가타부타 판단을 내릴 수 없다고 말했고, 그점에 대해선 나도 동의를 표했다. 아무리 책에 정설처럼 결론이 나 있어도 그 천둥 같은 심연의 현장에 서면 도통 이해할 수 없고 심지어 부조리한 현상처럼 느껴지기도 하기 때문이다.

"소용돌이는 충분히 보셨을 겁니다." 노인이 말했다. "이제 기어서 이 바위를 돌아 바람이 없고 우르릉거리는 물소리가 들리지 않는 곳으로 가시죠. 거기서 내 이야기를 듣고 나면 모스쾨스트룀에 대해 뭘 좀 아는 사람이구나 하는 생각이 절로 들 거예요."

나는 가라는 곳에 자리를 잡았고, 그는 이야기를 시작했다.

"나와 내 형제 둘은 70톤급 스쿠너(두 개 이상의 돛대가 달린

서양식 소형 범선-옮긴이) 고깃배를 한 척 가지고 있었어요. 그걸로 모스쾨 너머 베르위섬 인근의 섬들까지 나가서 고기를 잡곤 했지요, 바다에 아무리 격랑이 일어도 묾때만 잘 만나면 고기는 얼마든지 잡혔어요. 나설 용기만 있다면 말이지요. 하지만 로포덴 바닷가 주민들을 통틀어 거기 섬들까지 정기적으로 나가는 건 우리 셋 말고는 없었습니다. 일반적인 어장은 남쪽으로 훨씬 내려간 지점에 있거든요. 거기서는 큰 위험 없이 항상 고기가 잡혀서 사람들은 그쪽을 더 좋아하죠. 하지만 이쪽 몇 곳의 바위들 사이에는 최고 어종이 다양하게 분포해 있을 뿐 아니라 어군도 훨씬 커서 몸을 사리는 고깃배들이 일주일간 잡는 어획량을 모두 합쳐도 우리가 여기서 하루 동안 잡는 것에 못 미칠 때가 허다했지요. 사실 우리에겐 목숨을 건 도박이나 마찬가지였어요. 목숨을 걸면 그만큼 노동을 면할 수 있고, 용기가 수익을 보장하니까요.

고깃배는 여기서 8킬로미터쯤 올라간 해안의 작은 만에 댔습니다. 날씨가 좋으면 15분간 이어지는 휴조를 틈타 모스쾨스트룀 해류를 건너 그 소용돌이에서 많이 올라간 오테르홀름이나 산드플레젠 근처 소용돌이가 다른 데에 비해 그다지 거세지 않은 지점에 닻을 내렸죠. 거기서 머물다가 휴조 때가 되었다 싶으면 닻을 올리고 집으로 향했어요. 배가 나가고 들어오는 걸 돕는 일정한 옆바람이 불지 않으면 절대 출항

하지 않았습니다. 우리가 돌아오기 전까지 옆바람은 결코 멈추는 법이 없었고, 이 부분은 계산이 거의 틀린 적이 없었습니다. 지난 6년 동안 옆바람이 완전히 그치는 바람에 닻을 내리고 밤을 지샌 적이 딱 두 번 있었는데, 여기서는 여간해선 없는 일이었습니다. 한번은 도착하자마자 돌풍이 몰아쳐서 물길이 생각지도 못하게 너무 험해지는 바람에 그 어장에서 일주일 가까이 발이 묶여 굶주린 적도 있었죠. 오늘은 있지만 내일은 없는 수많은 횡류 중 하나를 타고 플리멘섬으로 흘러가 다행히 거기서 바람을 피해 배를 멈추지 않았다면 속절없이 (그 소용돌이가 우리를 너무도 격렬히 돌려대는 통에 우리 닻이 뒤엉켜 질질 끌리는 상황이라) 바다로 휩쓸려갔을 겁니다.

우리가 그 어장에서 한 고생은 아무리 말해도 20분의 1도 다 못 할 겁니다. 거긴 날씨가 좋을 때도 위험한 곳이니까요……. 하지만 우린 모스쾨스트룀의 시련을 그때그때 사고 없이 이겨나갔습니다. 가끔씩 휴조보다 1분이라도 이르거나 늦을 때는 아주 속이 바짝바짝 타들어갔지만요. 때로는 출발할 때 바람이 생각보다 세지 않아서 바라는 만큼 배가 못 나가는 바람에 그 해류가 범선의 조종을 방해하기도 했고요. 형님에겐 열여덟 살짜리 아들이 하나 있었고 내게는 나만큼이나 건장한 아들이 둘 있었어요. 그럴 때 아들놈들이 있었다면 노를 쓴다거나 나중에 고기잡이를 할 때 큰 도움이 되기야 했겠지만…… 우리야 위험을 감수한다고 해도 아들 놈들까지 위험을 무릅쓰게 할 용기는 없었습니다……. 이러니저러니 해도 위험천만한 일이었고, 사실이 그러니까요,

며칠 후면 이제부터 들려드릴 사건이 일어난 지 딱 3년이 됩니다. 18XX년 7월 10일…… 여기 사람들은 그날을 절대 잊지 못할 겁니다…… 세상에 다신 없을 최악의 태풍이 몰아친 날이었거든요. 하지만 그날은 오전부터 늦은 오후까지 남서쪽에서 미풍이 꾸준히 불고 햇살이 환했기 때문에 아무리 노련한 뱃사람이라도 무엇이 임박했는지 꿈에도 몰랐을 겁니다. 우리 세 사람, 저와 제 형제 둘은 오후 2시쯤 그 섬들 쪽으로 건너갔고, 곧 값비싼 고기로 배를 거의 가득 채웠습니다. 다들 이렇게 고기를 많이 잡은 날은 없었다고 말할 정도였지요. 내 시계로 7시 정각에 우리는 닻을 올리고 집을 향해 출발했습니다. 스트룀이 8시쯤 있을 거라고 보고 그것을 피하려고 물살이 잔잔할 때 나선 거였죠.

우현의 상쾌한 바람을 맞으며 출발했고 한동안 쾌속으로 달렸습니다. 위험이 닥치리라고는 상상도 못했죠. 어디에도 그런 조짐은 없었거든요. 그런데 별안간 헬세겐 쪽에서 앞바람이 불어왔습니다. 대단히 이상한…… 한 번도 겪은 적 없는 일이라…… 나는 왠지 모르게 불안했지요. 우린 바람을 거스르며 나아가려 했지만 소용돌이 때문에 전혀 전진할 수

가 없었어요. 나는 정박지로 돌아가자고 말하려 했죠. 하지만 선미 쪽을 돌아보자 놀라운 속도로 솟아오르는 이상한 구릿빛 구름으로 수평선이 뒤덮여 있는 게 보였어요.

그러는 사이 진로를 방해하던 바람이 멎고 후에도 전혀 불지 않아서 우리는 이리저리 흘러 다녔습니다. 하지만 무슨 생각을 할 틈도 없이 그 상황은 지나가버렸습니다. 1분도 되지 않아 폭풍우가 우리를 덮친 겁니다……. 그리고 2분도 안 되어 하늘은 구름으로 뒤덮였습니다……. 게다가 물보라가 일면서 사방이 깜깜해졌기 때문에 배 안에 있던 우리는 서로의 얼굴도 알아볼 수 없었습니다.

당시 불었던 태풍은 설명하려 해봤자 쓸데없는 짓입니다. 노르웨이에서 가장 노련한 뱃사람도 그런 건 겪은 적이 없었을 거예요. 태풍이 우릴 덮치기 전 우린 급히 돛을 내렸지만, 두 돛대는 첫 바람에 톱질을 한 것처럼 쓰러졌죠. 큰 돛대는 넘어가면서 안전을 위해 거기에 몸을 묶었던 동생을 같이 데려가고 말았습니다.

우리 배는 물 위에 뜬 극히 가벼운 깃털 같았어요. 갑판은 완전히 평갑판이고 뱃머리 쪽에 작은 해치만 하나 있었는데, 스트룀을 건널 때는 변덕스러운 바다에 대비할 겸 항상 닫아두었죠. 그렇게 하지 않았더라면 그 즉시 침몰했을 겁니다. 배가 몇 분 동안 침수돼 있었거든요. 형님이 어떻게 죽지 않고 버틴 것인지는 모르겠습니다. 형님을 챙길 틈도 없었으니까요. 저는 앞돛을 내리자마자 갑판에 납작 엎드려 뱃머리 쪽 좁은 뱃전에 발을 디디고 두 손으로 앞돛대 밑동의 고리 볼트를 꽉 붙잡고 있었어요. 순전히 본능에 따라 그리 한 것이었는데 그 상황에서 최선의 선택을 한 셈이었어요…… 너무 당황해서 아무런 생각도 할 수가 없었습니다.

　우리는 한동안 물에 완전히 잠겨 있었고, 나는 내내 숨을 참고 볼트에 매달렸어요. 그러다가 도저히 더는 못 참겠어서 볼트에 매달린 채 무릎을 딛고 몸을 일으켜 머리를 물 밖으로 내밀었지요. 얼마 뒤 그 작은 배의 선체가 뒤흔들린 덕분에 개가 물 밖으로 나갈 때 그러듯 바닷물을 얼마간 털어낼 수 있었습니다. 계속 제정신이 아니었는데 무얼 해야 할지 생각이 들 만큼 조금씩 정신이 돌아오더군요. 그때 누군가 내 팔을 움켜잡는 느낌이 들었어요. 형님이었습니다. 내 심장은 기쁨으로 펄떡거렸어요. 형님이 배 밖으로 휩쓸려 나간 줄 알았거든요…… 하지만 다음 순간 기쁨은 공포로 바뀌었습니다…… 형님이 제 귀에 대고 '모스쾨스트룀!' 하고 외쳤거든요.

　그 순간 내가 어떤 심정이었을지 누가 알까요. 학질에 걸려 격렬한 발작을 일으키는 것처럼 머리부터 발끝까지 온몸이 부들부들 떨렸지요. 형님의 그 한마디가 무얼 의미하는

지 잘 알고 있었어요. 형님이 무슨 말을 하려는 건지 알고 있었어요. 우린 그 바람을 타고 쭉 스트룀 소용돌이를 향해 가고 있었던 거예요. 우리가 살아 돌아갈 가망은 없었어요!

이제 아시겠지만, 우리는 스트룀 물길을 건널 때 아주 평온한 날에도 늘 소용돌이 위쪽으로 멀찌감치 돌아갔고, 이후에는 신중하게 지켜보면서 휴조를 기다렸어요……. 그런데 그때 그 소용돌이를 향해 달려가고 있었던 겁니다, 게다가 그런 폭풍 속에서! 이런 생각이 들더군요. '틀림없이 우리가 거기 도달할 때쯤엔 휴조가 될 거야…… 아직 희망은 있어.' 하지만 천하의 바보처럼 실낱같은 희망을 품었던 나 자신을 곧 저주할 수밖에 없었습니다. 우리 배가 함포 90대를 구비한 군함보다 열 배는 컸다고 해도 이미 죽은 목숨이라는 걸 너무도 잘 알고 있었으니까요.

그즈음 태풍의 첫 맹위가 다한 것인지 아니면 우리가 태풍을 앞질러 질주하느라 실감을 못 한 것인지 모르지만, 바람에 눌려 납작하게 거품만 일었던 바다가 이제 거대한 산맥처럼 솟구쳐 있었어요. 하늘에도 기이한 변화가 일어났지요. 사방은 여전히 칠흑처럼 어두웠지만, 별안간 구멍이 뻥 뚫리듯 머리 바로 위쪽이 둥그렇게 트이더니 청명한 하늘이 나타난 겁니다…… 그렇게 맑은 하늘은 처음이었어요…… 아주 새파란 하늘 말입니다……. 그리고 거기로 이제껏 본 적 없는 눈부시게 환한 보름달이 찬란한 빛을 발산했어요. 달이 우리 주변의 모든 걸 아주 또렷이 비추더란 말이죠……. 하지만 오, 하느님, 달빛에 드러난 그 광경이란!

형님에게 한두 번 말을 걸어봤지만…… 어찌된 일인지 주변이 갈수록 시끄러워져서 형님 귀에 목청껏 소리쳤는데도 형님은 제 말을 통 알아듣지 못했습니다. 형님은 시체처럼 하얗게 질려서 고개를 젓더니 한 손가락을 치켜들었어요, '들어봐!' 하듯이요.

처음에는 왜 그러는지 이해할 수 없었는데…… 곧 섬찟한 생각이 뇌리를 스쳤습니다. 시곗줄에 매달린 시계를 당겨봤더니 시계가 멈춰 있었어요. 달빛에 시계판을 비춰보고는 울음을 터뜨리며 시계를 바닷속으로 내던졌죠. 시곗바늘이 정각 7시에 멈춰 있었어요! 휴조는 이미 지나가버렸고 스트룀 소용돌이가 최고 맹위를 떨치고 있었습니다!

만듦새가 좋고 관리가 잘된 배가 과적 없이 최고 속도로 달릴 때면 바람을 받은 파도는 항상 배 아래로 스쳐 지나가는 것처럼 보입니다. 육지 사람들에겐 아주 이상하게 보이겠지만, 뱃사람들 말로 '탄다'는 게 이런 거지요. 그때까지 우리는 너울을 아주 영리하게 타고 왔었어요. 그런데 무시무시한 파도가 선미 돌출부 바로 아래를 붙잡고 우리를 높이…… 높이…… 하늘에 닿을 듯 밀어올렸습니다. 직접 겪지 않았다면 파도가 그리 높이 솟구칠 수 있다고 믿지 못했을 겁니다. 이후 우리는 한 번 휘돌고 나서 쭉 미끄러져 바다로 곤두박질쳤어요. 높은 산꼭대기에서 떨어지는 꿈을 꾸는 것처럼 속이 울렁거리고 어지러웠습니다. 하지만 위에 있는 동안 재빨리 주위를 둘러보았지요……. 한 번만 훑어보아도 충분했어요. 우리의 정확한 위치를 한눈에 알아챘으니까요. 그 소용돌이는 400미터쯤 앞에 있었어요…… 그런데 지금 보고 계시는 소용돌이가 물레방아 물줄기와 전혀 다르듯 그 소용돌이는 평상시의 모스쾨스트룀이 아니었어요. 지금 우리가 어디 있는지, 무슨 일이 있을지 몰랐다면 그걸 알아보지도 못했을 겁니다. 하도 겁이 나서 저절로 눈이 감기더군요. 마비가 온 듯 눈꺼풀이 딱 붙어서 떨어지지 않았어요.

그런데 2분도 채 되지 않아 갑자기 파도가 잦아드는가 싶더니 어느새 포말에 둘러싸여 있었어요. 배가 좌현 쪽으로 반 바퀴쯤 돌더니 엉뚱한 방향으로 번개처럼 튀어나갔죠. 그와 동시에 비명 같은 날카로운 소리가 요란하게 우르릉거리던 물소리를 완전히 삼켜버렸어요. 증기선 수천 대가 배수관으로 증기를 내뿜는 듯한 소리였지요. 이제 우리는 그 소용돌이를 늘 감싸고 있는 파도 띠 안에 들어와 있었어요. 물론 나는 이제 곧 심연 속으로 곤두박질치겠구나 생각했지요……. 우리가 놀라운 속도로 움직이고 있어서 소용돌이 아래는 불분명하게 보일 뿐이었지만 말이에요. 그런데 배가 물 속으로 가라앉기는커녕 기포처럼 파도 표면을 미끄러지듯 움직였어요. 우현 바로 옆은 소용돌이였고, 좌현 쪽으로는 우리가 지나온 드넓은 바다가 솟구쳐 있었습니다. 우리와 수평선 사이에 꿈틀대는 거대한 벽이 있는 것 같았지요.

이상한 소리로 들릴지 모르지만, 심연의 문턱에 다다르고 보니 차라리 가까워질 때보다 더 마음이 차분했어요. 더는 희망이 없다고 받아들이고 나니까 처음에 나를 무력하게 만들었던 두려움을 상당히 떨쳐낼 수 있었어요. 절망이 오히려 내 정신을 깨워준 거예요.

허풍으로 들릴지 모르겠지만…… 이건 진심으로 드리는 말씀입니다…… 이런 식으로 죽는다면 참으로 장엄하겠구나, 하느님의 힘이 드러난 그 경이로운 광경 앞에 서서 시시하게 내 살 궁리나 하고 참으로 어리석었구나 하는 생각이 들기 시작했지요. 정말이지, 이런 생각이 뇌리를 스쳤을 때는 부끄러워 얼굴이 화끈거리기까지 했습니다. 조금 뒤에는 소용돌이 자체에 대한 엄청난 호기심에 사로잡혔습니다. 죽을 때 죽더라도 소용돌이의 깊이를 한번 알아보고 싶은 마음마저 들었습니다. 내가 보게 될 신비를 뭍에 있는 오랜 벗들에게 말해줄 수 없다는 것이 참으로 애석할 뿐이었죠. 그런 극한의 상황에 처한 인간만이 할 법한 특별한 상상이었겠지만…… 그때 이후 배가 소용돌이 주변을 선회하는 바람에 아무래도 정신이 혼미했던 게 아닌가 하는 생각을 종종 하곤 합니다.

상황상 냉정을 찾을 수 있었던 또 다른 이유가 있었는데, 바람이 그쳤기 때문이었어요. 우리가 있는 곳으로는 바람이 불 수가 없었습니다. 보셨다시피 그 파도 띠는 일반 해수면보다 상당히 낮기 마련인데, 이제는 해수면이 아예 높고 검은 산등성이처럼 우리 위로 높이 치솟아 있었지요. 풍랑이 이는 바다에 나간 적 없는 사람은 바람과 물보라가 함께 몰아칠 때 얼마나 심란해지는지 절대 모를 겁니다. 앞이 안 보이고 아무것도 안 들리고 숨통이 조여오고 움직이거나 생각할 기운마저 모두 사라지죠. 그런데 우리는 이런 성가신 상태에서 많이 벗어나 있었어요……. 사형선고를 받은 중죄인에게는 미결수일 때 금지되었던 사소한 자유가 허용되는 것처럼 말이지요.

그 파도 띠를 몇 바퀴나 돌았는지는 말할 수 없습니다. 한 시간쯤 돌고 또 돌았던 것 같은데, 물에 떠 있다기보다는 나는 듯이 파도 한가운데로 점점 들어갔고, 그 무시무시한 끄트머리로 점점 다가갔습니다. 나는 내내 고리볼트를 한 번도 놓지 않았습니다. 형님은 선미 쪽 오목한 공간 아래 단단히 묶어둔 빈 물통에 매달려 있었어요. 강풍이 처음 몰아쳤을 때는 애초에 그것만 남고 갑판에 있던 것들은 모두 배 밖으로 쓸려 나가고 없었습니다. 구덩이 가장자리에 거의 다다랐을 때 형님은 잡고 있던 걸 놓고 고리를 붙잡으러 왔는데, 잔뜩 겁에 질려서는 고리에서 내 손을 억지로 떼어내려 하더군요. 고리가 두 명이 제대로 붙잡을 수 있을 만큼 크지 않았거든요. 형님의 그런 모습을 보는 것보다 더한 슬픔은 없었습니다…… 형님이 제정신이 아니어서 그런다는 걸, 지독한 공포심에 날뛰는 광인의 행동일 뿐이라는 걸 알면서도 말이지요. 하지만 형님과 자리다툼을 하고 싶지는 않았어요. 우리 둘 다 무얼 붙잡든 뭐가 달라지랴 싶어서 형님에게 고리 볼트를 넘겨주고 선미 쪽 물통으로 갔습니다. 그건 별로 어렵지 않았어요. 배가 앞뒤로 휘청거릴 뿐 휘도는 거대한 움직임을 따라 용골을 수평으로 유지한 채 빙빙 돌고 있었거든요. 내가 새로이 자리를 잡기 무섭게 우현 쪽이 크게 요동을 치더니 우리는 심연 속으로 고꾸라졌어요. 나는 하느님께 급히 기도를 올리면서 이제는 끝장이구나 생각했습니다.

빙빙 돌며 떨어지는 어지러운 느낌이 들어 본능적으로 통을 더 꽉 붙잡고 눈을 감았습니다. 몇 초 동안은 눈을 뜰 수가 없었어요……. 이제 곧 죽겠구나 싶으면서도 아직 바다와 제대로 된 사투는 벌이지도 않았다는 생각이 들더군요. 하지만 시간은 흘러갔고, 나는 여전히 살아 있었어요. 추락하는 느낌도 멈추었고요. 배의 움직임도 기울어진 것만 빼고는 포말 띠 속에 있을 때랑 비슷한 느낌이었어요. 용기를 내서 다시 한 번 주위를 둘러보았죠.

주변 광경을 둘러보았을 때 느꼈던 그 경외감, 공포, 감탄…… 절대 잊지 못할 겁니다. 배는 둘레와 깊이가 어마어마한 깔때기의 안쪽 표면 중간 어딘가에 마법처럼 매달려 있는 것 같았습니다. 깔때기 옆면은 지극히 매끄러워서 흑단으로 착각할 정도였어요. 어지러운 속도로 빙빙 돌지 않았다면, 또 은은하고 으스스한 광휘를 발산하지 않았다면 말입니다. 앞서 설명한 그 금빛 달빛이 구름 사이의 둥그런 틈새로 쏟아져 들어와 검은 벽을 타고 저 아래 심연의 밑바닥까지 구석구석 비추고 있었습니다.

처음에는 혼란스럽기만 해서 모든 게 눈에 잘 들어오지 않았어요. 그저 두려운 전경이 폭발하듯 눈앞에 펼쳐진 것뿐이었지요. 하지만 정신이 조금 들었을 때 본능적으로 아래를 쳐다보게 되더군요. 시야가 아래쪽으로 트이게끔 배가 소용돌이의 기울어진 표면에 매달려 있었거든요. 배의 용골이 수면과 수평을 이루었어요. 말하자면 갑판이 수면과 나란했다는 거죠……. 하지만 수면이 45도 이상 기울어져 있었으니 배는 가로돛을 베고 옆으로 누워 있는 것 같았어요. 상황이 이런데도 손으로 붙잡고 발로 미는 것이 똑바로 서 있을 때보다 특별히 더 힘든 것 같지는 않았습니다. 아마도 빙빙 도는 속도 때문이 아니었나 싶습니다.

달빛이 심원한 소용돌이의 밑바닥까지 비추는 것 같았지만, 모든 걸 감싼 짙은 물안개 때문에 아무것도 또렷이 분간할 수가 없었습니다. 물안개 위로 장대한 무지개가 하나 걸려 있었는데, 이슬람교도들이 시간과 영원 사이의 유일한 통로라고 말하는 비좁은 흔들다리처럼 보였습니다. 이 물안개나 물보라는 깔때기의 거대한 벽들이 바닥에서 모일 때 충돌하며 생기는 게 분명했어요……. 하지만 물안개로부터 하늘을 향해 뻗쳐오르던 외침은 감히 뭐라 설명할 수가 없네요. 처음에 위쪽의 포말 띠에서 심연 안쪽으로 미끄러져 내릴 때는 경사면을 따라 엄청난 거리를 내려왔는데, 이후의 하강은 처음에 비하면 빠르지 않았습니다. 우리는 빙글빙글 돌고 또 돌았어요…… 일정하게 움직인 건 아니었어요…… 어지럽게 휘청휘청 확확 흔들리면서, 때로는 몇백 미터, 때로는 소용돌이의 반바퀴씩 나아가곤 했지요. 우리는 한 바퀴씩 돌면서 느리지만 눈에 띄게 아래로 내려갔습니다.

나는 우리를 품은 흑단처럼 검고 광활한 물바다를 둘러보고는 우리 배만 소용돌이의 품에 안긴 것이 아님을 알 수 있었습니다. 우리 위아래로 배의 파편, 큰 건축 목재, 나무줄기는 물론이고 가구 조각, 부서진 상자, 나무통, 막대기 같은 작은 것들이 많이 있었습니다. 최초의 공포감을 밀어내고 비상한 호기심이 들어앉았다는 건 이미 말씀드렸지요. 두려운 운명을 향해 점점 다가갈수록 그 호기심도 점점 커지는 듯했습니다. 나는 이상한 관심을 가지고 우리와 함께 떠다니는 무수한 것들을 관찰하기 시작했습니다. 제정신이 아니었던 게 분명해요⋯⋯. 재미로 아래쪽 물거품을 향해 하강하는 것들의 상대 속도를 가늠하기도 했으니까요. 한번은 이런 말을 중얼거리기도 했습니다. "다음에는 이 전나무가 곤두박질쳐 사라질 게 분명해." 그러고 나서 네덜란드 상선의 파편이 전나무를 앞질러 추락하는 걸 보고는 실망하기도 했죠. 이런 식으로 몇 번 재미 삼아 추측을 거듭했는데 번번이 속다 보니까, 내가 매번 계산 착오를 범했다는 사실로부터 어떤 생각들이 줄줄이 떠오르며 또다시 사지가 덜덜 떨리고 심장이 거칠게 날뛰었습니다.

　나를 사로잡은 것은 새로운 공포가 아니라 더 자극적인 희망이었습니다. 일부는 기억으로부터, 일부는 그때 관찰한 바에서 비롯된 희망이었지요. 모스쾨스트룀이 빨아들였다가 다시 뱉어낸 온갖 부유물이 로포덴 해안에 널려 있던 것이 기억난 거예요. 그것들 대부분은 갖가지 별난 꼴로 망가져 있었는데⋯⋯ 하도 쓸리고 거칠어져서 가시가 촘촘히 박힌 모양새였지만⋯⋯ 일부는 형체가 온전했던 것이 또렷이 기억났습니다. 그렇다면 그 차이를 설명할 수 있는 건 하나 뿐이었습니다. 거친 파편들이 소용돌이에 완전히 빨려 들어 갔던 것인데 비해…… 다른 것들은 조수가 끝날 무렵 뒤늦게 휩쓸렸거나, 어떠한 이유로 너무 천천히 하강해서 밑바닥에 닿기 전에 밀물이 먼저 들어오거나 썰물이 빠져나가면서 그 리되었을 거라는 추측이었지요. 둘 중 어느 경우든 소용돌이 에 더 일찍 휘말리거나 더 빠르게 휘말린 것들의 전철만 밟 지 않는다면 해수면으로 다시 떠오를 수도 있겠다는 생각이 들었습니다. 그리고 세 가지 중요한 현상을 목격했습니다. 첫째, 대체로 크기가 클수록 더 빠르게 하강했고…… 둘째, 면적이 같은 것들 중에선 구형球形이 다른 형체보다 훨씬 더 빠르게 하강했습니다……. 셋째는 크기가 같다면 원통형이 다른 모양보다 더 천천히 빨려 들어갔지요. 나중에 거기서 탈출한 이후, 근방의 나이 든 교사 한 분과 이 문제에 대해 몇 번 대화를 나누면서 '구형'이니 '원통'이니 하는 말을 배웠습 니다. 자세한 내용은 잊어버렸지만 그분은 당시 내가 목격한 것이 물에 뜬 물체들의 형태에 따른 자연스러운 결과임을 설 명해주셨습니다…… 물회오리 안의 원통형은 빨아들이는 힘 에 저항력이 더 커서 부피는 같고 모양은 다른 물체보다 빨 려드는 것이 훨씬 더 어렵다는 것을 알려주셨지요. (아르키메데 스의『부유하는 물체에 대하여』 2권 참조─원주)

그런데 한 가지 놀라운 상황이 이러한 관찰 결과들을 뒷받침하며 직접 실행해보자는 의욕을 끌어냈습니다. 우리는 한 바퀴씩 돌 때마다 나무통이니 부러진 활대니 돛대 같은 것들을 지나쳤는데, 내가 눈을 떠서 그 경이로운 소용돌이를 처음 대면했을 때만 해도 우리와 비슷한 높이에 있었던 많은 것들이 이제는 우리보다 훨씬 더 높은 위치에 있었고 원래의 위치에서 그다지 움직인 것 같지도 않더란 말입니다.

나는 더 망설이지 않고 행동에 나섰습니다. 지금까지 붙들고 있던 물통에 몸을 단단히 묶고 물통을 선미 선반에서 떼어낸 다음 물통과 함께 바다에 뛰어들기로 결심한 거죠. 손짓으로 형님의 주의를 끌고는, 물 위에 떠서 우리 옆으로 다가오는 나무통들을 가리키며 내가 어떻게 하려는지 이해시키려고 갖은 애를 썼지요. 마침내 형님은 내 계획을 알아챈 것 같았어요……. 하지만 그걸 알았든 몰랐든 체념한 듯이 고개를 저으며 고리볼트 옆을 떠나려 하지 않았어요. 형님을 설득하는 건 불가능했습니다. 꾸물거릴 때가 아닌 상황이기도 해서 독하게 마음먹고 형님은 형님의 운명에 맡기기로 했지요. 그래서 선미 선반에 물통을 묶었던 밧줄로 내 몸에 동여매고는 물통을 안고 잠시도 망설이지 않고 서슴없이 바다로 뛰어들었습니다.

그 결과는 내가 바랐던 그대로였어요. 지금 나한테서 직접 이야기를 듣고 계시니 내가 탈출에 성공했다는 건 아시겠지요…… 어떤 방법으로 탈출했는지도 이미 알고 계시니 앞으로 나올 이야기도 짐작하실 겁니다…… 그러니 그만 이야기를 빨리 마무리하겠습니다. 배를 버린 지 한 시간쯤 지났을까, 한참 밑으로 하강한 배가 연속으로 거칠게 서너 번 휘돌더니 사랑하는 형님을 싣고 아래 혼돈의 거품 속으로 곤두박질쳐 즉시, 그리고 영원히 사라졌습니다. 몸에 묶고 있던 물통이 배에서 뛰어내렸던 곳과 소용돌이 바닥 사이 중간쯤 내려왔을 때, 소용돌이 모양에 큰 변화가 일어났습니다. 거대한 깔때기 옆면의 기울기가 순식간에 완만해졌고, 소용돌이의 회전력도 차츰차츰 약해졌어요. 포말과 무지개도 점차 사라졌고요. 소용돌이의 바닥도 서서히 위로 올라오는 것 같았습니다. 내가 바닷물 위로 올라왔을 때 하늘은 청명했고 바람은 잔잔했습니다. 서쪽에선 보름달이 밝게 빛나고 있었고요. 나는 로포덴 해안이 훤히 보이는, 모스쾨스트룀 소용돌이가 쳤던 그 자리 바로 위에 있었습니다. 휴조기였지만…… 태풍의 영향으로 아직은 산만 한 파도가 들썩이고 있었지요. 나는 스트룀 해류에 거칠게 떠밀려 해안을 따라 흘러가다가 몇 분 뒤 어부들의 '어장' 안으로 들어갔습니다. 배 한 척이 녹초가 된 나를 건져주었는데, 끔찍한 기억 때문에 (위험을 벗어났는데도) 한마디도 할 수가 없었습니다. 나를 배로 끌어올린 이들은 내 오랜 동료들이자 날마다 만나는 벗들이었어요…… 그런데도 저승에서 온 사람을 보듯 나를 전혀 알아보지 못했습니다. 전날만 해도 까마귀 깃털처럼 새까맣던 머리가 지금 보시다시피 이렇게 허옇게 세어 있었거든요. 사람들 말로는 얼굴 표정도 완전히 변했다고 하네요. 내가 겪은 이야기를 말해주었더니 믿지 않았습니다. 지금도 당신한테 이야기를 하긴 하지만…… 로포덴의 유쾌한 어부들보다 더 진지하게 믿어주리라고는 기대하지 않습니다."

모노스와 우나의
대화

이런 것들은 미래의 일들이다.
–

소포클레스, 「안티고네」

우나 '다시 태어난다'고?

모노스 그래, 세상에서 가장 아름답고 가장 사랑스러운 우나, 정말 '다시 태어나는' 거야. 사제들의 설명도 마다하고 이 말에 담긴 신비로운 뜻을 오랫동안 숙고했는데 결국은 죽음이 내게 그 비밀을 풀어주었어.

우나 '죽음'이라니!

모노스 다정한 우나, 당신이 내 말을 되풀이하니 참으로 이상하게 들리는군! 당신의 걸음에서 망설임이 보여…… 눈에서는 기쁨과 불안이 보이고. 영생이라는 크나큰 새로움에 혼란스럽기도 하고 위축도 될 거야. 맞아, 난 죽음이라고 말했어. 옛날에 모든 마음에 두려움을 일으키던 그 말이 여기서는 이토록 기이하게 들리다니……. 모든 기쁨에 곰팡이를 피우던 그 말이 말이야!

우나 아, 죽음, 모든 축제에 자리했던 그 유령 말이구나! 모노스, 우린 그 본질을 탐구하는 데 몰두했었지! 그것이 얼마나 오묘하게 인간의 행복을 방해하는지…… '이제까진 그랬지만 앞으로는 아니야!' 라고 말하면서. 나의 모노스, 우리 가슴속에서 타오르던 서로에 대한 진지한 사랑…… 그것이 처음 싹텄을 때 행복감에 취해서는 우리의 행복은 사랑의 힘과 함께 커갈 거라고 공연히 자만했었지! 아! 행복이 커갈수록 우리를 영원히 갈라놓으려는 사악한 시간도 다가왔고, 그것에 대한 두려움도 우리 가슴속에서 점점 자라났어! 그래서 시간이 흐르면서 사랑하는 것이 고통이 되었지. 그럴 때는 증오가 자비였을 거야.

모노스 여기서 그런 슬픔은 말하지 마, 친애하는 우나…… 이제 넌 내 것, 내 것이니까, 영원히!

우나 하지만 지난 슬픔의 기억이란…… 현재의 기쁨이 아닐까? 난 이제까지 있었던 일들에 대해 아직 할 말이 많아. 무엇보다, 당신이 어둠의 계곡과 그림자를 지나올 때 겪은 일들이 궁금해 미치겠어.

모노스 눈부신 우나가 무얼 청하는데 우나의 모노스가 그 기대를 저버린 적이 있었나? 모든 걸 상세히 말해줄게…… 그나저나 그 기이한 이야기를 어느 시점부터 시작해야 할까?

우나 어느 시점?

모노스 말한 그대로야.

우나 모노스, 무슨 말인지 알아. 우리 둘 다 정의할 수 없는 걸 정의하려는 인간의 성향을 죽음에서 배웠으니까. 생명이 멈춘 순간에서부터 시작하란 말은 하지 않을게…… 그저 슬프고 슬펐던 순간에서 시작해봐. 열병이 당신 몸을 떠나버리고 당신이 숨을 멈추고 미동조차 없이 혼수상태가 되었을 때, 그래서 내가 열렬한 사랑의 손길로 당신의 파리한 눈꺼풀을 감겨주었던 순간 말이야.

모노스 나의 우나, 이 시대 인간들이 처한 일반적인 상황부터 이야기할게. 우리 선조들 중에 현인, 즉 세상의 존경은 받지 못했으나 실로 슬기로웠던 선인 한둘이 우리 문명의 진보에 과연 '개선'이라는 말을 써도 되는지 의문을 품었던 건 당신도 기억할 거야. 우리가 죽기 직전에는 5, 6세기 만에 등장한 활발한 지성이 지금은 진실임이 너무도 명백한 원칙들을 우리의 무력한 이성에게 주장하기 시작했지. 자연을 통제하려 하기보다는 자연의 법칙이 안내하는 대로 따를 것을 가르치는 원칙들 말이야. 긴 간격을 두고 드문드문 나타난 위인들은 실용적인 과학의 진보가 진정한 공익의 측면에서는 퇴보라고 보았어. 그들은 시적詩的 지성, 즉 지금의 우리가 볼 때는 가장 고매한 지성이었지. 우리에겐 한없이 중요한 그 진리들은 오로지 상상력에만 호소하는 유추를 통해서만 도달할 수 있고, 이성의 힘만으로는 전혀 알아차릴 수 없는 것이니까. 이 시적 지성은 모호한 철학적 사상이 진화하는 과정에서 때때로 한 걸음씩 앞서 나아갔어. 지식의 나무라든가 죽음을 부르는 금단의 열매를 말하는 신비로운 우화에서는 영혼이 갓난아기와 같은 상태에 있는 인간들은 지식을 감당할 수 없다는 치명적이고 명백한 암시를 발견했던 거야. 이 사람들, 즉 '공리주의자들'의 조롱 속에 살다가 소멸한 시인들은 하찮은 현학자를 자처했는데, 이 칭호는 원래대로라면 그들을 비웃은 자들에게 돌아갔어야 마땅한 것이었어. 이 시인들은 그리워하는 마음으로, 그러나 무분별하지는 않게 고대의 날들을 생각하곤 했지. 욕구가 단순하지 않았던 만큼 유희도 강렬하지 않았던 날들, 폭소라는 것은 생소한 말이고 행복은 엄숙하고 심원한 빛을 띠었던 날들, 푸르른 강물이 울창한 언덕 사이를 흘러 인간의 손길이 닿은 적 없는 향기로운 태곳적 숲의 고독 속으로 멀리멀리 막힘없이 흘러가던 신성하고 위풍당당하고 행복이 넘치던 그날들을.

하지만 만연한 무질서 속에서 홀로 고고한 이들의 반대는 무질서를 더 조장하는 꼴이었어. 아! 우린 불운한 시대의 가장 불운한 시절에 떨어졌던 거야. 위선적인 표현이 아닐 수 없는 그 위대한 '운동'은 계속되었어. 도덕적으로나 물질적으로 불건전한 소동이었지. 기술, 기술들이 우선시되었어. 기술은 일단 왕좌에 오르고 나서는 자신을 옹립한 지성에 족쇄를 채웠어. 인간들은 자연의 권위를 인정하지 않을 수 없는 입장이라 자연에 대한 지배권을 얻고 그 권한이 계속 커가자 어린아이처럼 기뻐했어. 자기 생각에 빠져 신이라도 된 양 활보하는 동안 유치한 어리석음에 흠뻑 취한 거야. 혼란이 시작될 때부터 예상된 일이었지만, 인간은 체계 그리고 추상에 놀아나게 되었어. 보편성에 치중하게 된 거야. 그밖에 색다른 사상들 중에서는 일반적인 평등사상이 득세했고, 점진적인 변화라는 섭리가 지상과 천상에 완연한 가운데 경고의 목소리를 높이는데도 유추와 신에 맞서서 민주주의를 만방에 꽃피우려는 시도가 계속되었지. 하지만 이 병폐는 지식이라는 최고의 병폐에서 필연적으로 비롯된 거야. 인간은 지식을 갖게 되면 복종하지 못하니까. 그러는 사이 연기를 내뿜는 거대한 도시들이 무수히 생겨났어. 초록빛 이파리는 용광로의 뜨거운 숨결에 오그라들었지. 자연의 아름다운 얼굴이 혐오스러운 병마에게 유린당해 일그러져버린 거야. 내 생각엔 말이야, 다정한 우나, 그간 우리가 여기 붙잡혀 있었던 건 어쩌면 그 압박과 황당한 일들에 눈감았기 때문인 것 같기도 해. 분명한 것은 우리의 안목이 흐려지면서, 아니 더 정확히는 학계가 무지하게 그것의 함양을 경시하면서 우리가 파멸을 자초했다는 점이야. 사실 이런 위기에서는 오직 이 안목만이 우리를 아름다움으로, 자연으로, 삶으로 부드럽게 되돌릴 수 있었을 거야. 이 안목은 순수한 지성과 도덕관념의 중간에서 중심을 잡는, 결코 간과되어선 안 되는 능력이니까. 하지만 아, 플라톤의 그 사색과 대범한 직관이 아쉬웠어! 그가 영혼의 수양으로 충분하다고 보았던 음악μουσική이 아쉬웠어! 플라톤도 음악도 아쉬웠어! 두 가지 모두 철저히 잊히고 무시당하는 상황이라 그 둘이 너무도 간절히 필요했어. ("오랜 세월의 경험을 통해 이미 발견된 '교육 방법'보다 더 나은 것을 발견하기란 어려울 것이다. 신체를 위해서는 체육, 영혼을 위해서는 음악이라고 요약될 수 있다."『국가론』2권. "이러한 이유로 음악 교육이 가장 핵심이다. 음악은 리듬과 하모니로 지극히 친밀하게 영혼에 스며들어 그 안에 단단히 자리를 잡고 영혼을 아름다움으로 채워 마음이 아름다운 사람으로 만들어주기 때문이다……. 인간은 아름다움을 칭송하고 감탄한다. 아름다움을 기쁨으로 영혼 안에 받아들이고, 양식으로 삼고, 자신의 체질로 흡수할 것이다." 같은 책 3권. 하지만 음악μουσική은 아테네인들 사이에서 우리보다는 훨씬 더 포괄적인 의미를 띠고 있었다. 음악은 시간의 조화, 곡조의 조화였을 뿐만 아니라 각각 가장 넓은 의미에서 시어와 시적 정서, 시의 작법까지 포함했다. 사실상 그들에게 음악 공부는 진리만을 다루는 이성과 대척점에 있는 감별력, 즉 아름다움을 인식하는 힘을 두루 함양하는 것이었다–원주)

너와 내가 사랑하는 철학자 파스칼은 말했지, "우리의 이성은 결국 감성을 따를 수밖에 없다"고. 참으로 옳은 말이야! 시간이 허락해준다면, 자연스러운 감성이 학계의 냉혹한 수학적 이성을 누르고 다시 우위를 점하는 것이 불가능하지만은 않아. 하지만 그땐 이런 일이 있을 수 없었어. 방종한 지식이 성급하게 세상의 노화를 불러왔거든. 인류는 치열하지만 불행한 삶을 사느라 이걸 못 보았거나 못 본 척했던 거야. 하지만 나는 고도로 발달한 문명은 대대적인 몰락을 대가로 치러야 한다는 걸 지상의 기록을 통해 알고 있었어. 단순하고 오래 지속되었던 중국, 건축가 아시리아, 천문학자 이집트, 이들보다 솜씨가 더 좋아 모든 기술을 탄생시킨 격동의 누비아를 비교하니 우리의 운명을 예견할 수 있었지. 이들 지역의 역사(참고로 역사history는 'ιστορειν'에서 비롯되었음을 밝혀둔다–원주)에서 나는 미래의 빛을 보았어. 마지막 셋이 저마다 가졌던 인위적인 특성들은 지구가 앓은 질병의 일부분이었고, 우리가 목격한 그들의 멸망은 그 질병을 고치는 해결책이었어. 하지만 전 세계가 감염된 경우에는 죽음 외엔 회복을 기대할 수 없었어. 인간이 멸종하지 않으려면 '다시 태어나야' 한다는 걸 본 거야.

가장 아름답고 가장 사랑스러운 우나, 그제야 우리는 우리의 영혼을 날마다 꿈속에 두게 되었어. 황혼 무렵이 되어서야 앞으로 다가올 날들을 이야기하게 된 거야. 기술이 생채기를 낸 지구가 네모난 흉물들을 삭제하는 정화를 거쳐서 (여기서 정화purification라는 말은 불을 뜻하는 그리스어 'πυρ'에서 나왔다는 점에 근거해 사용해야 할 듯하다—원주) 푸름과 산언덕, 미소 짓는 물이 있는 낙원의 새 옷으로 갈아입고, 끝내 인간이 살아가기에 적합한 곳이 될 날을 말이야. 죽음으로 정화된 인간, 지식이 더는 독이 되지 않을 만큼 고매한 지성을 갖춘 인간, 구원받고 회복되고 행복한, 이젠 불멸이지만 여전히 물질인 인간을 위한 날들을.

우나 그 이야기는 똑똑히 기억나, 친애하는 모노스. 하지만 대파괴의 시대는 우리의 기대와는 다르게 금방 오지 않았어. 당신이 말한 타락은 우리에게 확실한 믿음을 주었지만. 인간들은 각자 살다가 죽었어. 당신도 병이 들어 무덤으로 들어갔고, 한결같은 당신의 우나도 얼마 못 가 당신을 따라갔지. 이후 느릿느릿 답답하게 흐르며 우리의 무딘 감각마저 괴롭히던 시간이 끝나고 한 세기만에 우리가 다시 만나게 되었지만. 나의 모노스, 그래도 한 세기나 되는걸.

모노스 막연한 영원 가운데 한 시점을 집어 말해볼까. 내가 죽었을 때 지구는 분명 망조가 들어 있었어. 나는 세상의 혼란과 부패에 지쳐 시름하다가 지독한 열병에 굴복하고 말았지. 며칠 동안 고통이 계속되었어. 무의식으로 가득한 몽롱한 섬망 상태일 때가 많았지만, 당신은 그것을 고통의 징후일 뿐이라고 착각했지. 나는 그게 아니라는 걸 알려주고 싶었지만 그럴 힘이 없었어…… 며칠 뒤에 당신이 말한 대로 호흡도 움직임도 없는 혼수상태가 찾아왔어. 나를 둘러싸고 서 있던 사람들은 이것을 사망이라고 불렀고.

말이란 모호한 거야. 난 그런 상태였지만 감각은 여전했어. 한여름 점심 때 가만히 누워 오랫동안 단잠을 자다가 잘 만큼 자고 나서 외부에서 시끄러운 소리가 들리지 않아도 서서히 의식을 회복하는 시점의 완전한 정지 상태, 그것과 별반 다르지 않았을 거야. 나는 더 이상 숨을 쉬지 않았어. 맥박도 멈추었지. 심장이 박동을 멈추었으니까. 의지는 떠나가지 않았지만 힘이 없었어. 감각은 유달리 활발했는데 참 희한하게도…… 서로 다른 기능들이 마구 뒤섞였어. 미각과 후각은 뒤엉켜 비범하고 강렬한 하나의 감각이 되었어. 다정한 당신이 마지막 순간까지 내 입술을 적셔준 장미수가 꽃들의 달콤한 환상을 선사했고…… 그 환상의 꽃들은 그 옛날 지구의 어떤 꽃보다 훨씬 사랑스러웠어. 지금 여기 우리 주변에는 그런 꽃들이 흐드러지게 피어 있지만 말이야. 투명하고 핏기 없는 눈꺼풀은 시각에 아무런 장애물이 되지 않았어. 의지가 말을 듣지 않았기 때문에 눈구멍 안에서 눈알을 굴릴 수는 없었어…… 하지만 시야 속의 물체들은 모두 또렷하게 보이는 편이었고, 망막 바깥에 떨어진 빛이나 시야의 구석을 파고든 빛이 앞쪽이나 표면에 닿은 빛보다 더 선명하게 다가왔어. 하지만 전자는 아주 이례적인 일이라 소리로만 감지할 수 있었지…… 듣기 좋든 거슬리든 무슨 소리가 나면서 내 눈가 쪽으로 나타난 물체들이 밝거나 어둑한 그림자로 보인 거야…… 한편 청각은 다소 흥분하기는 했어도 기능에 문제가 없어서 실제 소리를 예민할 정도로 아주 정확하게 파악했어. 촉각은 더 특이한 변화를 거쳤어. 촉감은 느리게 다가왔지만 항상 오랫동안 머물면서 지극한 육체적 쾌감을 낳았지. 내 눈꺼풀을 누르는 당신의 어여쁜 손가락이 처음엔 시각으로 인지되었지만, 손이 떠나가고 한참 지나니 대단한 관능적 기쁨이 내 존재를 가득 채웠어. 정말 관능적인 기쁨이었어. 내가 감지하는 것들은 모두 순전히 관능적인 것들이었어. 수동적인 뇌가 감각을 통해 받아들인 것들은 죽어버린 이해력이 조물거려 모양을 잡은 건 전혀 아니었어. 고통은 작았고 쾌락은 컸어. 하지만 정신적인 고통이나 기쁨은 전혀 없었어. 당신이 크게 흐느끼는 소리는 그 구슬픈 억양까지도 낱낱이 내 귀로 흘러들어 그것의 슬픈 어조가 모두 그대로 전달되었지만, 내게는 그저 부드러운 음악 소리나 다름없었어. 슬픔에서 비롯한 그것들이 사멸한 이성에게는 슬픔과 전혀 다른 모습으로 다가왔지. 내 얼굴 위에 끊임없이 뚝뚝 떨어지는 눈물방울이 둘러선 사람들에게는 가슴이 무너지는 광경이었겠지만, 내 몸은 구석구석 환희로 전율했어. 사람들은 낮은 목소리로 경건히 '죽음'이라고 속삭였지. 당신은 목놓아 울었지만 다정한 우나, 사실은 이랬던 거야.

　사람들은 나를 관에 눕히려고 단장했어…… 검은 형체 서넛이 바쁘게 이리저리 왔다 갔다 했지. 이들은 내 시야의 정면을 지나갈 때는 형체로 인식되었지만, 옆으로 지나갈 때는 그 그림자들이 비명이나 신음, 공포와 경악, 슬픔의 개념으로 다가왔어. 오직 당신만이 길고 하얀 옷을 입고 음악처럼 사방으로 내 주위를 지나다녔지. 날이 저물어 햇빛이 사그라들 무렵 희미한 불안감이 나를 사로잡더군. 줄기차게 들려오는 구슬픈 소리에 잠결에도 느껴질 법한 근심이랄까. 저 멀리서 나직한 종소리가 길고도 일정한 간격으로 들려와 서글픈 꿈과 뒤섞였어. 밤이 찾아왔고, 밤그림자 때문에 버겁고 불편한 느낌이 들었지. 뭔가 흐릿하고 무거운 것이 사지를 짓누르는 느낌이 또렷했어. 슬퍼하는 소리도 들려왔는데, 먼 데서 나는 파도 소리의 뒤울림과 다르지 않았지만 그보다 더 길게 이어졌어. 땅거미가 질 무렵이었는데도 어둠이 깊어갈수록 소리는 오히려 거세졌어. 그러다 빛이 방 안으로 불쑥 들어오더니 같은 종류지만 덜 처절하고 덜 또렷한 소리들이 더 빈번하고 불규칙하게 터져 나오는 바람에 원래의 소리는 묻혀버렸어. 버거운 중압감이 한결 줄어들었고, 등불의 불꽃들이 저마다 (등불이 많았으므로) 내보내는 단조로운 멜로디가 내 귓속으로 끊임없이 들어왔어. 그러고 나서 나의 우나가 내가 누운 침상으로 다가와 내 옆에 살그머니 앉았지. 향기가 흐르는 그 달콤한 입술이 내 이마를 눌렀을 때, 감정과 유사한 무엇이 내 가슴속에서 우르르 일어나 그 상황이 만들어낸 온전한 육체적 감각과 뒤섞였어. 절반은 그것에 대한 인식이었고 절반은 당신의 진실한 사랑과 슬픔에 반응하는 감정이었지. 하지만 이 감정은 뛰지 않는 심장에는 뿌리를 내리지 못했고, 실체보다는 그림자에 가까워서 순식간에 사그라들며 지독한 정적에 머무른 다음, 이전처럼 순수한 관능적 쾌락이 되어버렸어.

그런데 망가지고 뒤엉킨 평상시 감각들에서 여섯 번째 완전한 감각이 생겨난 것 같았어. 그것이 작동하자 격렬한 쾌감이 느껴졌어. 하지만 어떤 이해도 포함되지 않았다는 점에서 그것 역시 육체적인 쾌감이었던 것 같아. 신체는 작동을 완전히 멈추었어. 근육은 꼼짝하지 않았고, 신경도 전율하지 않았고, 동맥도 고동치지 않았어. 하지만 무슨 말을 해

162

도 인간의 지성으로는 어렴풋한 개념조차 파악할 수 없는 그 무엇이 머릿속에서 솟구치는 것 같았어. 일단, 그것을 정신의 진동과 박동이라고 부르도록 할게. 인간이 시간이라고 여기는 추상적인 관념이 머릿속에서 실체화된 것이었어. 천체들의 주기도 완전히 균일한 이 움직임에 의해, 적어도 이런 것에 의해 조정되어왔어. 그것에 견주어보니까 벽난로 선반의 시계도 그곳 사람들의 시계도 정확하지 않았어. 그들의 시계 소리가 째깍째깍 내 귀에 울려퍼졌어. 진리에 어긋나는 지상의 것들이 도덕관념에 거슬리듯, 참된 균일성에서 벗어난, 어디에나 존재하는 그 미세한 편차조차 내게는 거짓 같았어. 그 방에 있던 시계들 중에 서로 초까지 정확히 겹치는 경우는 없었지만, 나는 어렵지 않게 그 소리들을 하나하나 감지하고 매순간 각각의 오류를 파악할 수 있었어. 바로 이것, 시간의 흐름을 포착하는 예민하고 완벽하고 독자적인 이 감각, 연속되는 사건들과는 별개로 존재하는 (인간들은 이것의 존재를 인식할 수 없기에) 이 감각, 이 개념, 나머지 감각들의 잿더미에서 생겨난 이 여섯 번째 감각은 초월적인 영혼이 한시적이나마 영원의 문턱에 분명하고 확실하게 첫발을 디뎠다는 증표였지.

자정이 되었고 당신은 여전히 내 옆에 앉아 있었어. 다른 사람들은 망자의 방을 떠나고 없었어. 그들이 나를 관 안에 눕혀놓았어. 등불들이 깜빡거리며 타고 있었지. 단조로운 떨림으로 그걸 알 수 있었어. 하지만 그것들이 돌연 현저히 약해졌어. 그리고 완전히 멈추었지. 콧구멍 안을 맴돌던 향기가 사라졌어. 시야에 걸리는 형체들도 없었고. 어둠이 가슴을 짓누르는 답답한 느낌도 떠났어. 감전된 듯한 어렴풋한 충격이 온몸을 휘젓더니 곧이어 뭔가와 접촉하는 느낌이 완전히 사라졌어. 인간들이 감각이라고 명명한 모든 것들이 단일한 자의식과 변함없이 지속되는 하나의 감성으로 융합되었어. 필멸의 육체가 결국 치명적인 부패의 손길에 의해 타격을 입게 된 거야.

하지만 모든 지각이 완전히 떠난 것은 아니었어. 잔존한 자의식과 감성이 둔감한 직관을 통해 약간의 기능을 주었거든. 나는 내 살에서 일어나는 불길한 변화를 감지할 수 있었어. 가끔씩 꿈결에도 현실에서 자기를 굽어보는 누군가를 인식할 수 있는 것처럼, 다정한 우나, 내 곁에 앉아 있는 당신을 어렴풋하게나마 계속 느낀 거야. 그렇기 때문에 두 번째 날 정오가 되었을 때, 당신을 내 곁에서 데리고 나가는 움직임, 나를 관 안에 봉하고 영구차에 싣는 움직임, 영구차로 나를 무덤으로 데려가 그 안으로 내리는 움직임, 내 위로 흙을 무겁게 쌓아 올리는 움직임, 어둠과 부패 속에서 벌레들과 함께 슬프고 음울한 잠을 자도록 나를 두고 떠나는 움직임도 모르지 않았어.

밝힐 만한 비밀이라곤 거의 없는 그 감옥 안에서 몇 날, 몇 주, 몇 달이 흘렀어. 영혼은 흘러가는 시간들을 주시했고 노력을 기울이지 않아도 흘러가는 시간을 낱낱이 인식했지. 노력도 목적도 없이.

그렇게 1년이 지났어. 존재한다는 자의식이 시시각각 불분명해지더니 내가 있는 곳에 대한 인식에게 밀려났어. 자아에 대한 인식이 장소에 대한 인식에 흡수되고 있었던 거야. 육체를 둘러싼 비좁은 공간은 육체 그 자체가 되어가고 있었고. 결국 내게도 잠든 사람에게 일어나는 현상이 일어났어. (죽음과 흡사한 것은 수면의 세상뿐이야.) 지상의 인간들이 깊은 잠에 빠졌을 때 간혹 겪는 일, 스치는 불빛에 놀라 반쯤 잠에서 깨면서도 절반은 아직 꿈에 붙잡혀 있는 상태. 어둠의 거센 포옹에 붙잡힌 나한테도 잠에서 깨어날 힘이 되는 유일한 빛, 영원한 사랑의 빛이 찾아온 거야. 사람들이 내가 누워 있는 어둠 속 무덤에서 작업을 했어. 축축한 흙을 헤집더니 썩어가는 내 뼈 위로 우나의 관을 내렸어.

그러고는 다시 모든 것이 텅 비워졌어. 흐릿한 빛도 꺼져버렸고 미세한 떨림도 멈춰버렸지. 긴 세월이 흐르고 또 흘렀어. 먼지가 먼지로 돌아갔어. 벌레들의 양식이 더는 남아 있지 않았어. 존재한다는 의식은 끝끝내 완전히 사라지고, 그 자리에는 모든 것을 대신하는 강력하고 영원한 전제 군주, 장소와 시간의 통치만이 있었어. 존재하지 않는 것에게도, 형체도 없고 생각도 없고 지각도 없고 영혼도 없고 물질적인 형태를 띠지도 않는 무無이면서도 불멸인 것에게도, 무덤이라는 집과 좀먹는 시간이란 동무가 있었어.

엘레오노라

영혼은 구체적인 형태 아래 두어 보호하라.

–

레이먼드 럴리

나는 상상력이 풍부하고 정열이 넘치기로 유명한 집안의 후손이다. 사람들은 나더러 미쳤다고들 한다. 하지만 광기가 어쩌면 가장 드높은 지성은 아닌지, 오히려 훌륭한 것은 아닌지, 그만큼 심원한 것은 아닌지는 아직 결론이 나지 않았다. 광기가 생각의 병, 즉 일반적인 지성을 희생해 강화한 정신 상태에서 비롯된 것이 아니라는 보장은 없다. 낮에 꿈꾸는 사람들은 밤에만 꿈꾸는 사람들이 놓치는 많은 것들을 인식한다. 잿빛 몽상 속에서 얼핏 영원을 보고 정신을 차렸을 때는 위대한 비밀의 코앞까지 갔었다는 걸 깨닫고 전율한다.

단편적인 것들에서도 선한 지혜를 배우며 악한 지식은 더 많이 배운다. 그러나 방향타나 나침반이 없어도 '형언할 수 없는 빛'의 망망대해를 헤치며 나아가고, 누비아의 지리학자들, 그 탐험가들처럼 또다시 '그 안에 무엇이 있는지 알아내려 암흑의 바다로 들어간다.'

어쨌든 나를 미친 사람이라고 해두자. 적어도 판이한 두 마음이 내 안에 공존한다는 건 인정하니까. 내 인생 초반을 형성하는 사건들의 기억에 부합하는 마음, 즉 논란의 여지가 없는 똑바른 이성적 마음이 그 하나요, 다른 하나는 내 실존에서 두 번째로 큰 부분을 차지하는 시기의 기억과 그늘지고 의심하는 현재와 관련된 마음이다. 그러니 어린 시절에 대한 내 이야기는 믿어도 좋다. 혹여 내가 인생의 후반부에 대해 이야기하거든, 그럴싸한 부분만 신뢰하거나 모두 의심하길 바란다. 만약 의심조차 할 수 없다면 오이디푸스의 수수께끼라고 여기면 된다.

내가 어린 시절 사랑했고 지금도 차분하고 또렷하게 반추하며 적고 있는 그는 오래전 돌아가신 내 어머니에게 하나 있었던 자매의 외동딸이다. 내 사촌의 이름은 엘레오노라였다. 우리는 열대의 태양 아래 오색빛 풀밭 골짜기 안에서 줄곧 함께 살았다. 길잡이 없이 그 계곡에 발을 들이는 사람은 없었다. 그 계곡은 우리의 행복한 보금자리를 에워싸며 햇빛도 몰아낼 만큼 우뚝 솟은 구릉지대 위에 있었기 때문이다. 근방에 사람들이 왕래하는 길은 전혀 없었다. 우리들의 행복한 집에 오려면, 숲 나무들의 이파리 수천 개를 힘겹게 헤치고 향긋한 꽃송이 수백만 개가 이루는 장관을 짓밟아 망쳐야 했기 때문이다. 그러한 연유로 우리는 계곡 바깥의 세상은 아무것도 모르고 그저 우리끼리만 살았다. 나와 사촌, 그리고 이모뿐이었다.

우리들의 둥그런 터전 끝자락에는 산 너머 아득한 지역으로부터 흘러오는 좁고 긴 강이 하나 있었는데, 엘레오노라의 눈을 제외하면 그 강물처럼 찬란하게 빛나는 것도 없었다. 그것은 미로처럼 복잡한 길을 구불구불 조용히 흘러 발원지보다 더 어둑한 언덕들 사이의 그늘진 협곡을 통과해 흘러나갔다. 우리는 그것을 '침묵의 강'이라고 불렀다. 강물에서 침묵을 원하는 기운이 느껴졌기 때문이다. 강바닥에선 졸졸 소리마저 나지 않았고, 강물이 어찌나 살며시 굽이쳐 흘러가는지 우리가 즐겨 바라보던 깊은 강바닥의 진주빛 자갈돌들은 움직이지도 않고 원래의 자리에서 꼼짝 않고 누워 영원히 영롱하게 반짝거렸다.

그 강과 강 주변으로 이리저리 어지럽게 흘러드는 많은 개울물 주변은 물론이고, 물가에서부터 물속을 지나 자갈이 깔린 강바닥에 이르는 구간마저도, 즉 강에서부터 강을 둘러

싼 산으로 이어지는 지점들 역시 계곡 전체가 그렇듯 카펫같
이 보드라운 초록빛 풀밭에 뒤덮여 있었다. 빽빽하고 짧으면
서도 완전히 균일한, 바닐라 향기가 나는 풀밭에 노란 미나
리아재비와 흰 데이지, 보랏빛 제비꽃, 루비처럼 빨간 수선
화가 점점이 흩어진 풍경, 그 지극한 아름다움은 우리의 가
슴에 신의 사랑과 영광을 소리 높여 이야기했다.

　풀밭 위로는 환상적인 나무들이 꿈속의 황무지처럼 드
문드문 돋아나 작은 숲을 이루었는데, 그 훌쭉하고 가느다란
나무줄기는 똑바로 서지 못하고 한낮에는 계곡 한가운데로
고개를 디미는 햇빛 쪽으로 우아하게 기울어져 있었다. 검은
색과 은색을 번갈아 발하는 선명한 광채의 나무껍질은 엘레
오노라의 뺨을 제외한다면 세상에 어느 것보다 매끄러웠다.
그래서 우듬지에서부터 줄줄이 길게 늘어서서 산들바람과
노닥거리는 커다랗고 찬란한 초록빛 나뭇잎들만 아니었다
면, 혹자는 그것을 보고 시리아의 거대한 뱀이 군주인 태양
에게 경배하는 모습을 떠올렸을지도 모르겠다.

　엘레오노라와 나는 손을 맞잡고 15년간 이 계곡을 돌아
다녔고, 결국 우리의 가슴속으로 사랑이 들어왔다. 엘레오노
라에게는 세 번째 루스트룸(고대 로마에서 5년 주기로 속죄 제물을 바
치던 예식에서 유래한 말로 5년을 뜻한다-옮긴이)이, 나에게는 네 번째
루스트룸이 끝나갈 무렵의 어느 날 저녁, 우리는 뱀 같은 나

무 밑에서 서로를 품에 안고 침묵의 강물 속에 비친 우리의 모습을 내려다보았다. 그 달콤한 날이 끝날 때까지 아무런 말도 주고받지 않았다. 이튿날에도 우리 사이에 오간 것은 떨리는 말 몇 마디뿐이었다. 그 떨림에서 이미 에로스 신을 끌어낸 우리는 그 신이 우리 안에 자리한 선조들의 타오르는 영혼에 불을 지폈음을 느꼈다. 우리 집안의 오랜 특성이었던 열정이란 것이 또다른 특성인 상상력을 데리고 몰려와 오색빛 풀밭 골짜기 위로 아찔한 행복을 불어넣었다. 모든 것들에 변화가 생겼다. 이상하게도 이제까지 꽃을 피운 적 없는 나무들이 별 모양의 화려한 꽃망울을 터뜨렸다. 초록빛 풀밭 카펫의 빛깔은 더욱 진해졌고 흰 데이지가 하나씩 시든 자리에 루비 빛깔 수선화가 열 송이씩 피어났다. 우리가 가는 곳마다 생명체들이 움직였다. 키 큰 홍학이 명랑하고 화려한 새들과 함께 난데없이 나타나 우리 앞에서 진홍빛 깃털을 뽐냈다. 금은빛 물고기들이 강을 돌아다니고 강의 가슴에서 흘러나온 재잘거리는 소리는 점점 커져서 편안한 멜로디가 되었는데 이 역시 엘레오노라의 목소리를 제외하면 이올리언하프(바람에 의해 자연스럽게 연주되는 현악기. 그리스신화에 나오는 바람의 신 아이올로스에서 딴 이름이다-옮긴이)보다 더 성스럽고 그 무엇보다 감미로웠다. 또한 금성 쪽에서 오래 보았던 뭉게구름이 진홍빛과 황금빛이 도는 멋들어진 자태로 흘러와 우리 위에 평화롭게 자리를 잡더니 날마다 밑으로 밑으로 내려왔고, 끝내 산봉우리에 내려앉아 밋밋한 산에 웅장한 맛을 더하며 장엄하고 찬란한 마법의 감옥 안에 기약없이 우리를 가두었다.

엘레오노라는 대천사처럼 사랑스러웠으나 꽃들 틈에서 짧은 생애를 살았던 만큼 꾸밈이 없고 순수한 소녀였다. 엘레오노라의 가슴에 생기를 불어넣은 사랑의 열정은 어떤 기교로도 숨길 수 없는 것이었다. 함께 오색빛 풀밭 골짜기를 산책하는 동안 엘레오노라는 깊은 내면을 나와 함께 탐색하다가 얼마전 일어난 큰 심경의 변화에 대해 이야기했다.

그러던 어느 날 엘레오노라는 인간이 겪을 수밖에 없는 마지막의 슬픈 변화에 대해 눈물을 흘리며 이야기했고, 그날 이후 이 슬픈 주제에만 몰두하면서 매번 인상적인 구절에 같은 이미지를 실어 노래했던 시라즈의 시인(페르시아 4대 시인 가운데 사디와 하피즈는 시라즈에서 태어나고 묻혔다-옮긴이)처럼 그것을 우리의 모든 대화에 끼워넣었다.

엘레오노라가 본 것은 자신의 가슴 위에 얹힌 사신의 손이었다. 자신이 그토록 사랑스러운 존재이지만 결국은 죽게 되는 하루살이와 같다는 것도 알고 있었다. 하지만 엘레오노라에게 무덤의 공포를 안긴 것은 한 가지 생각 때문이었다. 땅거미가 내린 저녁 무렵에 침묵의 강둑에서 내게 털어놓은 말에 의하면 그러했다. 내가 엘레오노라를 오색빛 풀밭 골짜기에 묻고 나서 이 행복한 보금자리를 영영 등지고, 지금 그녀에게 내어준 그 뜨거운 사랑을 거두어 바깥세상의 다른 여자와 나의 일상에게 줄 것을 생각하면 슬퍼진다고 했다. 나는 즉시 엘레오노라의 발치에 몸을 던지며 엘레오노라와 하늘에 대고 맹세했다. 지상의 어떤 딸과도 결혼하지 않겠노라고. 어떤 식으로든 엘레오노라에 대한 소중한 추억이나 그 진실한 애정이 담긴 추억에 비추어 비겁한 짓은 하지 않겠노라고. 그리고 전능하신 우주의 지배자에게 내 진실하고 엄숙한 맹세의 증인이 되어달라고 청했다. 만약 그 약속을 어긴다면 저주를 받아도 좋다고, 여기 차마 적을 수 없을 만큼 끔찍한 형벌까지도 달게 받겠노라고 하느님과 엘레오노라, 엘리시움(사후 축복 받은 영혼들이 머무는 낙원 혹은 신의 은총을 입은 자들이 불멸의 삶을 사는 지상낙원-옮긴이)의 성인에게 맹세했다. 내 말에 엘레오노라의 찬란한 눈은 더 환히 빛났다. 그러자 못 견디게 무거운 짐을 가슴에서 내려놓은 양 한숨을 내쉬더니 몸을 떨며 아주 서럽게 눈물을 흘렸다. 그 맹세를 받아들인 엘레오노라는 (엘레오노라도 어린아이에 지나지 않았으니 달리 어쨌겠는가?) 그 덕분에 수월하게 죽음을 맞이했다. 그로부터 얼마 지나지 않아 엘레오노라가 편히 숨을 거두면서 내게 말하기를, 세상을 떠나더라도 영혼의 안식을 준 나를 위해 그 영혼의 눈으로 나를 지켜보겠노라고, 또한 허락된다면 내가 밤에 깨어 있을 때 돌아와 내 앞에 모습을 드러내겠노라고 했다. 하지만 만약 이것이 천국의 영혼들에게 가능하지 않다면, 저녁 바람으로 내게 숨결을 불어넣거나 천사들의 향로에서 풍기는 향기를 내가 호흡하는 공기에 가득 실어 자신의 존재를 자주 암시하겠노라고 했다. 엘레오노라는 이 말을 끝으로 순수한 생을 마쳤고, 내 인생의 초반부에도 종지부를 찍었다.

지금까지 내가 한 이야기는 믿어도 좋다. 하지만 사랑하는 이의 죽음으로 생겨난 시간상의 장애물을 넘어 내 생애의 두 번째 시기로 들어갈수록 머릿속에 먹구름이 끼는 것만 같았다. 그래서 온전한 정신으로 기록할 수 있을지 자신이 없다. 그래도 계속 이야기해보겠다…… 세월은 마지못해 무겁게 흘러갔고, 나는 계속 그 오색빛 풀밭 골짜기에서 지냈다. 하지만 또다시 모든 것에 변화가 일어났다. 별 모양의 꽃들은 나뭇가지 속으로 쪼그라들어 더는 피어나지 않았다. 초록빛 카펫의 빛깔은 희끄무레하게 바랬다. 루비 빛깔의 수선화도 하나씩 시들어갔고, 그 자리에는 눈알 같은 검은 제비꽃이 열 송이씩 피어나 배배 꼬인 몸에 늘 거추장스러운 이슬을 매달고 있었다. 가는 곳마다 앞에서 움직이던 생명체들도 떠나버렸다. 키 큰 홍학은 더 이상 내 앞에서 진홍빛 깃털을 뽐내지 않았고, 같이 왔던 명랑하고 화려한 새들을 모두 데리고 골짜기를 떠나 언덕 쪽으로 슬프게 날아가버렸다. 금은 빛 물고기는 협곡 아래쪽 우리의 터전 가장자리로 헤엄쳐 내려가 다시는 강물을 아름답게 수놓지 않았다. 이올리언하프보다 더 감미로웠던 강물의 편안한 멜로디는 차차 웅얼거리는 소리로 줄어들다가 결국 원래의 근엄한 침묵으로 돌아갔다. 내려앉았던 뭉게구름마저도 위로 올라가 산봉우리를 예전의 밋밋한 모습으로 되돌려놓고 떠나버렸는데, 오색빛 풀밭의 골짜기에서 찬란한 황금빛 광휘를 모두 거두어 금성 쪽으로 돌아갔다.

그러나 엘레오노라의 약속은 잊히지 않았다. 유쾌한 천사들의 향로 소리가 내게 들려오고 골짜기에 늘 성스러운 향기가 맴돌았기 때문이다. 외로움이 몰려와 마음이 무거워질 때면 이마에 닿는 바람이 부드러운 한숨을 전해주었고, 종종 아련한 속삭임이 밤공기를 채웠다. 한번은―딱 한 번이었지만!―죽음 같은 잠을 자다가 영령의 입술이 내 입술에 닿는 느낌에 깬 적도 있었다.

그럼에도 허전한 내 가슴은 채워지지 않았다. 가슴에 넘쳐 흐르던 사랑이 그리웠다. 내가 엘레오노라를 기억하는 한 그 계곡은 내게 고통일 뿐이어서 나는 그곳을 영원히 떠나 세상의 허영과 떠들썩한 성취를 향해 나아갔다.

어쩌다 보니 낯선 도시에 있었다. 그곳엔 온통 오색빛 풀밭 골짜기에서 오래오래 누렸던 달콤한 꿈을 더럽힐 것만 같은 것들뿐이었다. 장엄한 궁전의 장관과 화려한 행사, 무기들의 거친 쇳소리, 여인들의 눈부신 아름다움이 내 머리를 어지럽히고 취하게 만들었다. 하지만 내 영혼은 맹세를 지켰고, 고요한 밤이면 엘레오노라의 존재를 느낄 수 있었다. 그러다가 돌연 이런 암시가 멈추고 눈앞의 세상이 어두워졌다. 나는 나를 휘어잡고 날뛰는 상념, 나를 괴롭히는 끔찍한 유혹에 깜짝 놀라 멍하니 서 있었다. 머나먼 미지의 땅에서 내가 모시는 국왕의 화사한 궁전으로 온 젊은 여인의 미모에 내 비겁한 심장이 단번에 굴복해버린 것이다. 나는 순순히 그 여인의 발밑에 엎드려 지극히 열렬하고 낮은 자세로 사랑을 바쳤다.

골짜기의 소녀를 향한 열정은 무엇이었길래, 그렇게 단번에 환상적인 에르멘가르드의 발밑에서 눈물로 온 영혼을 쏟아내며 그토록 뜨겁게 달아오르고 그토록 기뻐 날뛰고 그토록 영혼을 끌어올리는 애정의 환희에 젖었던 것일까? 오, 찬란한 천사 에르멘가르드! 다른 사람에게 그런 생각을 내어줄 자리는 없었는데! 오, 신성한 천사 에르멘가르드! 잊히지 않는 그 깊은 눈동자를 내려다보노라면 오직 그것밖에는, 그 여인밖에는 생각나지 않았다.

나는 결혼했다. 자청했던 저주도 두렵지 않았고, 씁쓸한 뒷맛도 없었다. 한 번, 딱 한 번 고요한 밤에 나를 떠나간 그 보드라운 숨결이 격자창 사이로 들어와 귀에 익은 감미로운 목소리가 되어 말했다.

　"편히 자요! 사랑의 정령이 지켜주고 있으니까. 그 열렬한 가슴에 에르멘가르드를 품었을 때 당신은 이미 당신의 죄를 용서받아 엘레오노라에게 한 맹세에서 풀려났어요. 그 이유는 천국에 오면 알게 될 거예요."

구덩이와 추

이 불경한 무리가 만족할 줄 모르고
오랫동안 무고한 피의 분노를 키웠네.
이제 나라는 안전하고 죽음의 동굴은 무너졌으니
두려운 죽음이 있던 자리에 건강한 삶이 들어서리라.

—

파리 자코뱅 당사 자리에 건립될
시장 정문에 새길 사행시

나는 아팠다. 오랫동안 통증에 시달리며 사경을 헤맬 만큼
아팠다. 그래서 그들이 내 결박을 풀고 나더러 앉으라고 했
을 때 감각이 사라지는 듯한 느낌이 들었다. 그 선고, 그 무
시무시한 사형선고는 내 귀에 또렷이 들려온 마지막 말이었
다. 이후 심문하는 목소리들은 웅얼거리는 하나의 몽롱한 소

리로 뭉뚱그려지는 듯했다. 그것이 환상 속에서 물레방아 바퀴가 돌아가는 진동음과 연관됐는지, 내 마음에 '혁명'이라는 생각을 일으켰다('혁명'을 뜻하는 영어 단어 revolution은 '회전'이라는 의미도 있다-옮긴이). 하지만 그것은 잠시였고 이내 아무 소리도 들리지 않았다. 잠시나마 눈으로는 볼 수는 있었지만 얼마나 심하게 과장되어 보이던지! 나는 검은 장의를 걸친 재판관들의 입술을 읽었다. 하얗고―내가 지금 글을 써내려 가는 이 종이보다 더 하얗고―기괴하리만치 얇은 입술. 그 얇은 입술에는 단호함, 확고부동한 결단, 인간의 고통을 향한 냉혹한 경멸이 강하게 어려 있었다. 나는 내 운명을 결정짓는 선고문이 그 입술 사이에서 계속 흘러나오는 것을 보았다. 입술이 뒤틀리며 죽음을 고하는 말들을 토해냈다. 나는 그 입술이 내 이름을 또박또박 말하는 것을 보았다. 그런데도 뒤따르는 소리가 전혀 없어 진저리가 났다. 그 아찔하도록 공포스러운 순간에 실내 벽면을 덮은 검은 휘장이 보일 듯 말듯 아주 미세하게 물결치는 것이 보였다. 이후 내 시선은 탁자 위에 놓인 긴 양초 일곱 개 위로 떨어졌다. 처음에 그것들은 인자한 인상을 풍기며 나를 구원하려는 하얗고 호리호리한 천사처럼 보였다. 하지만 별안간 지독한 메스꺼움이 뼛속까지 스미더니 갈바니전지(화학전지의 종류 중 하나-옮긴이)의 전선을 만진 것처럼 온몸의 세포 하나하나에 저릿한 전율이 흘렸고, 천사의 형상은 아무런 의미가 없는, 머리가 불타는 망령이 되어버렸다. 이들에게서는 어떤 도움도 기대할 수 없었다. 그러자 무덤 안의 휴식은 얼마나 달콤할까 하는 생각이 낭랑한 선율처럼 내 상상 속으로 기어들었다. 이런 생각은 살며시 은밀하게 찾아왔기 때문에 완전히 파악하기까지는 한참이 걸렸다. 하지만 내가 온전한 정신으로 그것을 제대로 인식하자마자 재판관들의 형상은 마법처럼 눈앞에서 사라져버렸다. 긴 양초들도 소멸 속으로 침잠했다. 촛불들이 완전히 꺼지자 어둠보다 깊은 어둠이 내려왔다. 모든 감각은 하데스로 추락하는 영혼처럼 맹렬한 내리막길 속으로 집어삼켜졌다. 그러고 나서 침묵이, 정적이 찾아왔다. 온세상이 밤이었다.

나는 기절했다. 하지만 의식이 전혀 없었다고는 할 수 없다. 어떤 면이 남아 있었는지는 감히 정의하거나 설명할 수 없지만 모든 걸 다 잃은 것은 아니었다. 아무리 깊이 잠들어도 모든 걸 잃지는 않듯이! 무아지경일 때도 그건 아니듯이! 기절해도 그렇지는 않다! 죽어도 그렇지는 않다! 심지어 무덤에 들어가도 모든 걸 잃지는 않는다. 그게 아니라면 인간에게 불멸은 불가능하다. 아주 깊은 잠에서 깨어날 때 우리는 거미줄 같은 꿈을 떨쳐낸다. 하지만 1초만 지나도 (그 거미줄이 너무나 연약해서) 꿈을 꾼 것조차 기억하지 못한다.

기절했다가 의식을 회복할 때는 두 단계를 거친다. 우선 정신적 혹은 영적으로 의식을 회복하고, 그 다음엔 신체 혹은 실체가 의식을 회복한다. 두 번째 단계에 도달했을 때 첫 번째 단계의 인상들을 떠올릴 수만 있다면 그 인상들이 심연 너머의 기억을 담고 있다는 걸 깨닫게 된다. 그런데 그 심연이라는 건…… 무엇일까? 그것의 그림자와 무덤의 그림자는 또 어떻게 구별될까? 하지만 내가 첫 번째 단계라고 부른 것의 인상이 뜻대로 떠오르지 않다가 한참 뒤에야 불청객처럼 나타나는 바람에 대체 어디서 나타난 것인지 혼란스럽기만 하다면? 기절해본 적이 없는 사람은 이글거리는 석탄불 속에서 기이한 궁전과 낯익은 얼굴을 발견하는 사람이 아니다. 많은 사람이 놓치는 허공의 슬픈 환영들을 보는 사람도 아니다. 새로운 꽃의 향기를 맡으며 깊은 상념에 젖는 사람도 아니다. 일찍이 주목하지 않았던 성조聲調의 의미에 머릿속이 뒤죽박죽되지도 않는다.

　　나는 여러 번 집중해서 기억을 더듬어보고 내 영혼이 처했던 무의식과 유사한 상태의 파편들을 열심히 모았다. 그중에는 성공할 수 있을 듯한 순간들도 있었고, 잠깐, 아주 잠깐이지만 기억들을 끌어낸 순간들도 있었다. 나중에 맑은 정신으로 따져보니 그 기억들은 순전히 그 무의식 상태와 관련된 것들일 수밖에 없다는 확신이 든다. 그 어렴풋한 기억들에 따르면, 키가 큰 형체들이 조용히 나를 들어올려 안고 아래로, 아래로, 계속 아래로 내려갔다. 하강이 끝없이 계속된다는 생각에 지독한 현기증이 나를 짓누를 때까지. 게다가 이상하게도 심장이 꼼짝하지 않아서 심장에 막연한 공포감이 감돌았다. 그러던 중 돌연 모든 것이 정지하는 느낌이 들었다. 나를 데려가던 자들이 (섬찟한 기차가!) 하강하다가 무한의 한계를 초월하는 바람에 힘에 겨워 잠시 멈춘 것처럼. 이후에는 판판하고 축축했던 기억이 난다. 그러고는 모든 것이 광란이었다. 금지된 것들 속을 휘젓는 광란의 기억이다.

돌연 움직임과 소리가 내 영혼 속으로 돌아왔다. 심장이 격렬하게 움직이고 그 박동 소리가 귓속에 울려 퍼졌다. 그 다음엔 잠시 모든 것이 멈추며 공백 상태가 되었다. 다시금 소리와 움직임, 촉감, 저릿한 감각이 온몸에 퍼졌다. 그러고 나서 생각은 없고 단순히 존재한다는 것만 의식하는 상태가 오랫동안 지속되었다. 또 그러다가 아주 갑자기 생각과 섬뜩한 공포, 나의 현재 상태를 파악하려는 간절한 시도가 이어졌다. 이후 무의식 속으로 빠져들고 싶은 강렬한 욕구가 꿈틀댔다. 그러다가 정신이 번쩍 들고 몸이 움직여졌다. 이제 재판을 받은 기억이 완전히 돌아왔다. 재판관들, 검은 휘장, 판결, 메스꺼움, 기절했던 일까지. 이후에 벌어진 일들은 완전한 망각 속에 묻혔다. 훗날 무척이나 애를 쓴 끝에 희미한 기억이나마 떠올릴 수 있었을 뿐이다.

　이때까지 나는 눈을 뜨지 않고 있었다. 등을 대고 누운 느낌이었고 묶인 느낌은 없었다. 손을 뻗으니 뭔가 축축하고 단단한 것이 만져졌다. 그 상태로 몇 분 동안 고통에 시달리면서 내가 어디에 어떤 상태로 있는 것인지 가늠하려 애썼다. 둘러보고 싶었지만 그럴 엄두가 나지 않았다. 둘러보았을 때 눈에 띨 물체들이 두려운 게 아니었다. 끔찍한 것들이 보일까 봐 두려운 것이 아니라 보이는 게 아무것도 없을까 봐 점점 겁이 났다. 결국 절박한 마음을 못 이기고 얼른 눈을 떴다. 걱정한 대로 최악의 상황이었다. 영원한 밤의 암흑이 나를 둘러싸고 있었다. 나는 숨을 몰아쉬었다. 짙은 어둠이 나를 짓누르며 숨통을 조이는 것 같았다. 견딜 수 없을 만큼 공기가 부족했다. 그래도 조용히 누워 이성을 찾으려고 노력했다. 심문 과정을 떠올리며 그것을 기점으로 지금 처한 상황을 추론해보았다. 판결은 내려졌다. 그로부터 아주 오랜 시간이 흐른 것 같았다. 하지만 단 한 순간도 진짜로 내가 죽었다는 생각은 들지 않았다. 그런 추정은 소설에서나 가능한 것이지 현실에는 전혀 들어맞지 않았다. 그렇다면 나는 어디에 어떤 상태로 있는 것일까? 내가 알기로 사형선고를 받은 사람들은 보통 화형으로 죽었고 내가 재판을 받은 날 밤에도 한 건이 집행되었다. 다음 차례로 정해져 원래 지하 감옥에 다시 수감되었는데 여러 달이 지나도록 집행되지 않았다? 그럴 리 없다는 생각이 들었다. 처형은 바로바로 집행되었다. 게다가 내가 원래 있었던 지하 감옥은 톨레도의 모든 감방들이 그렇듯 돌바닥이었고 빛도 완전히 차단되지 않았다.

문득 떠오른 무서운 생각에 심장의 피가 격류처럼 요동쳐서 잠시 무의식 속으로 다시 빠져들었다. 나는 정신이 들자마자 벌떡 일어서서 발작하듯 온몸을 부들부들 떨었다. 두 팔을 내밀어 사방으로 마구 휘저었다. 아무것도 만져지지 않았다. 하지만 무덤의 벽이 나를 막아설 것만 같아서 한 발짝도 뗄 수가 없었다. 땀구멍마다 땀방울이 솟아났고, 이마에는 굵은 식은땀이 맺혔다. 숨막히는 긴장감이 갈수록 커졌다. 더는 못 견디고 두 팔을 앞으로 내밀고 조심스럽게 나아갔다. 희미한 빛이라도 보일까 싶어서 눈에 힘을 잔뜩 주었다. 여러 걸음을 내디뎠는데도 주위에는 온통 어둠과 텅 빈 공간뿐이었다. 숨쉬기는 한결 수월했다. 적어도 가장 끔찍한 운명만은 면한 것이 확실한 듯했기 때문이다.

그렇게 계속 조심조심 걸음을 내딛는데 톨레도의 참사에 관한 수천 가지 모호한 소문들이 머릿속에 빗발쳤다. 여기 지하 감옥에서 이상한 일들이 벌어진다고들 했는데—나는 항상 우화 정도로 여겼지만—이상하기도 하고 너무 소름이 끼쳐서 속삭이지 않고는 입에 담기 어려운 이야기들이었다. 굶어 죽으라고 나를 이 어두운 땅속 세상에 버려둔 걸까? 아니면 그보다 훨씬 더 두려운 운명이 예정돼 있을까? 결과는 어차피 죽음이었다. 그것도 평범한 고통을 뛰어넘는 죽음. 내 재판관들의 품성을 너무나 잘 아는 나로서는 그것만은 의심할 여지가 없었다. 다만 그 방식과 시기가 내 마음을 사로잡고 떠나지를 않았다.

내민 손에 드디어 어떤 단단한 장애물이 닿았다. 벽이었다. 석벽 같은 것이 아주 매끈하고 질척질척하고 차가웠다. 나는 그것을 따라 나아갔다. 몇몇 옛이야기들이 들쑤신 의구심 때문에 아주 조심조심 걸음을 디뎠다. 하지만 이런 식으로는 내가 갇힌 지하 감옥의 규모를 확인할 길이 없었다. 설령 한 바퀴 돌아서 출발점으로 돌아온다고 해도 그것을 알아차린다는 보장이 없었다. 그만큼 벽은 완전히 똑같게 느껴졌다. 그래서 안내를 받아 조사실로 들어갔을 때만 해도 주머니에 있었던 단도를 찾아보았지만 사라지고 없었다. 내 옷은 거친 모직물로 만든 가운으로 바뀌어 있었다. 원래는 석벽의 작은 틈에 칼날을 박아 출발점을 표시할 생각이었다. 머릿속이 복잡해 무얼 어찌해야 하나 난감했었지만 그다지 어려운 일이 아니었다. 나는 가운의 옷단을 찢어내서 천 조각을 벽과 직각이 되도록 바닥에 길게 펼쳤다. 더듬어가며 감옥 안을 돌다가 한 바퀴를 완전히 돌게 되면 이 천 조각을 지날 수밖에 없을 것 같았다. 그렇게 생각했는데, 지하 감옥의 규모와 내 몸이 허약해진 것을 간과하고 말았다. 바닥은 축축하고 미끄러웠다. 나는 한동안 비척거리며 나아가다가 발을 헛디뎌 넘어지고 말았다. 극심한 피로감이 그대로 엎어져 있으라고 말하는 듯했고, 그렇게 누워 있는 사이 이내 잠이 들이닥쳤다.

정신이 들자마자 한 팔을 뻗었다가 옆쪽에서 빵 한 덩어리와 물병을 발견했다. 너무 지쳤던 터라 생각할 겨를도 없이 일단 먹고 마셨다. 그러고 나서 곧장 다시 감옥을 돌기 시작해 고된 걸음 끝에 깔아둔 모직 천 조각에 겨우 도달했다. 넘어질 때까지 52걸음이었고, 다시 걷고 나서는 48걸음을 더 걸어 천 조각에 도달했다. 그렇다면 총 100걸음이었다. 두 걸음을 90센티미터 정도라고 보면 지하 감옥의 둘레는 약 45미터쯤으로 짐작되었다. 하지만 도중에 벽면이 각진 부분을 많이 만났기 때문에 이 지하 묘지의 형태는 가늠할 수가 없었다. 내 생각에 여기는 지하 묘지인 게 분명했다.

거의 아무런 목적이—아무런 희망이—없는 탐색이었지만, 막연한 호기심이 계속하라고 나를 격려했다. 벽은 다 살펴보았기 때문에 이번에는 이 폐쇄된 공간을 가로질러보기로 했다. 처음에는 아주 조심조심 나아갔다. 바닥이 단단한 재질인 듯했지만 축축해서 위험할 수도 있었기 때문이다.

하지만 다시금 용기를 내어 망설이지 않고 발을 단단히 디디며 가능한 한 똑바로 나아갔다. 그렇게 열 걸음인가 열두 걸음쯤 나아갔을 때, 찢겨 덜렁거리던 가운 밑단 자락이 두 다리 사이에서 뒤엉켰다. 나는 그것을 밟고 거세게 엎어졌다.

넘어지는 바람에 정신이 없어서 곧바로 알아차리지 못했지만 그렇게 엎어져 있자니 몇 초 후 적잖이 놀라운 상황이 내 관심을 끌었다. 그 상황이란 이러했다. 내 턱은 감옥 바닥에 놓여 있었는데 턱보다 더 낮은 위치에 있는 듯한 입술과 정수리가 어디에도 닿지 않았다. 게다가 이마는 축축한 수증기에 젖은 듯했고, 특유의 썩은 곰팡내가 콧구멍을 파고들었다. 팔을 앞으로 뻗어본 나는 몸서리를 쳤다. 내가 넘어진 곳은 둥그런 구덩이의 가장자리였다. 물론 당장 구덩이의 규모를 확인할 방법은 없었다. 나는 가장자리 바로 아래 석벽을 더듬다가 작은 돌조각을 떼어내 심연 속으로 떨어뜨렸다. 그리고 가만 귀를 기울이자 돌조각이 구덩이 옆면에 부딪치며 굴러떨어지는 소리가 메아리가 되어 몇 초 동안이나 들려왔다. 마지막에는 그것이 물속에 빠지는 소리가 어렴풋이 들린 후 큰 메아리가 울려 퍼졌다. 그러는 사이 머리 위에서 문이 휙 열렸다가 휙 닫히는 듯한 소리가 났고, 희미한 한 줄기 빛이 느닷없이 어둠을 뚫고 반짝 나타났다가 순식간에 사라졌다.

나는 내 앞에 도사렸던 운명을 꿰뚫어 보고는 때맞춰 일어난 사고로 그 운명을 용케 피한 것을 자축했다. 한 걸음만 더 내디뎠어도 세상은 더 이상 나를 볼 수 없었을 것이다. 그간 종교재판에 관한 이야기들 중에서도 우화에나 나올 법한 허무맹랑한 것이라고 스스로 치부했던 죽음을 방금 눈앞에서 모면했던 것이다. 그 난폭함에 희생당한 자들에게는 지독한 육체적 고통 속에서 죽느냐, 아니면 끔찍한 정신적 공포 속에서 죽느냐 하는 선택이 주어질 뿐이었다. 내게 주어진 것은 후자였다. 오랜 고통으로 긴장을 늦추지 않은 탓에 목소리에도 덜덜 떨게 된 나는 예정된 고통에 여러모로 적합한 먹잇감이었다.

나는 사지를 벌벌 떨면서 더듬더듬 벽 쪽으로 물러났다. 지하 감옥 여기저기에 여러 개의 구덩이가 뚫린 광경이 자꾸만 상상돼서 우물이 주는 공포를 무릅쓰고 돌아다니느니 죽을 때까지 벽에 붙어 있을 생각이었다. 그런 정신 상태만 아니었어도 심연 한 곳으로 뛰어내려 내 불행을 당장 끝장낼 용기가 있었겠지만, 이제 나는 겁쟁이 중의 겁쟁이였다. 이 구덩이들에 관해 읽은 이야기가 머릿속에서 떠나지 않았다. 갑자기 떨어져 절명하는 것은 이 구덩이의 잔혹한 의도에는 끼지도 못했다.

심란해서 오랫동안 잠을 이루지 못하다가 겨우 다시 잠

이 들었다. 정신이 들었을 땐 전처럼 옆에서 빵 한 덩이와 물병을 발견했다. 타는 듯한 갈증이 엄습해서 단숨에 주전자를 비웠다. 물에 약을 탄 게 분명했다. 물을 마시자마자 참을 수 없는 졸음이 밀려왔기 때문이다. 깊은 잠이 나를 덮쳤다. 나는 죽은 듯이 잠을 잤다. 얼마나 오래 잤는지 나로서는 알 길이 없다. 하지만 다시 눈을 떠보니 주변의 사물들이 보였다. 근원을 알 수 없는 눈부신 노란 광채에 감옥의 규모와 형태를 언뜻 볼 수 있었다.

감옥의 크기는 짐작한 것과 전혀 달랐다. 벽의 둘레가 23미터를 넘지 않았던 것이다. 이 사실은 몇 분간이나 내게 쓸데없는 고민을 안겼다. 참으로 쓸데없이! 그리 끔찍한 상황에 처한 내게 지하 감옥의 지름 따위보다 더 사소한 것이 또 있었을까? 하지만 내 영혼은 이 사소한 것에 강한 흥미를 느꼈고, 나는 측정할 때 범한 오류를 알아내느라 여념이 없었다. 마침내 진실이 반짝 모습을 드러냈다. 처음 나섰을 때 52걸음을 걷고 나서 넘어졌는데, 그곳은 모직 천 조각에서 한두 걸음 못 미친 지점이었던 게 분명했다. 말하자면 나는 이미 지하 감옥을 한 바퀴를 거의 다 돈 상태였던 것이다. 그러고 나서 잠이 들었다가 깨어나서 왔던 길을 돌아간 게 분명했다. 그렇게 해서 둘레를 실제 길이의 두 배로 착각했던 것이다. 정신이 없다 보니 왼쪽 벽을 따라 출발해서 오른쪽 벽을 따라 도착했다는 사실을 놓치고 말았다.

그 방의 형태 역시 잘못 짐작하고 있었다. 손으로 더듬으며 나아갈 때 각진 부분들이 많이 만져져서 상당히 불규칙한 모양일 거라고 착각한 것이다. 무의식이나 잠에서 깨어나는 사람에게 어둠이 미치는 영향력이란 이토록 막강하다! 각진 부분이라고 생각한 것은 일정하지 않은 간격으로 계속되는 움푹한 부분 아니면 우묵벽일 뿐이었다. 감옥의 전체적인 형태는 사각형이었다. 내가 석벽이라고 생각한 것은 이제 보니 거대한 철판이나 다른 금속판이었고, 움푹한 부분은 판을 서로 잇거나 맞댄 부분이었다. 수도사들의 오싹한 미신이 낳은 온갖 섬뜩하고 역겨운 구상들이 이 금속으로 된 방의 표면을 대담하게 장식하고 있었다. 해골의 형상으로 나타나 위협을 가하는 마귀들, 그보다 훨씬 더 무시무시한 그림들이 난잡하게 벽면을 망가뜨리고 있었다. 그 흉물들은 윤곽이 꽤나 또렷했지만 축축한 공기의 영향 때문인지 빛깔은 퇴색되어 흐릿했다. 이제 나는 바닥이 돌로 되어 있다는 것도 알 수 있었다. 내가 간신히 추락을 모면한 그 둥근 구덩이가 바닥 한복판에 아가리를 딱 벌리고 있었지만, 구덩이는 그것뿐이었다.

이 모든 것들은 내가 어리어리한 눈으로 상당히 애를 쓴 끝에 본 것들이다. 잠자는 동안 내 몸의 위치가 크게 달라져 있었기 때문이다. 이제 나는 낮은 나무틀 위에 등을 대고 몸을 쭉 뻗은 자세로 누워 있었다. 뱃대끈과 비슷한 긴 띠로 나무틀에 단단히 묶인 상태였다. 그것에 팔다리와 몸통이 칭칭 묶여 있어서 움직일 수 있는 건 머리와 왼팔뿐이었다. 왼팔로 안간힘을 쓰니 옆쪽 바닥에 놓인 토기에서 간신히 음식을 꺼내 먹을 수 있었다. 나는 물병이 치워진 것을 알고 덜컥 겁이 났다. 참을 수 없는 갈증이 나를 괴롭혔다. 나를 박해하는 자들의 의도인 듯했다. 그릇 안의 음식은 매운 향신료를 뿌린 고기였기 때문이다.

　　나는 감옥의 천장을 살피려 위를 올려다보았다. 높이는 9미터에서 12미터쯤 되어 보였고 모양새는 벽과 비슷했다. 천장의 철판 한 곳에 자리한 아주 특이한 형상 하나가 내 시선을 사로잡았다. 그것은 '시간'을 형상화한 흔한 그림이었는데, 큰 낫이 아닌 다른 것을 들고 있었다(시간은 긴 망토를 걸치고 큰 낫과 모래시계를 든 나이 든 남자, 이른바 '시간의 할아버지'로 흔히 의인화되었다—옮긴이). 얼핏 보기에는 낫 대신 옛날 시계에서 볼 법한 거대한 추가 그려진 듯했다. 그런데 그것에는 유달리 시선을 끄는 면이 있었다. 그것을 똑바로 올려다보는 동안 (그것이 바로 내 위에 있었기 때문) 나는 그것이 움직이는 상상을 했다. 얼마 못 가 내 상상은 사실로 드러났다. 추가 조금 움직였던 것이다. 물론 느렸다. 나는 몇 분쯤 그것을 지켜보았다. 조금 두렵기도 했지만 놀라운 마음이 더 컸다. 추의 느릿느릿한 움직임을 지켜보는 것에 싫증이 나서 감방 안의 다른 사물들로 시선을 돌렸다.

그때 작은 소리가 나서 바닥 쪽을 쳐다봤는데 거대한 쥐 몇 마리가 바닥을 가로지르는 것이 보였다. 오른쪽 시야 가장자리로 보이는 그 우물에서 나온 쥐들이었다. 내가 주시하고 있는데도 고기 냄새에 이끌린 쥐들이 굶주린 눈을 하고선 떼로 몰려왔다. 쥐들을 겁주어 고기에서 쫓아내는 데 상당히 신경을 써야 했다.

그렇게 30분에서 한 시간쯤 지났을 때 (시간 감각이 또렷하지 않았다) 나는 다시 고개를 들어 위를 봤다. 당혹스럽고 놀라운 광경이 눈에 들어왔다. 추의 진동 폭이 90센티미터 가까이 늘어난 것이다. 당연히 그에 따라 속도도 훨씬 빨랐다. 하지만 가장 마음에 걸린 것은 그것이 눈에 띄게 아래로 '내려왔다'는 점이었다. 그러고 보니 추의 끝부분은 번쩍이는 강철 초승달 모양이었다. 그것이 얼마나 큰 공포감을 불러일으켰는지는 두말할 필요가 없을 것이다. 초승달의 아래쪽 길이는 한쪽 꼭짓점에서 다른 꼭짓점까지 30센티미터 정도였다. 꼭짓점은 위를 향해 있었고 아래쪽 둥근 부분은 면도날처럼 예리했다. 또한 면도날의 생김새가 그렇듯 거대하고 무거워 보이는 추는 위로 갈수록 점점 얇아지며 위쪽의 견고하고 넓적한 구조물 속으로 이어졌다(이 당시 쓰이던 면도날은 크고 길었으며 한쪽 끝이 칼집에 고정되어 칼집에 접히는 모양이었다. 면도날을 편 모양은 풀을 베는 큰 낫과도 비슷하고 이 글의 천장에 매달려 흔들리는 추의 모양새와도 유사하다—옮긴이). 육중한 청동 막대에 달린 추가 공기를 가를 때 장치 전체에서 쉭 하는 소리가 났다.

고문에 있어서는 천재적인 수도사들이 나를 위해 마련한 운명이 무엇인지는 더 이상 의심할 여지가 없었다. 내가 이 구덩이를 알아챘다는 사실이 종교재판관들에게 알려진 것이다. 이 구덩이, 즉 지옥의 표상이자 소문에 따르면 이곳의 처벌 가운데 '울티마 툴레'('탐험과 발견의 한계'라는 뜻의 라틴어—옮긴이)라고 알려진 이 구덩이의 공포는 나 같은 극렬한 저항자를 위해 마련된 운명이었다. 나는 순전히 우연한 사고 덕에 이 구덩이에 빠지는 걸 모면했지만, 내가 알기로 느닷없이 스스로 함정에 빠지게 만드는 그 고문은 이 지하 감옥에서 일어나는 갖가지 해괴한 죽음들의 큰 원인이었다. 스스로 추락하지 않은 나를 심연 속으로 내던지는 것은 이 악마들의 계획에 포함되지 않았다. 그렇게 해서 (다른 대안이 없었기에) 그와는 다른 좀 더 온건한 파괴가 내게 배정된 것이다. 온건하다니! 나는 내가 고른 표현을 생각하고는 그 고통스러운 와중에도 피식 웃음이 나오려 했다.

기나긴 시간 동안 서서히 내려오는 쇳덩이의 진동수를

헤아리며 죽음보다 더한 공포감 속에 있었다는 걸 말해봐야 무슨 소용이 있을까! 그것은 몇 센티미터씩, 한 줄 한 줄, 기나긴 세월처럼 느껴지는 간격으로 아래로 아래로 내려왔다! 날이 갔다. 어쩌면 많은 날들이 지났는지도 모르겠다. 그 지독한 숨결이 내게 불어올 만큼 이제 그것은 내 바로 위에서 흔들리게 되었다. 매캐한 쇠 냄새가 콧속을 파고들었다. 제발 그것이 더 빨리 내려오게 해달라고 하늘에 조르고 또 졸랐다. 광기에 사로잡혀서 그 두려운 언월도의 궤도 쪽으로 몸을 내밀며 몸부림쳤다. 그러다가 갑자기 차분해져서는 가만히 누워 진기한 허섭스레기를 본 아이처럼 번뜩이는 죽음을 향해 미소를 지었다.

나는 다시 완전한 무의식에 빠졌다. 그 상태가 짧았던 모양인지 정신을 차리고 보니 추가 그다지 많이 내려온 것 같지는 않았다. 하지만 오랜 시간이 흘렀을 가능성도 있었다. 내가 기절한 걸 알고 추의 움직임을 멈출 수 있는 악마들이 있으니 말이다. 의식을 되찾았을 때는 오, 형언할 수 없을 만큼 몸이 아프고 기운이 없었다. 오랫동안 굶주린 탓인 듯했다. 그런 고통의 와중에도 인간의 본성은 음식을 갈구했다. 나는 고통을 참아가며 애를 쓴 끝에 왼팔을 한껏 뻗어 쥐들이 먹다 남긴 음식 찌꺼기를 손에 넣었다. 그것을 조금 입술 사이로 넣으니 반쯤 생기다 만 기쁨, 희망이 솟아났다. 하

지만 내게 희망이 생긴들 무슨 소용이 있을까? 말했듯이 그
것은 반쯤 생기다 만 생각, 인간들이 흔히 갖는 미완의 생각
일 뿐이었다. 나는 기쁨을 느끼긴 했지만 그것이 생기려다
소멸하는 것 역시 느꼈다. 그것을 완성하려고, 그것을 되찾
으려고 애썼지만 허사였다. 오래 지속된 고통이 내 평범한
정신력을 고갈시킨 것이다. 나는 멍청이였다. 바보였다.

추가 진동하는 방향은 내 몸과 직각을 이루었다. 그리고
초승달 모양의 칼은 내 심장 쪽을 가로지르게 조정되어 있었
다. 그것은 내 모직 가운의 올을 자를 테고, 몇 번이고 돌아와
그 작업을 반복할 것 같았다. 추의 진폭은 9미터 정도로 어마
어마하게 넓었고, 쉭쉭거리며 하강하는 기세는 쇠벽을 자르
기에도 충분했지만, 몇 분 동안은 그저 내 옷의 올만 끊어놓
을 것이다. 생각이 여기에 미쳤을 때 나는 계속 거기에 머물
렀다. 감히 그 이상으로 나아갈 수 없었다. 그저 끈질기게 그
생각에만 집중했다. 그렇게 그 생각에 머무르면 쇠 초승달의
하강도 거기에 붙잡아둘 수 있을 것처럼. 나는 초승달이 옷
을 가로지를 때 낼 소리를 상상하며 그 마찰이 뇌리에 불러
일으키는 특이한 느낌, 그 조마조마한 느낌에 매달렸다. 신
경이 곤두설 때까지 이 부질없는 생각에 매달렸다.

그것은 꾸준히 아래로 점점 내려왔다. 아래로 내려오는
속도와 좌우로 움직이는 속도를 비교하니 미친 듯한 쾌감이

느껴졌다. 한 저주받은 영혼의 비명을 데리고 왼쪽으로—오른쪽으로—멀리멀리 넓게 흔들렸다! 호랑이처럼 살금살금 내 심장을 향해 다가왔다! 나는 생각이 어느 쪽으로 기울어지느냐에 따라 소리 내어 웃기도 하고 울부짖기도 했다.

아래로, 확실히 아래로, 끊임없이 아래로! 이제 그것은 내 가슴에서 불과 7, 8센티미터 위에서 흔들거렸다. 나는 왼팔을 풀어보려고 격렬히, 미친 듯이 몸부림쳤다. 왼팔은 팔꿈치에서 손까지만 자유로웠다. 옆에 놓인 접시 위에서 입으로 가져갈 수는 있었지만 그것도 애를 써야 가능했고 그 이상으로는 뻗을 수는 없었다. 그때 팔꿈치 위쪽의 결박을 풀 수 있었다면 추를 잡아서 막으려 했을 것이다. 하지만 그것이 산사태를 막으려고 나서는 것과 무엇이 다를까!

그것은 아래로, 멈추지 않고 속절없이 계속 아래로 내려왔다! 나는 추의 운동에 따라 헐떡거리며 몸부림쳤다. 그것이 휙 지나가면 발작하듯이 움츠러들었다. 내게서 멀어져 위로 올라가는 추를 바라볼 때면 가장 무의미한 절망감이 눈에 가득 담겼다. 추가 내려오면 눈은 발작하듯 저절로 감겼다. 죽음은 차라리 안식인 것을. 아, 어찌 말로 다 할 수 있을까! 장치가 조금만 더 내려오면 그 번뜩이는 예리한 도끼날에 가슴이 베이겠구나 싶어 온 신경이 부들부들 떨렸다. 그러나 신경을 뒤흔들고 온몸을 오그라들게 만든 것은 다름 아닌 희망이었다. 희망, 고문대 위에서도 꺼지지 않는 희망이 종교 재판소 지하 감옥의 사형수에게 속삭이며 말을 건넸다.

이제 여남은 번만 진동하면 칼날이 내 가운에 닿을 게 분명했다. 그걸 깨닫고 나니 절망에서 비롯된 예리하고 정연한 차분함이 돌연 내 영혼을 찾아왔다. 실로 오랜만에, 아니 어쩌면 며칠 만에 나는 생각을 했다. 나를 동여맨 줄이 띠든 뱃대끈이든 한 가닥이라는 사실을. 그러니까 나를 묶은 다른 줄은 없었다. 그 면도날 같은 초승달이 어디든 이 줄을 스친다면 줄은 끊어질 테고, 그러면 왼손으로 결박을 풀 수 있지 않을까. 하지만 코앞의 칼날은 얼마나 무시무시할까! 미세한 몸짓이 초래할 결과는 또 얼마나 처참한가! 더욱이 박해자의 꼭두각시들이 이것을 미리 내다보고 대비하지 않았을까? 가슴을 가로지르는 끈이 혹여 추의 궤도 상에 있다면? 마지막 희망마저 물거품이 될까 봐 기절할 듯 두려웠지만, 나는 가슴 쪽이 분명히 보일 때까지 목을 쭉 뺐다. 팔다리와 몸통은 여러 방향으로 뱃대끈에 꽁꽁 묶여 있었지만 초승달 칼날이 지나는 부위는 그렇지 않았다.

머리를 원래 위치로 다시 떨구자마자 한 가지 생각이 뇌리를 스쳤다. 생기다 만 나머지 생각의 절반이라고 언급했던 그것, 타는 듯한 입술을 향해 음식을 들어올렸을 때 아련히 내 머릿속을 맴돌던 그 반쪽짜리 생각이 떠올랐다. 이 말보다 더 적절한 설명은 없을 것이다. 이제 그것은 온전한 생각으로 나타났다. 가망도 없고 터무니없는 데다 확실한 것도 아니었지만, 그래도 완성된 생각이었다. 나는 절망이 끌어낸 정신력으로 당장 실행에 나섰다.

내가 누워 있는 낮은 틀 바로 옆에는 이미 오래전부터 쥐들이 말 그대로 들끓었다. 사납고 대담하고 굶주린 놈들이었다. 놈들의 붉은 눈은 내가 움직임을 멈추고 먹잇감이 되기만을 기다리는 듯 나를 주시했다. 저놈들이 이 구덩이 안에서 어떤 먹이를 먹고 지냈을까, 하는 생각이 들었다.

갖은 애를 썼지만 접시에 담긴 음식은 쥐들이 먹어 치워 찌꺼기만 남아 있었다. 손을 접시 위아래 옆으로 열심히 휘저었지만 손동작이 단조로워 효과를 거두지 못했다. 놈들은 식탐에 사로잡혀 날카로운 송곳니로 내 손가락을 자주 물곤 했다. 나는 기름지고 매운 음식 찌꺼기를 손이 닿는 끈 아무데나 문질러 묻히고, 손을 바닥에서 올린 채 가만히 누워 숨을 죽였다.

동작이 멈추자 탐욕스러운 그 짐승들은 변화에 움찔하며 겁부터 먹었다. 놈들은 놀라 물러났고, 우물 안으로로 들어간 놈들도 많았다. 하지만 그것은 잠시뿐이었다. 놈들의 식탐은 내 기대를 저버리지 않았다. 가장 대담한 한두 마리가 내가 꼼짝하지 않는다는 걸 알고는 틀 위로 뛰어올라 뱃대끈의 냄새를 맡았다. 이것이 일제히 돌격하라는 신호가 되었는지 우물 안에서 새로운 놈들이 무리를 지어 우르르 올라왔다. 놈들이 나무틀에 매달렸다. 수백 마리가 우글우글 올라와 내 몸 위로 뛰어올랐다. 추가 규칙적으로 움직였지만 놈들은 아랑곳하지 않았다. 놈들은 추에 부딪치는 걸 피하면서 고기가 묻은 끈을 부지런히 탐닉했다. 쥐들이 나를 짓눌렀다. 내 몸 위에 쥐들이 들끓고 점점 쌓여갔다. 놈들이 내 목 위에서 꿈틀거리고 놈들의 차가운 입술이 내 입술에 닿았다. 나는 몰려든 쥐 떼의 압박으로 숨이 막힐 것 같았다. 세상에 없을 역겨움이 가슴에 차오르고 그 축축한 무게감에 심장은 차갑게 식었다. 하지만 1분만 버티면 이 싸움도 끝날 것 같았다. 또렷이 느껴질 정도로 끈이 느슨해졌기 때문이다. 끈은 이미 한 곳 이상 끊어진 게 분명했다. 나는 초인적인 의지로 가만히 누워 있었다.

　내 계산은 틀리지 않았고 참은 보람이 있었다. 드디어 결박이 풀린 느낌이 들었다. 얽기설기 엮인 뱃대끈이 내 몸 위로 늘어졌다. 하지만 추는 이미 내 가슴을 누르고 있었다. 모직 가운이 잘렸고 그 밑의 속옷도 잘린 상태였다. 추가 재차 흔들렸고 격렬한 통증이 온 신경을 휘저었다. 하지만 탈출할 기회는 이미 내 앞에 있었다. 내가 손을 한 번 휘젓자 나의 구원자들이 시끌벅적 허둥지둥 물러났다. 나는 끈질기게 움직여 조심조심 옆으로 움츠리며 천천히 뱃대끈의 품에서 미끄러져 나와 언월도가 닿지 않는 곳으로 움직였다. 자유였다. 적어도 그 순간만큼은.

자유다! 하지만 나는 종교재판의 손아귀 안에 있었다! 공포스러운 나무 침대에서 내려와 감옥 돌바닥에 발을 딛기 무섭게 지옥의 장치가 뚝 멈추더니 보이지 않는 힘에 의해 내 눈앞에서 천장 밖으로 끌려나갔다. 그때 나는 한 가지 절 망적인 깨달음을 얻었다. 내 일거수일투족이 감시당하고 있 었구나. 자유는 무슨! 하나의 고통스러운 죽음은 모면했지만 그보다 더 지독한 다른 죽음의 고통 속으로 이동한 것뿐이구 나. 나는 그런 생각을 하면서 나를 둘러싼 철의 장벽을 불안 하게 둘러보았다. 감방 안에 어떤 비상한—처음에는 알아채 지 못했던—변화가 일어난 게 분명했다. 몇 분간 몽롱하고 산만한 상태로 벌벌 떨며 단편적이고 공연한 추측에 빠져들 었다. 그러는 동안 감옥 안을 비추는 황색 불빛의 근원을 처 음으로 알게 되었다. 불빛은 벽 맨 아래쪽에 난 틈, 방을 완전 히 둘러싸고 이어지는 그 1센티미터 너비의 틈에서 비쳐 들 었다. 그렇다면 벽은 바닥에서 완전히 분리된 것일 테고 실 제로 그럴 수밖에 없었다. 나는 틈새 밖을 내다보려 했지만 물론 헛수고였다.

그만 포기하고 일어서려는데 방에 일어난 변화의 수수

께끼가 순식간에 풀렸다. 벽면의 형상들이 이전에는 또렷한 윤곽선에 비해 색깔이 흐릿하고 불분명해 보였는데, 이제는 순간적으로 눈이 부시도록 색깔이 환히 번쩍거렸다. 그 명멸하는 빛이 더해지자 유령처럼 기괴한 초상들은 나보다 담대한 강심장도 두려워 떨 만한 모습을 띠었다. 게다가 으스스하고 그악스러운 악마의 눈들이 사방팔방으로 난데없이 나타나 나를 노려보았다. 어찌나 불꽃처럼 형형하게 빛나는지 도저히 허깨비라고는 보이지가 않았다.

허깨비다! 달궈진 쇠의 증기가 콧속을 파고드는데도, 그것을 들이마시면서도 나는 그리 생각했다! 숨통을 조이는 냄새가 감옥 안에 가득했다! 눈들이 갈수록 광채를 더하며 나의 고통을 주시했다! 핏빛 공포의 그림들이 갈수록 선홍빛을 띠었다! 나는 헐떡거렸다! 숨을 몰아쉬었다! 나를 고문하는 자들의 의도가 무엇인지 의심할 여지가 없었다. 오, 참으로 무자비하다! 오, 이 악랄하기 그지없는 인간들! 나는 벌겋게 달아오르는 쇠를 피해 감옥 중앙으로 물러났다. 이제 곧 불에 타 죽겠구나 생각하자 서늘한 우물이 향유처럼 내 영혼에 다가왔다. 나는 죽음을 부르는 가장자리로 달려갔다. 실눈을 뜨고 아래를 내려다보았다. 달궈지는 천장의 불빛이 구덩이를 바닥까지 속속들이 비춰주었다. 나는 내가 본 것이 무엇인지 언뜻 이해가 가지 않았다. 하지만 결국 그것의 의미가 밀고 들어오며—내 마음속을 뚫고 들어오며—덜덜 떠는 이성에 화상을 입혔다. 오! 말문이 막혔다! 끔찍했다! 세상의 어떤 것이 이처럼 끔찍할까! 나는 비명을 지르며 얼른 가장자리에서 떨어져 손에 얼굴을 묻고 비통하게 울었다.

순식간에 열기가 치솟았다. 나는 말라리아에 걸린 것처럼 부들부들 떨며 다시 고개를 들었다. 감방 안에 두 번째 변화가 일어난 것이다. 변한 것은 감방의 형태였다. 이제까지 그랬듯 무슨 일이 일어나는 것인지 가늠하려 했지만 역시나 헛수고였다. 하지만 의문은 오래가지 않았다. 내가 두 번씩이나 죽음을 모면하자 종교재판관들의 복수가 빨라진 것이다. 시간을 끄는 '공포의 왕' 놀이는 막을 내렸다. 그 방은 사각형이었는데, 철벽 중 두 곳의 각도가 상당히 좁혀진 것이 보였다. 나머지 둘은 당연히 넓은 각도였다. 낮게 우르릉, 끼익하는 소리가 나면서 각도차가 무섭게 커지기 시작했다. 어느새 방은 마름모꼴로 바뀌었다. 하지만 이것에 그치지 않았다. 그치기를 바라지도 기대하지도 않았다. 저 붉은 벽을 영원한 안식의 옷으로 내 가슴에 걸칠 수 있을까. 나는 중얼거렸다. "죽어도 좋다. 저 구덩이에서 죽는 게 아니라면." 바보 같으니! 저 철벽이 달궈진 목적이 나를 구덩이 속으로 빠뜨리는 것임을 몰랐단 말이냐? 저 벽의 뜨거운 열을 견딜 수 있을까? 설령 참는다 해도 벽의 압력을 이겨낼 수 있을까? 마름모꼴로 변하는 방은 생각할 틈도 주지 않고 빠른 속도로 점점 더 납작해졌다. 그것의 중심, 즉 긴 대각선은 아가리를 벌린 심연 바로 위에 위치해 있었다. 나는 물러났지만 벽들은 계속 좁혀지며 나를 압박했다. 급기야 나는 화상을 입고 몸부림쳤지만 이제 발딛고 있을 감방의 단단한 바닥도 불과 몇 센티미터밖에 남지 않았다. 나는 분투를 멈추었지만 내 영혼의 고통이 기나긴 마지막 절규를 통해 쏟아져 나왔다. 몸이 구덩이 가장자리 위에서 휘청하는 것을 느끼며 나는 눈을 돌렸다…….

사람들이 웅성거리는 시끄러운 소리가 들려왔다! 여러 나팔 소리가 한꺼번에 터져나오듯 요란하게 꽝 하는 소리도 들렸다. 수많은 천둥소리가 한꺼번에 울리듯 거슬리는 거친 소리도 들렸다. 뜨거운 벽들이 물러갔다! 내가 까무라쳐 심연 속으로 떨어지려는 순간, 팔 하나가 뻗어나와 내 팔을 붙잡았다. 그것은 라살 장군(18세기 프랑스혁명과 나폴레옹전쟁 때 활약한 경기병 장군-옮긴이)의 팔이었다. 프랑스 군대가 톨레도에 입성한 것이다. 종교재판소는 이제 적의 수중에 놓였다.

리지아

그리고 그 안에 자리한 의지는 죽지 않는다. 누가 그 힘찬
의지의 신비를 알까? 신은 본래 만물에 깃든 거대한 의지에
불과하거늘. 나약한 의지가 약점이 되지만 않는다면 인간은
천사에게도 죽음에게도 스스로 굴복하지 않는다.

－

조지프 글랜빌

내가 리지아를 언제 어떻게 처음 알게 되었는지, 정확한 장
소가 어디였는지 도통 기억이 나지 않는다. 오랜 시간이 지
나기도 했고 숱한 시련을 겪은 탓에 기억이 흐려졌다. 그게
아니면 내 연인의 성격이라든가, 남다른 학식, 탁월하면서도
차분한 미모, 음악처럼 낮게 들려오는 매혹적이고 황홀한 언
변이 부지불식간에 꾸준하고 은밀하게 내 마음속을 파고들

었기에, 아무리 기억을 더듬어봐야 이제는 생각나지 않는 것일지도 모른다. 하지만 리지아를 처음 만난 곳이자 가장 자주 만났던 곳은 라인강변의 퇴락해가는 오래된 대도시였을 것으로 짐작한다. 리지아의 가족에 대해서는 그에게서 직접 들은 적이 있다. 리지아의 집안이 유구한 가문이라는 것은 의심할 여지가 없다. 리지아! 리지아! 나는 연구에만 파묻혀 지내다 보니 바깥세상 일에 철저히 무관심한 경향이 있지만, 리지아, 그 달콤한 한마디면 더 이상 존재하지 않는 그의 모습을 눈앞에 바로 떠올릴 수 있다. 이 글을 쓰는 지금, 친구이자 약혼녀였고 함께 수학하는 동료였으며 내 단란한 가정의 아내였던 그의 성씨를 여태 모르고 있었구나 하는 생각이 든다. 리지아가 내준 장난스러운 숙제였을까? 아니면 내 애정이 어느 정도인지 시험하고자 하는 의도였을까? 그것에 대해 묻지는 않았다. 어쩌면 내 변덕에서 비롯한, 더없이 열렬한 애정의 성지에 바치는 지극히 낭만적인 봉헌이었을지도 모른다. 하지만 정말 그랬던가 생각해보면 그것조차 불분명하다. 이러하니 최초의 상황과 그것에 관련된 일들을 까맣게 잊은 것이 무엇이 놀라우랴. 또한 사람들 말마따나, 로맨스를 다스리는 신령, 우상을 숭배하는 이집트의 병약한 여신, 그 눈물의 날개를 단 아스다롯(사랑이 식으면 연인을 불구로 만들거나 죽인다고 알려진, 바빌로니아의 풍요와 성애, 전투를 관장하는 여신—옮긴이)이 불길한 결혼을 관장한 거라면, 내 결혼 역시 분명 그 신의 손아귀 안에 있었으리라.

하지만 절대 흐려지지 않는 소중한 기억이 하나 있다. 바로 리지아의 생김새다. 리지아는 키가 컸고 말년에 수척해지기 전까지는 호리호리했다. 리지아의 당당하면서도 조용하고 느긋한 몸가짐이나 걸음새의 기묘한 경쾌함은 내가 흉내조차 낼 수 없는 것이었다. 리지아는 그림자처럼 왔다. 그 대리석 같은 손이 내 어깨에 닿으면서 음악처럼 낮고 달콤한 목소리가 들려오고 나서야 나는 리지아가 문이 닫힌 내 서재 안으로 들어왔다는 것을 알아차릴 정도였다. 얼굴은 그 누구도 넘볼 수 없을 만큼 아름다웠다. 아편에 취해서나 볼 법한 광채를 띠었고, 공기처럼 산뜻해 꼭 영혼을 달래주는 모습과도 같았는데, 그것은 델로스 딸들의 잠든 영혼 곁을 맴돌던 환상보다 더 신성한 분위기를 풍겼다. 하지만 이목구비는 잘못 퍼진 고정관념, 즉 이교들의 옛 작품에 드러난 아름다움의 전형에는 맞지 않았다. 베룰럼 남작 프랜시스 베이컨은 아름다움의 모든 형태와 속성에 대해 "비율적인 면에서 기묘한 점이 없다면 뛰어난 아름다움은 존재할 수 없다"는 명언을 남겼는데, 당시 나는 리지아의 이목구비가 고전미의 균형에는 맞지 않는다는 것과 리지아의 사랑스러움이 진정으로 '뛰어난' 면모라는 것, 그리고 '기묘한' 면모가 충분하다 못해 두드러진다는 것은 알아차렸지만, 그 불균형이 무엇인지, 어떤 연유로 그것을 기묘하게 인지했는지 지금은 구체적으로 명시할 수가 없다. 나는 그의 높고 하얀 이마의 윤곽선을 살펴보았다. 흠잡을 데 없었다. 한낱 맥 빠지는 말로 표현하기엔 너무나 당당하고 너무나 신성했다! 티 한 점 없이 깨끗해 상아와도 같은 피부, 위엄이 흐르는 존재감과 평온함, 윗부분이 봉긋한 관자놀이. 까마귀처럼 검고 매끄러우며 윤기가 흘러 자연스럽게 곱슬거리는 머리채는 호메로스의 히아신스(그리스 신화에서 아폴론의 총애를 받다가 이를 질투한 서풍의 신에게 죽임을 당한 미소년. 죽은 자리에서 히아신스 꽃이 피었다고 한다─옮긴이)에 대한 묘사를 떠올릴 수밖에 없었다! 나는 리지아의 코에서 섬세한 윤곽선을 보았다. 그 완벽함은 우아한 히브리인들의 초상화에서 말고는 본 적이 없었다. 매끄러운 피부로 보나, 은근한 매부리코의 형태로 보나, 자유로운 정신을 말해주는 듯한 콧구멍의 조화로운 곡선으로 보나 모든 것이 완벽했다. 나는 그 달콤한 입에도 시선을 빼앗겼다. 지극한 아름다움의 향연이었다. 짧은 윗입술의 절묘한 굴곡, 보드랍고 육감적이고 차분한 아랫입술, 장난스러운 보조개, 매력적인 색깔, 깜짝 놀랄 만큼 눈부시게 반짝거리는 치아. 평온하지만 찬란한 미소에서 발산되는 신성한 빛은 리지아의 치아 하나하나에 부딪쳐 반사되었다. 나는 턱의 생김새도 뜯어보았다. 여기에서도 그리스인의 고귀한 성품, 부드러움과 당당함, 충만함과 영성靈性을 발견했다. 아폴론이 아테네인들의 아들 클레오메네스의 꿈에 나타날 때 취했던 실루엣처럼. 그러고 나서 나는 리지아의 큰 눈을 들여다보았다.

그런 유형은 먼 옛날로 거슬러 올라가도 찾아볼 수가 없다. 어쩌면 내 연인의 두 눈은 프랜시스 베이컨이 암시한 비밀마저 담고 있었을지 모른다. 리지아의 눈은 보통 사람의 눈보다 훨씬 컸다. 누르자하드 계곡에 사는 부족민이 가젤같은 눈을 한껏 동그랗게 떴을 때보다도 더 컸다(아일랜드 소설가 겸 극작가 프랜시스 셰리든의 소설 『누르자하드의 역사』의 내용에서 빌려왔다-옮긴이). 그러나 리지아의 이러한 특이성이 현저히 드러난것은 어쩌다가 한 번씩 몹시 흥분했을 때뿐이었다. 바로 그때가 리지아의 아름다움이 반짝이는 순간이었다. 부풀어오른 내 상상에 불과한 것일 수도 있지만, 그것은 지상을 초월한 존재 혹은 지상과 동떨어진 존재의 아름다움, 터키인들의 수려한 후어리(이슬람 문화권에서 천국에서 신앙이 깊은 신자들과 동행한다고 믿는 미녀-옮긴이)의 아름다움이었다. 눈동자는 아주 선명한 검은빛을 띠었고, 그 위에는 흑옥색의 기다란 속눈썹이 달려 있었다. 눈썹은 가장자리가 다소 들쭉날쭉했지만 빛깔은 같았다. 하지만 내가 그 눈에서 보았던 '기묘함'은 눈의 형태나 색깔, 생김새의 뛰어남과 상관없는 어떤 천성, 눈의 표정이라고밖에는 표현할 길이 없다. 아, 말이란 얼마나 무의미한 가! 우리는 한낱 소리들의 방대한 장벽 뒤에 숨어 영적 무지를 강화한다. 리지아의 눈에 담겼던 표정! 그것을 생각하며 얼마나 오랜 시간을 보냈던가! 그것을 탐구하느라 지새운 한여름의 밤이 얼마나 많았던가! 데모크리토스의 우물(고대 그리스 철학자 데모크리토스는 우주가 허공과 원자로 이루어져 있다고 생각했으며, 훗날 칸트는 무한하다는 뜻에서 '데모크리토스의 우물'을 인용했다─옮긴이)보다 더 심오한 그것, 내 연인의 동공 안 깊은 곳에 자리한 그것은 무엇이란 말인가? 대체 무엇이었을까? 알고자 하는 열망이 타올랐다. 그 눈! 크고 반짝거리는 숭고한 그 눈동자! 나에게 그것은 레다의 쌍둥이별(신화에서는 제우스와 스파르타의 왕비 레다 사이에서 태어난 쌍둥이 형제가 우애가 좋아, 그들이 죽은 후에 이에 감명을 받은 제우스가 쌍둥이별로 만들었다고 전한다─옮긴이)이 되었고, 나는 가장 독실한 점성술사가 되었다.

　　이해하기 어려운 숱한 정신과학적 특이 현상들 가운데 가장 짜릿하고 흥미로운 사실은─학계에서는 한 번도 주목받은 적이 없을 테지만─오랫동안 잊고 있던 것을 기억해내려 할 때 생각이 날 듯 말 듯하면서도 결국은 떠오르지 않는 경우가 왕왕 있다는 것이다. 내가 리지아의 눈을 찬찬히 살펴보았을 때도 비슷한 일이 자주 있었다. 그 표정이 무엇인지 완전히 알 것 같다가도─손에 잡힐 듯 말 듯하다 완전히 잡히지는 않다가—끝내 놓치기 일쑤였다! 그런데 (오, 기이하게도, 참으로 기이하게도!) 그 표정을 유추할 만한 것들은 온 우주에 얼마든지 널려 있었다. 말하자면 리지아의 아름다움이 내 영혼에 들어와 성지로 자리 잡은 이후에는 물질세계의 다른 수많은 것들에서도 그 은은히 빛나는 커다란 눈동자가 늘 내 마음에 불러일으켰던 감성을 얻을 수 있었다는 뜻이다. 하지만 그 감성은 정의할 수도 분석할 수도 없는 것이었고, 심지어 항시 보이는 것도 아니었다. 거듭 이야기하지만, 나는 금세 자라는 포도 덩굴을 관찰하다가도, 나방, 나비, 번데기, 흐르는 물을 곰곰이 생각하다가도 그것을 느꼈다. 바닷물에서도 느끼고 떨어지는 유성에서도 그 감성을 느꼈다. 나이가 아주 많은 노인들의 눈길에서도 느꼈다. 하늘에 별 (특히 거문고자리의 큰 별 근처에서 발견되는 6등성 변광별)이 한두 개 떴을 때 망원경으로 별을 관찰하다가도 느꼈다. 특정한 현악기 소리도 나를 그 감성으로 가득 채웠다. 책의 구절들을 읽다가 느낄 때도 적지 않았다. 그것들 말고도 많지만, 조지프 글랜빌의 책이 특히 매번 그 감성을 불러일으켰던 기억이 난다. (그저 진기한 내용이라 그런 것일 수도 있겠지만 혹시 모르는 일 아닌가?)

"그리고 그 안에 자리한 의지는 죽지 않는다. 누가 그 힘찬 의지의 신비를 알까? 신은 본래 만물에 깃든 거대한 의지에 불과하거늘. 나약한 의지가 약점이 되지만 않는다면 인간은 천사에게도 죽음에게도 스스로 굴복하지 않는다." 오랜 세월에 걸쳐 생각에 생각을 거듭한 끝에 나는 영국의 윤리학자가 말한 이 구절과 리지아의 일부 특징 사이에 존재하는 희미한 연관성을 발견할 수 있었다. 리지아의 생각이나 행동, 말에 어린 강렬함은 그의 내부에 자리한 거대한 자유의지의 결과, 적어도 그 지표였을지 모른다. 우리가 함께했던 오랜 기간 동안 그 자유의지를 뒷받침하는 직접적인 증거는 없었지만 말이다. 리지아만큼 겉으로 보기에 침착하고 항상 평온한 여자도 없었지만, 사실 리지아는 거센 열정이라는 맹렬한 독수리 앞에선 한없이 나약한 먹잇감에 지나지 않았다. 나는 그 열정의 규모를 도저히 가늠할 수가 없었다. 믿을 수 없을 만큼 커지며 기쁨과 두려움을 동시에 자아내던 눈, 마법 같은 멜로디가 실린 아주 나직한 목소리, 억양, 선명하고 평온한 음색, 그리고 리지아가 습관적으로 쓰던 거친 말들의 격렬한 (말하는 태도와 대비되어 효과가 배가된) 에너지 말고는.

앞서 말했듯 리지아의 학식은 방대했다. 보기 드문 엄청난 학식이었다. 리지아는 고대 언어에 아주 능통했고 내가 아는 한 현대 유럽의 방언마저도 틀리는 법이 없었다. 그중에서도 특히 난해하다는 이유로 학계에서 가장 칭송되는 주제에 관해서도 리지아가 틀리는 걸 본 적이 있었던가? 내 아내의 본질 중 이 하나의 특성이 이제야 스스로 모습을 드러내며 이토록 기묘하고 짜릿하게 관심을 자극할 줄이야! 보기 드문 수준이었다고는 했지만, 아무리 뛰어나다 한들 윤리학, 물리학, 수학의 방대한 영역을 성공적으로 넘나드는 사람이 대체 어디 있단 말인가? 지금은 또렷이 인식하고 있지만 당시에 나는 리지아의 지식이 엄청나게 놀라운 수준이라는 것을 알지 못했다. 하지만 리지아의 무한한 우월성은 충분히 알고 있었기 때문에 나는 결혼 초기에 열중했던 형이상학 연구라는 복잡한 세계를 아이와 같은 믿음으로 리지아를 길잡이 삼아 나아갔다. 나는 인기 없는―잘 알려지지 않은 분야―를 연구하고 있었지만 리지아가 내게 몸을 숙일 때면 승리감이 차오르고 모든 것들이 희망적으로 보였다. 장밋빛 미래가 서서히 눈앞에 펼쳐졌고, 아무도 가지 않은 그 길고 근사한 여정을 가다보면 너무나 고귀해 금지되었던 지식의 목적지에 도달할 수 있을 것 같았다!

그로부터 몇 년 뒤 그 철석같던 기대가 날개를 달고 날아가버렸을 때 얼마나 가슴이 무너지던지! 리지아가 없으니 나는 어둠 속을 더듬더듬 헤매는 아이에 지나지 않았다. 리지아만이, 오로지 그의 학식만이 우리가 몰두했던 초월주의(현실 세계의 유한성을 부정하고 인간의 감각으로는 알 수 없는 초월적 세계가 존재한다고 믿는 이상주의적 관념론―옮긴이)의 숱한 미스터리에 밝은 등불이 되어주었으니 말이다. 리지아의 눈이 내뿜는 광채가 없으니 반짝이는 황금색 글자도 사투르누스(로마신화에 나오는 농경과 계절의 신-옮긴이)의 납보다 흐릿했다. 그 눈은 더 이상 내가 연구하는 책을 비추어주지 않았다. 리지아가 병이 든 것이다. 이제 그 맹렬한 눈에서는 지나치게, 지나치게 눈부신 광채가 활활 타올랐다. 창백한 손가락은 무덤의 투명한 밀랍 같은 빛을 띠었고, 높은 이마에서는 가장 온화한 감정의 파도와 함께 푸른 핏줄이 충동적으로 부풀었다가 가라앉았다. 나는 리지아가 죽겠구나 싶어 암울한 아즈라엘(인간의 명부에, 태어난 자의 이름은 적고 죽은 자의 이름은 지운다는 죽음의 천사-옮긴이)과 간절히 영적 싸움을 벌였다. 이때 열정적인 아내가 보여준 투쟁은 놀랍게도 나보다 더 힘찼다. 리지아의 의연한 성품은 그 여자가 두려움 없이 죽음을 맞이하리라는 믿음을 주기에 충분했지만, 그 믿음은 빗나가고 말았다. 리지아는 다가오는 죽음의 그림자에 말로는 다 하지 못할 만큼 극렬히 저항했다. 그 딱한 광경에 나는 괴로워 신음했다. 리지아를 달래고 이성적으로 대하려 했지만, 살고 싶다고, 너무 살고 싶다고 발버둥 치는 그 여자의 격렬한 욕망 앞에서는 위안도 이성도 지극히 부질없는 것이었다. 하지만 리지아의 맹렬한 영혼이 극심한 발작을 일으키고 몸부림치는 와중에도 리지아는 마지막 순간이 오기 전까지 평온한 태도를 유지했다. 리지아의 목소리는 갈수록 온화하고 낮아졌지만, 나는 리지아가 조용히 지껄인 말들에 담긴 강렬한 의미를 곱씹고 싶지 않았다. 필멸자를 초월한 멜로디, 필멸자가 한 번도 알아내지 못한 추측과 염원에 귀 기울이다 보면 그것에 취해 내 두뇌는 휘청거리기 일쑤였다.

리지아는 나를 사랑했다. 그것은 의심하지 말았어야 했다. 만약 그걸 의심하지 않았더라면 리지아 같은 사람의 가슴에는 사랑조차 평범한 열정으로 자리할 수 없다는 것도 쉽사리 깨달았을 것이다. 하지만 죽음이 임박해서야 나는 리지아가 품은 애정의 힘을 체감할 수 있었다. 그 여자가 오랫동안 내 손을 부여잡고 우상숭배나 다름없는 격정적인 애정을 쏟아내며 내게 속마음을 고백했기 때문이다. 그런 고백을 받은 나는 얼마나 축복받은 자인가? 연인에게 고백을 받자마자 연인을 빼앗겨야 하는 나는 또 얼마나 저주받은 자인가? 하지만 너무 괴로워 이 부분에 대한 자세한 설명은 계속할 수가 없다. 다만, 리지아가 사랑에 헌신하는 수준을 넘어 안타깝게도 과분한 애정을 내게 내어주던 그 순간, 언제나 온 마음을 다해 삶에 대한 열망을 품고 있던 그 여자의 생명이 빠르게 꺼져가고 있다는 걸 알아차렸다고만 말해두겠다. 그 극렬한 열망, 삶을 향한 열렬한 소망, 오로지 살고자 하는 소망. 나는 그것을 설명할 힘도 없고 말로 표현할 능력도 없다.

리지아는 세상을 등지던 날 자정에 엄한 손짓으로 나를 곁으로 부른 뒤 며칠 전 직접 지은 시구를 낭송해달라고 했다. 나는 그의 말에 따랐다. 그 구절은 이랬다.

보라, 쓸쓸한 말년에
축제의 밤이 왔도다!
날개 달린 천사들, 차려입은 천사들이
베일을 쓰고 눈물짓네.
그들이 극장에 앉아 보는 것은
희망과 두려움의 연극.
오케스트라가 내지르는 것은
희망과 두려움의 음악들.

높은 곳에서 나지막이 중얼중얼 지껄이고
이리저리 날아다니는 신의 형상들,
그에 따라 거행되는 무언극.
오고 가는 이들은 꼭두각시일 뿐
거대하고 형체 없는 존재들의 명을 받드는 것이다.
그들의 콘도르 날개, 보이지 않는 두려움이
펄럭거릴 때마다
풍경도 이리저리 변하네!

난잡한 드라마여!

오, 절대 잊히진 않겠구나!

군중이 환영 안에서 그것을 영원히 쫓는다면.

군중은 번번이 놓치고

뱅글뱅글

같은 자리를 맴도나니.

광기가 난무하고 죄악은 그보다 많도다.

이 줄거리의 핵심은 공포.

하지만, 보라, 광대들이 울부짖는 가운데

기어가는 형체가 들어왔다!

무대 밖에 홀로 있던

피처럼 붉은 그것!

그것이 꿈틀거린다! 꿈틀거린다! 죽음의 고통과 함께.

무언극은 그것의 먹이가 되고

세라프(하느님의 권좌를 호위하는 천상의 존재—옮긴이)는 인간의

선혈에 물든

악독한 송곳니에 흐느낀다.

꺼졌다. 불빛들이 꺼졌다. 모두 꺼졌다!

떨고 있는 몸뚱이들 위로

커튼, 장례식의 장막이

몰아치는 폭풍처럼

내려왔도다.

이제 천사들은 파리하고 창백한 얼굴로

일어나 베일을 거두고 선언한다,

이 연극은 '인간'이라는 비극이고

주인공은 정복자 벌레라고.

내가 마지막 구절을 마쳤을 때, 리지아는 벌떡 일어나 두 팔을 번쩍 치켜들며 "오, 하느님!" 하고 비명을 지르듯 소리쳤다. "오, 하느님! 오, 성부시여! 꼭 이래야만 합니까? 이 정복자는 절대 정복될 수 없는 건가요? 우리는 당신께 중요한 핵심이 아닌가요? 누가…… 누가 원기에 어리는 의지의 신비를 알까요? 나약한 의지가 약점이 되지만 않는다면 인간은 죽음에게 스스로 굴복하지 않아요."

리지아는 감정의 분출에 지쳤는지 하얀 팔을 툭 떨구고 죽음의 침상으로 엄숙히 돌아갔다. 마지막 숨을 내쉴 때 입술에서 낮게 중얼거리는 소리가 섞여 나왔다. 나는 몸을 숙여 리지아의 입가에 귀를 갖다 댔다. 이번에도 글랜빌의 마지막 구절이었다. "나약한 의지가 약점이 되지만 않는다면 인간은 천사에게도 죽음에게도 스스로 굴복하지 않는다."

리지아는 죽었다. 슬픔으로 갈가리 찢긴 나는 더 이상 라인강변의 음침하고 노쇠한 도시에서 외롭고 적막한 삶을 살고 싶지 않았다. 이른바 재산이라는 측면에서는 부족함이 없었다. 리지아가 내게 남긴 유산은 보통 사람들이 받는 것보다 훨씬 막대한 것이었다. 그리하여 몇 개월간 정처 없이 이리저리 고된 방황을 한 끝에, 정확한 지명은 밝히지 않겠지만 아름다운 잉글랜드 지방에서 가장 황량하고 인적이 드문 지역의 수도원 하나를 사서 조금 수리를 했다. 음산하고 황량한 건물의 장엄한 분위기, 원시성이 두드러진 토지, 이둘이 더해져 오랜 세월 축적된 구슬픈 기억들은 사람의 왕래가 드문 외딴 시골로 들어갈 만큼 자포자기한 당시의 내 심경과 정확히 들어맞았다. 말라가는 식물들이 매달려 있는 수도원 외부는 거의 손대지 않았지만, 유치한 고집이 생겨난 데다 슬픔을 달랠 수 있을지도 모른다는 실낱같은 희망이 있었는지 내부에는 궁전 같은 장엄한 분위기를 가미했다. 어린 시절부터 몸에 밴 어리석은 취향이 슬픔의 망령을 따라 되살아난 것이다. 아, 그 근사하고 환상적인 커튼에서도, 엄숙한 이집트 조각품에서도, 화려한 실내장식와 가구에서도, 금색 수술이 달린 카펫의 요란한 무늬에서도 광기의 조짐이 얼마나 많이 보였던가! 나는 아편에 사로잡힌 노예 신세가 되었고, 내 노력과 의지는 꿈으로 얼룩졌다. 하지만 이 어리석은 짓들을 일일이 거론할 수는 없다. 다만 영원히 저주받은 방의 이야기는 해보려 한다. 나는 한순간 정신이 나가 금발에 파란 눈을 가진 트레메인의 로위나 트레버니언을 새 신부— 그리운 리지아의 후임자—로 맞이해 그 방에 들였다.

그 방의 만듦새와 실내장식은 하나하나 아직도 눈에 선하다. 신부 가족들은 고결함은 잊어버리고 그저 황금에 눈이 멀어—아끼는 젊은 딸을 그리 화려하게 장식된 방에 들여보낸 것일까? 말했듯이 나는 그 방을 세세한 부분까지도 똑똑히 기억한다. 애석하게도 정작 중요한 순간은 잘 잊는 내가 말이다. 그런데 그 방의 몽환적인 실내장식에는 기억에 남을 만한 어떤 체계나 일관성은 없었다. 그 방은 성곽 양식으로 지어진 수도원의 높은 탑 안에 있었으며 모양은 오각형이었고 널찍했다. 오각형 방의 남쪽 방향은 전면 유리창—베네치아산 거대한 통유리창—이었는데 이 한 장짜리 유리창은 납빛을 띠어서 햇빛이나 달빛이 비쳐들면 방 안의 물건에 유령 같은 빛을 던졌다. 얼기설기한 오래된 넝쿨 하나가 탑 벽을 기어 올라와 이 큰 창문 위쪽까지 뻗어 있었다. 칙칙한 참나무 재질의 천장은 지나치게 높은 아치형이었고, 고딕풍 같기도 하고 드루이드교(영혼의 불멸과 윤회를 믿고 죽음의 신을 받들던 고대 켈트족 종교-옮긴이)풍 같기도 한 대단히 난잡하면서도 기괴한 세공이 정교하게 가미돼 있었다. 이 음산한 천장의 움푹한 꼭대기에는 사라센 문양의 큰 금향로가 긴 금사슬에 매달려 있었는데, 구멍이 많이 뚫려 있어서 다양한 빛깔의 불길이 뱀처럼 활기차게 구멍 안팎에서 끊임없이 꿈틀거렸다.

그리고 오토만(천을 씌워 푹신하게 만든 등받이 없는 의자-옮긴이)과 나뭇가지 모양의 황금 촛대 몇 개가 여러 군데 놓여 있었다. 소파도 있었다. 단단한 흑단을 깎아 만든 것으로 위에 관 덮개 같은 차양을 드리운 인도 양식의 긴 소파였다. 룩소르(고대 테베 왕국이 있었던 이집트 나일강변의 소도시-옮긴이) 인근 왕들의 무덤에서 가져온 검고 거대한 화강암 석관이 구석마다 세워져 있었는데, 오래된 뚜껑에는 태곳적 조각들이 가득 새겨져 있었다. 하지만 가장 몽환적인 것은 휘장이었다. 너무 높아서 균형이 깨져 보일 만큼 드높은 벽에는 무겁고 거대해 보이는 태피스트리가 꼭대기부터 바닥까지 구불구불 늘어져 있었다. 바닥의 카펫, 오토만의 싸개 천, 흑단 침대의 이불, 침대 차양, 창문의 일부를 가리는 멋진 소용돌이 커튼도 태피스트리와 소재가 같았다. 그것은 상당히 화려한 황금빛 직물이었는데, 지름이 30센티미터쯤 되는 아라베스크 도형들이 불규칙한 간격으로 군데군데 전체적으로 박혀 있고 칠흑같이 검은 무늬도 들어가 있었다. 그런데 이 도형들은 특정한 각도에서만 아라베스크답게 보였다. 지금은 흔하지만 먼 옛날부터 이어져 내려온 기법에 의해 보는 각도에 따라 모양이 달라졌기 때문이다. 입구 쪽에서는 흉물스러운 모습을 띠었지만, 더 들어가면 그런 모습은 점차 사라졌다. 방에 들어간 사람은 한 걸음 한 걸음 위치가 바뀔 때마다 노르만 신화나 수도승의 꿈에 나올 법한 섬찟한 형상들에 둘러싸이게 되었고 이 몽환적인 효과는 휘장 뒤쪽에서 끊임없이 불어오는 바람에 의해 극대화되어 전체적으로 으스스하고 불안한 생기를 더해주었다.

이런 신혼방에서 나는 로위나와의 결혼 첫 달의 성스럽지 못한 시간을 큰 불안감 없이 보냈다. 아내는 감정 기복이 심한 나를 두려워했다. 게다가 나를 피하기만 하는데 어찌 날 사랑하지 않는다는 걸 몰랐겠는가. 하지만 나는 그것이 기쁘기만 했다. 인간이 아니라 악마의 증오심을 가지고 아내를 혐오했기 때문이다. 내 기억은 (오, 뼈저린 회한과 함께!) 리지아에게로 날아갔다. 내가 사랑하는 그 사람, 위엄 있고 아름다운 그 사람, 땅에 묻힌 그 사람에게로. 리지아의 순수함, 지혜, 고결함, 천상의 성품, 열정, 맹목적 사랑에 대한 기억에 탐닉했다. 이제 내 영혼의 불길은 리지아보다 더 거세고 자유롭게 타올랐다. 나는 아편이 불러온 열띤 꿈속에서 (나는 습관적으로 마약의 족쇄에 매어 있었다.) 그 이름을 크게 소리쳐 불렀다. 밤의 적막 속에서도, 낮의 후미진 골짜기에서도 열렬히, 온 힘을 다해 떠난 이를 향한 열망을 불태웠다. 그렇게 하면 리지아가 저버린 (아, 어찌 영영 떠났단 말인가?) 지상의 길로 그를 다시 데려올 수 있을 것처럼.

결혼한 지 2개월째 접어들 무렵 로위나는 갑자기 병이 들어 좀체 낫지 못했다. 고열에 시달리며 편히 잠들지 못하는 밤이 이어졌다. 로위나는 반쯤 잠에 취해 제정신이 아닌 상태로 탑의 방 안팎에서 소리가 들리고 뭔가가 움직인다고 말했지만, 나는 그저 로위나가 병 때문에 헛것을 보았거나 이 방의 몽환적 분위기 탓이겠거니 생각하고 말았다. 차도가 보이면서 완전히 회복되기도 했지만 결국 얼마 못 가 더 심하게 몸져누웠다. 원래 몸이 허약했던 로위나는 이후 다시는 건강을 회복하지 못했다. 갈수록 병이 더 위중해지고 빈발했기 때문에 의사들의 지식과 의술도 모두 소용없었다. 그것이 인간의 방법으로는 고칠 수 없는 지병으로 자리를 잡는 동안 로위나는 눈에 띄게 왈칵왈칵 성질을 부리는가 하면, 사소한 일에도 겁을 먹고 흥분하기 일쑤였다. 그러다 로위나가 그 얘기를 다시 꺼냈다. 이번에는 더 자주 더 끈질기게 말했다. 그 소리, 작은 그 소리가 들린다고. 그리고 전에 말했던 태피스트리에서 이상한 움직임이 보인다고 했다.

9월을 앞둔 어느 밤, 로위나는 이 고통스런 이야기를 내게 꺼내며 평소보다 더 강한 호기심을 자극했다. 그는 불안한 잠에서 막 깨어난 참이었고, 나는 불안하기도 하고 어렴풋이 두렵기도 한 마음으로 그 야윈 얼굴을 지켜보았다. 나는 흑단 침대 옆에 놓인 인도풍 오토만에 앉아 있었다. 로위나는 몸을 조금 일으키고는 낮고 진지한 목소리로 내가 듣지 못한 소리를 들었다고, 내가 보지 못한 움직임을 보았노라고 속삭였다. 태피스트리 뒤에서 거센 바람에 불어오고 있어서 나는 그 어렴풋한 소리도, 벽 위에서 살짝살짝 변하는 도형들도 모두 일상적으로 불어오는 바람이 만들어낸 자연스러운 현상일 뿐이라는 것을 보여주고 싶었다(고백하건대 그렇다는 확신은 없었다). 하지만 사색이 되어가는 얼굴을 보니 아무리 안심시키려 해봤자 허사겠구나 하는 생각이 들었다. 로위나는 까무러칠 것처럼 보였지만 하인들 누구도 그의 곁에 없었다. 나는 의사들의 지시로 가져다 둔 약한 포도주병이 어디 있는지 기억나서 그것을 가져오려고 얼른 방을 건너갔다. 그런데 향로 불빛 아래로 들어섰을 때, 두 가지 놀라운 현상에 주의를 빼앗겼다. 그리고 눈에 보이지는 않지만 손에 만져질 듯한 존재가 내 옆을 살며시 스치는 것이 분명 느껴졌다. 향로에서부터 황금빛 카펫 위로 떨어진 선명한 불빛 한가운데에서는 어떤 그림자가 보였다. 어렴풋하고 불분명한 천사의 형체였는데 그림자의 그림자가 있다면 이런 것이겠구나 싶었다. 하지만 나는 강한 아편에 취해 있었기 때문에 별일 아니라 생각하고 로위나에게 말하지 않았다. 나는 포도주를 찾아서 방을 다시 건너왔고, 포도주를 잔에 가득 따라 의식이 흐릿한 아내의 입술에 대주었다. 로위나가 정신을 조금 차리고 잔을 움켜쥔 사이에 나는 아내를 주시하며 옆의 오토만 의자에 주저앉았다. 그때였다. 소파 옆 카펫을 밟는 가벼운 발소리가 또렷이 들렸다. 내가 꿈을 꾼 것일까. 곧바로 로위나가 입으로 잔을 들어올릴 때, 방 안 허공에 보이지 않는 샘이 있는 것처럼 선명한 루비색 액체가 서너 방울 잔 안으로 떨어지는 것이 보였다. 로위나는 그걸 보지 못했다. 포도주를 쭉 들이켜는 아내 앞에서 나는 입을 다물었다. 아내에 대한 두려움, 아편, 늦은 밤이라 생겨난 나의 병적 상상의 소산이 분명하다고 생각했기 때문이었다.

하지만 나로서는 그 루비색 액체 방울이 떨어진 직후부터 아내의 병세가 급속도로 악화됐다는 생각을 떨쳐낼 수 없었다. 사흘 뒤 밤, 하인들이 로위나를 땅에 묻을 준비를 했다. 그리하여 나흘째 되던 날 나는 로위나를 신부로 맞이했던 그 몽환적인 방 안에 수의를 입고 누운 아내 옆에 홀로 앉아 있었다. 아편이 낳은 어지러운 환영들이 그림자처럼 눈앞에 아른거렸다. 나는 동요하는 시선으로 구석마다 놓인 석관들, 모습을 바꾸는 휘장의 도형들, 머리 위 향로에서 꿈틀거리는 색색의 불꽃을 쳐다보았다. 그 밤에 있었던 일이 떠오르면서 내 시선은 향로 불 아래, 희미한 그림자의 흔적을 보았던 지점으로 떨어졌다. 하지만 그것은 거기에 없었다. 나는 한결 홀가분한 마음으로 숨을 내쉬며 침대 위에 놓인 창백하고 뻣 뻣한 몸으로 눈길을 돌렸다. 그러자 리지아에 대한 추억들이 빗발치면서 예전에 이처럼 수의를 입은 리지아를 보고 느꼈 던 형언할 수 없는 비애가 사납게 날뛰는 물살처럼 가슴속을 헤집었다. 밤은 점차 깊어갔지만, 나는 그 누구보다 사랑했 던 단 한 사람에 대한 비통한 기억들을 한가득 안고 로위나 의 시신을 하염없이 쳐다보았다.

자정 무렵이었던가. 시간이 가는 줄 모르고 있었기 때문 에 그 전일 수도 있고 그 후일 수도 있다. 거세진 않지만 나 직하게 흐느끼는 아주 또렷한 소리에 소스라치게 놀라 퍼뜩 정신이 들었다. 흑단 침대, 망자의 침대에서 나는 소리가 분 명했다. 나는 초자연적인 현상에 대한 두려움에 사로잡혀 귀 를 기울였지만 그 소리는 다시 들리지 않았다. 시신이 움직 이는 건지 눈에 불을 켜고 주시했지만 시신은 꼼짝하지 않았 다. 하지만 내가 착각한 것일 리 없었다. 희미하긴 했지만 그 소리를 똑똑히 들었던 것이다. 미세하나마 내 안에서 기백이 살아났다. 나는 단호하고 끈질긴 시선을 시신에 고정하고 움 직이지 않았다. 그렇게 몇 분이 지났을 때 수수께끼의 단서 가 될 만한 변화가 일어났다. 뺨 그리고 눈두덩의 움푹한 실 핏줄을 따라 아주 미세해서 보일 듯 말 듯한 혈색이 분명 희미하게 피어난 것이다. 나는 인간의 언어로는 제대로 표현하기 어려운, 표현할 수 없는 종류의 공포와 두려움 때문에 심장이 멈추고 사지가 앉은 자세 그대로 굳는 것만 같았다. 하지만 의무감이 내 자제력을 되찾아주었다. 우리가 너무 성급했다는 것은 더 이상 의심할 여지가 없었다. 로위나는 아직 살아 있었다. 당장 조치를 취해야 했지만, 이 탑은 수도원 내 하인들이 거주하는 곳과 멀찍이 떨어져 있어서 근처에 하인들은 아무도 없었다. 한동안 방을 비우지 않고서는 도와줄 하인을 부를 방법이 없었는데 그것은 내키지 않았다. 그래서 아직 이곳을 맴도는 영혼을 다시 부르기 위해 혼자 애를 썼다. 하지만 얼굴에 돌던 생기가 돌연 다시 꺼졌다. 눈두덩과 뺨에서 혈색이 사라지면서 대리석보다 더한 창백함만이 남았다. 입술은 시들고 바싹 오므라들어 시체 특유의 섬찟한 표정을 띠었다. 역겨운 물기와 냉기가 몸 표면에 순식간에 퍼졌고 일반적인 사후경직도 곧바로 일어났다. 나는 부들부들 떨리는 몸으로 깜짝 놀라 일어났던 소파에 다시 주저앉아 리지아에 대한 열띤 공상에 재차 몰두했다.

한 시간쯤 지났을 때, 침대 쪽에서 다시 희미한 소리가 들려오는 걸 감지했다. (이게 가능한 일이란 말인가?) 나는 극심한 공포에 사로잡혀 귀를 기울였다. 그 소리가 다시 들려왔다. 한숨 소리였다. 시신 쪽으로 달려가보니 입술이 바르르 떨리는 것이 똑똑히 보였다. 곧 입술이 축 늘어지더니 진주 같은 환한 치아를 드러냈다. 이제껏 강한 두려움이 점령했던 가슴속에 경이로운 느낌이 솟구쳤다. 눈앞이 흐려지고 이성은 방황했다. 격렬한 노력 끝에 겨우 용기를 내어 의무감에서 비롯된 임무를 마저 수행할 수 있었다. 그 이마와 뺨, 목에 혈색이 조금 돌았다. 그리고 뚜렷한 체온이 전신에 퍼졌다. 심장 쪽에는 희미한 박동마저 느껴졌다. 아내가 살아났다. 나는 소생술을 곱절로 열실히 해나갔다. 관자놀이와 두 손을 비비고 닦았고, 경험이나 적잖은 의학적 지식을 통해 알게 된 방법들을 총동원했다. 하지만 소용없었다. 별안간 혈색이 사라지고 박동이 멈추더니 입술이 또다시 죽은 자의 표정을 띠면서 순식간에 온몸이 얼음장처럼 차가워졌다. 납빛과 사후경직, 움푹하게 꺼지는 윤곽선 등 무덤에 들어갈 자로서 지난 며칠간 보였던 온갖 불쾌한 특징들이 다시 드러났다.

나는 리지아의 환영 속으로 다시 침잠했다. 흑단 침대 쪽에서 낮게 흐느끼는 소리가 또 내 귀에 들려왔다. (이 글을 쓰는 지금도 몸이 덜덜 떨릴 만큼 놀라운 일이었다) 하지만 그날 밤의 말 못 할 공포에 대해 일일이 설명할 필요가 있을까? 잿빛 새벽이 점차 밝아올 때까지 이 끔찍한 회생의 드라마가 어떻게 반복되었는지, 상태가 다시 악화될 때마다 엄정하고 돌이킬 수 없는 죽음을 향해 어떻게 한 걸음씩 다가갔는지, 어찌하여 그 고통은 보이지 않는 적과의 싸움을 만들어냈는지, 싸움 뒤에는 시체에 어떤 격렬한 변화가 있었는지 굳이 거론할 필요가 있을까? 이제 그만 이야기를 마무리 지으려 한다.

두려운 밤은 이미 저만치 물러가 있었다. 죽은 그녀가 다시 한 번 꿈틀거렸다. 이제껏 보인 적 없는 가장 격렬한 움직임이었지만 그것은 희망이 완전히 꺼져버린 무시무시한 죽음에서 피어난 것이었다. 싸울 힘도 움직일 힘도 진작에 소진한 나는 오토만 의자에 뻣뻣하게 앉아 있었다. 거센 감정의 소용돌이 앞에서 속수무책이었지만 지독한 두려움이 그나마 덜 끔찍하고 버거운 편이었다. 다시 말하지만 시체는 이전보다 더욱 힘차게 꿈틀거렸다. 특이한 에너지와 함께 생명의 혈색이 얼굴에 번지며 경직된 사지가 풀렸다. 감겨 있는 눈꺼풀이 아니었다면, 붕대와 수의가 납골당의 정취를 더하지 않았다면, 나는 로위나가 죽음의 족쇄를 완전히 떨치고 일어났구나 생각했을 것이다. 하지만 그때까지도 반신반의하던 나는 곧 의심을 거둘 수밖에 없었다. 수의에 싸인 채 침대에서 스르륵 일어난 시체가 꿈을 꾸며 돌아다니는 사람처럼 눈을 감은 채 연약한 발걸음으로 휘청휘청 방 가운데로 걸어왔기 때문이다.

나는 떨지 않았다. 미동조차 하지 않았다. 그 형체의 분위기와 우뚝한 키, 태도에서 연상되는 설명조차 어려운 그 환영들이 내 머릿속으로 정신없이 쏟아져 나를 마비시켰기 때문이다. 나는 돌처럼 굳어버렸다. 꼼짝 않고 그 유령을 바라보았다. 온갖 생각들이 어지럽게 빗발쳐 머릿속이 대혼란에 빠졌다. 지금 나를 마주한 저것이 진정 살아 있는 로위나란 말인가? 정녕 로위나란 말인가? 금발에 파란 눈을 한, 트레메인의 로위나가 맞나? 왜, 왜 나는 그걸 의심하는가? 입이 붕대에 꽁꽁 싸였다고 해서 살아 숨쉬는 로위나의 입이 아닌 걸까? 뺨은 또 어떤가. 한창때처럼 장밋빛이 돌지 않나. 그래, 살아 있는 로위나의 하얀 뺨답구나. 건강할 때 그대로 옴폭 패인 턱 역시 그의 것이 아니더냐? 하지만 병에 걸린 이후 키가 더 자란 걸까? 그런 생각과 함께, 대체 나는 어떤 불가사의한 광기에 사로잡혔던 것인지! 한걸음에 로위나의 발치에 도달했다! 내 손이 닿자마자 그는 머리를 감쌌던 으스스한 수의를 풀어버렸고, 길고 헝클어진 머리채가 바람이 몰아치는 방 안으로 흘러내렸다. 그것은 한밤의 날개보다 더 검었다! 내 앞에 선 형체가 천천히 눈을 떴다. "틀림없어." 나는 크게 소리쳤다. "착각이 아니야…… 절대 착각이 아니야……. 저 크고 검은 눈, 저 열띤 눈은…… 잃어버린 내 사랑… 리지아!"

에이러스와 차미언의
대화

내가 너희에게 불벼락을 내릴 것이다.

–

에우리피데스, 『안드로마케』

에이러스 왜 나를 에이러스라고 부르지?

차미언 이제부터 넌 계속 그렇게 불리게 될 거야. 너도 지상의 내 이름은 잊고 나를 차미언이라고 불러.

에이러스 이거 꿈은 아니겠지!

차미언 이제 우리에게 꿈은 없어. 하지만 곧 이렇게 신비로운 일들은 곧 더 많아지겠지. 살아 있을 때 모습 그대로의 이성적인 네 모습을 보니 참 좋네. 어둠의 장막은 이미 네 눈에서 벗겨졌어. 담대하게, 아무것도 두려워하지 마. 너에게 주어진 무감각한 날들은 이제 끝났어. 내일은 내가 직접 널

기쁨과 경이로움이 가득한 새 삶으로 인도할 테니.

에이러스 진짜야. 무감각한 느낌이 전혀 없어. 지독한 메스꺼움과 끔찍한 어둠은 나를 떠났고, 큰물의 목소리처럼 세차게 몰아치는 끔찍한 소리도 들리지 않아. 하지만 새로운 것들을 부지런히 받아들이느라 내 감각은 아직 혼란스러워, 차미언.

차미언 며칠 지나면 모두 사라질 거야. 하지만 어떤 기분인지 잘 알아. 안됐다. 나 역시 지금 네가 겪는 과정을 겪었어. 지상의 시간으로 10년 전의 일이지만 아직도 그 기억이 생생해. 모든 고통을 겪었지만 에덴에서도 다시 겪게 될 거야.

에이러스 에덴에서?

차미언 에덴에서.

에이러스 오, 세상에! 날 가엾게 여겨줘, 차미언! 이 모든 것들의 방대함이 너무 버거워. 몰랐지만 알게 된 것들, 장엄하고 확실한 현재와 이어진 어렴풋한 미래라니.

차미언 지금은 그런 생각으로 고심하지 마. 내일 같이 이야기해보자. 마음이 어지럽겠지만 단순한 기억들을 떠올리면 진정될 거야. 옆을 둘러보지도 말고 앞을 쳐다보지도 말고 뒤를 돌아봐. 널 여기 우리들 곁으로 보낸 그 엄청난 사건이 어찌된 일인지 난 궁금해 죽겠어. 그 이야기를 해봐. 익숙한 것들에 대해 이야기해보자, 참혹하게 소멸한 세상의 오래되고 익숙한 언어로.

에이러스 참으로 참혹했지, 참혹했어! 이거 정녕 꿈은 아니겠지.

차미언 꿈은 없다니까. 사람들이 내 죽음을 많이 슬퍼했어, 에이러스?

에이러스 슬퍼했냐고? 아, 많이들 슬퍼했지. 최후의 순간까지도 네 집 위에 짙은 수심과 경건한 슬픔이 구름처럼 걸려 있을 정도로.

차미언 그 최후의 순간…… 그 이야기 좀 해봐. 나는 재앙이 일어났다는 사실 말고는 아무것도 모른다는 걸 기억해줘. 그 무렵에는, 내 기억이 맞다면 말이야, 내가 사람들 틈에서 나와 무덤으로 밤에 들어갔을 때만 해도 그런 재난이 덮칠 거라는 예상은 없었어. 하지만 나는 당시의 자연철학에 대해 아는 게 거의 없어서 말이지.

에이러스 그 재앙만 놓고 본다면, 네 말마따나 전혀 예상하지 못했던 일이었지. 하지만 그와 유사한 불운들은 천문학자들의 오랜 토론거리였어. 말하지 않아도 알겠지만, 네가 우리를 떠날 때만 해도 사람들은 불에 의해 모든 것이 파괴될 거라는 성경 구절들을 지구에 한정해 생각했었지. 하지만 혜성에는 가공할 화염이 없다는 당시의 지식 때문에 파괴의 직접적인 주체에 대해 잘못 짚었던 거야. 혜성은 밀도가 낮은 편이라는 게 당시 정설이었어. 혜성이 목성의 위성들 사이를 통과할 때 위성의 질량이나 궤도에 별다른 변화를 일으키지 않는다는 게 관찰되었으니까. 우리는 오랫동안 그 방랑자들을 상상도 못 할 만큼 옅은 기체 물질로 취급하면서 설령 충돌하더라도 우리의 거대한 지구에는 아무런 타격을 주지 못할 거라고 생각했지. 충돌 정도에 상관없이 충돌은 두려운 일이 아니라고 본 거야. 모든 혜성의 구성 성분이 정확히 알려져 있었으니까. 그중에 불로 파괴를 가져올 만한 혜성이 있으리라는 가설은 오랫동안 허황된 생각으로 간주되었지. 하지만 그 무렵 놀라운 일들과 터무니없는 상상들이 사람들 사이에서 이상하리마치 번져나갔어. 천문학자들이 새 혜성의 존재를 알렸을 때, 두려움에 사로잡힌 건 소수의 무지렁이들에 국한되었지만 그 발표가 무슨 이유에서인지 동요와 불신을 조장했거든.

　그 낯선 천체의 구성 성분이 무엇인지 즉시 알아보기 시작했고, 관측자들은 그것이 근일점(태양을 둘레를 도는 행성이나 혜성이 태양에 가장 가까워지는 위치-옮긴이)에 왔을 때 지구와 아주 가까워질 거라고 입을 모아 말했지. 비주류 천문학자 두세 명은 충돌이 불가피하다는 입장을 고수했어. 이 정보가 사람들에게 미친 영향에 대해선 잘 설명하기가 어려워. 처음 며칠 동안 사람들은 오랫동안 세상의 주역으로 활약해온 지성인들도 전혀 납득하지 못하는 그 주장을 믿으려 하지 않았어. 하지만 곧 가장 둔감한 사람들조차 그것이 진실이라는 것을, 대단히 중요한 사실이라는 것을 이해하게 되었지. 그렇게 결국 사람들 모두가 이 천문학적 지식이 거짓이 아니라는 걸 받아들이고 혜성을 기다렸어. 처음에는 접근하는 속도가 빠르지 않은 듯했고, 겉모양도 그다지 색다른 점이 없었어. 탁한 붉은빛을 띠었고 꼬리도 거의 보이지 않았지. 칠팔 일 동안 크기는 그다지 커지지 않았지만 빛깔에선 일부분 변화가 있었어. 그러는 동안 사람들은 일상을 멈추고 점점 늘어가는 토론, 즉 혜성을 분석하는 자연철학적 토론에만 온 관심을 빼앗겼어. 무지렁이들마저도 그걸 생각하느라 아둔한 머리를 굴릴 정도였지. 이제 지식인들은 공포를 잠재우거나, 내세운 이론을 고수하는 데 그들의 지성, 그들의 영혼을 바치지 않았어. 혜성을 제대로 바라보는 것에만 매달렸지. 완전한 지식을 열망했어. 진실은 혜성의 순수한 힘과 압도적인 규모에서 생겨났고, 현자들은 머리를 조아리며 경배했어.

　　예상된 충돌이 우리 지구와 지구의 생명체에게 실질적 피해를 줄 거라는 의견은 현자들 사이에서 갈수록 설 자리를 잃었어. 이제 현자들은 대중의 이성과 상상력을 쥐락펴락하게 되었지. 혜성의 중심부 밀도가 지구에서 가장 희박한 기체의 밀도보다 낮다는 주장이 제기됐어. 비슷한 혜성 하나가 목성의 위성들 사이를 아무런 피해도 주지 않고 지나간 일이 부각되어 사람들의 공포를 잠재웠어. 두려움으로 인해 진지해진 신학자들은 성경의 예언을 반복해 거론하면서 사람들에게 유례가 없을 만큼 직접적이고 단순하게 그것을 설명했어. 지구의 종말은 반드시 불을 통해 이루어진다는 주장이 설득력을 얻어 곳곳에서 확신이 되어갔고, 모두가 그 혜성은 불타지 않는다는, 이제는 누구나 아는 사실에 기대어 예고된 대재앙의 불안을 내려놓고 크게 안도할 수 있었지. 주목할 만한 점은, 흑사병과 전쟁에 따라붙는 대중의 편견과 혜성이 나타날 때마다 만연하던 오류가 이번엔 전혀 나타나지 않았다는 거야. 이성이 별안간 괴력을 발휘해 미신을 단번에 왕좌에서 끌어내린 것처럼 말이야. 아무리 미약한 지성도 지대한 관심이 뒷받침되니 활기를 띠었던 거지.

충돌이 야기할 경미한 재해는 복잡한 논점이 되었어. 지식인들은 약간의 지질학적 폐해와 기후 변화의 가능성, 그리고 이것이 식물에 미칠 변화, 가능한 전자기적 영향에 대해 논했어. 눈에 보이거나 감지될 만한 영향은 어떤 식으로도 생기지 않을 거라는 입장을 많은 이들이 견지했지. 이런 논의가 계속되는 동안 그 논의 대상은 서서히 다가왔어. 점점 커지고 더 밝은 광채를 발산하면서 말이야. 그것이 다가오자 인류는 더 사색이 되었어. 그리고 모든 인간의 활동이 중단되었어.

혜성의 크기가 과거에 나타났던 모든 혜성들의 크기를 넘어서자 민심은 일대 전환점을 맞이했어. 사람들은 천문학자들이 틀렸을지 모른다는 실낱같은 희망을 잃고 진짜 재앙을 직면하게 된 거야. 그들의 공포가 허상일 가능성은 사라졌어. 가장 담대한 자의 심장도 날뛰었지. 하지만 그런 감정들은 불과 며칠 만에 인내심을 바닥내고 말았어. 우리는 익숙한 생각들을 더는 그 낯선 천체에 적용할 수가 없었어. 그것이 지녔던 역사적 속성들은 사라졌고 그 대신 새롭게 자라난 섬뜩한 감성이 우리를 짓눌렀지. 이제 그것은 하늘의 천체 현상이 아니라 우리의 가슴을 덮친 악령, 머릿속에 드리운 그림자로 보였어. 빠른 속도로 다가온 혜성은 어느새 불길이 약한 거대한 장막처럼 이쪽에서 저쪽까지 온 지평선을 뒤덮었어.

하지만 하루가 지나자 사람들은 한결 자유롭게 숨을 쉴 수 있었어. 혜성의 영향권에 든 것이 확실한데도 우린 살아 있었으니까. 심지어 몸에는 전에 없던 활력이 돌고 마음도 가벼웠어. 우리를 두려움에 떨게 한 대상의 밀도는 지극히 낮아 보였어. 모든 천체들이 혜성을 통해 또렷이 비쳐 보였거든. 그러는 동안 식물들이 눈에 띄게 변했어. 상황이 예상대로 돌아가자 우리는 현자들의 예측을 믿게 됐고, 모든 초목에서는 새잎이 유례없이 미친 듯 무성하게 자라났어.

또 하루가 지났어. 재앙은 아직 완전히 우리를 덮친 게 아니었어. 중심부에 먼저 도달하리라는 건 분명했어. 이미 모든 사람들이 현저한 변화를 겪고 있었어. 다가올 비탄과 공포의 첫 신호탄은 통증이었어. 그 첫 통증이란, 가슴과 폐부가 옥죄어오고 피부가 견딜 수 없이 건조해지는 증상이었어. 지구의 대기에 큰 변화가 생겼다는 건 부인할 수 없는 사실이었지. 이제 이 대기에 순응하는 문제와 대기에 일어날 만한 변화가 논제가 되었어. 조사 결과는 세상 사람들의 마음에 전기 충격과도 같은 엄청난 공포감을 일으켰어.

우리를 둘러싼 대기는 산소와 질소의 혼합물로 전체를 100으로 봤을 때 산소 21, 질소 79의 비율로 구성되었다는 건 오래전부터 알려진 사실이야. 연소의 원리이자 열의 매체인 산소는 동물이 생명을 유지하는 데 반드시 필요한 요소이고, 자연계에서 가장 강력하고 활발한 물질이기도 해. 반면에 질소는 동물의 생명도, 불도 유지시키지 못해. 산소의 농도가 비정상적으로 과도해지면 동물은 들뜬 기분을 느끼게 되는데, 그게 우리가 최근에 겪은 현상이었어. 그 생각은 가지에 가지를 치고 나가 두려움을 낳았어. 질소가 모두 날아가버린다면 어떤 결과가 생길까? 모든 것을 삼켜버리는, 걷잡을 수 없는 연소가 동시다발적으로 일어나게 되겠지. 불로 심판한다는 성경의 무시무시한 예언이 그대로 실현되는 거야.

차미언, 속박에서 풀려난 인간의 광기를 굳이 설명할 필요가 있을까? 전에는 희망을 주었던 혜성의 낮은 밀도가 이제는 절망의 근원이 되었어. 우리는 만질 수도 없는 그 기체 속에서 종말이라는 운명을 똑똑히 보았어. 그러는 동안 또 하루가 지났고, 희망의 마지막 그림자도 같이 사라졌어. 우리는 빠르게 변하는 공기 속에서 숨을 헐떡였어. 붉은 피는 비좁은 혈관을 마구 질주했지. 모든 인간들이 강한 섬망 증세를 보였어. 위협하는 하늘을 향해 두 팔을 뻣뻣하게 뻗고 부들부들 떨면서 고래고래 비명을 질러댔어. 하지만 파괴자의 중심부는 결국 우리를 덮쳤어. 여기 에덴에 있는데도 그 이야기를 하려니까 몸서리가 나. 짧게 끝내도록 하지, 우리를 덮친 파멸만큼이나 짧게 말이야. 순간 거칠고 기괴한 섬광이 모든 것을 뚫고 나아갔어. 그러고는…… 위대하신 하느님의 한없는 장엄함 앞에 고개를 숙이세, 차미언…… 그러고는 주님이 입을 여신 것처럼 모든 것을 꿰뚫는 고함이 터져나왔어. 우리를 둘러싼 대기가 한꺼번에 폭발하며 맹렬하게 타오르는 불덩어리가 되었지. 그 압도적인 빛과 작열하는 열

기는 완벽한 지성을 갖춘 천상의 천사들조차 처음 본 것이었
어. 그렇게 모든 게 끝나버렸어.

타원형 초상화

내 하인은 중상을 입은 나를 야외에서 재울 수 없다며 성문 안으로 밀고 들어갔다. 그 성은 아펜니노산맥(이탈리아 반도를 가로지르는 산맥—옮긴이)에 자리를 잡고 오랫동안 음산하고 웅대한 위용을 과시해온 건축물로, 현실보다는 래드클리프(초자연적 요소를 가미한 소설로 인기를 누렸던 18세기 고딕소설가—옮긴이)의 공상에서나 존재할 법한 곳이었는데, 여러모로 버려져 비워진 지 얼마 안 된 듯 보였다. 우리는 가장 작고 가장 덜 화려한 축에 드는 방에 자리를 잡았다. 외딴 성탑에 위치한 방이었다. 장식이 많았지만 낡고 예스러웠다. 태피스트리가 걸려 있고 갖가지 문장紋章의 전리품들로 치장한 벽에는 황금빛 아라베스크 액자에 끼워진 활기찬 현대풍 회화 작품들이 유달리 많았다. 이런 그림들은 넓은 벽은 물론이고 성의 특이한 구조상 생겨날 수밖에 없는 여러 벽감(장식을 위해 우묵하게 파놓은 벽—옮긴이)에도 걸려 있었다. 갓 시작된 섬망 탓인지 나는 이것들에 큰 흥미가 생겨서 하인 페드로를 시켜 방의 덧문을 닫게 하고 어차피 밤이기도 해서 침대 머리맡에 놓인 나뭇가지 모양의 긴 촛대에 불을 붙이게 했다. 그리고 침대를 에워싼, 수술 달린 검은 벨벳 커튼은 완전히 젖혀두게 했다. 잠이 들지 않는다면 쉬면서 이 그림들을 감상하고 베개 위에서 발견한 작은 책도 읽어볼 생각이었다. 이 그림들을 비평하고 설명하는 책이었다.

나는 오랫동안, 아주 오랫동안 책을 읽었고 한참을 홀린 듯 그림들을 감상했다. 즐거운 시간은 빠르게 흘러가고 한밤중이 되었다. 가지 촛대의 위치가 마음에 들지 않아서 잠든 하인을 깨우지 않고 힘들게 손을 뻗어 불빛이 책을 완전히 비추도록 촛대를 놓았다.

그런데 이 행동이 전혀 예상치 못한 결과를 낳았다. 많은 촛불의 불빛이(초가 아주 많았다) 침대 기둥의 짙은 그림자에 가려 보이지 않던 벽감 안쪽으로 떨어진 것이다. 그 환한 불빛에 이제까지 못 보았던 그림 한 점을 보게 되었다. 그것은 성숙해가는 한 젊은 여인의 초상화였다. 나는 그 그림을 쓱 훑어보고는 눈을 감았다. 왜 눈을 감았는지 언뜻 알 수가 없어서 눈을 감은 채 왜 눈을 감고 있는지 곰곰이 따져보았다. 그것은 생각할 시간을 벌어 내가 헛것을 본 게 아니라는 걸 확인하기 위한 충동적인 행동이었다. 더 엄정하고 맑은 시선으로 보기 위해 상상력을 잠재우고 싶었다. 몇 분 후 나는 그 그림을 다시 응시했다.

내가 제대로 보았다는 건 의심할 여지가 없었다. 그 화폭에 닿은 첫 불빛이 내 감각에 스며든 잠기운을 걷어내고 나를 깨워 현실로 데려온 것만 같았다.

앞서 말했듯이 그 초상화는 어느 젊은 여인의 초상화였다. 이른바 비네트(배경을 흐리게 처리한 상반신 사진이나 판화—옮긴이) 방식으로 머리와 어깨만 그린 그림이었는데, 설리(세부를 생략하는 기법과 초상화로 유명했던 미국 화가 토머스 설리—옮긴이)가 즐겨 그리는 두상화와 비슷한 양식이었다. 두 팔과 가슴은 물론이고 찬란히 빛나는 머리끝마저도 모호하면서 짙은 음영을 이루며 그림 전체를 감싸는 배경 속으로 절묘하게 녹아들었다. 액자는 도금과 무어 양식(주로 기하학적 문양을 사용하는 이슬람 건축 양식—옮긴이)의 줄세공이 가미된 화려한 액자였다. 예술성으로 말하자면 감탄스럽기 그지없는 그림이었다. 하지만 내게 그토록 갑작스럽고 격렬한 감흥을 안긴 것은 그림 솜씨도 아니고 얼굴에 담긴 불멸의 아름다움도 아니었다. 반쯤 잠든 상태에서 풀려난 내 상상력이 그 두상화를 살아 있는 사람의 머리로 착각하는 것 역시 있을 수 없는 일이었다. 그림의 구도와 비네트, 액자의 특성들이 그런 착각일랑 즉시 깨버렸을 테니 말이다. 아예 처음부터 머릿속에 스칠 수가 없는 생각이었다. 나는 한 시간쯤 이런 상념에 잠겨 있었다. 반쯤 누운 자세였고 시선은 줄곧 그 초상화에 고정돼 있었다. 결국 나는 그 그림이 주는 효과의 진정한 비밀을 알아내고 만족해 침대에 누웠다. 그 초상화의 마력은 살아 있는 사람과 완전히 똑같은 표정에 있었다. 처음엔 놀라움을 주다가 끝에는 당혹감과 오싹함을 남기며 사라지는 표정이었다. 나는 깊은 경외감을 느끼며 가지 촛대를 원래의 위치에 두었다. 내 마음을 어지럽히는 원인은 시야에서 사라졌고, 나는 그림과 그림에 얽힌 사연을 말하는 그 책을 집어 들었다. 책장을 넘겨 그 타원형 초상화를 다룬 부분을 펼치니 다음과 같은 모호하고 진기한 이야기가 나왔다.

"그 여자는 보기 드문 미인이었다. 사랑스러울 뿐만 아니라 쾌활한 사람이었다. 하지만 그 화가를 보고 사랑에 빠져 결혼한 것이 화근이었다. 화가는 열정적이고 탐구욕이 강하며 깐깐하고 이미 자신의 예술과 결혼한 사람이었다. 여자는 밝고 잘 웃고 새끼 사슴처럼 발랄했다. 그래서 모든 것을 사랑하고 아끼면서도 경쟁자인 그림만은 미워했고, 사랑하는 사람의 얼굴을 독차지하는 팔레트와 붓, 다른 도구들은 두려워했다. 그러니 신부의 초상화를 그리고 싶다는 화가의 말은 여자에겐 끔찍하게 들릴 수밖에 없었다. 하지만 겸손하고 순종적인 신부는 높은 탑의 컴컴한 방에서 여러 주 동안 순순히 모델 노릇을 했다. 새하얀 캔버스를 비추는 빛은 머리 위에서 들어오는 빛뿐이었다. 화가는 그 작업에서 행복을 찾았다. 그림 작업은 시간이 가고 날이 새도 계속되었다. 화가는 열정적이고 사납고 침울한 남자였고, 넋놓고 생각에 잠기길 잘해서 쓸쓸한 탑 안에 비쳐드는 그 스산한 빛에 신부의 건강과 영혼이 시들고 있다는 걸 대수롭지 않게 생각했다. 신부의 수척한 모습을 모두가 아는데 남편인 화가만 알지 못했다. 하지만 여자는 불평하지 않고 미소를 짓고 또 지었다. 명성이 자자한 화가가 크나큰 기쁨 속에서 밤낮으로 아내를 묘사하는 데 전념하는 걸 보았기 때문이다. 아내는 남편을 너무도 사랑했지만 나날이 활력을 잃고 쇠약해졌다. 실제로 그 초상화를 본 몇몇 사람들은 참으로 경이로운 일이다, 이렇게 뛰어난 묘사는 화가의 능력 못지 않게 아내를 깊이 사랑하는 남편의 마음을 나타내는 것이라고 조용히 말했다. 하지만 작업이 마무리될 날이 다가올수록 아무도 탑 안에 들어갈 수 없었다. 화가가 작업에 광적으로 몰두해 화폭에서 좀체 눈을 떼지 않고 아내의 얼굴마저 거들떠보지 않았기 때문이다. 그때까지도 그는 캔버스에 칠하는 연한 붉은 빛깔이 옆에 앉은 아내의 뺨에서 끌어냈다는 것을 모르고 있었다. 그렇게 또 몇 주가 지나고 작업이 거의 끝나가고 있었다. 입에 붓질 한 번, 눈에 색깔 하나만 더하면 되었다. 아내는 등불 안의 불꽃처럼 다시 기운을 끌어냈다. 붓질과 색깔이 더해졌다. 자신이 창작한 작품 앞에 잠시 넋놓고 서 있던 그는 그림에서 눈을 못 떼고 몸을 부들부들 떨기 시작하더니 하얗게 질려 겁먹은 목소리로 크게 울부짖었다. "이건 실제로 살아 있어!" 그러고는 갑자기 사랑하는 아내를 쳐다보았다. 아내는 죽어 있었다!

미라와의 대화

엊저녁 토론회에서 너무 신경을 쓰다가 조금 무리를 하고 말았다. 머리가 지끈거리고 못 견디게 졸음이 쏟아졌다. 외출해 저녁 시간을 보내려 했던 원래의 계획을 취소하고 대충 끼니를 때우고 곧장 잠자리에 드는 게 상책이라는 생각이 들었다.

물론 식사는 가볍게 하는 것이 좋다. 나는 웰시 래빗(녹인 체더치즈에 맥주와 각종 향신료를 섞은 것을 발라 구운 토스트-옮긴이)이라면 사족을 못 쓴다. 하지만 한꺼번에 1파운드(1파운드는 약 450그램-옮긴이) 먹는 것은 바람직하지 않다. 그래도 2파운드까지는 괜찮다는 데는 크게 이의가 없을 것이다. 또한 2와 3 사이에는 고작 1의 차이만 있을 뿐이다. 나는 4파운드까지 감행한 적이 있는 듯하다. 아내는 5였다고 주장하겠지만, 그것은 아내가 엄연히 다른 두 가지를 혼동했기 때문이다. 만약 그것이 내가 반주로 곁들인 흑맥주 병의 개수를 의미한다면 나도 5였다고 흔쾌히 인정할 생각이다. 웰시 래빗은 흑맥주 없이는 입맛이 돌지 않으니까.

그렇게 나는 간소한 식사를 마치고 이튿날 점심때까지 쭉 자야겠다는 한가한 소망을 품고 수면 모자를 쓴 후 머리를 베개에 뉘였다. 그리고 훌륭한 양심 덕에 곧장 깊이 잠이 들 수 있었다. 하지만 언제 인간의 소망이 이루어진 적이 있던가? 코를 세 번쯤 골았을까, 초인종이 거칠게 울리더니 다급하게 문고리를 쾅쾅 두드리는 소리에 즉시 잠에서 깼다. 잠에서 깨어 눈을 비비고 있는데 아내가 내 오랜 친구인 포노너 박사의 편지를 얼굴 앞에 디밀었다. 편지 내용은 이러했다.

친애하는 벗이여, 이걸 받자마자 만사 제쳐 두고 내게 와주게. 신나는 일이 있으니 와서 우리 좀 도와줘. 길고 끈질긴 협상 끝에 드디어 시립 박물관 관장에게서 미라를 살펴봐도 좋다는 인가를 받았네. 어떤 미라인지 자네는 알 거야. 원한다면 관을 열어도 좋다는 허가까지 받았어. 소수만 참석할 거야. 자네는 당연히 포함되고. 그 미라는 지금 우리 집에 있다네. 오늘 밤 11시에 열어볼 예정이야.

포노너

'포노너'까지 읽었을 때 잠이 완전히 달아나 있었다. 나는 환희에 휩싸여 발에 걸리는 것들을 죄다 넘어뜨리면서 침대를 박차고 나갔고, 아주 놀라운 속도로 옷을 입고 전속력으로 박사의 집으로 갔다.

그곳에는 잔뜩 들뜬 사람들이 모여 나를 애타게 기다리고 있었다. 미라는 식탁 위에 길게 누워 있었는데, 내가 들어서자마자 조사는 시작되었다.

그 미라는 몇 년 전 포노너의 사촌 아서 사브레타시 대령이 에일리시어 인근의 무덤에서 가져온 두 구의 미라 중 하나였다. 그 무덤은 나일강 테베에서 한참 올라간 리비아 산중에 있는데, 그곳의 작은 동굴들은 규모 면에선 테베의 무덤들만 못하지만 이집트인들의 사생활을 표현한 그림들이 풍부해서 큰 흥미를 자극한다. 우리의 표본이 있던 방에는 그런 그림들이 아주 많았다고 한다. 벽은 프레스코화와 얇은 돋을새김들로 빼곡히 뒤덮여 있었고, 조형물과 꽃병, 화려한 무늬의 모자이크 작품 들이 망자의 엄청난 재력을 암시했다.

보물들은 사브레타시 대령이 발견했을 당시 원형 그대로 박물관에 넘겨졌다. 말하자면 관은 전혀 손을 타지 않은 상태로 맡겨진 것이다. 이후 8년 동안 관은 그대로 세워져 있었고 관에 대한 조사는 겉에서만 이루어졌다. 그렇게 해서 온전한 미라가 우리 손에 떨어졌다. 손상되지 않은 골동품이 우리 해안에 당도하는 일이 얼마나 드문지 아는 사람들은 납득할 테지만, 자축해도 좋을 만한 행운이 우리에게 굴러들어온 것이었다.

탁자로 다가가니 커다란 상자 같기도 하고 함 같기도 한 것이 보였다. 길이는 2미터 10센티미터쯤 되었고, 너비는 대략 90센티미터, 깊이는 75센티미터 정도였다. 길쭉하긴 해도 보통 관 모양은 아니었다. 재질은 언뜻 플라타너스인가 했지만 잘라보니 판지, 더 정확히는 파피루스로 만든 파피마셰(펄프에 아교를 섞은 것으로 마르면 단단해진다―옮긴이)였다. 표면은 장례식 풍경과 애도를 표하는 그림들로 빼곡히 장식되어 있었고, 그림 사이사이로 여러 군데 줄줄이 이어진 상형문자는 망자의 이름이 분명했다. 다행히 무리 중에 있던 글리돈 씨가 어려움 없이 그 문자를 해독했는데, 단순한 표음문자로서 '알라미스타케오'라는 말이라고 했다.

망가뜨리지 않고 여는 데 힘이 들긴 했지만 결국 우리는 관을 열었다. 안에는 관 모양의 두 번째 상자가 들어 있었는데 훨씬 작다는 것만 빼면 겉 상자와 똑같았다. 상자와 상자 사이의 틈에는 송진이 채워져 있었고 이것 때문에 안쪽 상자는 조금 변색돼 있었다.

두 번째 상자를 (수월하게) 열자 관 모양의 세 번째 상자가 나타났다. 두 번째 상자와 특별히 다른 점이 없었지만 이

번 것은 삼나무 재질이어서 아직도 삼나무 향기가 강하게 났다. 두 번째와 세 번째 상자 사이에는 전혀 틈이 없었고 하나가 다른 하나 안쪽에 딱 들어맞았다.

우리는 세 번째 상자를 열고 안에서 시신을 꺼냈다. 흔히 그렇듯 리넨이나 붕대로 둘둘 감겨 있을 것으로 예상했는데, 한 겹의 회반죽 위로 두터운 도금과 색이 칠해진 파피루스 싸개가 나왔다. 그림들은 그 영혼이 짊어진 의무를 상징했고, 다양한 신성神性의 현신들과 이들을 거느린 동일한 형상의 무수한 인간들은 방부 처리된 망자의 초상일 가능성이 농후했다. 머리부터 발까지 원기둥꼴 또는 수직으로 새겨진 표음 상형문자는 망자의 이름과 직함 및 친척들의 이름과 직함을 나타냈다.

목에는 색색의 원통형 구슬로 만들어진 띠 장식을 두르고 있었는데, 신성들의 형상을 나타내도록 배열되었다. 날개가 달린 공은 스카라브(고대 이집트에서 다산을 상징했던 풍뎅이 모양의 부적-옮긴이)였고, 허리에도 비슷한 띠나 벨트를 차고 있었다.

파피루스를 벗기자 완벽하게 보존된 살이 드러났다. 냄새는 전혀 나지 않았다. 피부색은 불그스레했다. 살결은 딱딱하나 매끄럽고 윤이 났으며 치아와 머리카락도 상태가 좋았다. 눈알을 제거하고 (그렇게 보였다) 대신 채워 넣은 유리알은 몹시 아름다웠고 너무 한곳만 응시하는 것을 빼면 신기할 정도로 살아 있는 것만 같았다. 손톱과 발톱은 찬란한 금박이 입혀져 있었다.

붉은 피부색으로 보아 순전히 역청으로 방부 처리가 된 것 같다는 글리돈 씨의 소견이 있었지만, 강철 도구로 피부 표면을 긁어 얻은 가루 일부를 난롯불에 던져 넣어보니 장뇌를 비롯한 그 밖의 달콤한 나무 향이 진동했다.

우리는 내장을 꺼내는 용도로 대개 쓰이는 절개 구멍을 세심히 찾아보았지만 놀랍게도 구멍은 하나도 없었다. 그 자리에 모인 사람들에겐 절개되지 않은 온전한 미라가 종종 발견되기도 한다는 이야기는 금시초문이었다. 뇌는 으레 코를 통해 추출되고 위장은 옆구리 절개 부위로 빼내어진다. 그러고 나면 시신은, 털을 밀고 씻긴 후에 염장되어 보관되다가 몇 주가 흐른 뒤 이른바 본격적으로 방부 처리가 시작된다.

절개 흔적이 보이지 않자 포노너 박사는 해부 도구들을 준비했다. 그러나 시계를 보니 2시가 넘어 있었기에 내부 검사는 이튿날 저녁까지 미루는 것으로 뜻이 모아졌다. 다들 자리를 뜨려는데 누군가 시험 삼아 볼타전지를 한두 번 가해 보자고 제안했다.

못해도 3, 4000년은 지난 미라에게 전기를 가한다는 것이 그리 현명하지는 않아도 충분히 독창적인 생각이라 모두들 득달같이 달려들었다. 우리는 1할의 진심과 9할의 장난기로 박사의 연구실에 전지를 놓고 이집트 미라를 그쪽으로 옮겼다.

한참 애를 먹은 끝에 돌처럼 단단한 다른 부위에 비해 덜 딱딱한 관자놀이 근육의 일부를 벗겨냈지만, 전선을 대어도 역시나 전류가 흐르는 조짐은 보이지 않았다. 시도는 한 번으로 충분한 듯했다. 바보짓을 했구나 싶어 너털웃음을 터뜨리며 서로 작별 인사를 나누고 있을 때, 우연히 미라를 향했던 나의 시선은 그 즉시 어리둥절한 상태로 고정되었다. 모두가 유리라고 생각했던 그 눈알, 모습이 강렬해 처음부터 도드라졌던 그 눈알이 눈꺼풀에 덮인 채 흰자위 일부가 보였던 것이다. 그건 언뜻 보더라도 알 수 있었다. 나는 당장 소리쳐 그 사실을 알렸고, 곧바로 모두가 그것을 알게 되었다.

나는 그 현상을 보고 딱히 놀라지는 않았다. 당시의 내게 '놀랐다'는 말은 들어맞지 않았기 때문이다. 그 전에 마신 흑맥주가 아니었더라면 조금은 불안해 움츠러들었을지도 모르겠다. 나머지 사람들로 말할 것 같으면, 엄청난 두려움에 벌벌 떠느라 그 꼴을 감출 생각조차 못 했다. 포노너 박사는 안쓰러울 지경이었고, 글리돈 씨는 특이하게도 자취를 감추었다. 버킹엄 씨는 철면피가 아니고서야 네발로 기어 탁자 밑으로 들어갔다는 사실을 부인하지는 못할 것이다.

하지만 첫 충격이 물러가자 우리는 자연스럽게 추가 실

험에 나서게 되었다. 실험할 부위는 오른쪽 엄지발가락이었다. 우리는 발의 종자뼈 외부를 바깥쪽에서 시작해 모음근(팔다리 안쪽의 근육-옮긴이)의 뿌리까지 절개해 들어갔다. 전지를 재조정하며 이등분한 신경에 전류를 흘려보냈을 때, 미라는 오른쪽 무릎을 복부에 닿기 직전까지 끌어당기며 살아 있는 사람도 하기 어려운 동작을 취하더니 가공할 힘으로 다리를 쭉 펴 포노너 박사를 걷어찼다. 그 바람에 박사는 투석기에서 날린 화살처럼 창문 너머 아래쪽 길바닥으로 날아갔다.

우리는 피해자의 부서진 몸을 수습할 각오로 일제히 달려갔지만, 다행히 열렬한 학구열에 불타 서둘러 계단을 올라오는 박사를 만났다. 그는 우리의 실험을 열과 성을 다해 이어가야 한다는 사실을 절감하고 있었다.

그래서 우리는 박사의 조언을 따라가며 실험체의 코끝을 깊게 절개했고, 박사는 격렬한 동작으로 두 손을 그 위에 놓고는 코끝을 잡아당겨 우악스럽게 전선에 접촉시켰다.

그것은 신체적으로나 정신적으로, 그저 비유가 아니라 실제로 전기 충격의 효과를 일으켰다. 시신이 눈을 번쩍 뜨더니 팬터마임을 하듯 몇 분 동안이나 눈을 매우 빠르게 깜빡거렸다. 두 번째로는 재채기를 했고, 세 번째로는 일어나 앉았고, 네 번째로는 포노너 박사의 얼굴에 주먹을 흔들어댔고, 다섯 번째로는 글리돈 씨와 버킹엄 씨를 돌아보며 대단히 유창한 이집트어로 이렇게 말했다.

"신사분들, 여러분의 행동이 내게 충격과 굴욕감을 안기는군요. 포노너 박사에게는 애초에 아무런 기대도 걸지 않았어요. 아무것도 모르는 가련한 뚱보 머저리이니 말입니다. 가엾게 생각하고 용서해야지요. 하지만 당신, 글리돈 씨. 그리고 당신, 버킹엄 씨. 당신들은 이집트를 여행했고 거기 상류층 출신으로 오해받을 만큼 거주한 경험도 있지 않소. 우리들과 아주 오랫동안 섞여 지내서 이집트 말을 모국어처럼 유창하게 구사하는 당신들, 미라의 믿음직한 친구일 거라고 늘 여겨왔던 당신들은 더 신사답게 행동할 줄 알았어요. 그런데 내가 이리 야비하게 이용당하는데도 옆에 서서 잠자코 보고만 있으니, 내가 당신들을 어찌 생각해야 합니까? 이토록 혹독하게 추운 날씨에 어중이떠중이들이 내 관을 열고 내 옷까지 벗기는 걸 수수방관하는 당신들을 내가 어찌 생각해야 하지요? 저 못된 악당 포노너 박사가 내 코를 잡아당기는 걸 거들고 사주하는 당신들을 대체 어찌 (이게 핵심이오) 생각해야 하난 말이오?"

그런 상황에서 이런 연설까지 들었으니 모두가 문 쪽으로 달아나거나, 쓰러져 심한 발작을 일으키거나, 까무러쳤어도 무리는 아니었을 것이다. 이 세 가지 중 하나는 일어나리라 예상한 바였고, 세 가지를 모두 한다고 해도 이상하지 않은 상황이었다. 그런데 왜 우리는 그중 어떤 행동도 하지 않은 것일까. 그것이 나로선 이해가 안 간다. 진정한 이유는 어쩌면 시대정신 속에서 찾아야 할지도 모르겠다. 순전히 역행하는 법칙에 이끌리는 이 시대정신은 패러독스와 불가능성을 내세워 이제 만능 해결책으로 널리 인정받고 있으니 말이다. 아니면 지극히 자연스럽고 당당하게 나오는 미라의 태도 때문에 그의 말이 두렵게 들리지 않았을 수도 있다. 어찌됐든 사실은 명백하다. 거기 모인 사람들 중 누구도 유난히 겁에 질린 기색을 드러내거나 특별히 잘못된 일이라고 생각하는 것 같지는 않았다.

나는 어땠냐 하면, 괜찮을 거라는 확신을 가지고 그저 이집트인의 주먹이 닿지 않는 곳으로 비켜나 있었다. 포노너 박사는 브리치스(통이 좁고 밑단이 조여지는 무릎 길이의 바지-옮긴이) 주머니에 양손을 넣고 미라를 빤히 쳐다보다가 갈수록 얼굴이 붉어졌다. 글리돈 씨는 수염을 쓰다듬으며 셔츠 칼라를 추켜올렸고, 버킹엄 씨는 고개를 숙이고 오른손 엄지손가락을 왼쪽 입가에 넣었다.

이집트인은 몇 분간 냉혹한 표정으로 버킹엄 씨를 바라보다가 냉소적인 투로 말했다.

"왜 말이 없지요, 버킹엄 씨? 내가 묻는 말 들었소, 못 들었소? 입에서 손가락 좀 떼시오!"

버킹엄 씨는 움찔하며 오른손 엄지손가락을 왼쪽 입가에서 빼 이번엔 왼손 엄지손가락을 입가에 넣는 방식으로 그것을 보완했다.

버킹엄 씨에게서 대답을 얻지 못한 미라는 언짢은 기색으로 글리돈 씨 쪽을 돌아보고는 무슨 생각으로 이런 짓을 했느냐고 위압적이지만 일상적인 투로 설명을 요구했다.

글리돈 씨는 한참 동안 말로 응답했다. 인쇄소 활자 중에 상형문자가 없는 관계로, 그가 선보인 아주 훌륭한 연설의 전문을 여기에 그대로 기록하는 기쁨은 누릴 수가 없겠다. 대신 이 기회를 빌려 하나 밝혀둘 점은, 이후 이어진 미라와의 대화가 고대 이집트어로 이루어졌다는 사실이다. 다만 (나를 비롯해 이집트를 여행한 적 없는 참석자들에 한하여) 글리돈 씨와 버킹엄 씨의 통역이 매개 역할을 하였다. 이 신사들은 미라의 모국어를 탁월할 정도로 유창하고 우아하게 구사했다. 하지만 내가 보기에 (두말할 것 없이 완전히 현대적인 데다 이방인에게는 그저 새로울 수밖에 없는 이미지들이 거론되었기에) 둘은 간혹 특정한 의미를 전달한다는 명목 하에 이해가 쉬운 방식으로 범위를 좁히곤 했다. 일례로, 글리돈 씨는 미라에게 '정치'라는 용어를 이해시키지 못해 벽에 숯 조각으로 그림을 그렸다. 코에 뾰루지가 난 작은 신사가 양쪽 팔꿈치를 내밀고 나무둥치 위에 올라선 그림이었는데, 왼쪽 다리를 뒤로 빼고, 주먹 쥔 오른손을 치켜들고, 눈을 하늘을 향해 치켜뜨고, 입은 90도로 벌린 모습이었다. 버킹엄 씨도 완전히 현대적인 개념인 '휘그당'(17세기 영국의 최초 근대적 정당—옮긴이)을 이해시키지 못하자 얼굴이 하얗게 되어 마지못해 자기의 가발을 벗기도 했다(포노너 박사의 제안이었다).

짐작이 가고도 남겠지만, 글리돈 씨는 미라를 해부하는 것이 과학에 차곡차곡 공헌하는 바를 중점적으로 이야기하면서 그것이 그들에게, 특히 알라미스타케오라는 눈앞의 미라에게 끼쳤을 만한 불편에 사과하고 나서 이 작은 문제들은 해명이 되었으니 검사를 마저하는 것이 어떻겠느냐는 암시로 말을 마쳤다(암시 이상이었다고 보기는 어려웠다). 이 말에 포노너 박사는 도구를 준비했다.

글리돈 씨의 마지막 제안에 대해 알라미스타케오는 어느 정도 일종의 책임감을 느끼는 기색이었는데, 나로서는 잘 이해가 안 가는 부분이었다. 하지만 그는 사과를 만족스럽게 받아들고 탁자에서 내려와 사람들과 악수를 나누었다.

악수를 마치고 나서 우리는 미라가 수술칼에 입은 상처를 부지런히 복구했다. 관자놀이의 상처를 꿰맸고 발에는 붕대를 감아주었다. 코끝에는 검정 석고를 가로세로로 6센티미터쯤 발랐다.

백작은(알라미스타케오의 작위는 백작인 듯했다) 눈에 띠게 몸을 덜덜 떨었는데, 감기에 걸린 게 분명했다. 박사는 얼른 자기 옷장으로 가서 제닝스 거리의 최고급 검은색 연미복 의상을 가지고 돌아왔다. 끈이 달린 하늘색 체크무늬 바지에 분홍색 깅엄 셔츠, 어깨에 플랩이 달린 양단 조끼, 헐렁한 흰색 외투, 손잡이가 고부라진 지팡이, 챙 없는 모자, 인조가죽 부츠, 어린이용 담황색 염소가죽 장갑, 안경, 구레나룻 한 벌, 프릴 스카프였다. 백작과 박사의 몸집이 달라서 (2대 1의 비율로) 그것들을 이집트인 몸에 입히는 것이 쉽지가 않았다. 그래도 그것들이라도 입혀주니 그는 갖춰 입은 듯한 모습이 되었다. 글리돈 씨는 팔을 내밀어 백작을 난롯가의 편한 의자로 안내했고, 박사는 즉시 종을 울려 시가와 와인을 내오게 했다.

대화는 곧바로 활발히 진행되었다. 알라미스타케오가 아직 살아 있다는 놀라운 사실에 대해 많은 호기심이 쏟아진 것은 물론이다.

버킹엄 씨가 말했다. "나는 당신이 오래전에 죽은 사람이라고 생각할 수밖에 없었습니다."

"저런. 난 고작 700살 남짓 됐을 뿐입니다! 아버지는 1000년을 사셨지만 노망이 들지 않고 돌아가셨어요." 이후 활발한 질문과 계산이 이어진 끝에 이 미라의 연대가 완전히 잘못 추정되었다는 사실이 드러났다. 이 미라는 에일리시어

지하묘지에 묻히고 나서 5050년 하고도 몇 달이란 세월이 흘렀던 것이다.

버킹엄 씨가 말을 이었다. "당신이 아직 젊은이라는 건 얼마든지 인정합니다만, 내 말은 당신이 매장될 당시의 나이를 뜻한 게 아닙니다. 몸소 증명했듯이 아스팔트 안에서 그 엄청난 세월을 보냈으니 말이지요."

"무엇 안이라고 했지요?" 백작이 말했다.

"아스팔트 말입니다." 버킹엄 씨가 재차 말했다.

"아, 네. 무슨 말인지 어렴풋이 알 것 같군요. 그렇게 생각해도 무리는 아니지요. 하지만 당시 우리는 이 염화수은 말고 다른 건 잘 쓰지 않았어요."

"특히 이해가 가지 않는 게 있습니다." 포노너 박사가 말했다. "5000년 전 이집트에서 매장되었는데 오늘 이렇게 살아서 아주 멀쩡해 보이는 일이 어찌 가능하느냐는 거예요."

백작이 대답했다. "당신 말대로 내가 정말 죽었다면, 여전히 죽은 것일 가능성이 높겠지요. 왜냐하면 당신들은 아직도 원시적인 갈바니 단계에 있고 그것을 가지고는 그 옛날 우리들 사이에서 흔했던 일을 해내지 못하니까요. 그러나 사실 난 강경증(한 자세를 오래 유지하는 병적 증세-옮긴이)을 일으켰던 겁니다. 그런데 가장 가까운 친구들은 내가 죽었거나 죽을 거라고 여기고 즉시 방부 처리를 해버렸어요. 방부 처리 과정의 골자는 여러분도 알고 있겠지요?"

"전부 알지는 못해요."

"아, 그렇군요, 모른다니 딱한 일입니다! 지금 자세히 설명할 수는 없고, 이집트에서 쓰는 방부 처리는 (이것이 정확한 표현입니다) 모든 동물적 기능의 활동을 무한히 정지시키는 것이라는 정도로 해두죠. '동물'이라는 말은 육체적 존재만이 아니라 정신적으로 살아 있는 존재를 아우르는 광범위한 의미로 쓴 겁니다. 다시 말하지만 우리가 쓰는 방부 처리의 주된 원리는 모든 동물적 기능의 활동을 즉시 정지시켜 그 상태로 영구히 유보시키는 겁니다. 간단히 말해, 어떤 상태든 방부 처리될 당시의 상태 그대로 유지됩니다. 나는 운 좋게 스카라브의 핏줄이기에, 여러분이 지금 보다시피 산 채로 방부 처리가 된 거예요."

"스카라브의 핏줄이라고요?" 포노너 박사가 외쳤다.

"그렇습니다. 스카라브는 아주 탁월하고 대단한 명문가의 휘장, 혹은 '문장'이지요. '스카라브의 핏줄'이라는 것은 스카라브 휘장을 쓰는 집안 사람이라는 뜻입니다. 상징적으로 말해 그렇습니다."

"하지만 당신이 살아 있는 것과 그것이 무슨 관련이 있지요?"

"이집트에서는 방부 처리를 하기 전에 내장과 뇌를 빼

내는 것이 일반적인 관례인데, 스카라브 일족은 유일하게 이 관례를 따르지 않았어요. 그러니 만약 스카라브 일족이 아니었다면 나도 내장과 뇌가 없는 상태가 되었을 테니 지금 살아 있기는 어렵겠지요."

"그렇군요. 그럼 온전한 상태로 입수되는 미라들은 전부 스카라브 일족이겠군요." 버킹엄 씨가 말했다.

"물론이오."

그러자 글리돈 씨가 아주 나긋나긋하게 말했다. "나는 스카라브가 이집트 신들 중 하나라고 생각했습니다."

"이집트의 뭐라고요?" 미라가 소리치며 몸을 일으켰다.

"신들 말입니다!" 여행자가 되풀이했다.

"글리돈 씨, 그런 식의 말을 들으니 놀랍기 그지없군요." 백작이 의자에 다시 앉으며 말했다. "지구상의 그 어떤 나라도 하나 이상의 신을 인정한 적이 없어요. 우리에게 스카라브, 이비스 등은 (비슷한 존재들이 다른 이들에게 그랬듯) 너무 두려워 직접 다가가기 어려운 창조주에게 경배할 때 썼던 상징이나 매개일 뿐이에요."

잠시 침묵이 흘렀다. 그러다가 포노너 박사가 대화를 이어나갔다.

"당신이 설명한 대로라면, 나일강 근처 지하 묘지에 스카라브 일족의 다른 미라들이 살아 있는 상태로 존재하는 것이 불가능하지만은 않겠군요."

"그점에선 의문의 여지가 없어요." 백작이 말했다. "우연히 산 채로 방부 처리가 된 스카라브들은 지금 전부 살아 있어요. 고의로 방부 처리가 된 몇 명도 사후 관리인에 의해 방치되었다면 아직 무덤에 남아 있을 테고요."

"고의로 방부 처리가 되었다는 게 무슨 뜻인지 설명을 해주시겠소?"

"얼마든지요." 미라가 안경 너머로 나를 찬찬히 살펴보고는 대답했다. 내가 그에게 직접 질문한 것이 처음이었기 때문이다.

"얼마든지 그리하지요. 내가 살던 시절에는 인간의 평균 수명이 약 800살이었어요. 특별한 사고를 당하지 않는 한 600살 이전에 죽는 사람은 거의 없었죠. 1000년을 사는 사람은 거의 없었지만 800살 정도는 거뜬했어요. 앞서 설명한 그 방부 처리의 원리가 발견되자 우리 철학자들은 수명을 나누어 살게 하면 바람직한 호기심도 충족되고 동시에 과학적인 이익도 꾀할 수 있을 거라는 생각을 하게 되었죠. 역사를 살펴보면, 이런 일들이 불가피하다는 건 사례들이 증명해줍니다. 예를 들어 어느 역사가가 500살에 이르러 심혈을 기울여 책을 쓰고 나서 자청해 세심한 방부 처리를 받게 되었다고 해보죠. 사후 관리인에게 500년이나 600년쯤 되는 일정한 기간이 지난 후에 소생시켜달라는 지시를 남기고 말이지요. 그 기간이 지나고 소생한 그는 본인의 위대한 저작물이 천덕꾸러기 공책 신세로 전락한 꼴을 보게 됩니다. 말하자면, 격앙된 해설자들이 무리를 지어 정반대의 억측과 수수께끼를 내놓고 사적으로 옥신각신하는 학문의 전투장에 떨어진 거지요. 주석 또는 교정이라는 미명하에 난무하는 이 추측들이 원문을 완전히 뒤덮고 왜곡하고 압도하는 바람에 저자는 본인의 책을 찾기 위해 등불을 들고 이리저리 돌아다녀야만 했습니다. 찾는다고 해도 찾은 보람조차 없어요. 책을 완전히 다시 쓴 후에는 본인의 개인적 지식과 경험을 토대로 본인이 원래 살았던 시대에서 비롯된 당대의 관습들을 바로잡는 작업에 곧장 착수하는 것이 역사가의 필수적인 의무로 간주되었으니까요. 여러 현자들이 간간이 다시 쓰고 직접 개정하는 이 과정들이 우리의 역사가 순전히 우화로 퇴보하는 것을 막아주었던 겁니다."

"죄송합니다만." 이 대목에서 포노너 박사가 이집트인의 팔에 손을 살짝 얹으며 말했다. "죄송합니다만, 백작님, 잠시 끼어들어도 될까요?"

"그러시지요, 선생." 백작이 똑바로 앉으며 대답했다.

"한 가지 묻고 싶은 게 있습니다." 박사가 말했다. "역사가가 본인의 시대와 관련한 관습들을 손수 바로잡는다고 하셨는데, 그렇다면 이 카발라(보편적으로 중세 유대교의 신비주의를 뜻하고 헤브라이어로 전승을 뜻한다-옮긴이) 중에 올바른 것이 평균적으로 얼마나 되지요?"

"카발라라는 표현을 적절히 하시었소. 그것들은 다시 쓰인 적 없는 역사적 사실들과 대체로 정확히 대응한다는 것이 밝혀졌어요. 말하자면, 두 가지가 어떤 상황에서도 완전히 달랐던 적이 한 번도 없었다는 것이죠."

"그래도 이것만은 분명합니다." 박사가 다시 입을 열었다. "당신이 매장된 것이 적어도 5000년전의 일이니, 누구나 관심을 갖는 보편적 주제인 창조는, 비록 당신네의 전통은 아니더라도 당신네 역사에 충분히 정확하게 담겼다고 봐도 될 겁니다. 알다시피, 당시에 창조는 겨우 1000년 전에 일어난 일이었을 테니까요."

"무슨 말이오!" 알라미스타케오 백작이 말했다.

박사는 같은 말을 반복했지만 박사의 부연 설명이 한참 있고 나서야 백작은 그 말을 이해할 수 있었다. 백작은 마침내 주저하며 말했다.

"고백하건대 선생이 제시한 생각은 내겐 아주 생소한 것입니다. 내가 살던 시대에 우주, 이른바 당신들이 세상이라고 부르는 것의 시작이 있었다는, 참으로 기이한 생각을 한 사람은 전혀 알지 못합니다. 한 번, 단 한 번 어느 자유로운 사상가가 인류의 기원에 관해 그것과 어렴풋이 닮은 이야기를 한 것만 기억이 납니다. 그때 이 사람이 당신들이 사용하는 그 아담(붉은 흙)이라는 말을 사용했죠. 하지만 그는 기름진 토양에서 이루어지는 자연적 발아를 포괄적 의미로 가리킨 것이었어요. 한 생물의 수천 가지 종이 발아하듯이 말입니다. 말하자면, 서로 다르지만 거의 동등한 지구상의 여러 지역에서 거대한 인간 집단 다섯 개가 저절로 발아했다는 뜻이었죠."

이 대목에서 사람들은 대부분 어깨를 으쓱거렸고, 한두 사람은 아주 의미심장한 분위기로 이마를 만졌다. 버킹엄 씨는 알라미스타케오 머리의 앞부분과 뒷부분을 차례로 슬쩍 보고 나서 이렇게 말했다.

"그때 당신들이 수명도 길고 설명한 대로 여러 번에 걸쳐 나눠 살았다면, 지식의 전반적인 발전과 축적을 낳았어야 맞겠지요. 그렇다면 고대 이집트인들이 현대인들, 특히 미국인들에 비해 과학의 세부적 측면에선 여로모로 현저히 뒤처지게 된 것은 순전히 이집트인의 두개골이 유난히 단단한 탓은 아닐까요."

백작이 아주 온화한 어조로 대답했다. "솔직히 이번에도 당신 말은 어리둥절할 뿐입니다. 과학의 어떤 측면을 말하는 겁니까?" 백작이 아주 온화하게 대답했다.

이 대목에서 우리는 저마다 목소리를 내면서 골상학(머리뼈 혹은 두뇌의 모양에서 행동 양식 및 운명을 유추하는 학문-옮긴이)에서 말하는 견해와 동물 자기(최면요법의 창시자 안톤 메스머가 처음 사용한 용어로, 최면술 시술자로부터 피시술자로 흐른다는 가상의 에너지-옮긴이)의 경이로운 면면을 상세히 늘어놓았다.

백작은 우리 말을 끝까지 듣고 나서 몇 가지 일화를 거론했다. 그의 말에 따르면 스푸르자임의 원조가 아주 오래전 이집트에서 성행하였다가 거의 잊힌 적이 있었고 메스머(18세기 최면술을 창시한 독일 의학자 프란츠 안톤 메스머-옮긴이)의 기술은 머릿니와 그와 유사한 것들을 무수히 만들어낸 테베의 석학들에 비하면 아주 저급한 속임수에 불과한 모양이었다.

나는 백작에게 그의 사람들이 일월식을 계산할 수 있냐고 물었다. 그는 냉소를 머금고 그렇다고 했다. 조금 당황스러웠지만 그의 천문학적 지식에 관해서도 이런저런 것을 묻기 시작했다. 그러자 이제껏 입을 한 번도 떼지 않던 한 신사가 내 귀에 대고 속삭이기를, 그 분야는 차라리 프톨레마이오스를 비롯해(어느 프톨레마이오스인지는 모르겠지만) 플루타르코스(『영웅전』을 집필한 고대 그리스의 철학자이자 전기 작가-옮긴이)의 '달 표면에 관하여'를 찾아보는 편이 좋을 거라고 귀띔했다.

나는 미라에게 볼록렌즈니 일반적인 유리 제조술이니 하는 것들을 물었다. 하지만 그 과묵한 신사가 또다시 내 팔꿈치를 슬며시 건드리며 제발 디오도로스 시켈로스(『세계사』를 집필한 고대 그리스의 역사가-옮긴이)를 훑어보라고 부탁하는 바람에 질문을 마치지 못했다. 백작은 우리 현대인들도 현미경 같은 것들이 있어서 이집트인들이 그랬듯 카메오를 절단할 수 있느냐는 질문으로 대답을 대신했다. 이 질문에 어떻게 대답할지 생각하고 있는데 포노너 박사가 뜬금없이 나섰다.

"우리 건축물을 보세요!" 박사가 이렇게 소리치는 바람에 두 여행자가 단단히 성질이 나서 박사를 퍼런 멍이 들 때까지 꼬집어댔다.

박사는 열띤 목소리로 소리쳤다. "뉴욕 볼링그린 공원의 분수를 보세요! 너무 거대해 감이 잘 오지 않거든 잠시 워싱턴의 국회의사당을 보아도 좋습니다!" 그러고 나서 이 선량한 의사는 언급한 구조물의 비율을 아주 상세히 짚어주었다. 포르티코(건물 입구에 기둥을 받쳐 만든 현관 지붕-옮긴이)에만 기둥이 스물네 개인데 그 기둥들은 지름이 1.5미터에 달하며 3미터 간격으로 늘어서 있다고 설명했다.

백작은 도시 아즈낙에 있는 주요한 건축물들 가운데 어느 것도 정확한 크기가 당장 기억나지 않아 유감이라면서, 때가 불분명한 시절에 기반이 닦인 것들이지만 그가 매장된 시절만 해도 테베 서쪽 광활한 사막에 그 유적이 남아 있었다고 했다. 하지만 카르낙이라는 교외의 조그만 궁전을 떠올리고는(말을 하다 보니 기억이 나서), 거기 포르티코의 기둥은 둘레가 11미터가 넘고 7, 8미터 간격으로 144개가 늘어서 있다고 했다. 나일강에서부터 이 포르티코까지 큰길이 2.5킬로미터 정도 이어지고, 이 길을 따라 높이가 6미터, 18미터, 30미터에 달하는 스핑크스와 조형물, 오벨리스크 들이 자리 잡고 있으며, 궁전 자체는 (그가 기억하는 한) 한쪽 면의 길이가 3킬로미터 남짓 되고 총둘레는 11킬로미터가 넘는다고 했다. 궁전 벽에는 상형문자가 안팎으로 빼곡히 그려져 있다고도 했다. 박사가 말한 국회의사당 같은 것은 그 궁전 담장 안에 오륙십 개쯤 지어졌을 거라고 주장할 생각은 없지만, 마음먹고 끼워넣었다면 이삼백 개라고 못 지었을까 싶은 생각도 든다고 말했다. 하지만 박사가 설명한 볼링그린 공원의 분수에 대해서는 그것의 독창성과 장엄함, 훌륭함을 양심상 부정하지 않겠다고 백작은 말했다. 그런 것은 이집트는 물론이고 어디에서도 본 적이 없다는 걸 인정할 수밖에 없다고.

나는 백작에게 우리 철도에 대해 한마디 해달라고 했다.

"특별한 건 아니더군요." 그가 대답했다. 다소 가늘고 설계가 잘못된 데다 허술하게 조립된 것이라는 말이었다. 이집트인들이 높이 45미터짜리 탑과 오벨리스크를 통째로 옮길 때 사용한, 쇠 요철이 팬 넓고 평평하고 곧은 가교와는 당연히 비교가 안 된다고 했다. 그래서 나는 우리가 보유한 기계의 엄청난 힘을 거론했다. 그는 그 방면으론 우리도 어느 정도 안다는 데 동의하면서도, 카르낙에 있는 그 작은 궁전의 상인방(창이나 문틀 위 벽의 하중을 받치기 위해 기둥과 기둥 사이에 가로지르는 나무-옮긴이)에 어찌 아치를 올렸겠냐고 내게 물었다.

나는 이 질문을 못 들은 척 어물쩍 넘기며 자분정(불투수층 사이의 지하수가 지층의 압력에 의해 지표로 솟아나는 샘-옮긴이)에 대해 아느냐고 물었다. 하지만 그는 눈썹을 쓱 추켜올렸고, 그 사이 글리돈 씨는 내게 한쪽 눈을 찡긋 감더니 얼마전 큰 오아시스 지역에서 물을 찾아 땅을 파도록 고용된 기술자들에 의해 자분정이 발견되었다고 목소리를 낮추어 말했다.

이후 나는 우리의 강철을 언급했지만, 이 외국인은 콧대를 세우며 우리의 강철로 오벨리스크에서 보이는 예리한 곡선 작업이 가능하겠냐고 묻고 그것은 오로지 구리 칼로만 가능하다고 말했다. 이 말에 크게 당황한 우리는 차라리 형이상학 쪽을 공략하는 게 좋겠다는 생각이 들었다. 그래서 《더 다이얼》(1840년부터 1929년까지 발간된 미국 잡지-옮긴이)을 한 부 가져오게 해서 아주 명확하지는 않지만 보스턴 사람들이 '위대한 진보 운동'으로 불렀던 내용을 한두 장 낭독했다.

백작은 자기가 살았던 시대에 위대한 운동들은 흔하디흔한 것이었다면서 진보란 것이 한때 꽤나 파란을 일으켰지만 정작 진보는 없었다고 했다. 그러고 나서 우리는 민주주의의 훌륭함과 중요성에 대해 이야기했는데, 자유로운 참정권이 있고 왕이 없는 세상에서 누리는 당연한 장점들을 백작에게 납득시키기가 무척이나 어려웠다. 그러나 그는 상당한 관심을 가지고 귀를 기울였고 사실 적잖이 즐거운 기색이었다. 우리가 말을 마쳤을 때 그는 아주 오래전에도 상당히 비슷한 일이 있었노라고 말했다. 이집트 내 13개 지역이 독립해 나머지 인류에게 훌륭한 사례가 되기로 결단을 내린 사건이었다. 그들은 현자들을 불러 모아 두뇌가 허락하는 한 가장 독창적인 헌법을 만들었다. 한동안 그들은 대단한 성과를 이루었고 그들의 공치사는 하늘을 찔렀다. 하지만 그 13개의 주는 15 혹은 20개쯤 되는 타 지역과 합쳐졌고, 지구상에서 전례가 없는 가장 혹독하고 부당한 전제정으로 변했다. 나는 그 독재자 폭군의 이름을 물었다. 백작이 기억하기로 그자의 이름은 몹이었다.

이후 나는 딱히 할 말이 없어 이집트인들이 증기를 모른 것이 개탄스럽다고 목소리를 높여 말했다. 백작은 깜짝 놀라며 나를 쳐다보았지만 아무런 대답도 하지 않았다. 하지만 그 과묵한 신사가 팔꿈치로 내 갈빗대를 콱 찌르면서 (말은 할 만큼 하지 않았느냐는 뜻으로) 현대의 증기 엔진이 헤론(고대 로마 제국령 이집트 기계공학자이자 물리학자―옮긴이)의 발명품에서 출발해 살로몬 드 카우스(16, 17세기 프랑스 기술자―옮긴이)를 거쳐

탄생한 줄도 모를 만큼 바보였느냐고 물었다.

이제 우리는 패배의 위험에 내몰렸지만 때마침 기운을 차린 포노너 박사가 우리를 구하러 다시 나섰다. 박사는 이집트 사람들의 섬세한 과시용 의상이 과연 현대인의 상대가 되리라 생각하느냐고 물었다. 그러자 백작은 입은 바지의 허리띠를 내려다보고는 연미복의 뒷자락을 잡아 눈앞으로 들어올리더니 몇 분간 물끄러미 그것을 쳐다보았다. 이후 백작의 손에서 옷자락이 스르륵 떨어지고 백작의 입이 귀에서 귀까지 서서히 벌어졌다. 하지만 그가 대답을 한 기억은 나지 않는다.

그제야 우리는 다시 사기가 올랐다. 박사는 당당한 걸음으로 미라에게 다가가서는 이집트인들이 어느 시대든 포노너 목캔디나 브랜드레스 알약 같은 걸 알고 만든 적이 있었는지, 신사의 명예를 걸고 솔직히 말해달라며 희망을 피력했다. 우리는 초조하게 대답을 기다렸지만 헛수고였다. 대답은 나오지 않았다. 이집트인은 얼굴을 붉히고는 고개를 떨구었다. 이처럼 완전한 승리도 없었고, 이처럼 불명예스러운 패배도 없었다. 나는 그 가엾은 미라가 당황하는 꼴을 더는 지켜보고 있을 수 없었다. 그래서 모자에 손을 올리고 그에게 뻣뻣하게 고개를 숙인 다음 자리를 떴다.

집에 오니 새벽 4시가 지난 시각이어서 곧장 잠자리에

들었다. 지금은 오전 10시다. 7시부터 일어나서 내 가족과 인류를 위해 이 기록을 적고 있다. 이제 가족은 두 번 다시 보지 않을 생각이다. 내 아내는 성질이 고약하다. 사실 난 지금의 이 삶과 19세기의 이 모든 것이 진심으로 싫증 난다. 모든 게 잘못 돌아가고 있다는 확신이 든다. 2045년에는 누가 대통령이 될지 궁금하기도 하고. 그래서 면도하고 커피나 한잔한 다음 포노너 박사의 집으로 건너가서 200년간 미라가 되는 과정을 밟을 생각이다.

비뚤어진 악령

골상학자들은 앞선 도덕론자들이 그랬듯 인간의 영혼에 내재한 힘과 충동―프리마 모빌리아―을 숙고할 때, 과격하고 원초적이며 지극히 단순한 감성으로 뚜렷이 존재하는 한 가지 성향을 간과했다. 우리 모두 이성의 오만에 취해 그것을 간과해온 것이다. 우리는 순전히 믿음―신앙―의 부재를 통해 그것이 우리의 인식을 벗어나도록 용인했다. 계시에 대한 신앙도 부재했고 카발라에 대한 신앙도 그러했다. 우리가 그것에 주목하지 않았던 것은 그것의 과도함 때문이다. 우리에게 그러한 충동, 그러한 성향은 필요하지 않았다. 아무런 쓸모가 없었다. 설령 이 프리마 모빌리아가 스스로 나서서 존재감을 드러냈다고 해도 우리는 그것을 이해하지 못했다. 정확히 말하자면 이해할 수 없었을 것이다. 일시적이든 영구적이든 그것을 어떤 방식으로 받아들여야 인류의 목적에 부합되는 것인지 이해할 수 없었을 테니 말이다. 골상학을 비롯해 대부분의 모든 형이상학들이 연역적으로 만들어졌다는 것은 부인할 수 없는 사실이다. 이해심이 많거나 관찰력이 좋은 사람들보다는 이성적이거나 논리적인 사람들이 자청해 의도를 상상하고 신에 합당한 목적을 설파했다. 이렇듯 인간은 자기 입맛에 맞게 여호와의 의도를 헤아리고 이 의도에 근거해 무수한 사고 체계를 세웠다. 예를 들어 골상학은 인간이 음식을 먹는 것이 신의 의도라고 가장 먼저 결론을 내린 후에 인간에게 식욕을 일으키는 기관을 지정했고, 신은 이 기관을 채찍 삼아 인간에게 음식을 먹도록 강제한다고 본다.

또한 인간은 인간의 종족 보존은 신의 뜻이라고 전제하고 곧장 성애性愛기관을 찾아냈다. 호전성, 관념성, 인과성, 창조성도 마찬가지였다. 한마디로 모든 기관이 이런 식으로 어떤 성향이나 도덕 감정, 혹은 순수한 지적 기능을 보유하게 된 것이다. 스푸르자임 학파는 인간의 행동 원리를 규명할 때 맞든 틀리든, 일부든 전체든 근본적으로 선인들의 전철을 밟아 미리 정해진 인간의 운명과 창조주의 목적에 기반해 모든 것을 추론하고 정립했다.

신이 인간에게 의도했다고 당연시되는 것들보다는 인간이 자주 혹은 가끔씩 하거나 가끔씩 반드시 하는 것들을 기준으로 분류했더라면 (굳이 분류를 해야만 한다면) 더 현명하고 안전했을 것이다. 신의 가시적 작품 안에서 신을 이해할 수 없다면, 그 작품을 존재하도록 만든, 상상을 초월한 신의 생각을 어찌 이해할 수 있을까? 실재하는 신의 피조물 안에서 신을 이해하지 못한다면, 창조할 당시 신의 실제 마음과 모습을 어찌 이해할까?

만약 귀납적 추론을 했더라면 골상학자들도 인간의 행동을 이끄는 선천적이고 원초적인 원리로서 자기모순적인 것이 존재함을 인정했을 것이다. 더 정확한 명칭이 없으므로 '비뚤어진 성향' 정도로 불러도 좋으리라. 사실 그것은 동기 없는 동인, 승인되지 않은 동기다. 우리는 이것에 이끌려 납득할 만한 목적 없이 행동하게 된다. 이것이 용어의 상충으로 보인다면, 아예 바꿔 말해도 좋을 것이다. 우리는 해서는 안 된다는 이유로 그것에 이끌려 행동한다고. 이론적으로는 이토록 불합리한 이유가 없지만 사실 이보다 더 강력한 것도 없다. 특정한 마음, 특정한 조건에 놓일 때 이것은 불가항력으로 작용한다. 나는 지금 내가 숨을 쉬고 있는 것을 확신하듯이 어떤 행동이 틀렸다거나 그릇되었다는 생각이 불가사의한 세력이 되어 그 행동을 하게끔 우리를 몰아간다는 것 역시 확신한다. 잘못이기에 잘못을 저지르는 이 막강한 성향은 그 이면에 어떤 요인이 자리하고 있는지 분석이나 해답을 허락하지 않는다. 이것은 근본적이고 원시적인, 기본적인 충동이다. 만약 그래서는 안 된다는 생각 때문에 어떤 행동을 고수한다고 할 때, 실중팔구는 호전성에서 비롯된 변종을 운운하는 골상학적 의견이 나올 것이다. 하지만 조금만 생각해보면 이것은 생각의 오류라는 걸 쉽게 간파할 수 있다. 골상학에서 말하는 호전성은 자기 방어의 필요성이 핵심이다. 상처 입지 않으려는 보호 장치인 셈이다. 자신의 안위에 기반하므로 그것이 발현될 때는 자동으로 행복 욕구를 동반한다. 호전성의 변종이 근원이라면 행복 욕구는 필히 일어나지만, 내가 '비뚤어진 성향'이라고 명명한 것의 경우에는 행복 욕구가 일어나기는커녕 되려 정반대의 정서만 강하게 존재한다.

가슴에 와닿는 호소. 이것이 방금 등장한 궤변의 가장 그럴듯한 메아리다. 자기 영혼을 충실히 성찰하고 철저히 심문한 사람이라면 문제의 이 성향이 대단히 근본적인 것임을 부인하지 못할 것이다. 이것은 이해가 불가능한 만큼 뚜렷하기도 하다. 일례로, 변죽을 울려대서 듣는 이를 골려주고 싶은 강렬한 욕망에 한번쯤 사로잡히지 않은 사람이 있을까. 그것이 상대의 비위를 거스르는 짓임을 알면서도 말이다. 그런 사람은 상대의 비위를 맞출 의지가 차고 넘치는 데다 평소에는 과묵하고 정확하고 명료한 사람이기도 하다. 핵심을 찌르는 간명한 언어를 쓰고 싶어 입이 근질거리는 바람에 말이 튀어나가지 않도록 참으려니 여간 힘든 게 아닐 것이다. 상대방의 분노를 살까 두렵고 께름칙하기도 할 것이다. 그러면서도 불현듯 복문과 삽입구를 써서 말하면 상대의 분노가 터지겠구나 하는 생각이 든다. 생각은 한 번으로 족하다. 충동은 바람으로, 그 바람은 욕망으로, 그 욕망은 걷잡을 수 없는 갈망이 되어 끝내 (말하는 사람에겐 깊은 후회감과 수치심을 안기고 온갖 결과들을 감수해야 하는데도!) 갈망은 해소된다.

우리에겐 속히 완수해야 할 일들이 있다. 지체되면 곤란한 일들이다. 인생 최대의 위기가 당장 힘을 내서 행동하라고 고래고래 목청을 높인다. 우리는 불끈 달아오른다. 일을 시작하고 싶어 몸이 근질거리고, 우리의 영혼은 그것의 찬란한 성과를 기대하며 활활 타오른다. 그러니 오늘 착수해야 마땅하지만 우리는 그것을 내일로 미룬다. 왜일까? 비뚤어진 마음이 동했다는 말밖에는 할 말이 없다. 그 원리가 이해되지 않으므로 그렇게 표현할 수밖에 없다. 내일은 어김없이 오고 의무를 다해야 한다는 조급증도 같이 일어나지만, 초조함이 커진 만큼, 이해할 수 없어 너무도 두려운 정체불명의 욕망, 미루고 싶은 욕망도 찾아온다. 이 욕망은 시간이 갈수록 극렬해진다. 행동에 나설 수밖에 없는 최후의 순간이 들이닥친다. 우리는 마음속에서 일어나는 격렬한 갈등(확실함과 불확실함의 갈등, 실체와 그림자의 갈등)에 몸을 떤다. 그러나 싸움이 거기까지 진행된다면 승산은 그림자에게 있다. 애를 써보지만 모두 헛수고다. 시계는 종을 울려 우리의 행복에 종말을 고한다. 동시에 그것은 아주 오랫동안 우리를 괴롭힌 유령을 내쫓는 수탉 울음소리이기도 하다. 유령은 달아난다. 사라진다. 이제 우리는 자유다. 예전의 힘이 되살아난다. 이제 일을 하려 한다. 그런데 이를 어쩌나, 너무 늦어버렸다!

이제 우리는 벼랑 끝에 서 있다. 심연을 내려다본다. 속이 울렁거리고 눈앞이 어질어질하다. 위험을 피하고 싶은 충동부터 일어난다. 그런데도 이상하게 그곳에 머무른다. 울렁거리고 어지럽고 두려운 감정들이 서서히 한데 뭉쳐 이름 모를 감정의 구름이 된다. 아바리안나이트의 요정이 램프에서 나올 때 피어오르는 연기처럼, 이 구름은 알게 모르게 차츰차츰 형태를 띠어간다. 벼랑 끝에 걸린 이 구름에서 한 형체가 생겨나 램프의 요정이나 옛이야기 속 어떤 악마보다 훨씬 무시무시한 실체를 띠기 시작한다. 그러나 두렵긴 해도 아직은 생각에 불과하다. 그 생각은 공포라는 격렬한 희열로 우리를 뼛속까지 얼려버린다. 그러나 아직도, 이렇게 높은 데서 곤두박질치면 어떤 느낌일지 가늠하는 생각일 뿐이다. 그런데 우리가 아는 한 거기서 떨어지는 것(절멸을 향해 곤두박질치는 것)보다 더 섬찟하고 끔찍한 죽음은 없다는 이유로, 순전히 그러한 이유로 우리는 그것을 강렬히 욕망하게 된다. 게다가 이성이 그 결심에 극렬히 제동을 거는 바람에 되려 충동적으로 벼랑 끝으로 다가간다. 벼랑 끝에서 뛰어내리는 생각을 하며 벌벌 떠는 사람에게 일어나는 열정만큼 본질적으로 악랄한 조바심에 불과한 것도 없다. 생각을 실행에 옮길까 하는 충동에 잠시라도 빠졌다가는 영영 가망이 없다. 생각은 하지 말라고 말리기만 할 뿐이니 되려 하지 않을 도리가 없기 때문이다. 말리는 친구 하나 없고 본인이 벼랑에서 펄쩍 물러나지 못한다면, 그대로 뛰어내려 파멸하고 만다.

이와 유사한 우리의 행동들을 살펴보면 그것들이 순전히 비뚤어진 기질에서 비롯되었다는 걸 알게 된다. 오로지 해서는 안 된다는 느낌 때문에 그것을 자행하는 것이다. 그것 말고는 어떤 식으로든 수긍할 만한 원리는 없다. 이 비뚤어진 마음이 가끔은 선량한 쪽으로도 발현된다는 것이 알려지지 않았더라면, 우리는 이것을 사탄의 직접적 선동으로 여겼을지 모른다.

내가 이제껏 이런 말을 한 것은, 얼마간이라도 여러분의 질문에 대답을 하는 차원에서 왜 내가 여기 있게 되었는지 설명하고, 왜 내가 이 족쇄를 차고 이 사형수 감방에 있게 된 것인지 희미하게나마 그 단서를 여러분에게 제공하기 위해서다. 이렇게 구구절절 말하지 않았다면 당신은 나를 완전히 오해했거나 여느 사람들처럼 나를 미치광이로 생각했을 것이다. 이제는 내가 이 비뚤어진 악령의 무수한 피해자 중 하나라는 걸 쉽게 이해할 수 있을 것이다.

세상에 그보다 더 주도면밀한 계획 아래 실행된 행위는 없을 것이다. 나는 살인의 방법을 놓고 몇 주, 몇 달을 고민했다. 우연히 들통날 가능성 때문에 포기한 계획이 천 가지였다. 그러던 중 어느 프랑스인의 회고록에서 우연히 독극물이 들어간 양초 때문에 죽다 살아난 필로 부인의 이야기를 읽게 되었다. 그 생각은 곧장 내 호기심을 사로잡았다. 내가 알기로 내 목표물은 침대에서 독서하는 습관이 있었다. 게다가 그자의 방은 비좁고 환기가 잘 되지 않았다. 이런 자질구레한 이야기를 장황하게 늘어놓아야 할 것까지 없어 보인다. 그의 침실 촛대에 있던 원래의 양초를 내가 만든 양초로 바꿔치기한 손쉬운 계략 역시 굳이 설명할 필요가 없겠다. 이튿날 아침 그자는 침대에서 죽은 채로 발견되었고, 검시관은 '신의 방문에 의한 사망'으로 진단했다.

나는 그의 영지를 물려받았다. 몇 년 동안은 모든 것이 술술 풀렸다. 탄로가 날 거라는 생각은 한 번도 하지 않았다. 남은 양초는 내가 직접 신중히 처리했고, 증거나 의심을 살 만한 단서도 전혀 남기지 않았다. 내가 정말 안전하다는 생각을 할 때마다 가슴은 상상 이상의 만족감으로 벅차올랐다. 나는 아주 오랫동안 이 느낌을 즐겼고 그것에 익숙해졌다.

내게는 그 느낌이 죄를 저지르고 손에 넣은 모든 세속적 이익보다 더 큰 기쁨이 되었다. 하지만 내가 모르는 사이 그 즐거운 감정이 강박적이고 괴로운 생각으로 변질되는 때가 오고야 말았다. 단 한순간도 그 생각을 떨쳐낼 수 없었다.

평범한 노래의 후렴구나 어느 오페라의 그저 그런 소절이 귓속이나 머릿속을 성가시게 맴도는 것은 흔히 있는 일이다. 아무리 좋은 곡이라도 오페라가 걸작이라고 해도 괴롭기는 마찬가지다. 나 역시 그런 식으로 내 안위에 대해 끝없이 생각하며 조용히 "나는 안전해"라는 말을 웅얼거리게 되었다.

그러던 어느 날 거리를 산책하던 중, 입버릇이 된 이 말을 내가 반쯤 소리치듯이 내뱉고 있다는 걸 깨달았다. 그리고 별안간 심사가 뒤틀려 이렇게 고쳐 말했다. "나는 안전해…… 나는 안전해…… 그렇다니까……. 바보처럼 그걸 공개적으로 고백하지만 않는다면 말이다!" 이 말을 내뱉자마자 얼음장 같은 한기가 심장에 스몄다. 이 비뚤어진 충동은 (이것의 본질은 앞서 공들여 설명했다) 몇 번이나 경험한 적 있었고 이 충동을 막아내는 데 성공한 기억은 한 번도 없었다. 내가 저지른 살인을 바보처럼 자백할지 모른다는 무심한 자기암시가 마치 내 손에 죽은 그자의 망령이 되어 내 앞에 나타나 죽음을 가리키는 것만 같았다.

처음에는 머릿속의 이 악몽을 떨쳐내려고 노력했다. 힘

차게 걸었다. 더 빨리, 더욱더 빨리 걸었고, 급기야 달렸다. 고래고래 소리치고 싶은 광적인 충동이 치밀었다. 어찌할까! 연이어 밀려드는 생각들이 매번 새로운 공포를 떠안겼다. 생각을 하면 할수록 가망이 없다는 걸 너무도 잘 알고 있었기 때문이다. 그래도 나는 걷는 속도를 더 높였다. 사람들이 북적이는 도로를 미치광이처럼 펄쩍펄쩍 뛰었다. 결국 사람들이 화들짝 놀라 나를 쫓았다. 순간 나는 내 운이 다했다는 걸 직감했다. 할 수 있었다면 내 혀를 뽑아버렸겠지만 거친 목소리가 귓속에 울려퍼지고 더 거친 손이 내 어깨를 움켜잡았다. 나는 돌아섰다. 숨이 차서 헐떡거렸다. 일순간 숨통을 조이는 극심한 고통이 찾아왔다. 눈앞이 캄캄해지고 귀도 들리지 않고 어지러웠다. 눈에 보이지 않는 마귀가 넓적한 손바닥으로 내 등을 때린 것 같았다. 오랫동안 갇혔던 비밀이 내 영혼으로부터 쏟아져 나왔다.

사람들에게 들으니 나는 사형 집행과 지옥행을 결정짓는 문장을 유독 강조하는 말투로 말이 끊길까 두려운 사람처럼 서두르면서도 또박또박 답을 마쳤다고 한다.

유죄 평결에 필요한 모든 진술을 마친 후에 나는 의식을 잃고 몸을 가누지 못했다.

더 이상 무얼 말해야 할까? 오늘 나는 이 사슬을 차고 여기 있다! 내일이면 이 족쇄가 풀릴 테지만! ……거긴 어디일까?

발데마르 사건의 진실

화젯거리가 된 그 기이한 발데마르 사건을 신기한 일인 양 다루진 않겠다. 그런 상황이 일어나지 않았더라면 그게 오히려 더 기적이었을 것이다. 모든 당사자들이 적어도 당분간은 추가 조사가 이루어질 때까지 이 사건이 알려지는 걸 원하지 않았던 탓에 (그러려고 우리가 애를 쓰다 보니) 왜곡되거나 과장된 이야기가 세간에 퍼져나갔고, 불쾌한 오해들과 당연한 불신들이 양산되었다.

이제는 내가 나서서 그와 관련한 사실들을 내가 이해한 데까지 최대한 밝혀야 할 필요가 생겼다. 그 이야기를 간단히 적어보자면 이러하다. 나는 지난 3년간 최면술에 꾸준히 관심을 가져왔다. 그러던 중 9개월쯤 전에 지금까지 여러 번 행해진 실험에서 도무지 이유를 알 수 없지만 한 가지가 누락된 것이 분명하다는 생각을 하게 되었다. 이제까지 임종을 앞둔 사람에게는 최면을 건 적이 없었다. 무엇보다 그런 상태의 환자에게도 자기력에 반응하는 요인이 있는지 확인하는 것이 먼저였다. 둘째로는 그런 것이 있다면 최면 상태가 그것을 약화시키는가 아니면 강화하는가 하는 것이었고, 셋째로는 그 과정이 사망의 진행을 어느 정도로 얼마나 오랫동안 저지하는가였다. 알아내야 할 것들이 더 있었지만 호기심을 가장 자극하는 것은 이 정도였다. 그 결과가 갖는 중차대한 성격을 고려한다면 마지막 사항이 특히 궁금했다.

나는 이 문제를 규명할 시험 대상을 찾다가 내 친구 어니스트 발데마르를 떠올렸다. 그는 『법률 전집』의 유명한 편찬자이자 폴란드판 『발렌슈타인』과 『가르강튀아』(거인왕 가르강튀아와 그의 아들 팡타그뤼엘의 모험과 생애를 다룬 16세기 초중반의 소설로 풍자성과 해학성이 뛰어나다─옮긴이)의 저자이기도 했다(필명은 이사카 마르크스였다). 발데마르는 1839년부터 주로 뉴욕 할렘에서 거주해왔고, 깡마른 몸이 유달리 이목을 끄는(끌었던) 사람이다. 다리는 존 랜덜프(18세기 버지니아 주 출신의 농장주, 국회의원─옮긴이)의 다리와 비슷했다. 검은 머리는 하얀 구레나룻과 선명한 대조를 이룬 탓에 툭하면 가발이라는 오해를 사곤 했다.

그는 성정이 대단히 예민해서 최면의 피실험자로 적당했다. 두세 번 정도 큰 어려움 없이 그에게 최면을 걸었지만,

286

특이한 그의 상태로 인해 나타날 것으로 기대했던 점들에 대해선 결과가 만족스럽지 않았다. 그가 한시도 온전히 마음을 놓고 내 통제에 따르지 않아서 신통력에 관해서는 이렇다 할 만한 성과를 얻지 못했다. 나는 매번 그것을 그의 건강이 좋지 못해 일어난 실패로 돌렸다. 그는 나와 알기 몇 달 전에 만성 폐결핵 진단을 받았다. 그는 다가오는 자신의 소멸을 피하거나 안타까워할 일이 아니라는 듯 차분히 말하곤 했다.

앞서 언급한 생각이 처음 떠올랐을 때 나는 아주 자연스럽게 발데마르를 염두에 두었다. 그의 확고한 철학을 너무도 잘 알고 있었기 때문에 그가 망설일까 걱정은 하지 않았다. 게다가 미국에는 간섭할 만한 그의 친척이 전혀 없었다. 내가 이 이야기를 솔직히 꺼냈을 때 그는 놀랍게도 크게 관심이 동한 듯 보였다. 내가 놀랍다고 말한 것은 이제껏 그가 내 실험에 기꺼이 동참하면서도 이전에는 내가 하는 일에 공감하는 내색을 보인 적 없었기 때문이었다. 그의 병은 죽는 날이 정확히 예측되는 종류의 질환이었기 때문에 의사들에 의해 사망 추정 날짜가 나오면 24시간쯤 전에 그가 나를 부르기로 사전에 약속이 되어 있었다.

지금으로부터 7개월도 더 전에 발데마르에게서 받았던 편지를 여기 추가한다.

친애하는 P에게

지금 와주는 게 좋겠네. D도 F도 내가 내일 자정을 넘기지 못할 거라는 의견일세. 그들이 그 시간을 거의 정확히 맞춘 것 같아.

발데마르

나는 쓰인 지 30분도 지나지 않은 이 편지를 받고 그로 부터 15분 후 죽어가는 그 남자의 방에 있었다. 불과 열흘이 라는 짧은 시간 안에 무서울 정도로 변해버린 친구의 모습에 소름이 돋았다. 얼굴에 납빛이 돌고 눈에는 안광이 전혀 없었 다. 비쩍 말라서 피부가 광대뼈에 의해 갈라져 보였다. 가래 가 심하게 끓고 맥박은 거의 잡히지 않았다. 그런 것치고는 정신이 상당히 또렷하고 기운도 남아 있었다. 말도 조리 있게 했고(도움 없이 스스로 처방약도 복용했다), 내가 방에 들어갔을 때는 수첩에 메모를 적고 있었다. 침대에 누워 베개에 기댄 자세로 D 의사와 F 의사의 보살핌을 받고 있었다.

나는 발데마르의 손을 꼭 잡아주고 나서 의사 양반들을 옆으로 데려가 환자의 상태에 대해 상세한 설명을 들었다. 그의 왼쪽 폐는 이미 18개월 전에 뼈만큼 반쯤 경화된 상태라 생명 유지 목적에선 아무런 쓸모가 없었다. 오른쪽 폐도 윗부분이 완전히는 아니지만 부분적으로 경화되었고 아랫부분은 얼기설기 뭉친 화농성 결절 덩어리에 불과했다. 몇 개의 천공이 광범위하게 퍼져 있었고, 한 곳에는 늑골과 영구 유착까지 생겨난 상태였다. 오른쪽 폐의 양상은 비교적 최근에 생겨난 것이었다. 경화는 한 달 전만 해도 아무런 징조가 없을 만큼 아주 드물게 급속히 진행된 것이었고, 유착도 지난 사흘 사이 발견된 것이었다. 환자는 폐결핵과 별개로 대동맥류가 의심됐지만 그건 경화 증상 때문에 정확한 진단이 불가능했다. 발데마르는 이튿날, 그러니까 일요일 자정 무렵에 사망하리라는 것이 두 의사의 소견이었다. 그때가 토요일 저녁 7시였다.

두 의사는 나와 이야기를 나누기 위해 환자의 병상에서 물러날 때 환자에게 마지막 작별인사를 했다. 다시 방문할 일이 없을 거라는 생각에서 그리한 것인데, 내 요청에 이튿날 밤 10시쯤 환자를 들여다보기로 약속했다.

의사들이 떠난 뒤 나는 다가오는 그의 죽음, 특히 내가 제안한 실험을 화제로 자유롭게 발데마르와 이야기를 나누었다. 그는 그 실험을 하고 싶다는 상당한 의지와 열의를 보이며 당장 실험을 시작하자고 나를 재촉했다. 남녀 간호사가 한 명씩 있었지만, 갑작스러운 사고가 터질 가능성을 생각하니 이 사람들보다 더 믿을 만한 증인 없이 이런 작업을 감행한다는 것이 썩 내키지 않았다. 그래서 실험을 이튿날 저녁 8시경으로 미루었다. 이튿날 예정대로 나와 안면이 있던 의대생 L이 도착한 덕에 그 이상의 당혹감은 들지 않았다. 원래대로라면 의사들을 기다려야 했지만 발데마르가 어서 시작하라고 하도 성화를 하는 데다 그의 생명이 눈에 띄게 꺼져가고 있어 한시도 지체할 수 없다는 판단에 따라 실험을 시작할 수밖에 없었다.

L 씨는 모든 일을 기록해주길 바라는 내 바람에 친절히 응해주었다. 지금 내가 기술하는 내용은 대부분 그의 메모를 요약했거나 그대로 베낀 것이다.

8시 5분 전 나는 환자의 손을 잡고, 그런 상태였던 그에게 최면을 거는 것에 발데마르 본인이 전적으로 동의하는지 L 씨에게 최대한 분명히 의사를 표현해달라고 부탁했다.

그는 힘이 없지만 상당히 또렷한 목소리로 대답했다. "맞소, 나는 최면술을 받기로 동의하오." 그러고 나서 곧바로 덧붙였다. "실험이 너무 지체된 게 아닌가 걱정이로군." 그가 이 말을 하는 동안 나는 이제까지 가장 효과적이었던 단계들을 차근차근 밟아 그를 잠재웠다. 내 손을 그의 이마 위로 흔들자 그는 바로 영향을 받는 듯했다. 그러나 온 힘을 다해 애를 쓰는데도 가시적인 효과는 당장 나타나지 않았다. 그러다가 10시가 몇 분쯤 지났을 때 약속대로 D 의사와 F 의사가 왔다. 그들에게 내 계획을 간단히 설명해주었다. 그들이 환자가 이미 죽음의 고통 안에 있다면서 반대를 표하지 않기에 나는 망설이지 않고 실험을 계속했다. 이번에는 손을 옆이 아니라 위아래로 흔들면서 시선은 환자의 오른눈에 고정하고 그 눈을 들여다보았다.

이때쯤 그의 맥박은 감지되지 않았고 씨근거리는 숨소리도 30초마다 한 번씩 들려왔다. 그로부터 15분쯤 이런 상태가 쭉 지속되었다. 그러다가 죽어가는 남자의 가슴에서 아주 깊지만 자연스러운 한숨이 빠져나오더니 씨근거리던 호흡이 멈추었다. 말하자면, 그 간격이 줄어들지 않아 씨근거리는 숨소리가 들리지 않은 것이다. 환자의 손발은 얼음처럼 차가웠다.

10시 55분에 나는 최면의 뚜렷한 징후를 감지했다. 흐리멍덩하게 움직이던 눈동자가 내면을 바라보는 불안한 눈빛을 띠었는데, 가수면이 아니고서야 찾아볼 수 없는 절대 착각할 수 없는 증상이었다. 내가 몇 번 손을 옆으로 흔들자 수면의 초기 단계처럼 눈꺼풀이 바르르 떨렸고, 손을 더 흔들어주니 눈이 완전히 감겼다. 나는 그것에 만족하지 못하고 열심히 조종을 이어갔다. 그렇게 전력을 다하자 드디어 최면에 빠진 그의 팔다리가 뻣뻣해졌고, 나는 그의 팔다리가 편히 놓이도록 자세를 고쳐주었다. 두 다리는 쭉 뻗어 있었고 팔도 침대 위 엉덩이에서 조금 떨어진 위치에 가지런히 놓여 있었다. 머리는 아주 살짝 받쳐진 상태였다.

여기까지 일을 마치고 나니 자정이 다 된 시각이었다. 나는 그 자리에 있던 사람들에게 발데마르의 상태를 봐달라고 했다. 그들은 몇 가지 시험을 한 끝에 그가 최면에 빠져 완벽한 무의식 상태에 있다고 인정했다. 두 의사 모두 호기심이 꽤나 발동해 D 의사는 밤새 환자와 함께 있겠다고 바로 결심했고, F 의사는 동틀 녘에 돌아오겠다는 약속을 남기고 자리를 떴다. 그렇게 해서 L 씨와 간호사들만 남게 되었다.

우리는 발데마르를 건드리지 않고 그대로 두었다. 새벽 3시쯤 그에게 다가가보니 그는 F 의사가 떠났을 때와 똑같은 상태, 정확히는 똑같은 자세로 누워 있었다. 맥박은 감지되지 않았고 호흡은 온화했다(입술에 거울을 갖다 대지 않으면 모를 정도로 미세했다). 두 눈은 자연스럽게 감겨 있었고 팔다리는 뻣뻣하고 대리석처럼 차가웠다. 하지만 전체적인 모습은 죽은 사람처럼 보이지 않았다.

나는 발데마르에게 다가가 팔을 그의 몸 위로 이리저리 휘저어 그의 오른팔이 내 팔을 따라오도록 유도했다. 이제까지 이 환자를 상대로 한 실험에서 완전히 성공한 적 없는 시도였기 때문에 성공할 거라는 기대는 거의 하지 않았다. 그런데 놀랍게도 그의 팔이 기운은 없었지만 아주 순순히 내 팔을 따라 움직였다. 나는 과감히 몇 마디 나눠보기로 했다.

"발데마르, 지금 잠들어 있나?" 그는 아무 대답도 하지 않았지만, 나는 그의 입가에 퍼지는 떨림을 보고 같은 질문을 반복해보기로 했다. 내가 세 번째로 물었을 때 그의 몸이 아주 미세하게 떨리더니 눈꺼풀이 올라가면서 흰자위가 살짝 드러나고 입술이 느릿느릿 움직거리며 입술 사이로 간신히 들릴 만한 속삭임에 실려 말이 흘러나왔다.

"응, 자고 있어. 날 깨우지 마! 이대로 죽게 둬!"

그의 팔다리를 만져보았더니 이전처럼 뻣뻣했다. 오른팔도 전과 다름없이 내 손이 가는 방향을 따라왔다. 나는 가수면에 빠진 그에게 다시 질문했다.

"아직도 가슴에 통증이 느껴지나, 발데마르?"

이번에는 대답이 즉시 나왔지만 이전보다 더 잘 들리지 않았다.

"고통은 없어. 난 죽어가네."

더 이상 그를 성가시게 해선 안 될 듯하여 F 의사가 올 때까지 아무런 말도 행동도 하지 않았다. 해가 뜨기 조금 전에 도착한 F 의사는 환자가 아직 살아 있다는 걸 알고 놀라움을 금치 못했다. 그는 맥박을 짚어보고 입술에 거울을 대보고는 나더러 환자에게 다시 말을 걸어보라고 했다. 나는 시키는 대로 했다.

"발데마르, 아직 자고 있나?"

이전처럼 대답이 나오기까지 시간이 몇 분쯤 걸렸다. 죽어가는 남자는 그렇게 한참 동안 말할 기운을 모으는 것 같았다. 내가 같은 질문을 네 번째 반복했을 때 그가 들릴락 말락 한 아주 조그만 소리로 말했다.

"응, 아직 자고 있네…… 죽어가고 있어."

이제 의사들은 죽음이 닥칠 때까지 발데마르를 확실히 평온한 지금 상태로 두자는, 소망에 가까운 의견을 내놓았다. 모두들 죽음이 코앞에 와 있다고 보았다. 하지만 나는 한 번 더 그에게 말을 걸어보기로 하고 이전의 질문을 반복했다.

내가 말을 거는 동안 가수면에 빠진 그의 얼굴에 뚜렷한 변화가 일어났다. 눈알이 천천히 굴러가며 눈이 떠졌지만, 눈동자는 위로 사라지고 없었다. 안색은 마치 유령 같아서 양피지보다는 백지장에 가까운 색이었다. 이제까지 양쪽 뺨 중앙에 난잡하게 피어났던 선명하고 동그란 반점들이 일시에 사라졌다. 이런 표현을 쓴 이유는 갑자기 사라지는 모양새가 한 번의 입바람에 촛불이 꺼지는 모습과 너무도 흡사했기 때문이다. 그와 동시에 치아를 덮었던 윗입술이 말려 올라가고 아래턱이 덜컥 소리를 내며 아래로 툭 떨어져 입이 쩍 벌어지는 바람에 까맣게 부어오른 혀가 훤히 보였다. 그

자리에 모인 사람들 가운데 임종의 공포에 익숙하지 않은 사람은 없었겠지만, 그 순간 상상을 넘어선 흉측한 발데마르의 모습에 모두들 움찔해 침대에서 물러나고 말았다

　이제부터 이어질 내용은 어떤 독자라도 깜짝 놀라 믿지 않는다고 해도 이상할 게 없는 이야기이다. 하지만 이야기를 전하는 것이 내 일이니 계속해보겠다.

　이제 발데마르에게서는 더 이상 아무런 생명의 징후가 보이지 않았다. 그가 사망했다고 결론을 내리고 간호사들에게 그를 인계하려는데, 혀가 격렬하게 떨리며 움직이는 것이 보였다. 그런 동작이 1분 정도 계속되다가 뚝 멈추더니 딱 벌어져 움직이지 않던 턱에서 목소리가 흘러나왔다. 내 안의 광기가 나와야만 그걸 설명할 수 있을 것이다. 부분적으로나마 설명해보자면 어울리는 말이 두세 개쯤 있다. 예를 들어 거칠다, 갈라졌다, 공허하다는 표현이 가능할 법하다. 하지만 그토록 인간의 귀를 괴롭히는 소리는 이제껏 없었다는 점에서 그 끔찍함을 완전히 설명할 길은 없다. 하지만 당시에 느낀 특징이 두 가지 있었는데, 그 생각은 지금도 변함이 없다. 음조의 특색이라고 말해도 무방할 것이다. 바꿔 말하면 별스럽고 초자연적인 느낌이 전해졌다고 해도 좋으리라. 첫째, 그 목소리는 아주 멀리서, 땅속 깊은 동굴에서 나와 우리 귀에 (적어도 내 귀에) 닿은 듯 느껴졌다. 둘째로는 (내 말을 제대

로 이해되는 것이 가능하기나 할까 싶어 두려움이 앞선다) 젤리나 끈적한 물질을 만진 듯한 느낌이었다.

이제까지 나는 '소리'이기도 하고 '목소리'이기도 한 것에 대해 말했다. 그것은 참으로 또렷하게, 경이로울 정도로 전율이 일 만큼 또렷하게 음절화된 소리였다. 발데마르가 한 말은 몇 분 전 내가 한 질문에 대한 대답이 분명했다. 기억하겠지만 나는 그에게 아직도 자고 있느냐고 물었었는데 그는 이제야 그것에 대답을 했다.

"응…… 아니야…… 자고 있었는데…… 지금은…… 지금은…… 죽었어."

그가 지껄인 몇 마디 말을 듣자 형언할 수 없고 온몸을 떨게 만드는 공포감이 몰려왔다. 그 자리에 있던 누구도 그 감정을 부정하지 않았고 억누르려는 시도조차 하지 않았다. L 씨는 까무러쳤다. 간호사들은 즉시 방을 뛰쳐나가 다시는 돌아오지 않겠다고 완강히 버텼다. 어차피 내가 받은 인상을 독자들이 이해하기란 불가능하다. 우리는 한 시간 가까이 조용히, 말 한마디 없이 L 씨를 깨우려고 정신없이 노력을 기울였다. L 씨가 겨우 정신을 차렸을 때, 우리는 발데마르의 상태를 다시 살펴보기로 했다.

그의 상태는 모든 면에서 전에 설명한 그대로였지만 이제는 거울에 호흡의 흔적이 드러나지 않았다. 팔에서 채혈을 하려는 시도 또한 헛수고였다. 그의 팔이 더 이상 내 뜻에 따라 움직이지 않았던 것도 사실이다. 내 손을 따라오라고 유도했지만 소용없었다. 최면 상태라는 걸 알려주는 단서는 발데마르에게 질문을 던질 때마다 바르르 떨리는 혀가 유일했다. 그는 대답하려고 시도하는 듯했지만 실행에 필요한 원기가 남아 있지 않았다. 나는 그 자리에 모인 다른 사람들도 최면 상태인 그와 이어주려고 노력했지만 그는 내가 아닌 다른 사람이 묻는 말은 인지하지 못하는 듯했다.

최면에 걸린 그 환자의 상태를 이해하는 데 필요한 이야기는 이제 할 만큼 한 것 같다. 간호사는 다른 사람들로 대체되었다. 나는 10시 정각에 두 의사와 L 씨와 함께 그 집을 나섰다.

그날 오후 모두들 환자를 보러 다시 그곳에 들렀을 때, 그의 상태는 이전 그대로였다. 이제 우리는 그를 최면에서 깨우는 것이 적절한 일인지, 가능하기는 한 것인지 얼마간 의논했지만, 그래봤자 좋을 게 없다는 합일점에 어렵지 않게 도달했다. 죽음(일반적으로 죽음으로 일컬어지는 것)이 최면에 의해 보류된 것이 분명했다. 발데마르를 깨우면 곧바로, 적어도 빠른 시간 내에 그가 숨을 거두리라는 사실은 우리 모두에게 자명해 보였다.

이날로부터 지난 주말까지, 즉 거의 7개월에 걸쳐 우리는 날마다 발데마르의 집을 방문했다. 때때로 의료인이든 아니든 다른 친구들을 동반하기도 했다. 그러는 내내 최면에 걸린 환자는 정확히 내가 마지막으로 설명한 그 상태에 머물러 있었다. 간호사들도 계속 그를 지켜보았다.

지난 금요일 우리는 발데마르를 깨우기로 최종 결정을 내렸다. 그를 깨우려는 시도를 하기로 마음먹은 것이다. 불행히도 (어쩌면) 이것은 여러 사적인 자리에서 엄청난 논란을 불러일으켰고, 나로서는 대중의 부적절한 감정적 반응이라고 생각할 수밖에 없었다.

나는 발데마르를 최면 상태에서 깨우려는 목적으로 늘상 밟는 단계를 거쳤다. 그러나 한동안 아무런 성과를 거두지 못했다. 최면에서 깨어나는 초기 징후로 홍채가 일부 내려오긴 했다. 하지만 홍채가 내려오는 것과 함께 아주 눈에 띄는 현상을 목격했다. 매캐하고 아주 지독한 악취를 내뿜는 누런 고름이 눈꺼풀 밑에서 줄줄 흘러내리는 것이었다. 내게 환자의 팔을 움직여보라는 제안이 나왔는데, 이 시도는 실패로 돌아갔다. F 의사가 넌지시 질문을 해보라고 말하기에 나는 다음과 같이 물었다.

"발데마르, 지금 자네의 기분이나 소망을 우리에게 설명할 수 있겠나?"

그 즉시 뺨에 무수한 반점들이 다시 나타났다. 혀는 경련을 일으켰다. 입안에서 (턱과 입술은 이전처럼 뻣뻣했지만) 격렬히 굴렀다고 해야 맞을 것이다. 그러고 나서 앞서 설명한 그 징그러운 목소리가 터져 나왔다.

"제발 좀…… 빨리…… 빨리! …… 날 재워줘……. 아니면 서둘러! ……날 깨워달라고! ……빨리! ……난 죽었다고 말하잖아!"

순간 나는 완전히 당황해서 결정을 못 내리고 우물쭈물하기만 했다. 처음에는 환자를 재우려 했지만 의욕을 완전히 상실하는 바람에 순서를 거슬러 그를 깨우기 위한 과정을 열심히 밟아가기 시작했다. 곧 성공할 기미가 보였고(적어도 곧 끝나리라는 예감은 들었다), 방 안의 모든 사람들은 환자가 깨어날 것을 예상하는 게 분명한 듯 보였다. 하지만 이 세상 그 누구도 절대 예상하지 못할 일이 일어났다.

깨우는 과정을 신속히 밟고 있는데 고통받는 그자의 입술이 아닌 혀에서 "죽었어! 죽었어!" 하는 고함이 터져나오며 그의 몸 전체가 쪼그라들고 허물어졌다. 내 손 아래에서 완전히 썩어버린 것이다. 사람들의 눈앞에, 거의 액체나 다름없는 징그럽고 역겹게 부패된 오물 덩어리가 침대 위에 놓여 있었다.

아몬티야도 술통

포르투나토는 내게 수없이 상처를 주었다. 그래도 잘 참아왔는데 그자가 감히 나를 모욕하니 복수를 결심할 수밖에. 하지만 여러분은 내 본성을 너무도 잘 알지 않는가. 내가 말로 위협했을 거라고 생각해선 안 된다. 그랬다면 되려 앙갚음을 당했을 것이다. 그것은 불 보듯 뻔한 일이다. 하지만 복수를 굳게 다짐하고 나니 감수해야 할 위험이 부담스러웠다. 그냥 벌을 주는 게 아니라 내가 처벌받지 않도록 벌을 주어야 했다. 바로잡는 사람이 오히려 처벌을 받게 된다면 그것은 올바른 응징이 아니다. 복수하는 사람이 잘못한 자에게 자기 정체를 드러내는 데 실패하는 것 역시 올바른 응징이 아니다.

　나는 포르투나토에게 의심을 살 만한 말이나 행동은 전혀 하지 않았고 그자가 내 선의를 의심한 것도 전혀 아니었다는 걸 먼저 알아두길 바란다. 나는 평소처럼 그자의 앞에서 미소를 거두지 않았고, 그자는 내 미소가 그자를 제물로 바칠 생각에서 비롯된 것임을 알아채지 못했다.

포르투나토는 어떤 면에서는 존경과 두려움의 대상이었으나 한 가지 약점이 있었다. 그는 뛰어난 포도주 감별사라는 자부심이 있었다. 이탈리아인들 중에 진짜 감별 재능을 가진 사람은 거의 없다. 그들이 보이는 열정은 대부분 때와 기회에 맞게 (영국과 오스트리아의 갑부들을 등쳐 먹으려고) 가장한 것뿐이다. 그림과 보석에 관한 한 포르투나토도 그런 여느 이탈리아인들처럼 엉터리였지만 오래된 포도주에 대해서만큼은 진짜였다. 이런 방면에서는 나 역시 그와 별반 다르지 않았다. 이탈리아산 포도주에 관해 전문가였고 기회가 닿을 때마다 대량으로 그것들을 사들였다.

사육제의 광기가 정점에 달한 어느 날 땅거미가 내릴 무렵 나는 포르투나토와 마주쳤다. 그 친구는 아주 반색을 하며 내게 말을 걸었다. 술에 얼큰히 취해 있었기 때문이다. 차림새는 알록달록 요란했다. 몸에 딱 붙고 색색깔의 줄무늬가 들어간 의상에 머리에는 방울들이 매달린 원뿔 모자를 쓰고 있었다. 나는 그를 만난 게 하도 반가워서 그의 손을 움켜잡고 놓지 않을 뻔했다.

나는 그에게 말했다. "친애하는 포르투나토, 마침 잘 만났네. 오늘 아주 근사하게 차려입었구먼! 그나저나 아몬티야도(식전주로 유명한 스페인 남부산 백포도주—옮긴이)라고 하길래 술통을 하나 받아두었는데, 아무래도 찜찜해."

"어쩌다가?" 그가 말했다. "아몬티야도? 술통 하나를 통째로? 말도 안 돼! 사육제가 한창인 이 와중에 말인가!"

"찜찜해." 내가 대꾸했다. "바보처럼 자네에게 조언도 안 구하고 값을 모두 치렀지 뭔가. 자네는 보이지를 않지, 거래를 놓칠까 봐 덜컥 겁이 나더라고."

"아몬티야도!"

"찜찜해."

"아몬티야도!"

"나로선 확인을 해볼 수밖에."

"아몬티야도!"

"자네가 바빠서 루체시에게 가는 길이라네. 누군가 가타부타 판단을 내린다면 바로 그 양반 아니겠나. 그 양반이 내게 말하길……."

"루체시는 아몬티야도와 셰리도 구별 못 해."

"그 양반 미각이 자네 못지않다고 하는 바보들도 있긴 해."

"가세, 같이 가자고."

"어디로?"

"자네 집 지하실."

"이 친구 참, 됐어. 자네의 선량함을 이용해서야 쓰겠나.

보아하니 자네는 약속이 있는 모양인데. 루체시가……."

"약속은 무슨! 가자고."

"참, 됐다니까. 약속 때문이 아니라, 자네가 심한 감기로 고생인 듯하여 그러는 걸세. 우리 집 지하실은 못 견디게 축축하다네. 칠레초석도 깔려 있고."

"그래도 가세. 감기는 아무것도 아니야. 아몬티야도라니! 자네 완전 당했네. 루체시 그자는 셰리랑 아몬티야도도 구분 못 한다니까."

그렇게 말하며 포르투나토는 내 팔을 잡았다. 나는 검은색 실크 가면을 쓰고 로클로르를 단단히 여미면서 못 이기는 척 재촉하는 그를 데리고 나의 저택으로 향했다.

집에는 하인들이 하나도 없었다. 축제를 맞이해 모두들 놀러 가고 없었다. 앞서 나는 하인들에게 아침까지 돌아오지 않을 테니 꼼짝 말고 집에 붙어 있으라고 딱 잘라 말해두었다. 그렇게 지시를 내려두면 내가 등을 돌리기가 무섭게 너도나도 꽁무니를 뺄 게 분명했기 때문이다.

나는 벽의 횃불대에서 횃불 두 개를 가져와 하나를 포르투나토에게 건넨 다음, 방 몇 곳을 지나 지하실로 이어지는 아치형 통로로 그를 안내했다. 따라오는 그에게 조심하라고 주의를 주면서 휘도는 긴 계단을 내려갔다. 마침내 우리는 계단 밑에 도착해 몬트레소 가문의 눅눅한 지하 묘지 바닥에 함께 섰다.

내 친구는 걸음새가 불안정했고, 그가 걸을 때마다 모자의 방울들이 짤랑거렸다.

"그 술통은?" 그가 말했다.

"더 가야 해." 내가 말했다. "근데 동굴 벽에서 빛나는 저 허연 거미줄 좀 보게."

그는 나를 향해 돌아서더니 취기로 눈물이 그렁그렁해 흐릿한 눈으로 내 눈을 들여다보았다.

"칠레초석?" 그가 물었다.

"칠레초석." 내가 대답했다. "기침한 지는 얼마나 되었나?"

"콜록! 콜록! 콜록! ……콜록! 콜록! 콜록! ……콜록! 콜록! 콜록! 콜록! 콜록! ……콜록! 콜록! 콜록!"

내 가엾은 친구는 몇 분이 지나도록 대답하지 못했다.

"별일 아닐세." 마침내 그가 말했다.

나는 결정을 내리고 말했다. "가세. 돌아가자고. 자네 건강은 소중한 거야. 자네는 부유한 데다 존경과 칭송, 사랑을 받고 있잖은가. 행복한 사람이야, 예전의 나처럼. 없으면 많이 아쉬울 사람일세. 나야 없어도 무슨 문제가 있겠나. 돌아가세. 이러다 자네 병나겠어. 내가 그 책임을 지긴 싫단 말일세. 게다가 루체시도 있고 하니……"

"그만 좀 해. 기침은 별거 아니야. 죽진 않아. 기침한다고 죽진 않는단 말일세."

"그야 그렇지. 자네를 쓸데없이 겁줄 생각은 없었어……
하지만 그래도 조심해서 나쁠 건 없지. 습기를 물리칠 겸 메
도크(프랑스 보르도산 적포도주—옮긴이) 한 모금씩 마시자고."

나는 보관대 위에 줄줄이 놓인 술병들 중에 하나를 뽑아
서 병목을 부러뜨렸다.

"마시게." 그렇게 말하며 그에게 와인을 건넸다.

그는 게슴츠레한 눈으로 그것을 쓱 쳐다보고는 입술 쪽
으로 들어올렸다. 그러다 잠시 동작을 멈추고 내게 친근하게
고갯짓을 했다. 그의 모자 방울들이 딸랑거렸다.

"여기에 묻혀 잠든 분들을 위하여." 그가 말했다.

"자네의 장수를 위하여."

그는 다시 내 팔을 잡았고 우리는 계속 나아갔다.

"이 지하실은 방대하군." 그가 말했다.

"몬트레소는 위대하고 번성한 가문이었으니까."

"자네 집안 문장이 기억이 안 나는군."

"하늘색 배경에 큰 황금빛 인간의 발이지 않은가. 발이
송곳니로 발뒤꿈치를 문 뱀을 짓밟고 있지."

"문장의 문구는?"

"나를 해치는 자 처벌을 면치 못하리라."

"좋구먼!" 그가 말했다.

그 숨결에 그의 눈이 반짝거리며 방울들이 다시 짤랑거렸다. 내 상상도 메도크와 함께 달구어졌다. 우리는 해골 더미 사이사이로 술통들과 큰 나무통들이 간간이 놓인 벽을 지나 가장 안쪽 지하 묘지로 향했다. 나는 다시 걸음을 멈추고 이번에는 과감히 포르투나토의 위팔을 잡았다.

"칠레초석이야!" 내가 말했다. "보게, 점점 많아지는군. 이끼처럼 천장에 매달려 있어. 우린 지금 강바닥 밑에 있는 거야. 해골들 사이로 물방울이 흘러내리는군. 가세, 너무 늦기 전에 돌아가자고. 자네 기침이……."

"별일 아니라니까." 그가 말했다. "계속 가보세. 하지만 가기 전에 메도크 한 병 더 하자고."

나는 메도크가 담긴 큰 병을 따서 그에게 건넸다. 그는 단번에 병을 비웠다. 눈에서 사나운 안광이 번득였다. 그는 너털웃음을 웃더니 통 알 수 없는 몸짓을 하며 병을 위로 던져 올렸다. 나는 놀라서 그를 쳐다보았다. 그는 그 동작을 반복했다. 기괴한 동작이었다.

"모르겠나?" 그가 말했다.

"모르겠는데." 내가 대답했다.

"그럼 자네는 일원이 아니로구먼."

"무슨 얘기야?"

"메이슨(프리메이슨을 뜻하며 비밀 결사로 중세 석공에서 유래했다-옮긴이)이 아니라고."

"아니긴, 맞아. 맞아, 맞다고."

"자네가? 설마! 메이슨이라고?"

"메이슨 맞아." 내가 대꾸했다.

"수신호. 수신호를 대보게."

"이거지 뭐." 나는 주름진 로클로르 자락 밑에서 흙손을 꺼내며 대답했다.

"농담도 참." 그가 몇 걸음 물러나며 소리쳤다. "그래도 그 아몬티야도는 보러 가세."

"그러자고." 나는 연장을 망토 밑에 다시 넣고 나서 그에게 팔을 내밀었다. 그는 내 팔에 무거운 몸을 기댔다. 우리는 아몬티야도를 찾아 계속 나아갔다. 낮은 아치들을 통과해 내려간 다음 계속 나아가다가 다시 아래로 내려가서 깊은 지하실에 도달했다. 여기는 공기가 탁해서 횃불이 타오르는 불꽃이라기보다 희미한 빛에 지나지 않았다.

그 지하실 가장 안쪽 끝에 더 작은 공간이 또 하나 나타났다. 그 공간의 벽에는 파리의 거대한 지하 묘지처럼 사람의 뼈가 천장까지 차곡차곡 쌓여 있었다. 이 안쪽 지하실의 삼면은 이런 식으로 정돈된 모습이었는데, 네 번째 벽의 뼈들은 무너져서 흙바닥에 어지럽게 널려 있거나 한곳에 쌓여 소복한 무더기를 이루었다. 뼈들이 무너져 드러난 벽에는 깊이 1미터 남짓에 폭 1미터 미만, 높이 2미터 정도의 벽감이 하나 있었다. 특별한 용도로 지어진 것 같지는 않았고, 지하 묘소 천장을 떠받치는 거대한 두 기둥 사이와 단단한 화강암 벽의 일부가 만나면서 생긴 공간이었다.

포르투나토는 움푹 들어간 벽 안쪽을 보려고 약한 횃불을 치켜들었지만 허사였다. 불빛이 너무 약해 끝까지 보이지가 않았다.

"계속 가시게. 안쪽에 아몬티야도가 있으니까. 루체시라면……."

"그자는 무지렁이야." 내 친구는 휘청거리는 걸음으로 불쑥 끼어들며 앞으로 나아갔고, 나는 그의 뒤를 바짝 붙어 따라갔다.

벽감 끝에 금세 도달한 그는 바위 벽에 진로가 막힌 걸 알고 어리둥절해 멍하니 서 있었다. 나는 번개같이 화강암에 연결된 족쇄를 그에게 채웠다. 벽 표면에는 쇠로 된 꺾쇠 두 개가 60센티미터 간격으로 나란히 박혀 있었다. 한쪽 꺾쇠에는 짧은 사슬이 달려 있었고, 다른 한쪽에는 맹꽁이자물쇠가 달려 있었다. 그의 허리에 사슬을 감고 그것에 자물쇠를 채우기까지는 몇 초밖에 걸리지 않았다. 그는 너무 놀라 저항하지도 않았다. 나는 열쇠를 빼서 벽 밖으로 물러났다.

"벽 위로 손을 움직여봐. 칠레초석이 만져질 거야. 아주 축축할걸. 내가 다시 한 번 청하지, 돌아가자고. 싫어? 그럼 자네를 두고 갈 수밖에. 하지만 할 수 있는 데까지 배려를 해주지."

"아몬티야도는 어쩌고!" 내 친구는 아직 놀란 마음을 추스르지 못하고 고함쳤다.

"그래. 그 아몬티야도."

나는 그렇게 말하며 앞서 말한 유골 더미 사이를 부지런히 헤쳤다. 뼈들을 옆으로 내던지고 얼른 건축용 돌과 모르타르를 찾아냈다. 이 재료와 흙손을 써서 그 벽감 입구에 열심히 벽을 쌓기 시작했다.

석벽의 첫 단을 쌓기 무섭게 나는 포르투나토의 취기가 상당히 가셨다는 걸 알게 되었다. 최초의 단서는 벽 안쪽에서 들려오는 낮은 신음과 울음소리였다. 그것은 술에 취한 남자가 내는 울음소리가 아니었다. 이후에는 긴 침묵이 고집스럽게 이어졌다. 나는 2단을 쌓고, 3단을 쌓았다. 4단째 올렸을 때 사슬이 거세게 흔들리는 소리가 들렸다. 그 소리는 몇 분 동안 계속되었고, 그동안 나는 그 소리를 더 잘 감상하고 싶어 일손을 놓고 뼈들 위에 앉아 있었다. 철걱거리는 소리가 잦아들었을 때 다시 흙손을 들고 5단, 6단, 7단까지 쉬지 않고 석벽을 쌓았다. 이제 벽은 거의 내 가슴 높이에 이르렀다. 다시 일손을 놓고 돌담 위로 횃불을 들어 안쪽에 있는 그에게 미약한 빛을 던졌다.

사슬에 묶인 그의 목에서 별안간 크고 날카로운 비명이 연이어 터져 나왔다. 나는 그 소리에 거칠게 떠밀리듯 뒤로 물러났다. 잠시 멈칫하고 몸을 덜덜 떨었다. 양날검을 빼들고 벽을 이리저리 휘젓기 시작했지만, 언뜻 한 가지 생각이 떠올라 안정을 찾았다. 지하 묘지의 굳건한 구조물에 손을 대보니 마음이 놓였다. 나는 다시 벽으로 다가가서 고함을 지르는 그에게 응답했다. 그의 고함을 되받아치고 더 보탰다. 성량과 힘에서 압도해버렸다. 내가 그렇게 나오자 고함은 잠잠해졌다.

한밤중이 되었고 내 작업은 마무리를 앞두고 있었다. 8단, 9단, 10단이 완성된 상황이었다. 마지막 11단도 일부 완성되었다. 이제 돌 하나만 끼우고 모르타르를 바르면 끝이었다. 나는 무거운 돌덩이를 힘겹게 들어올려 정해진 위치에 일부를 끼워 넣었다. 그런데 벽 안에서 낮은 웃음소리가 흘러나왔다. 나는 머리털이 곤두섰다. 뒤이어 구슬픈 목소리가 들려왔다. 그 고귀하신 포르투나토의 목소리라고는 도저히 생각할 수 없는 목소리였다. 그 목소리가 말했다.

"하! 하! 하! ……히! 히! ……참으로 재미난 장난일세그려…… 훌륭한 장난이야. 집에서 같이 한바탕 웃어보세나……. 히! 히! 히! ……포도주 잔을 앞에 두고 말일세……

히! 히! 히!"

"그 아몬티야도 말인가!" 내가 말했다.

"히! 히! 히! ……히! 히! 히! ……그래, 그 아몬티야도.
그런데 시간이 너무 늦지 않았을까? 사람들이 집에서 우리
를 기다리고 있지 않겠느냐고! 포르투나토 부인과 다른 사람
들 말일세. 이제 돌아가세."

"그러지. 돌아가세."

"제발, 몬트레소!"

"그러자고." 내가 말했다. "제발 그러자고!"

하지만 이 말에 대한 대답은 들려오지 않았다. 나는 점
점 초조해져 크게 소리쳤다.

"포르투나토!"

대답은 없었다. 나는 다시 소리쳤다…….

"포르투나토!"

여전히 대답은 없었다. 남은 횃불을 안쪽으로 집어넣고
떨어뜨리자 딸랑거리는 종소리만이 응답할 뿐이었다. 가슴
이 답답했다. 지하 묘지의 습기 때문이었다. 나는 서둘러 작
업을 마무리 지었다. 마지막 돌을 제 위치에 끼워 넣고 모르
타르를 발랐다. 그리고 새로 생긴 석벽 앞에 오래된 해골로
벽을 쌓아 올렸다. 그때로부터 반세기가 흘렀지만 그것에 손
을 댄 인간은 누구도 없었다. 편히 잠드시게!

메첸거슈타인

나는 살아서는 당신들의 역병이었고
죽어서는 당신들의 죽음이 되리라.

–

마르틴 루터

공포와 파멸은 어느 시대에나 존재해왔다. 그러니 내가 하려
는 이 이야기에 굳이 날짜를 특정할 까닭이 있을까? 그저 헝
가리 지방에 윤회설에 대한 믿음이 확고하고도 은밀히 퍼져
있었던 시절의 이야기라고만 해두어도 충분하리라. 윤회설
의 허황됨이나 그럴듯함에 대해서는 거론하지 않겠다. 다만,
라브뤼예르(17세기 프랑스 풍자 작가 겸 윤리 사상가-옮긴이)가 우리의
모든 불행이 혼자 있지 못하는 것에서 비롯된다고 말했듯이,
나는 우리의 불신도 혼자 있을 수 없는 데서 대부분 비롯된

다고 확신한다. (메르시에는 『2440년』에서 윤회설을 견지하였고, 아이작 디즈레일리는 "그렇게 단순하고 받아들이기에 거부감이 거의 없는 생각의 체계도 없다"고 말한다. '그린마운틴보이스' 이선 앨런도 진지한 윤회론자였다고 한다-원주)

하지만 헝가리인들의 미신을 마냥 믿기에는 터무니없는 점들이 있다. 그들, 그 헝가리인들은 동쪽의 정복자들과는 본질적으로 달랐다. 예를 들어 어느 예리하고 총명한 파리인의 말을 인용해보자면, 헝가리인들은 영혼에 대해 이렇게 말했다고 한다. "영혼은 지각이 있는 몸에 단 한 번 머물 뿐이라, 영혼이 머물지 않을 때는 개나 말, 사람조차도 그 동물의 닮은꼴에 불과하다."

베를리피칭 가문과 메첸거슈타인 가문은 수세기 동안 서로 대립해왔다. 이제껏 이 두 가문처럼 상대를 향해 그리 노골적이고 지독하게 증오를 불태우는 경우는 없었다. 이 반목의 근원은 옛 예언에서 찾아볼 수 있을 것이다. "기수가 말에 올라타듯 필멸의 메첸거슈타인이 불멸의 베를리피칭에게 승리하는 날, 한 고귀한 이름이 무참히 추락하리라."

분명 이 말에는 별다른 혹은 아무런 의미가 담겨 있지 않았다. 하지만 지금까지 이보다 더 사소한 것들도 큰 분란을 야기해왔으며 아주 먼 옛날의 일인 것도 아니다. 게다가 영지가 인접한 두 집안은 복잡한 통치 문제와 관련해 오랫동안 경쟁적으로 영향력을 행사해왔다. 옆집일수록 친구가 되기 어려운 법이거늘, 베를리피칭 성의 주민들은 그들의 높다란 부벽에서 내다보면 메첸거슈타인 성의 창문 안쪽이 들여다보일 정도였는데, 이때 그들의 눈에 들어오는 더 화려한 봉건적 풍경은 내력으로나 재력으로나 뒤처진 베를리피칭 사람들의 불편한 심기를 달래주지 못했다. 이러하니 예언이 아무리 터무니없다고 한들, 이미 해묵은 질투에 사로잡혀 걸핏하면 싸우려 드는 두 가문이 끊임없이 반목하며 지내는 것이 무엇이 이상할까. 그 예언에 무슨 의미나 뜻이라도 담겨 있었다면 더 강한 쪽이 최종적으로 승리할 것이며 힘과 영향력이 더 약한 쪽은 더욱 원한에 사무쳐 그 예언을 기억하게 되리라는 의미가 아니었을까?

베를리피칭의 빌헬름 백작은 고귀한 핏줄의 후손이었으나 이 일이 벌어질 무렵에는 그저 노쇠하고 노망난 노인에 불과했다. 그가 숙적 가문에게 뿌리 깊고 과도한 사적 앙심을 품고 있다는 것과, 말과 사냥에 푹 빠진 나머지 병약한 몸에 고령인 데다 정신이 온전치 못한 처지임에도 날마다 위험한 추격전에 참가한다는 것은 널리 알려진 사실이었다.

반면 프리드리히 메첸거슈타인 남작은 아직 성년이 아니었다. 그의 아버지 G 대신大臣은 젊은 나이에 세상을 떠났다. 얼마 후 어머니 메리 역시 남편의 뒤를 따랐는데, 당시 프리드리히는 18살이었다. 도시에서 18년은 그리 긴 기간이 아니지만 황야에서는, 이 오래된 공국公國처럼 대단히 광활한 황야에서는 시계추가 더 깊은 의미를 띠고 진동하는 법이다.

아버지가 죽자 젊은 남작은 아버지의 통치에 편승하던 특수한 상황에서 벗어나 즉시 막대한 재산의 주인이 되었다. 이제까지 헝가리 귀족들 중에 이런 영지를 소유한 사람은 거의 없었다. 그가 소유한 성들은 헤아릴 수 없을 만큼 많았는데, 화려함과 규모 면에서는 메첸거슈타인 성이 으뜸이었다. 그의 영토가 어디까지인지 정확한 경계선이 밝혀진 적은 없지만 가장 큰 정원은 둘레가 80킬로미터에 달했다.

명성이 자자한 새파란 젊은이가 유례없는 막대한 재산을 물려받았을 때, 그의 향후 행보에 대해서는 거의 아무런 추측도 나오지 않았다. 그런데 이후 사흘간 이 상속자가 보인 행보는 가장 열렬한 숭배자들의 예상을 훌쩍 뛰어넘어 실로 헤롯 왕을 능가하는 것이었다. 집에 머무는 신하들은 남작의 낯부끄러운 방탕함와 뻔뻔한 기만행위, 전에 없는 잔혹함에 벌벌 떨면서, 내가 아무리 바짝 엎드린들 설령 남작의 가슴에 양심이 살아 있다 해도 옹졸한 칼리굴라(독재자로 허랑방탕한 생활을 하다가 암살당한 로마 3대 황제-옮긴이)의 무자비한 송곳니 앞에서는 결코 무사하지 못할 것임을 금세 깨달았다. 나흘째 되던 날 밤, 베를리피칭 성 마구간에서 불이 났다. 이웃 주민들은 남작의 비행과 극악무도한 죄악의 목록에 방화를 추가했다.

하지만 이런 일로 소동이 벌어지는 동안, 사실 어린 귀족은 메첸거슈타인 성의 널찍하고 괴괴한 위쪽 방에 앉아 상념에 잠겨 있었다. 벽에 음침히 걸린 다채롭지만 빛바랜 태피스트리에는 걸출한 선인들 수천 명의 흐릿하고 당당한 형체가 수놓아져 있었다. 가까운 쪽에는 풍성한 모피 차림의 사제들과 교황청 고관들이 귀족과 군주 옆에 익숙하게 자리를 잡고 앉아 세속의 왕이 바라는 일을 거부하지 않으면 교황의 위세가 실린 명령으로 적수의 무엄한 왕권을 억눌렀다. 먼 쪽에는 검고 건장한 메첸거슈타인의 제후들이 (쓰러진 적들의 시체 위로 날뛰는 힘찬 군마들과 함께) 아주 침착한 자들조차 움찔하게 만들 만한 광폭한 표정을 짓고 있었다. 또한 가까운 곳에는 지난날의 풍만하고 백조 같은 여자들이 상상의 선율에 맞춰 몽환적인 춤을 추며 돌아다녔다.

베를리피칭의 마구간에서 갈수록 큰 소동이 벌어져 남작은 그 소리에 귀를 기울였지만(어쩌면 대담한 행각을 더 새롭고 확실하게 감행할 방안을 고심하는 것 같기도 했다), 아무리 귀를 기울이려 해도 태피스트리 안에 있는 말 그림에 자기도 모르게 시선을 빼앗겼다. 그것은 몸집이 거대하고 색깔이 기묘한 말로, 경쟁 가문의 사라센인(고대 그리스 로마 시대에 아라비아인을 일컫던 말-옮긴이) 선조가 타던 말이었다. 말은 그림 앞쪽에 조각상처럼 우두커니 서 있었고, 한참 뒤쪽에는 말의 주인이 메첸거슈타인 집안 사람의 단도에 찔려 죽어 있었다.

무심코 눈에 들어온 그 풍경이 무얼 의미하는지 알아챈 순간 프리드리히의 입술에 모진 표정이 떠올랐다. 그러나 그는 그 표정을 거두지 않았다. 되려 도무지 정체를 알 수 없는 극심한 불안감이 관 뚜껑이 떨어지듯 온 감각을 엄습했다. 맑은 정신에 몽환적이고 부조리한 감정을 담기란 어려운 일이었다. 바라볼수록 그 마력에 점점 더 빨려드는 듯했다. 태피스트리에 매혹당해 시선을 뗄 수가 없었다. 느닷없이 소동이 더 격렬해진 것이 아닌데도 그는 창밖 너머 불타는 마구간의 이글거리는 빨간 불빛 쪽으로 힘겹게 주의를 돌렸다.

그러나 그것도 잠시뿐 그의 눈길은 기계적으로 벽을 향해 되돌아갔다. 순간 그는 소스라치며 엄청난 두려움에 사로잡혔다. 그 거대한 수말의 머리 위치가 그새 바뀌어 있었던 것이다. 안타까워하듯 엎어진 주인의 시체 위로 수그려 있던 말의 목은 이제 남작을 향해 곧게 쭉 뻗어 있었다. 전에는 보이지 않았던 말의 눈은 인간의 기운찬 눈빛을 띠고 있었고, 유독 붉은빛으로 형형히 번뜩였다. 성난 말은 입술을 위로 열어젖혀 음험하고 역겨운 이빨을 모두 드러내고 있었다.

젊은 귀족은 두려움에 휩싸여 문으로 비틀비틀 걸어갔

다. 문을 휙 열어젖히자 붉은 불빛이 방 안쪽까지 깊숙이 들어와 흔들리는 태피스트리에 선명한 그림자를 던졌다. 그는 문지방에서 잠시 비틀거리며 그 그림자가 베를리피칭의 사라센인을 죽인 무자비하고 의기양양한 살인자와 똑같은 자세로 윤곽선을 정확히 채우는 것을 보고 진저리를 쳤다.

남작은 울한 기분을 바꿔보려고 서둘러 트인 곳으로 나갔다. 그는 성의 정문에서 마부 세 명과 마주쳤다. 마부들은 날뛰는 말을 목숨을 걸고 간신히 붙들고 있었다. 몸집이 거대하고 빛깔이 환한 말이었다.

"누구의 말인가? 어디에서 난 것이냐?" 젊은 남작은 눈앞의 이 거친 동물이 방에 있는 태피스트리 속 그 신비로운 수말과 생김새가 똑같다는 걸 한눈에 알아보고는 잠긴 목소리로 퉁명스럽게 물었다.

"나리의 것입니다." 마부 하나가 대답했다. "주인이라고 나서는 자가 없으니 말입니다. 베를리피칭 성의 불타는 마구간 쪽에서 성질이 나 김을 풀풀 내뿜으며 거품을 물고 달려오는 녀석을 저희가 붙잡았지요. 노백작의 외국산 종마인가 싶어 길을 잃은 말이라고 돌려보냈는데 거기 마부들이 자기네 말이 아니라지 뭡니까. 불길에서 간신히 탈출한 상처들이 뚜렷한데, 참 이상한 일입니다."

"놈의 이마에 W. V. B.라는 낙인도 아주 또렷하게 찍혀 있습니다." 두 번째 마부가 끼어들었다. "저는 빌헬름 폰 베를리피칭의 이니셜이겠거니 생각했는데 그쪽 성에서는 한사코 모르는 말이라고 합니다."

"그것참 이상한 일이다!" 젊은 남작은 생각에 잠기듯 말했는데, 무의식적으로 지껄이는 게 분명했다. "너희들 말마따나 근사한 말이다! 굉장한 말이야! 수상쩍고 다루기 힘든 놈이긴 하지만. 그래도 내가 취하도록 하지." 그는 머뭇거리다 덧붙였다. "메첸거슈타인의 프리드리히 정도의 승마 실력이라면 베를리피칭의 마구간에서 온 악마라도 길들일 수 있을 것이다."

"그것은 아닙니다, 나리. 이미 말씀드린 대로 이 말은 백작의 마구간에서 온 놈이 아닙니다. 그랬다면 귀한 분이 계신 집 안에 이놈을 들여놓지 않았겠지요."

"그렇군!" 남작이 시큰둥하게 대꾸했다. 그때 성 쪽에서 침실 하인 하나가 상기된 표정으로 부리나케 앞으로 나섰다. 하인은 자기가 맡은 방에서 태피스트리의 일부가 별안간 사라졌다고 주인의 귀에 속삭였다. 그러고는 그 사건과 상황을 세세히 고했지만 자세한 이야기는 목소리를 아주 낮춰 말했기 때문에 마부들의 호기심을 채워줄 내용은 전혀 새어 나가지 않았다.

젊은 프리드리히는 이야기를 나누는 동안 여러 감정의

동요로 마음이 어지러운 듯했다. 하지만 그는 이내 평정을 되찾았고, 그의 얼굴에는 단호하고 잔혹한 표정이 떠올랐다. 그는 문제의 방을 즉시 잠그고 열쇠를 자기에게 넘기라고 엄히 지시했다.

"늙은 사냥꾼 베를리피칭이 불행한 죽음을 맞이했다는 소식은 들으셨는지요?" 하인이 물러간 뒤 남작이 거두어들인 거대한 수말이 곱절로 더 분노하여 성에서 메첸거슈타인의 마구간까지 난 기다란 길에서 앞발과 뒷발을 들며 펄쩍펄쩍 날뛰고 있을 때, 하인 하나가 남작에게 말했다.

"아니!" 남작이 하인을 획 돌아보며 말했다. "죽다니! 정말이냐?"

"사실입니다, 나리. 나리의 고귀한 이름 앞에 결코 언짢은 소식은 아닐 겁니다."

그의 얼굴에 순식간에 미소가 퍼졌다. "어떻게 죽었지?"

"아끼는 사냥 말 하나를 구하려고 경솔한 짓을 하다가 불길에 비참히 죽었다고 합니다."

"……그렇단……말이지!" 남작은 어떤 흥미로운 생각을 천천히 진실로 받아들이듯 뇌까렸다.

"그렇습니다." 하인이 반복했다.

"충격이로군!" 젊은 남작은 차분히 말하고는 조용히 성을 향해 돌아섰다.

이날부터 방종한 젊은이 프리드리히 폰 메첸거슈타인 남작의 행동거지에 뚜렷한 변화가 일어났다. 그의 행동은 모든 기대를 번번이 저버렸고, 많은 꾀바른 이들의 관점에서 보아도 거의 종잡을 수 없는 것이었다. 그의 습관과 태도는 이전보다는 덜했지만 여러모로 이웃 귀족들의 습관이나 태도와는 궤가 달랐다. 그는 영지 바깥에서는 모습을 드러내는 일이 없었고, 교제하며 살아가는 이 넓은 세상에 친구가 하나도 없었다. 그가 매일같이 타고 다니는 말, 이상하고 성급하며 빛깔이 불처럼 환한 그 말이 그의 친구라는 신비한 특권을 누린 것이라면 모를까.

그런데도 이웃들의 초청장은 오랫동안 주기적으로 들어왔다. "남작님께서 참석하시어 우리 축제를 빛내주시겠습니까?" "남작님께서도 멧돼지 사냥에 함께하실런지요?"라는 물음에 그는 "메첸거슈타인은 사냥하지 않소." 혹은 "메첸거슈타인은 참석하지 않겠습니다"와 같은 말로 거만하고 간단한 답장을 보냈다.

이렇게 거듭되는 모욕을 오만한 귀족들이 참아 넘길 리 없었다. 초청장은 갈수록 무뚝뚝해졌고 점점 뜸해지더니 결국은 완전히 끊기고 말았다. 불운한 베를리피칭 백작의 혼자 남은 아내는 이런 말을 했다고 한다. "남작은 집에 있고 싶지 않아도 집에 있어야 할 거야. 동등한 사람들과 함께하는 걸

싫어하니까. 게다가 원치 않아도 말을 타야할걸. 말과 어울리는 걸 더 좋아하니 말이야." 이것은 분명 대대로 이어진 반감의 저열한 표출이었고, 유독 활달해 보이고 싶은 사람들이 얼마나 무의미한 말을 쉽게 지껄이는지 증명할 뿐이었다.

하지만 너그러운 사람들은 젊은 귀족의 행동거지에 일어난 변화를 부모님을 일찍 여읜 아들이 겪는 자연스런 슬픔의 탓으로 돌렸다. 사별한 직후에 얼마간 보였던 극악무도하고 무분별한 행실을 잊은 것이다. 혹자는 자만심과 위엄 탓일 거라는 오만한 생각을 내놓기도 했고, 혹자는 (이들 가운데 가문의 주치의도 해당되었다) 거침없이 우울증과 유전병을 들먹이기도 했다. 그러는 동안 더 모호한 내용의 흉흉한 소문들이 여러 사람의 입에 오르내렸다.

남작이 최근에 얻은 말에 보인 집착은 (그 짐승이 매번 갖가지 방식으로 포악하고 악마와 같은 성향을 내보일 때마다 집착이 더욱 강해지는 듯했다) 결국 제정신인 사람들의 눈에는 소름 끼치고 비정상적인 열병으로 비치게 되었다. 남작은 환한 대낮이든 고요한 한밤중이든, 아플 때나 건강할 때나, 날이 좋을 때나 궂을 때나 그 거대한 말의 안장에 붙어 있었고, 다루기 힘들고 대담한 말은 주인의 기질과 아주 잘 어울렸다. 더욱이 최근에 일어난 사건들로 인해 남작의 광기와 그 말의 능력은 더욱 초자연적이고 불길한 빛을 띠게 되었다. 그 말이한 번 도약해 뛰어넘는 거리는 상상을 훨씬 넘어서는 거리였다. 게다가 남작의 다른 말들은 저마다 독특한 이름을 가지고 있었지만 남작은 유독 이 말에게만은 이름을 지어주지 않았다. 마구간 또한 나머지 다른 말들과 떨어진 곳으로 정해주었다. 주인은 말의 몸을 닦아주는 일을 비롯해 기타 필요한 일들을 직접 처리했고, 심지어 마구간에 직접 들어가기도 했다.

베를리피칭에서 큰불이 나 이 말이 도망쳐 오던 날 쇠사슬 굴레와 올가미를 이용해서 말을 붙잡았던 마부 세 명은 그 위험한 몸싸움 당시나 이후에도 이 짐승의 몸에 손을 댄 적이 있는지 셋 중 누구도 장담하지 못했다. 고귀한 고등동물의 행동에서 유난히 영특한 면이 돋보인다 하더라도 비상한 관심이 쏠리기는 어려운 법인데, 가장 의심이 많고 냉정한 사람들조차 주목할 수밖에 없는 상황들도 생겼다. 짐승이 발을 굴러대는 무시무시한 소리에 주위를 넓게 둘러싸고 있던 사람들이 의미심장한 기색을 느끼고 겁에 질려 몸을 피한 일이 있었고, 인간과 닮은 이 말의 진지한 눈이 빠르게 탐색하는 빛을 띠는 순간, 메첸거슈타인이 하얗게 질려 물러선 일도 있었다.

하지만 남작의 수하들 중에는 그가 사나운 말을 끔찍히 아낀다는 것을 의심하는 이는 없었다. 그러나 미천한 심부름을 도맡아 하는, 몸이 불편한 어린아이만은 예외였다. 누구나 성가셔할 만큼 몸이 불편한 데다 무슨 말을 하든 의견이 묵살되는 아이였다. 그런데 이 아이가 (이 아이의 생각을 언급할 가치가 있을까 모르겠지만) 주인이 안장에 올라탈 때 왠지 모르게 미세하게 몸을 떤다는 무엄한 주장을 내놓았다. 또한 습관처럼 장시간 말을 타다가 돌아올 때면 남작의 얼굴은 매번 모든 근육이 뒤틀릴 만큼 승리감에 취한 모진 표정을 띤다고도 했다.

그러던 중 폭풍우가 치던 어느 밤, 깊은 잠에서 깨어난 메첸거슈타인은 미친 사람처럼 방에서 내려와 황급히 말에 올라타고는 미로 같은 숲을 향해 달려갔다. 워낙 흔히 있는 일이라 당시에는 누구도 관심을 주지 않았지만 그가 성을 비운 지 몇 시간이 지났을 때 집에 있는 사람들은 그의 귀가를 간절히 기다릴 수밖에 없었다. 걷잡을 수 없이 날뛰는 거센 불길에 거대하고 위풍당당한 메첸거슈타인 성의 토대가 쩍쩍 갈라지고 흔들리기 시작했던 것이다.

불길은 처음 발견되었을 때부터 이미 심하게 번진 상태였다. 성의 일부라도 구해보려는 노력이 모두 부질없어 보였기에 이웃 주민들은 놀란 기색 없이 무심히 손을 놓고 그저 조용히 서 있기만 했다. 하지만 처음 보는 무시무시한 무언가가 곧 군중의 주의를 끌었다. 생명이 없는 물체가 아무리 두려운 광경을 자아낸다고 해도 인간의 고통을 목격할 때만큼 격렬한 감정의 동요를 불러일으키지는 않는다는 것을 증명하는 순간이었다.

저 멀리 숲에서부터 메첸거슈타인 성 정문으로 길게 이어지는 오래된 참나무 길을 따라 말 한 마리가 달려오는 것이 보였다. 모자도 안 쓴 채 꼴이 엉망인 사람을 태우고서 악랄한 폭풍이 무색할 만큼 맹렬한 기세로 달려오고 있었다.

말을 탄 그 사람은 통제력을 잃고선 어쩔 수 없이 말에 이끌려 질주하는 것이 분명했다. 고통스러운 얼굴과 들썩이는 몸짓으로 보아 안간힘을 쓰는 기색이 역력했지만, 극심한 두려움 때문에 몇 번이고 깨물어 찢어진 입술에서는 짧게 내지른 비명 외에는 아무 소리도 흘러나오지 않았다. 일순간 딸가닥거리는 말발굽 소리가 포효하는 화염과 바람의 괴성 위로 크고 날카롭게 울려 퍼지더니 단 한 번의 도약으로 출입구와 해자를 훌쩍 뛰어넘은 그 말은 성의 흔들거리는 계단 위로 달음질쳐 올라갔다. 그리고 등에 올라탄 사람을 데리고 휘도는 어지러운 불길 속으로 사라져버렸다.

등등하던 폭풍의 기세가 즉시 누그러지고 괴괴한 정적이 이어졌다. 한 줄기 하얀 불꽃이 수의처럼 성을 감싸며 고요한 대기 저편으로 쭉 뻗어나가다 번쩍하고 비상한 섬광을 내뿜었다. 그사이 성벽 위에는 거대한 말의 형상을 한 연기 구름이 자욱이 내려앉아 있었다.

그림자
(우화)

아! 내가 어둠의 골짜기를 지난다 하여도

—

「시편」

이 글을 읽는 당신은 아직 살아 있는 자들 가운데 있겠지만, 이 글을 쓰는 나는 이미 그림자들의 땅에 들어선 지 오래일 것이다. 이상한 일들이 일어나고, 비밀스러운 일들이 알려지고, 그렇게 수세기가 흐르고 나서야 이 기록은 사람들 앞에 나타날 것이다. 이것을 누구는 아예 믿지 못할 테고 누구는 의심을 품겠지만, 그래도 몇 사람은 철필로 새긴 이 글을 읽으면서 많은 생각을 하게 될 것이다.

그해는 공포의 해였다. 세상의 언어로는 표현할 길이 없는, 공포보다 더 강렬한 감정의 해였다. 괴이한 현상과 징조가 여럿 나타났고, 역병의 검은 날개가 바다와 육지 너머 해외까지 멀리멀리 세상을 뒤덮었다. 하지만 별자리를 읽는 이들은 하늘에 어린 불길한 징조를 모르지 않았다. 그렇지 않은 사람들 가운데 나, 그리스인 오이노스에게는 794년을 주기로 돌아오는 그 시기가 도래했음이 명백해 보였다. 양자리의 등장과 함께 목성이 토성의 끔찍한 붉은 고리와 결합하는 시기였다. 내가 잘못 생각한 게 아니라면, 하늘에 어린 기이한 기운은 지구만이 아니라 인류의 영혼, 상상력, 상념에도 드러났다.

　　우리 일곱 사람은 프톨레마이스(지금의 리비아에 해당하는 고대 키레나이카의 해안 도시-옮긴이)라는 음산한 도시의 웅장한 홀에 앉아 키오스산 적포도주 몇 병을 마시며 밤을 보내고 있었다. 장인 코리노스가 보기 드문 솜씨를 발휘해 제작한 높다란 황동 문이 우리 방의 유일한 출입구였는데, 그 문은 안에서 잠겨 있었다. 게다가 어둑한 방에 드리워진 검은 휘장은 우리의 시야에서 달과 총총한 별들과 인적 없는 거리를 몰아냈지만 흉조와 악惡에 대한 기억만큼은 몰아내지 못했다. 물질적으로나 정신적으로나 뭐라 꼬집어 말하기 어려운 것들이 우리를 에워싸고 있었다. 그것은 무거운 분위기, 질식할 듯한 답답함, 불안감, 무엇보다 감각이 바짝 살아 있지만 사고의 힘은 작동하지 않을 때의 신경이 경험하는 끔찍한 자

각의 상태였다. 천근 같은 무언가가 우리를 짓눌렀다. 그것
은 우리의 팔다리에, 집 안의 가구에, 우리가 마시는 술잔에
내려앉아 있었다. 모든 것들이 침울하고 무력한 상태였지만,
우리의 술자리를 밝혀주는 일곱 등불의 불꽃만은 예외였다.
길고 가늘게 곧추 타오르는 불꽃은 창백했고 미동조차 하지
않았다. 그 은은한 불빛은 우리가 둘러앉은 흑단 원탁에 거
울을 만들었고, 그곳에 모인 우리들은 저마다 그 거울 속에
서 자신의 창백한 얼굴과 한자리에 있는 다른 이들의 내리깐
눈에 어린 동요하는 눈빛을 보았다. 하지만 우리는 와자지껄
웃으며 적당히 흥청거리고(어처구니없게도), 아나크레온(고대
이오니아의 고도 테오스가 배출한 서정 시인. 포도주와 사랑을 주제로 한 시를
썼으며, 후대에 그의 향락적인 시풍을 모방한 아나크레온풍이 크게 유행했다—
옮긴이)의 시를 노래하고 (미친 짓이었다) 마구 퍼마셨다. 보랏
빛 포도주가 피처럼 보이는데도……. 사실 방 안에 또 한 사
람, 젊은 조일루스의 육신이 있었기 때문이다. 그의 죽은 몸
이 수의를 입고 길게 누워 있었다. 그는 그곳의 사악한 영혼
이자 악귀였다. 어찌할까! 그는 우리의 유흥을 함께하지 못
했지만, 역병으로 일그러진 얼굴과 죽음에 의해 역병의 불길
이 반쯤 꺼진 눈은 죽은 자들이 죽게 될 자들의 즐거움을 앗
아가듯 우리의 즐거움을 앗아가는 듯했다. 하지만 나 오이노
스는 망자의 눈이 내게 머물러 있음을 느끼면서도 그 비통한

시선을 애써 외면했고, 흑단 거울의 심연을 물끄러미 내려다 보며 테오스의 아들이 지은 시를 크고 낭랑한 목소리로 읊 었다(테오스의 아들은 위에서 언급된 아나크레온을 가리킨다-옮긴이). 하지 만 나의 시 낭송은 차츰 멈추고 그 메아리도 방 안의 검은 휘 장 사이로 흘러가더니 약해지고 희미해지다가 완전히 사라 지고 말았다. 그런데, 하! 노랫소리가 사라진 검은 휘장 사이 에서 정체불명의 어두운 그림자가 나타났다. 달이 하늘에 낮 게 걸릴 때 생길 법한 사람 몸의 그림자와 비슷했지만 사람 도 신도 그 어떤 익숙한 것의 그림자도 아니었다. 그것은 잠 시 방의 휘장 사이에서 떨다가 황동 문의 표면에 모습을 완 전히 드러냈다. 그림자는 흐릿한 데다 형체가 없고 불분명했 는데, 사람의 것도 신의 것도 아니었다. 그리스의 신도, 칼데 아의 신도, 이집트의 신도 아니었다. 그림자는 황동 문간 아 치 지붕 아래에 자리하더니 움직이지도 말을 하지도 않고 그 저 가만히 머물러 있었다. 그리고 내 기억이 맞다면, 그림자 가 자리한 문은 수의를 입은 젊은 조일루스의 발 맞은편이었 다. 하지만 그곳에 모인 우리 일곱은 그 그림자가 휘장 사이 에서 나타나는 걸 보고서도 감히 그것을 계속 쳐다보지 못하 고 시선을 떨구어 흑단 거울의 심연을 들여다보았다. 마침내 내가 낮은 목소리로 그림자에게 사는 곳과 이름을 물었다. 그러자 그림자가 대답했다. "나는 그림자요. 사는 곳은 프톨레마이스의 지하 묘지 근처, 카론(그리스신화 속 저승으로 가는 나루터의 뱃사공-옮긴이)의 더러운 수로와 맞닿은 어슴프레한 헬루시온(극락, 즉 천국을 말한다-옮긴이) 평야 바로 옆이오." 그 대답에 우리 일곱은 기겁을 하며 자리에서 벌떡 일어나 부들부들 몸을 떨며 서 있었다. 그림자의 목소리가 한 사람이 아닌 여러 사람의 음색이었기 때문이다. 그 목소리는 음절마다 억양을 달리했다. 그러면서 아직도 기억에 생생한 그 말씨, 사망한 친구들 수천 명의 낯익은 말씨로 우리의 귓가에 아스라이 들려왔다.

침묵

(우화)

산봉우리는 잠들고 골짜기와 암벽, 동굴은 침묵한다.

–

알크만

"들어보게." 악마가 내 머리 위에 손을 얹으며 말했다.

"내가 말하는 땅은 리비아의 황량한 땅, 자이르강(아프리카 중부 콩고에 흐르는 강–옮긴이) 경계 부근이야. 도무지 침묵이라곤 없는 시끄러운 곳이지.

강물은 황갈색의 역겨운 빛을 띠는데, 바다로 계속 흘러들지 않고 태양의 붉은 눈 아래 영원히 영원히 몸부림치고 꿈틀대며 고동친다네. 강 양쪽으로 펼쳐진 수 킬로미터의 습지는 거대한 수련들이 자라는 질퍽한 황무지야. 겹겹이 자라난 수련들은 고독감에 한숨짓고, 하늘을 향해 기다랗고 허연

333

목을 한껏 뻗고는 변치 않는 머리를 앞뒤로 까딱거리지. 수련들 사이에서 뭐라 뭐라 중얼거리는 소리가 흘러나오는데 지하수가 흐르는 소리 같기도 해. 겹겹이 자라난 수련들은 또다시 한숨을 짓는다네.

하지만 그들의 영토에도 경계는 있어. 어둡고 섬찟하고 높다란 숲과 맞닿아 있지. 그곳에선 낮은 덤불이 헤브리디스(스코틀랜드 서쪽 대서양 연안에 자리한 군도—옮긴이)의 파도처럼 끊임없이 움직거린다네. 하늘에 바람 한 점 없는데 말이야. 키 큰 태곳적 나무들이 곳곳에서 무시무시한 굉음을 내며 끝없이 흔들린다네. 그리고 하나둘 우듬지에서 영원의 이슬방울을 뚝뚝 떨어뜨리지. 나무 밑동에는 괴이하고 유독한 꽃들이 잠을 못 이루고 뒤척이며 누워 있어. 머리 위로는 잿빛 구름이 우르릉 쾅쾅 요란한 소리를 내면서 끝없이 서쪽을 향해 달려가다가 결국 폭우가 되어 지평선의 불타는 벽 위로 쏟아진다네. 하지만 하늘에는 바람 한 점 없어. 자이르 강가는 조용하지도 고요하지도 않지.

밤이었고 비가 내렸어. 내릴 때는 비였는데 내리고 나니 피였지. 나는 습지의 키 큰 수련들 사이에 서 있었네. 빗방울이 내 머리 위로 떨어졌고, 겹겹이 자란 수련들은 쓸쓸하고 비통한 한숨을 내쉬었어.

그런데 별안간 달이 옅고 허연 안개를 뚫고 떠오르더니

핏빛이 되었어. 마침 강가에 있던 커다란 잿빛 바위가 달빛을 받아 환해진 것이 눈에 들어왔지. 바위는 잿빛이었고 허옇고 높았네. ······그래, 바위는 잿빛이었어. 바위 앞쪽에 글자가 새겨져 있었어. 나는 수련이 난 습지를 걸어가 바위에 새겨진 글자를 읽을 수 있을 만큼 강기슭으로 가까이 다가갔네. 하지만 무엇인지 읽히지 않았어. 그래서 습지로 돌아가려는데 달이 더욱더 빨갛고 환히 빛나길래 돌아서서 다시 그 바위를, 그 글자를 쳐다보았지. 그 글자는 '적막'이었어.

그리고 위를 올려다봤더니 한 남자가 바위 꼭대기에 서 있지 뭔가. 나는 남자의 행동을 지켜보려 수련들 사이로 몸을 숨겼네. 남자는 큰 키에 체격이 우람했고 어깨부터 발끝까지 고대 로마의 토가를 두르고 있었어. 형체의 윤곽은 흐릿했지만 이목구비는 신의 것이었어. 밤과 안개와 달의 장막이 그의 이목구비를 가리지 않았거든. 넓은 이마에는 상념이 가득했고 눈은 걱정으로 격렬했네. 그리고 뺨에 패인 몇 가닥 주름에서 나는 남자의 슬픔과 고난의 이야기를, 인간에 대한 염증을, 고독을 향한 열망을 읽을 수 있었네.

남자는 바위에 앉아 손으로 얼굴을 괴고는 황무지를 바라보더군. 부산스럽게 떨리는 낮은 떨기나무를 내려다보다가 키 큰 태곳적 나무를 올려다보고는 더 위쪽의 우르렁거리는 하늘을 쳐다본 뒤 선홍빛 달을 쳐다보았네. 나는 수련 속에 가까이 몸을 숨기고 누워 남자의 움직임을 지켜보았지.

　　남자는 고독에 몸을 떨었어……. 하지만 밤은 점차 물러
갔고 남자는 바위에 앉아 있었네.

　　남자는 하늘에서 시선을 돌려 황량한 자이로강을, 누렇
고 허연 강물을, 흰 수련 무리를 바라보았어. 그리고 수련들
의 한숨 소리를, 그 사이에서 올라오는 중얼거리는 소리에
귀를 기울였지. 나는 가까운 은신처에 누워 남자의 움직임을
지켜보았고.

　　남자는 고독에 몸을 떨었어……. 하지만 밤은 점차 물러
갔고 남자는 바위 위에 앉아 있었네.

　　나는 습지 구석 쪽으로 내려가서 우거진 수련들을 헤치
며 멀리멀리 나아가 습지 구석의 소택지 사이에서 지내는 하
마를 불러냈네. 하마는 내가 부르는 소리를 듣고는 거대한
몸을 이끌고 그 바위 밑으로 가 달빛 아래에서 두려운 목소
리로 우렁차게 울부짖었네. 나는 가까운 은신처에 누워 남자
의 움직임을 지켜보았어.

　　남자는 고독에 몸을 떨었어……. 하지만 밤은 점차 물러
갔고 남자는 바위 위에 앉아 있었지.

　　나는 비바람에게 소동의 저주를 내렸네. 그러자 바람 한
점 없던 하늘에 무시무시한 비바람이 모여들었어. 하늘은 사
나운 비바람으로 납빛이 되고 빗방울이 남자의 머리를 때렸

어. 강물은 큰물이 되어 아래로 흘러가고, 몸부림치는 강물에 거품이 일었어. 수련은 침상에서 비명을 지르고, 숲은 바람 앞에 쓰러지고, 천둥이 치고 번개가 번쩍이고, 그 바위는 뿌리까지 흔들렸지. 나는 가까운 은신처에 누워 남자의 움직임을 지켜보았어.

남자는 고독에 몸을 떨었어……. 하지만 밤은 점차 물러갔고 남자는 바위 위에 앉아 있었네.

그러다가 나는 화가 치밀어 강에게, 수련에게, 바람에게, 숲에게, 하늘에게, 천둥에게 침묵의 저주를 내렸어. 그들은 저주의 주문을 받고 잠잠해지더군. 달은 휘청휘청 하늘로 올라가기를 멈추고, 천둥은 사그라들고, 번개는 번쩍거리지 않았어. 구름은 꼼짝않고 걸려 있고, 강물은 제자리로 가라앉아 거기 머무르고, 나무는 흔들리지 않고, 수련은 더 이상 한숨짓지 않고, 수련 아래에서는 중얼거리는 소리도 더는 들려오지 않았어. 드넓고 광활한 황무지 어디에서도 소리라고는 조금도 나지 않았지. 나는 바위 위에 새겨진 글자를 다시 쳐다봤네. 글자가 달라져 있었어. '침묵'이라는 글자로.

내 시선은 남자의 얼굴에 닿았네. 남자의 얼굴은 공포로 하얗게 질려 있더군. 남자는 황급히 얼굴을 들고 바위 앞쪽에 서서 귀를 기울였어. 하지만 드넓고 광활한 황무지 어디에서도 소리는 들리지 않았고, 바위에 새겨진 '침묵'이라는 글자를 봤어. 남자는 진저리를 치더니 고개를 휙 돌리고는 다급히 멀리 날아가버렸네. 이후 난 그 남자를 본 적이 없어."

*

마기(기원전 8세기경 이란 서부 지역에서 발생한 사제 계급으로, 세 동방 박사도 여기에 해당한다-옮긴이)의 고서에는 재미난 이야기들이 담겨 있다. 강철로 장정한 감상적인 마기의 책들 말이다. 거기에는 하늘과 지상, 웅장한 바다의 영광스러운 역사가 있고, 바다와 땅, 드높은 하늘을 다스린 게니이(사람과 장소, 사물에 내재한다고 여겨지는 영적 존재나 본질-옮긴이)의 영광스러운 역사도 있다. 또한 예언자가 전하는 이야기 속 구비 설화도 많다. 도도나(제우스의 고대 신전-옮긴이) 주변에서 팔락거리던 비루한 이파리들은 신성하고 신성한 옛이야기들을 들었다. 하지만 알라신께 맹세컨대, 나는 악마가 무덤 그늘 아래 나란히 앉아 내게 들려주었던 우화를 단연 최고로 친다! 악마는 이야기를 마쳤을 때 무덤의 빈 자리로 도로 들어가 웃어댔다. 나는 악마를 따라 웃을 수가 없었다. 내가 웃지 못한다는 이유로 악마는 나를 저주했다. 무덤에서 영원히 기거하는 스라소니가 무덤에서 나왔다가 악마의 발치에 눕더니 그의 얼굴을 물끄러미 쳐다보았다.

베르니스

벗들은 말했지, 내 친구의 무덤을 찾아가면
조금은 근심을 덜 수 있을 거라고.

–

이븐 자이어트

불행은 다채롭다. 이 세상의 고난은 여러 형태를 띤다. 그것은 넓은 지평선 위 무지개처럼 쭉 펼쳐져 있는데, 빛깔이 무지개빛처럼 다양한 데다 선명하면서도 서로 밀접히 겹쳐 있다. 넓은 지평선 위 무지개처럼 쭉 펼쳐져 있다니! 어째서 나는 아름다움에서 불미스러움을, 평화의 서약에서 슬픔의 직유를 끌어내는가? 하지만 윤리학에서 악은 선의 결과이듯 사실 슬픔은 기쁨에서 태어난다. 지난날의 행복했던 기억이 오늘날의 고통이 되거나, 현재의 비애는 과거에 가졌었을지 모를 황홀감에서 기인한다.

내 세례명은 에지우스다. 성은 말하지 않겠다. 하지만
이 지방에서 내 음산한 잿빛 저택보다 더 유서 깊은 성은 없
다. 우리 가문은 몽상가의 핏줄이라 불려왔다. 내 저택의 특
징이나 큰 응접실의 프레스코 벽화, 공동 침실의 태피스트
리, 무기고 버팀벽의 조각들, 특히 복도에 걸린 고풍스러운
그림들, 서재의 양식, 마지막으로 서재에 비치된 책들의 독
특한 성격까지, 여러 가지 놀라운 세세한 사실들이 그 믿음
을 뒷받침하고도 남는다.

내 최초의 기억들은 서재와 거기 책들과 관련이 있지
만, 책들에 관해서는 더 언급하지 않겠다. 그 방에서 어머니
가 돌아가셨고, 그 방에서 내가 태어났다. 하지만 내게 이전
의 삶이 없다는, 영혼에 전생이 없다는 말은 근거가 없는 소
리다. 이것을 부인하는가? 이 문제로 논쟁을 벌일 생각은 없
다. 나는 그렇다고 믿고 있으나 내 확신을 설파할 마음도 없
다. 하지만 천상의 형상들, 영적이고 뜻깊은 눈들, 음악 같지
만 구슬펐던 소리는 기억한다. 그림자 같은 기억, 어렴풋하
고 변화무쌍하며 모호하고 불안정한 기억이다. 내게 햇빛 같
은 이성이 존재하는 한, 절대 지울 수 없다는 점에서 그림자
같은 기억이기도 하다.

나는 그 방에서 태어났다. 실재가 아닌 듯하나 실재하는

긴 밤에서 깨어나 곧장 요정의 땅, 상상의 궁전, 수도사의 사고와 지식이 다스리는 영지로 들어왔으니, 내가 놀라고 열띤 눈으로 주변을 두리번거린 것과, 책 속에 파묻혀 소녀기를 보내고 공상에 젖어 청년기를 낭비한 것은 그리 특별한 일이 아니다. 하지만 세월이 흘러 중년이 되어서도 여전히 선조들의 저택에 머문 것, 또한 내 인생의 봄날이 시들어버리고 가장 평범했던 생각들이 근본부터 정반대로 바뀐 것은 특별한 일이다. 세상이란 현실은 내게 환상처럼, 환상에 불과한 것처럼 느껴진 반면, 꿈속의 열렬한 생각들은 내 일상의 중대사이자 참되며 유일한 실재가 되었다.

베르니스와 나는 사촌지간이었고 선조들의 저택에서 함께 자랐다. 하지만 우리는 다르게 성장했다. 나는 병약했고 의기소침했지만, 베르니스는 기민하고 우아하고 활력이 넘쳤다. 베르니스가 언덕바지를 산책하는 쪽이었다면, 나는 수도사들처럼 사색하는 편이었다. 나는 내 가슴속에 살면서 몸도 마음도 가장 강렬하고 고통스러운 상념에 매달렸지만, 베르니스는 삶을 닥치는 대로 종횡무진하며 길에 어른거리는 그림자도, 까마귀처럼 조용히 날아가버리는 시간도 염두에 두지 않았다. 베르니스! 그 이름을 불러본다. 베르니스! 그 소리에 기억의 잿빛 잔해 속에서 수천 가지 기억의 회오리가 들썩거린다. 아, 이제 그 소녀의 모습이 눈앞에 생생히 그려진다. 어린 시절의 해맑고 유쾌하던 베르니스의 모습. 오, 화려하고 환상적인 아름다움이여! 오, 아른하임 관목 속 요정이여! 오, 분수 속 물의 정령이여!

그러나 이후로는 모든 것이 미스터리와 공포, 말해서는 안 되는 이야기뿐이다. 병마가, 그 치명적인 병마가 모래 폭풍처럼 베르니스를 덮쳤다. 내가 지켜보는 동안 변화의 폭풍이 그를 휩쓸고, 그의 마음과 습관과 성격을 점령하고, 가장 미묘하고 끔찍한 방식으로 그 정체성마저 흐뜨려트렸다! 아! 파괴자는 나타났다가 사라지는 법! 그런데 피해자는, 베르니스는 어디로 갔는가? 베르니스는 모르는 사람이 되어버렸다. 내가 아는 베르니스가 아니었다!

그 치명적이고 지독한 병마는 내 사촌의 정신과 육체에 너무도 끔찍한 변화를 일으켰다. 부수적으로 나타난 무수한 병증 가운데 본질적으로 가장 고통스럽고 완강한 병증은 곧잘 무의식 상태로 빠져드는 뇌전증이었다. 그는 사망한 상태와 흡사한 무의식 상태에 빠졌다가 대부분 그렇듯 갑자기 깨어났다. 그러는 동안 나의 질병도 급속히 나를 잠식했고(질병이라 말하는 것은 다르게 불러서는 안 된다는 말을 들었기 때문이다), 급기야 기묘하고 특이한 형태의 편집증적 성격을 띠더니 끝내 불가사의한 지배력으로 나를 사로잡았다. 굳이 이

름을 붙이자면 편집증이라 해야 할 텐데, 이 편집증은 형이
상학에서 말하는 이른바 '주의력'이 병적으로 과민해진 것을
말한다. 아마도 대부분 내 말을 이해하지 못할 테지만, 나 역
시 온 신경을 집중해 관심을 쏟는 이런 상태를 독자들에게
제대로 전달할 길이 없다. 내 경우에는 명상의 힘들이 이런
상태로 스스로 부지런히 침잠하여 우주의 가장 평범한 대상
마저도 상념의 대상으로 삼을 힘을 주곤 한다.

책의 여백이나 활자에서 보이는 사소한 짜임에 대해 몇
시간씩 물리지 않고 오랫동안 상념에 젖는다거나, 태피스트
리나 바닥 위로 비스듬히 떨어진 진기한 그림자에 정신을 빼
앗겨 여름날의 하루를 통째로 흘려보내기도 한다. 램프의 일
정한 불꽃이나 난로의 잉걸불을 넋 놓고 바라보다 밤을 새우
기도 하고, 꽃향기에 취해 며칠씩 멍하니 있기도 한다. 어떤
흔한 단어의 말소리가 머릿속에 아무런 의미도 남기지 못할
때까지 그걸 몇 번이고 단조롭게 읊조리기도 하며, 오랫동안
신체의 움직임을 집요하게 멈춤으로써 동작에 대한 감각과
육체의 존재감을 모두 잃기도 한다. 이러한 것들은 주의력이
작용하여 생긴 가장 흔하고도 가장 무해한 몇 가지 버릇으
로, 딱히 별스럽다고 할 수는 없지만 어떤 분석이나 설명이
통하지도 않는다.

하지만 오해하지 말기 바란다. 사소한 대상에 지나치게

병적으로 진지한 관심을 쏟는 것을 모든 인간들에게 공통된, 특히 상상력이 풍부한 사람들이 탐닉하는 사색적인 기질과 혼동해서는 안 된다. 언뜻 어떤 극단적인 상태나 그러한 기질의 과도한 발현으로 비칠 수 있지만, 이것은 그런 것과는 근본적으로 구별되는 것이다. 일례로 몽상가나 사색가는 대개 사소하지 않은 대상에 관심을 가지며, 거기서 비롯된 추론과 암시의 황야 속에서 무심코 그 대상의 모습을 놓치고 결국엔 다채로운 백일몽에 빠지는 일이 다반사인데, 이 경우 잉키타멘툼(자극, 동기를 의미하는 라틴어−옮긴이), 즉 상념을 일으킨 최초의 요인은 완전히 사라져 잊히고 만다. 그러나 내 경우에는 최초의 대상이 어김없이 사소한 것들이었고, 이것들은 나의 '병적인 시각'이라는 매체를 거치면서 굴절되고 비현실적인 중요성을 띠었다. 추론은 거의 이루어지지 않았고, 있었다고 해도 집요하게 원래의 대상으로 회귀했다. 상념은 결코 즐겁지 않았다. 상념이 끝나면 시야 밖으로 저만치 물러나 있던 최초의 요인에 이상하리만치 막대한 관심이 생기곤 했는데, 이것이 바로 내 병의 두드러진 특징이었다. 한마디로, 내 경우 특별히 작용하는 정신력은 앞서 말했듯 주의력이었고, 몽상가의 경우에는 사고력인 것이다.

이 시절 내가 읽은 책들은 실제로 내 질병을 유발했다고 할 순 없어도 대체로 공상적인 데다 하찮은 부류였고 얼마간 내 질병의 특성을 띠고 있었다. 그중에서 생생히 기억나는 것은 이탈리아 귀족 코엘리우스 세쿤두스 쿠리오(16세기 역사학자 겸 인문학자-옮긴이)의『신의 축복이 내린 왕국의 규모』, 아우구스티누스의 명작『신국론』, 테르툴리아누스의『그리스도의 육신론』이다.『그리스도의 육신론』중 "그는 신의 아들로 죽었다. 터무니없기에 믿을 수 있다. 그리고 부활했다. 불가능한 일이기에 가능하다." 라는 역설적인 문장은 나의 숱한 시간을 앗아갔다. 몇 주 동안 힘들게 연구해봤지만 아무런 결실도 없었기 때문이다.

그러므로 오로지 사소한 것들에만 균형을 잃는다는 점에서 내 이성은 프톨레미 헤파이스티온(알렉산더 대왕의 참모 겸 친구-옮긴이)이 말한 바닷가 암벽과 비슷하게 보일지 모르겠다. 인간의 거센 공격이나 그보다 더한 파도와 바람의 맹공에는 꿈쩍도 않지만 수선화라는 꽃에 닿으면 전율하는 바위 말이다. 그 불행한 병에 의해 베르니스의 정신에 일어난 변화, 언뜻 생각하기에는 이 변화가 이제껏 내가 힘들여 설명한 그 강렬하고 비범한 상념이 생겨나는 데 적잖은 단초가 되었을 것으로 넘겨짚기 쉽지만 사실과 전혀 다르다. 나는 병증 사이사이 정신이 맑아질 때면 베르니스에게 들이닥친 재앙이 고통스럽게 다가왔고, 그의 찬란하고 안락한 삶이 완전히 파괴되었다는 것을 절감하게 되었다. 도대체 어쩌다가 그런 이상한 변화가 그리 느닷없이 일어났을까 비통하게 곱씹지 않을 수 없었다. 하지만 이러한 상념들은 내 독특한 병증에는 해당되지 않았고, 대다수 평범한 인간들이 비슷한 상황에 처하면 흔히 하게 되는 생각이었다. 내 병은 고유한 특성을 어쩌지 못하고 베르니스의 육체에 나타난 변화, 중요하진 않지만 놀라운 그 변화와 베르니스의 정체성에 일어난 독특하면서도 꽤나 섬찟한 뒤틀림을 파고들었다.

베르니스가 독보적인 아름다움을 뽐내던 눈부신 시절에 나는 분명 그를 사랑하지 않았다. 나라는 존재가 가진 기이하고 별스러운 점 때문에 감정은 한 번도 내 가슴속에 자리하지 않았고 오직 정열만이 언제나 머릿속에 자리했다. 당시 베르니스는 이른 아침의 어스름 속에서, 정오 무렵 숲의 얼룩덜룩한 그림자 사이로, 한밤중 서재의 침묵 속에서 내 눈앞을 스쳐갔다. 내 눈에 비친 그는 살아 숨쉬는 베르니스가 아니라 꿈속의 베르니스였다. 지상의 세속적인 존재가 아니라 그러한 존재의 관념에 불과했고, 숭배의 대상이 아니라 분석의 대상이었으며, 사랑의 대상이 아니라 가장 난해하면서도 종잡을 수 없는 연구 주제였다. 그런데 이제, 이제는 그와 함께 있으면 몸이 떨렸고, 내게 다가오면 얼굴이 창백해졌다. 그럼에도 나는, 추락해 외로운 베르니스의 처지를 안타까워하다가 그가 오랫동안 나를 사랑해왔다는 사실을 떠올리고는 어쩔 수 없이 청혼을 하게 되었다.

마침내 우리의 결혼식은 코앞으로 다가왔다. 그해 겨울 어느 오후, 아름다운 할시온의 보금자리처럼(제우스는 겨우내 14일간 이어지는 따뜻한 날씨를 주었는데, 인간들은 이 따뜻하고 포근한 시기를 할시온의 보금자리라고 불러왔다[시모니데스]―원주) 때아니게 포근하고 고요하며 안개가 자욱한 날들이 이어졌다. 나는 서재의 안쪽 방에 앉아 있었는데(혼자 앉아 있다고 생각했다), 눈을 들어 보니 베르니스가 내 앞에 서 있었다.

내 상상력이 깨어난 것이었을까, 아니면 공기 중의 안개 탓이었을까. 그것도 아니면 방 안에 감도는 왠지 모를 어스름 때문이었나, 베르니스의 몸을 감싸는 늘어진 잿빛 옷자락 때문이었나. 베르니스의 윤곽은 몹시 가물거리며 불분명해 보였다. 이유는 잘 모르겠다. 그는 아무런 말도 하지 않았고, 나는…… 단 한마디도 입 밖에 낼 수 없었다. 싸늘한 한기가 온몸을 휘젓고, 걷잡을 수 없는 불안이 나를 짓눌렀다. 거센 호기심이 내 영혼을 사로잡았다. 나는 의자에 몸을 파묻고 한동안 숨죽이며 꼼짝하지 않았다. 내 눈은 베르니스의 모습에 고정돼 있었다. 아! 그는 너무나 야위어 있었고, 예전의 흔적은 몸 어디에서도 찾아볼 수 없었다. 나의 타오르는 시선이 마침내 그 얼굴까지 닿았다.

이마는 높고 아주 창백했으며 유난히 평온했다. 한때 흑옥 같았던 머리카락은 일부가 이마 위로 떨어져 움푹한 관자놀이에 그늘을 드리웠다. 이제는 샛노랗게 변색되어 불쾌감을 자아내는 그 헝클어진 곱슬머리는 얼굴에 어린 우수와 만나 환영 같은 모습을 자아냈다. 눈은 생기 없이 흐리멍덩하고 동공도 보이지 않아 나는 무의식적으로 움찔하며 그 유리알 같은 눈을 피해 쪼그라든 얇은 입술로 시선을 돌렸다. 그때 그 입술이 벌어졌다. 특별한 의미를 머금은 미소 속에서 베르니스의 변질된 치아가 내 눈앞에 서서히 모습을 드러냈다. 어찌하여 나는 그 치아를 보았단 말인가! 기왕 보았다면 그냥 죽어버렸어야 했거늘!

문이 닫히는 소리에 정신을 차리고 눈을 들어 보니 내 사촌은 이미 방을 나가고 없었다. 하지만 그 허옇고 섬뜩한 치아는 내 흐트러진 머릿속에서 떠나지도 떨쳐지지도 않았으니 어찌할까! 치아 표면에 티가 있었다거나(유약을 바른 듯한 그 표면에는 얼룩 하나 없었다) 가장자리에 패인 자국이 있지는 않았지만, 그가 미소를 짓던 순간 그것은 내 기억에 깊게 각인되고도 남았다. 목격했던 순간보다 더욱 또렷하게 보였다. 그 치아! 그 치아! 그것이 여기저기 사방에 있었다. 눈에 보이고 만져질 듯 내 눈앞에 있었다. 길고 가느다란 데다 지나치게 새하얀 치아가 창백한 입술에 둘러싸인 모습은 마치 힘겹게 갓 돋아난 치아 같았다. 편집증이 힘차게 발광하자 나는 그 걷잡을 수 없는 마력의 손아귀에서 헛되이 몸부림쳤다. 바깥세상의 여러 가지 물체에 둘러싸여 있었음에도 오로지, 오로지 그 치아 생각뿐이었다. 광기 어린 욕망을 불태우며 오직 그것만을 갈망했다. 다른 문제와 관심사는 모두 한 가지 상념에 흡수되었다. 내 마음의 눈에는 오직 그것만이 현존했고 유일한 개체로서 내 정신세계의 정수가 되었다. 나는 그것을 모든 빛에 비추어보고 모든 위치에서 살펴보았다. 그것의 특징을 분석하고 특색을 파고들었다. 그것의 형태에 대해 곰곰이 생각했다. 그것에 나타난 변화를 숙고했다. 상상 속에서 그것에 감각과 지각의 힘을 부여하고, 입술 없이 의사를 표현하는 능력마저 부여하고는 진저리를 쳤다. 마드무아젤 살레(표현주의자라는 평을 받은 18세기 프랑스 무용가 마리 살레-옮긴이)는 "모든 발걸음마다 감정이 담겨 있었다"고 하는데, 나는 베르니스야말로 '모든 치아마다 의미가 담겨 있었다'고 진지하게 믿었다. 의미! 바로 이 어리석은 생각이 나를 파괴했다! 의미! 아, 그 때문에 내가 그것을 그렇게 미친 듯이 갈망했던 것이다! 그것을 소유하는 것만이 평화를 되찾고 이성으로 돌아가는 길인 듯했다.

그러다가 저녁이 찾아왔다. 어둠이 다가와 깊어졌다가 물러간 뒤 다시 날이 밝아왔다. 이튿째 밤안개가 몰려들고 있었지만, 나는 여전히 그 방에 홀로 꼼짝않고 앉아 상념에 젖어 있었다. 치아의 환영은 계속 위세를 떨치며 지독히 선명하고 무시무시한 모습으로 방 안의 변화하는 빛과 어둠 사이를 흘러다녔다. 그러던 중 마침내 공포와 절망에 찬 비명이 내 꿈속으로 침투했고, 잠시 정적이 흐른 뒤 고뇌하는 음성들이 구슬프게 혹은 고통스럽게 신음하는 여러 낮은 음성들과 섞여 들려왔다. 나는 자리에서 일어나 서재의 문 하나를 열어젖혔다. 곁방에 하인 하나가 서 있는 것이 보였다. 하인은 눈물을 펑펑 쏟으며 베르니스가…… 더 이상 이 세상 사람이 아니라고 말했다! 이른 아침에 베르니스는 뇌전증으로 발작을 일으켰고, 밤이 깊어가는 지금은 무덤의 주인이 될 준비를 마치고 모든 장례 준비까지 끝나 있었다.

어느덧 나는 서재에 앉아 있었다. 또다시 그곳이었고 혼자였다. 어지럽고 흥미로운 꿈을 꾸다가 막 깨어난 기분이었다. 한밤중이라는 것은 알고 있었고, 해가 졌으니 베르니스는 이미 땅속에 있을 터였다. 하지만 그사이 지나온 우울한 시간에 대해서는 도무지 아는 바가 없었다. 분명히 짚이는 것조차 없었다. 하지만 그 기억은 두려움으로 가득했다. 흐릿해서 더욱 끔찍한 두려움, 모호해서 더욱 무시무시한 공포. 온통 가물가물하고 섬찟하며 종잡을 수 없는 내용들로

써내려간 두려운 기억의 페이지와 같았다. 나는 그것들을 읽어보려 애썼지만 헛수고였다. 그러는 사이사이 떠나간 소리의 영혼 같은 한 여자의 높고 날카로운 비명이 귓속을 울리는 듯했다. 내가 무슨 짓을 저질렀구나. 무슨 짓을 한 거지? 내가 소리 내어 묻자, 방 안의 메아리가 속삭이듯 내게 대꾸했다. "무슨 짓을 한 거지?"

옆에 놓인 탁자 위에 등불이 타고 있었고, 그 옆에는 작은 상자가 놓여 있었다. 뚜렷한 특징이 없고 전에 자주 보았던 상자였다. 집안 주치의의 물건이었기 때문이다. 하지만 어째서 그것이 내 탁자 위에 있으며, 나는 왜 그것을 보는 순간 진저리를 친 걸까? 도무지 설명할 길이 없었다. 내 시선은 어느 펼쳐진 책으로 떨어졌고, 밑줄 쳐진 문장이 눈에 들어왔다. 시인 이븐 자이어트의 이상하지만 단순한 시구였다. "벗들은 말했지, 내 친구의 무덤을 찾아가면 조금은 근심을 덜 수 있을 거라고." 대체 왜 그 구절을 읽는 순간 머리카락이 곤두서고 몸속의 피가 혈관 속에서 얼어붙은 것일까?

서재 문을 가만히 두드리는 소리가 나더니 무덤 속 망자처럼 창백한 하인이 발끝걸음으로 들어왔다. 두려움에 휩싸인 심란한 얼굴이었다. 그는 덜덜 떨리는 잠긴 목소리로 아주 작게 말했다. 뭐라고 한 거지? 몇 마디만 드문드문 들려왔다. 하인이 말하길, 고요한 밤을 가르는 거친 비명이 들려왔고 식솔이 한데 모여 비명이 들리는 방향을 수색했다고 했다. 그러고 나서 섬뜩할 정도로 또렷해진 말씨로 파헤쳐진 무덤에 대해 내게 속삭였다. 수의를 입은 시신이 훼손되었고, 그럼에도 그것이 계속 숨을 쉬고 있다고. 심장이 여전히 뛰고 있다고, 여전히 살아 있다고!

그가 내 옷을 가리켰다. 옷은 진흙과 핏자국으로 얼룩져 있었다. 나는 말을 하지 않았고, 하인은 내 손을 살며시 잡았다. 내 손에는 옴폭옴폭 패인 자국, 사람의 손톱자국이 나 있었다. 그는 내 시선을 벽에 기대어 있는 어떤 물체로 향하게 했다. 나는 한참 동안 그것을 쳐다보았다. 삽이었다. 비명을 지르며 탁자 위에 놓여 있는 상자를 와락 움켜쥐었다. 하지만 상자를 열 수가 없었다. 상자는 덜덜 떨리는 내 손에서 미끄러져 바닥에 거세게 부딪친 뒤 결국 부서졌다. 상자 안에서 치과 수술 도구들이 덜그럭거리며 굴러 나왔고, 그 사이에 있던 상아처럼 생긴 작고 하얀 물체 서른두 개가 사방으로 흩어져 이리저리 바닥을 나뒹굴었다.

모렐라

그 자체로 독자적이며, 영원히 하나이고, 단일한 그것.

—

플라톤, 『향연』

나는 깊고도 지극히 특별한 애정을 가지고 내 친구 모렐라를 바라보았다. 오래전 우연히 모렐라를 알게 된 이후, 첫 만남부터 내 영혼은 전에 없던 기세로 활활 타올랐다. 하지만 그 불길은 에로스적인 것이 아니었다. 어떤 식으로든 그것의 비범한 의미를 규정할 수 없으며 그 은근한 강렬함도 조절할 수 없다는 것을 서서히 깨달았다. 그것은 내 영혼을 지독히 괴롭혔다. 그럼에도 우리는 만났고, 운명은 우리를 부부로 맺어주었다. 나는 정열을 이야기하지도 않았고 사랑을 생각하지도 않았지만, 모렐라는 사람들과 어울리는 것을 피하고 나에게만 매달려서 내게 행복감을 안겨주었다. 놀라운 행복…… 꿈같은 행복을.

모렐라의 학식은 깊이가 있었다. 누가 봐도 재능은 평범한 수준을 뛰어넘었고 정신력도 대단했다. 나는 이것을 느끼고 많은 면에서 모렐라의 제자를 자처했다. 하지만 얼마 못가 모렐라는 프레스부르크(헝가리의 옛 수도 브라티슬라바의 독일식 지명으로, 슬로바키아 다뉴브강 북쪽 연안에 있는 항구 도시-옮긴이)에서 받은 교육 때문인지 대개 초기 독일문학의 잡설 정도로 치부되는 신비론적 글들을 내 앞에 내놓았다. 이유는 모르겠지만 이것은 모렐라가 꾸준히 탐닉하고 연구하는 분야였다. 시간이 경과하면서 그것이 내 분야가 된 것은 습관과 본보기라는, 단순하지만 유효한 영향력 때문이었을 것이다.

내가 오해한 게 아니라면, 내 이성은 이 모든 일에서 자유로웠다. 내가 크게 착각한 게 아니라면, 내 확신은 그러한 공상에 휘둘리지도 않았거니와 내 행동이나 생각 또한 내가 읽은 신비론의 색채를 띠지 않았다. 나는 이것을 확신하고 아내를 길잡이로 삼아 무조건 따랐고, 아내가 연구하는 복잡한 학문에 서슴없이 몰두했다. 그러다가…… 금서들을 연구하던 중 어떤 금지된 기운이 내 안에 불꽃을 일으키는 것이 느껴질 때면, 모렐라는 그 차가운 손을 내 손 위에 얹고 죽은 철학의 잿더미에서 은은하고도 특별한 말들을 모으곤 했는데,

그것들의 오묘한 의미는 내 기억에 낙인처럼 새겨졌다. 그러면 나는 몇 시간이고 아내 곁에 머무르며 음악 같은 그의 목소리를 음미하곤 했다. 그러나 결국 그 선율은 공포로 얼룩졌고(내 영혼에는 그늘이 드리웠다) 나는 하얗게 질려 그 기이한 어조에 내심 소스라쳤다. 그러면 기쁨은 순식간에 두려움으로 퇴색하고 가장 아름다운 것은 가장 흉측한 것이 되었다. 힌놈이 게헤나가 되었듯이. (예루살렘 남서쪽에 자리한 힌놈 계곡은 바알과 몰렉에게 바치는 인신 희생 제사 풍습 때문에 쓰레기 소각장으로 변모하면서 이곳을 뜻하는 히브리어 '게헤나'는 불지옥을 상징하게 되었다—옮긴이)

앞서 언급한 책들 가운데 모렐라와 내가 아주 오랫동안 화제로 삼아 거의 유일하게 대화를 나눈 논문들이 있는데, 그것들의 정확한 성격까지 언급할 필요는 없겠다. 신학 도덕이라는 용어를 아는 사람들은 즉시 이해할 테고, 그렇지 않은 사람은 아무래도 이해하기 어려울 것이다. 피히테의 열렬한 범신론, 피타고라스의 수정 윤회론, 무엇보다 셸링이 주창한 정체성 담론들은 상상력이 풍부한 모렐라에게는 대체로 최고의 아름다움을 선사하는 대화의 정수였다. 내 생각에 존 로크가 개체에 있다고 칭한 이 정체성이야말로 이성적 존재의 일관성을 규정한다. 우리가 개체로서 이성을 지닌 지적 본질을 이해하는 이상, 사고 작용에 항상 의식이 따르는 이상은 우리 모두가 스스로를 자기 자신으로 일컬을 수 있는 것도, 그로써 자기 자신과 사고하는 타인을 구분할 수 있는 것도, 우리에게 개체의 정체성을 부여하는 것도 바로 이 정체성 때문이다. 하지만 '개체화의 원리'(개체가 개체일 수 있도록 하는 원리. 스콜라 철학자들 사이에서 이것이 질료인지 형상인지를 놓고 논쟁이 벌어졌다―옮긴이), 즉 사후에도 존재하거나 영영 사라지는 이 정체성이라는 관념은 나에게 늘 강렬한 관심을 불러일으키는 사고의 대상이었다. 본질적으로 난해하고 흥미로워서라기보다는 모렐라가 확연히 동요하는 태도로 그것들을 언급했기 때문이었다.

하지만 아내의 신비로운 태도가 나를 마법처럼 억압하는 때가 왔다. 나는 모렐라의 파리한 손가락이 닿는 것도, 선율 같은 언어로 말하는 그 낮은 어조도, 우수에 젖어 반짝거리는 눈빛도 더는 참을 수가 없었다. 아내는 이것을 잘 알면서도 힐난하지 않았다. 내 유약함이나 어리석음을 의식하듯이 그저 미소를 지으며 그것을 운명이라고 부를 뿐이었다. 그리고 내 관심이 점차 사라지는 이유를, 나는 알지 못하는 그 이유를 아는 듯했지만 내게 어떤 암시도 주지 않았다. 하지만 모렐라는 나날이 야위어갔다. 뺨에서는 붉은 반점이 가시지 않았고 창백한 이마에서는 푸른 핏줄이 도드라졌다. 나는 일순간 마음이 연민으로 녹녹해졌다가도 그의 깊은 눈과 시선이 마주치면 넌더리가 나서 헤아릴 수 없는 황량한 심연을 내려다보는 사람이 현기증을 느끼듯 정신이 아득해졌다.

내가 모렐라의 죽음을 열렬히, 간절히 바랐다고 말할 수 있을까? 맞다, 하지만 그 연약한 영혼은 흙으로 된 집에 여러 날 눌러앉아 떠나지 않았다. 몇 주가 지긋지긋한 몇 달이 되었고, 혹사당한 내 신경은 결국 온 마음을 장악해버렸다. 나는 하루하루 그런 날이 느는 것에 분개했고 악령의 마음으로 그날들을, 그 시간들을, 그 쓰디쓴 순간들을 저주했는데, 저무는 낮의 그림자처럼 아내의 여린 생명이 꺼져갈수록 그 시간도 자꾸만 길어지는 것 같았다.

하지만 바람이 잠잠하던 어느 가을 저녁, 모렐라는 자신의 침대 옆으로 나를 불렀다. 땅 위에는 부연 안개가 사방에 깔려 있었고, 수면 위에는 온화한 빛이 어른거렸다. 울창한 10월의 숲 사이로 무지개 하나가 창공에서 떨어져 걸려 있었다.

"오늘은 중요한 날이에요." 내가 다가가자 모렐라가 말했다. "삶과 죽음을 가르는 날. 지상과 삶의 아들들에게 아름다운 날이죠…… 아, 천상과 죽음의 딸들에게는 더 아름다운 날이고요!"

나는 모렐라의 이마에 입맞춤했고, 그는 말을 이었다.

"나는 죽겠지만, 그래도 살아갈 거예요."

"모렐라!"

"당신은 단 하루도 나를 사랑하지 않았어요……. 그래도, 살아 있는 여자는 증오했지만 죽은 여자는 사랑하게 될 거예요."

"모렐라!"

"다시 말하지만 나는 죽어요. 하지만 당신이 나, 모렐라에게 품었던 애정의 서약이, 아, 그 작디작은 것이! 내 안에 있어요. 내 영혼이 떠날 때 그 아이는 살아나겠지요. 당신과 나의 아이, 모렐라의 아이. 하지만 당신의 날들은 슬픔의 날들이 될 거예요. 삼나무가 가장 오래가는 나무이듯 슬픔은 가장 오래가는 감정이죠. 행복한 시간은 끝나고, 파에스툼(이탈리아 남부 연안의 도시로, 고대 유적으로 유명하다—옮긴이)의 장미는 일 년에 두 번 피어나지만 기쁨은 평생 두 번 다시 찾아오지 않으니까요. 결국엔 테오스의 시인 놀이도 끝날 테고, 메카의 이슬람교도들이 그렇듯 도금양과 포도나무를 멀리하다가 지상에서 수의를 입게 되겠지요."

"모렐라!" 나는 외쳤다. "모렐라! 당신 이걸 어떻게 아는 거요?" 하지만 모렐라는 베개로 얼굴을 돌려 사지를 조금 떨더니 죽어버렸고, 나는 그의 목소리를 더 이상 듣지 못했다.

하지만 모렐라의 예언대로 아내의 아이(아내가 죽어가며 출산한 아이, 어미가 숨을 거두고서야 숨통이 트인 그 아이), 그 딸아이는 살았다. 아이는 신체적으로나 지적인 면에서 유별나게 성장했고, 세상을 떠난 제 어머니의 완전한 판박이였다. 나는 딸아이를 지극히 사랑했다. 내가 지상의 어떤 존재를 이토록 사랑하리라고는 생각한 적이 없었다.

하지만 얼마 못 가 이 순수한 애정의 천국에 그늘이 지더니 우울과 공포, 슬픔의 먹구름이 드리웠다. 아이가 신체적으로나 지적으로나 유별나게 성장했다는 것은 이미 말한 바 있다. 발육 속도도 이상하리만치 빨랐다. 하지만 아이의 정신 발달을 지켜보노라면 별의별 생각들이 들끓어서 아, 참으로 끔찍하기 이를 데 없었다! 아이의 생각 속에서 날마다 어른의 힘과 능력을 발견하고, 경험에서 우러난 교훈들이 어린아이의 입에서 쏟아지는데 어찌 그렇지 않았겠는가? 나는 매순간 그윽하고 헤아리는 듯한 그 눈에서 성숙한 지혜나 열정이 번뜩이는 것을 보았다. 두려움에 떠는 내 이성 앞에 이 모든 것들이 명백해졌을 때(그것을 내 영혼에게서 숨길 수도 없고 그것을 전율하며 받아들인 의식 속에서 떨쳐낼 수도 없었을 때), 겁먹고 흥분한 내 마음속에 의심들이 스멀스멀 피어오르고 무덤 속 모렐라가 들려주었던 이야기와 섬찟한 주장이 기억난 것은 그다지 놀라운 일이 아니었다. 나는 운명이 사랑하도록 강요한 아이를 세상의 눈으로부터 떼어놓았고, 철저히 고립된 집 안에서 애끓는 불안감을 가지고 사랑하는 아이와 관련된 모든 것을 지켜보았다.

세월은 흘러갔다. 성스럽고 온화하며 뭔가를 말하는 듯한 아이의 얼굴을 나날이 지켜보았고, 아이가 성장하는 모습을 살펴보았다. 그런데 날이 갈수록 아이는 새록새록 제 엄마를 닮아가면서 우수와 죽음의 빛을 띠기 시작했다. 엄마와닮은 이 그늘은 시시각각 더 짙어지고 더 완연해지고 더 또렷해졌고, 그만큼 더 곤혹스럽고 끔찍한 양상을 띠었다. 미소가 비슷한 것까지는 참을 수 있었지만, '정체성'마저 너무완벽하게 똑같은 것에는 몸서리가 났다. 또한 아이의 눈은모렐라와 닮은 것도 모자라, 모렐라의 눈이 그랬듯 강렬하고난해한 의미를 띠고선 내 영혼의 깊숙한 곳을 빈번히 내려다보았다. 높은 이마의 윤곽선과 비단결 같은 곱슬머리, 그 머리카락을 파고든 창백한 손가락, 말할 때면 구슬픈 선율처럼들려오는 어조, 무엇보다 (오, 무엇보다도) 살아 있는 내 사랑하는 아이의 입술에 머무는 망자의 문구와 표현. 나의 소모적인 생각과 공포, 그 죽지 않는 벌레는 그것들을 양식 삼아자라났다.

그렇게 딸아이의 삶에서 루스트룸이 두 차례 지나갔지만 딸아이는 아직 이름 없이 지상에 머물러 있었다. 흔히 아이 아빠가 애정을 담아 부르는 "우리 아기"나 "내 사랑" 같은일반적인 호칭으로 불렸을 뿐이다. 철저한 은둔 생활은 다른모든 교류를 차단시켰다. 모렐라의 이름은 아내와 함께 죽었기에 딸아이에게 제 엄마에 대한 이야기는 하지 않았다. 말할 수가 없었다. 아이는 짧은 생애를 살아오면서 지극히 제한된 사생활 말고는 바깥세상의 어떠한 영향도 받지 않았다. 하지만 마침내 불안하고 어수선한 내 마음에 세례식이 운명의 공포에서 벗어나는 길을 제시했다. 나는 세례대(세례식 때 세례수를 보관해두는 용기-옮긴이) 앞에서 망설이며 이름을 궁리했다. 슬기롭고 아름다운 고금의 수많은 이름과 이 나라와 외국 땅의 수많은 이름이, 온화한 자, 행복한 자, 선한 자에게 어울리는 많고 많은 이름들과 함께 내 입술에 맴돌았다. 그 순간 무엇이 내 안에서 매장된 이의 기억을 들추어낸 걸까? 떠올리기만 해도 보랏빛 피가 관자놀이에서 심장으로 급류처럼 빠져나갈 듯한 그 말을 입밖에 낸 것은 어떤 악마의 농간이란 말인가? 어떤 악령이 내 영혼의 심연에서 외쳤기에, 나는 그 어둑한 통로에서, 그 밤의 적막 속에서 사제의 귀에 그 음절을 속삭였단 말인가? "모렐라"라고. 악령보다 더한 무언가가 아이의 얼굴에 경련을 일으키고 죽음의 빛깔로 그 얼굴을 뒤덮는 순간, 아이는 들릴 듯 말 듯한 그 소리에 놀라 땅을 바라보던 멍한 눈으로 하늘을 올려다보고는 가족무덤의 검은 석판에 엎어져 대꾸했다. "나 여기 있어요!"

그 단순한 몇 마디가 또렷하게, 차갑고 차분하지만 또렷하게 내 귓속에 울려 퍼지고는 녹은 납물처럼 쉭쉭거리며 머릿속으로 흘러들었다. 세월은…… 세월은 흐를지 모르지만 그 시절은…… 절대로 흐르지 않는다! 나는 꽃과 포도나무를 멀리하지 않았지만 독초와 삼나무가 밤낮으로 내게 그늘을 드리웠다. 나는 시간도 장소도 생각하지 않았다. 내 운명의 별들은 하늘에서 빛을 잃어갔다. 그리하여 지상은 점점 어두워지고 지상의 형상들은 스치는 그림자처럼 내 곁을 지나쳐 갔는데, 거기서 내게 보인 것은…… 모렐라뿐이었다. 창공의 바람이 불어와도 내 귀에는 오직 한 가지 소리만 들렸고, 바다의 잔물결은 언제나 소곤거렸다…… "모렐라"라고. 하지만 모렐라는 죽었다. 내 손으로 모렐라를 무덤으로 옮겼다. 나는 묘지 안에 첫 번째 모렐라의 흔적이 없다는 걸 발견하고는 길고 쓰디쓴 웃음을 터뜨리며 그 자리에 두 번째 모렐라를 뉘었다.

붉은 죽음의 가면극

'붉은 죽음'은 오랫동안 온 나라를 휩쓸었다. 그토록 치사율이 높고 끔찍한 역병은 일찍이 없었다. 피, 피의 붉은빛과 피가 일으키는 공포가 이 질병의 화신이자 표식이었다. 극심한 통증과 느닷없는 현기증이 일어난 후 땀구멍에서 다량의 피가 쏟아지며 죽음을 불러왔다. 사망자의 신체, 특히 얼굴에 낭자한 핏자국은 인간들의 도움과 연민을 내쫓는 흑사병 낙인이었다. 또한 발병에서부터 병의 진행, 사망까지 전 과정이 불과 30분 만에 이루어졌다.

하지만 프로스페로 대공은 행운이 따라주는 대담하고 영민한 자였다. 영지 내의 인구가 절반으로 줄어들자, 그는 궁정의 기사들과 귀부인들 가운데 건강하고 유쾌한 지인 천 명을 추려 이들을 데리고 성곽 양식의 수도원 한 곳에 은둔했다. 이 웅장하고 장엄한 건축물은 프로스페로 대공의 특이하면서도 위용이 넘치는 취향이 발현된 창조물이었다. 수도원을 둘러싼 튼튼하고 드높은 담장에는 철문들이 나 있었는데, 신하들은 성 안으로 들어간 다음 화로와 거대한 망치를 가져와서 문의 빗장을 녹여버렸다. 성 안팎에서 절망과 광기에 휩싸인 자들이 느닷없이 밀려들거나 뛰쳐나갈 만한 출입구를 봉쇄한 것이다. 수도원에 비축된 식량은 충분했다. 신하들은 이런 예방책들로 전염병에 대비했다. 바깥세상은 각자도생하면 될 일이었다. 슬퍼하거나 고민한들 무슨 소용이 있겠는가. 프로스페로 대공은 갖가지 여흥을 베풀었다. 어릿광대도 있었고, 즉흥 시인도 있었고, 춤꾼도 있었고, 궁정 악사도 있었고, 미인도 있었고, 포도주도 있었다. 그 안에는 이 모든 것들과 안전이 있었다. '붉은 죽음'만 없었다.

은둔한 지 대여섯 달이 되어갈 무렵, 밖에서는 역병이 창궐하는 와중에 프로스페로 대공은 성대하기 그지없는 가장무도회를 열어 천 명에 달하는 지인들을 대접하였다.

가장무도회로 진풍경이 펼쳐졌다. 무도회가 열린 방부터 이야기해보자. 그것은 일곱 개의 방이 쭉 이어진 호화로운 특별실이었다. 많은 궁전들의 경우, 그렇게 연이은 방은 대개 길게 나란히 이어져 있어 방을 나누는 접이문을 양쪽 벽까지 완전히 밀어 접으면 중간에 거치적거리는 것 없이 전경이 한눈에 들어온다. 하지만 특이한 것을 좋아하는 대공답게 이곳의 방들은 전혀 달랐다. 여기 방들은 아주 불규칙하게 배치되어 한번에 하나씩만 보였고, 이삼십 미터마다 방향이 꺾이면서 매번 새로운 광경이 펼쳐졌다. 양쪽 벽면에는 좁고 높다란 고딕식 창문이 중앙에 나 있었고, 창문으로는 구불구불한 방들을 따라 이어지는 복도가 내다보였다. 창문은 스테인드글라스 창이었는데, 색깔은 그 방을 어떻게 꾸몄느냐 하는 실내 장식의 색조에 따라 달라졌다. 예컨대 동쪽 맨 끝 방은 푸른색 장식물들이 걸려 있어서 창문도 선명한 푸른색이었다. 두 번째 방은 장식품과 태피스트리가 보랏빛이라 창문도 보랏빛이었다. 세 번째 방은 전반적으로 초록빛이어서 여닫이창도 초록빛이었다. 네 번째 방은 주황색 가구가 있어서 주황빛, 다섯 번째 방은 흰빛, 여섯 번째 방은 청보라빛이었다. 일곱 번째 방은 주글주글한 검은색 벨벳 태피스트리가 천장과 벽을 완전히 뒤덮으며 같은 재질과 색감의 카펫 위로 떨어졌다. 하지만 이 방만 유일하게 창문 색깔이 실내 장식을 따르지 않았다. 여기 유리창은 진홍색, 진한 핏빛이었다. 일곱 곳 모두 다수의 황금빛 장식물이 여기저기 놓여 있거나 천장에 매달려 있었지만, 등잔이나 가지 모양의 촛대는 어디에도 없었다. 이 연결된 방 안에서는 등잔이나 촛대에서 나오는 어떤 불빛도 찾아볼 수 없었다. 하지만 이 방들을 따라 이어지는 복도에는 창문 맞은편에 육중한 삼

각대가 서 있었다. 거기에 불을 피운 화로가 놓여 있어 화로
불빛이 창문의 색유리를 통해 비쳐들어 방을 환히 밝혀 주었
다. 이것 때문에 다분히 기이하고 환상적인 분위기가 맴돌았
다. 하지만 서쪽 끝 검은 방에서는 불빛이 핏빛 유리창을 통
해 들어와 어두운 벽걸이 위에 지극히 섬찟한 분위기를 조성
했고, 들어온 사람의 얼굴에 야성을 더하는 바람에 그쪽으로
감히 발걸음을 할 만큼 대담한 사람은 거의 없었다.

　또한 이 방에는 거대한 흑단나무 괘종시계가 서쪽 벽면
에 세워져 있었다. 시계추는 둔중하고 단조로운 쇳소리를 내
면서 좌우로 흔들렸다. 분침이 글자판을 한 바퀴 돌아 정각
을 알리는 종소리가 울릴 때면, 시계의 청동 허파로부터 음
악의 선율 같은 맑고 깊은 소리가 크게 흘러나왔는데, 그 음
색과 강세가 너무도 독특해서 매시각 정각에 오케스트라의
악사들은 잠시 연주를 멈추고 그 소리에 귀를 기울이지 않을
수 없었다. 그에 따라 왈츠를 추던 사람들도 부득이하게 동
작을 멈추는 바람에 유쾌한 무리 전체에 잠시 어색한 시간이
찾아왔다. 시계 종소리가 울리는 동안, 방정을 떨던 자들은
얼굴이 하얘졌고, 나이가 많고 침착한 자들은 어지러운 공상
이나 상념이 떠오른 듯 손으로 이마를 쓸었다. 하지만 그 여
운이 가시기 무섭게 경쾌한 웃음소리가 사람들 사이에 퍼지
고 악사들은 괜한 불안감에 바보짓을 했구나 말하듯이 서로

에게 미소를 지었다. 그러고는 다음번 시계 종이 울릴 때는 이런 감정에 휘둘리지 말자고 서로서로 속삭이며 다짐했다. 그러다가 60분이 지나 (즉 3천 6백 초가 흘러간 후) 시계 종소리가 들려오면 또다시 이전처럼 당황하고 동요하고 생각에 잠기는 일이 반복되었다.

그래도 유쾌하고 성대한 연회였다. 프로스페로 대공의 취향은 특별했다. 그는 색깔과 효과에 대한 안목이 탁월했고 그저 유행을 좇는 장식은 용납하지 않았다. 그의 의도는 대담하면서도 강렬했고, 그의 발상에서는 야만의 빛이 반짝였다. 그를 미쳤다고 생각한 사람들도 있겠지만, 그의 추종자들은 그렇게 생각하지 않았다. 그의 말을 듣고 그를 보고 그와 접촉한 사람은 그가 미치지 않았다는 확신이 있었다.

대공의 지시에 따라 대연회를 위한 이동식 장식물들이 일곱 개 방 곳곳에 놓였고, 가장무도회 참석자들의 분장도 대공의 취향에 맞춰 정해졌다. 참석자들은 반드시 기괴해야 했다. 대부분 화려하고 반짝거리고 야단스러웠으며 유령 분장은 『에르나니』(프랑스 낭만주의 문학의 거장 빅토르 위고가 고전극에 대한 도전으로 1830년 발표한 희곡-옮긴이) 이후 보아온 모습들이 많았다. 아라베스크 무늬에 어울리지 않는 날개 장식과 장신구를 단 의상도 있었고, 미치광이나 할 법한 난잡하고 바보 같은 차림새도 있었다. 아름답고 도발적이고 기괴한 모습들이 많았고, 흉한 분장들 중에는 혐오감을 자극할 만한 것들도 적지 않았다. 이 수많은 환영이 일곱 개의 방을 이리저리 배회했다. 이들(이 환영 같은 사람들)은 방마다 다른 빛깔을 띠며 요리조리 돌아다니는 바람에 오케스트라의 열띤 연주 소리는 이 발소리의 메아리처럼 들렸다. 이윽고 검은색 벨벳 방에 서 있는 흑단나무 시계가 종을 울려대 잠시나마 모든 것이 멈췄다. 시계 소리 말고는 모든 것이 고요했고, 환영들은 서서 뻣뻣하게 얼어붙었다. 하지만 종소리의 메아리가 잦아들면 (얼마 못 버티고) 자리를 뜬 그들 뒤로 반쯤 숨죽인 웃음소리가 가볍게 떠돌았다. 이제 음악 소리는 다시 높아지고, 환영들은 되살아나 이전보다 더욱 즐겁게 요리조리 돌아다녔다. 다양한 빛깔의 창문을 통해 흘러든 삼각대 위 화로의 불빛 속에서. 그러나 일곱 개의 방들 중 가장 서쪽에 자리한 방에는 아무도 들어가지 않았다. 밤이 깊어가는 데다 핏빛 유리창을 통해 붉디붉은 빛이 흘러나왔기 때문이었다. 게다가 그 까만 휘장의 빛은 참으로 섬찟했다. 저 멀리 다른 방에서 흥청거리는 사람들에 비해 그 방의 까만 카펫에 발을 디딘 사람에게는 가까이 있는 흑단나무 시계의 둔중한 종소리가 더욱 엄중하고 또렷하게 들려왔다.

다른 방에서는 사람들이 북적거리고 살아 있는 심장이 활발히 고동쳤다. 연회가 정신없이 계속된 끝에 자정을 고하는 시계 종소리가 울리기 시작했다. 이번에도 음악이 멈추고 왈츠를 추던 사람들의 움직임이 멈추었다. 이전처럼 모든 것이 불안함 속에 정지했다. 하지만 이번에는 시계 종소리가 열두 번이나 울려 퍼졌다. 이 때문에 즐기던 사람들 가운데 생각이 많은 사람들의 머릿속에 더 많은 생각들이 더 오래도록 오고갔을지도 모른다. 또한 같은 이유로 여유가 생긴 사람들은 마지막 종소리의 마지막 메아리가 침묵 속으로 완전히 침잠하기 전에 이제껏 전혀 이목을 끌지 못했던 가면 속 인물의 존재를 알아차렸을지도 모른다. 이 생경한 존재를 두고 수군거리는 귀엣말이 퍼져나갔고, 급기야 여기저기서 웅성거리는 소리가 터져나왔다. 처음에는 싫고 놀란 기색이었는데, 나중에는 공포와 경악, 혐오감으로 발전했다.

묘사한 바와 같이 그 환영 같은 사람들 틈에서 평범한 외양으로 그런 소란을 일으켰다고는 생각하기 어렵다. 사실, 그날 밤 가장무도회의 복장에는 거의 아무런 제약이 없었다. 하지만 문제의 그 인물은 헤롯 왕도 무색할 만큼 흉악했을 뿐 아니라 한없이 너그러운 프로스페로 대공도 그냥 넘기지 못할 한계선을 훌쩍 뛰어넘은 모양새였다. 아무리 무감각한 사람의 마음에도 건드리면 발끈하는 부분이 있고, 갈피를 못 잡고 삶과 죽음 모두를 한낱 농담으로 여기는 사람에게도 농담거리가 될 수 없는 것이 있다. 그 자리에 모인 사람들 모두가 그 낯선 자의 복장이나 태도에서 어떤 재치도 타당성도 느끼지 못한 듯했다. 그자는 홀쭉하고 깡마른 몸이었고 머리부터 발끝까지 무덤 속 시체의 의상을 둘둘 감고 있었다. 얼굴을 가린 가면은 뻣뻣한 시체의 얼굴과 하도 똑같아서 아무리 살펴봐도 가면 같지가 않았다. 그래도 그자가 그 정도에서 그쳤더라면 흥청망청하던 사람들은 못마땅해하면서도 그런대로 참아 넘겼을지도 모른다. 하지만 그 무언극 배우는 도를 넘어 '붉은 죽음'으로 분장한 상태였다. 옷은 피투성이였고, 넓찍한 이마와 이목구비에도 선홍빛 공포가 흩뿌려져 있었다.

프로스페로 대공은 이 유령 같은 자를 우연히 발견하고는 부들부들 떠는 듯 보였다(그자는 더 그럴듯하게 연기를 하려는 것처럼 느릿느릿 근엄한 몸짓으로 왈츠를 추는 사람들 사이를 이리저리 돌아다녔다). 처음에는 두려움 때문인지 역겨움 때문인지 부르르 진저리를 치더니 이내 이마까지 빨개질 만큼 격분했다.

"감히 누구냐?" 프로스페로 대공은 잠긴 목소리로 옆에 서 있던 신하들에게 다그쳤다. "감히 누가 이런 불경스러운 조롱으로 우리를 욕보인단 말이냐? 놈을 붙잡아 가면을 벗겨라. 동틀 녘에 성벽에 목매달 자가 누구인지 알아야겠다!"

프로스페로 대공이 서서 이런 말을 한 곳은 동쪽 끝의

파란 방이었다. 대공의 말은 우렁차고 또렷하게 일곱 개 방 전체에 울려 퍼졌다. 대공이 거침없고 강건한 사내인 데다, 음악 소리도 대공이 내젓는 손짓에 따라 이미 멈춘 상태였기 때문이다.

하얗게 질린 신하들을 거느리고 동쪽의 파란 방에 서 있는 대공의 말이 떨어지자 무리를 지은 신하들은 침입자를 향해 달려들려고 조금씩 들썩거렸고, 그사이 이미 가까이 있던 침입자는 신중하고 당당한 걸음으로 말하는 사람을 향해 점점 더 다가갔다. 그러나 무언극 배우의 광기가 무리 전체에 자아내는 형언할 수 없는 공포감 때문에 막상 그를 잡겠다고 선뜻 나서는 사람은 없었다. 그래서 그자는 누구의 방해도 받지 않고 프로스페로 대공의 신하들에게서 1미터도 떨어지지 않은 지점을 지나갔다. 거대한 군중은 번개처럼 방 가운데서 벽 쪽으로 펄쩍 물러났고, 그자는 아무런 제지 없이 나아갔다. 처음부터 눈길을 사로잡았던 특유의 근엄하고 자로 잰 듯한 걸음으로 푸른빛 방을 통과해 보라빛 방으로, 보랏빛 방을 통과해 초록빛 방으로, 초록빛 방을 통과해 주황빛 방으로, 거기도 통과해 흰빛 방으로 갔다. 그자가 거기서 다시 청보라빛 방으로 향하는데도 그를 붙잡으려는 이렇다 할 움직임은 나오지 않았다. 그러나 프로스페로 대공은 잠시나마 비겁했다는 수치심과 분노에 눈이 뒤집혀 여섯 개의 방을 재빨리 가로질렀다. 그러는 동안 다른 사람들은 지독한 두려움에 사로잡혀 감히 따라나서지 못했다. 대공은 단검을 치켜든 채 빠르고 격렬한 걸음으로 떠나가는 형체를 향해 서너 걸음 안쪽으로 접근했다. 그 형체는 벨벳 방 안쪽에 도착해서는 돌연 휙 돌아서서 쫓아온 사람을 마주했다. 날카로운 비명이 터져나오더니 단검이 검은 카펫 위에 번쩍거리며 떨어졌고, 프로스페로 대공은 곧장 정신을 잃고 단검 위에 쓰러져 숨을 거두었다. 궁지에 몰려서야 용기를 끌어낸 무도회 참석자들이 득달같이 검은 방으로 몰려가 그자를 붙잡았다. 그는 우뚝한 몸을 꼿꼿이 세우고 흑단나무 시계 그늘 안에 가만히 서 있었다. 그들은 무덤 속에나 있는 수의와 시체 같은 가면을 보고 너무 끔찍해 말문이 막혀 입을 딱 벌렸다. 사람들이 그것들을 마구 잡아뜯었지만 그 안에는 아무것도 들어 있지 않았다.

그렇게 '붉은 죽음'의 존재는 만천하에 드러났다. 그가 밤을 틈타 도둑처럼 숨어들었던 것이다. 흥겹게 즐기던 사람들은 피로 얼룩진 그들의 연회장에 하나씩 쓰러졌고, 쓰러질 때의 비참한 자세 그대로 죽어갔다. 마지막 목숨이 끊어지는 순간 흑단나무 시계도 생을 마감했다. 삼각대의 불꽃도 꺼져버렸다. 그렇게 어둠과 부패와 붉은 죽음은 영원한 통치자로 모두의 위에 군림하였다.

폭로하는 심장

그렇다! 나는 신경증을 앓았다. 아주아주 심한 신경증을 앓았고 그것은 지금도 마찬가지다. 하지만 어째서 나더러 미쳤다고들 하는가? 그 병은 내 감각을 날카롭게 벼렸을 뿐, 망가뜨리거나 무디게 만든 적이 없다. 가장 예민한 것은 청각이었다. 천상과 지상의 소리가 죄다 들려왔다. 지옥의 소리들도 여럿 들렸다. 이런데 어째서 나더러 미쳤다는 것인가? 내가 얼마나 온전하고 차분하게 이 이야기를 하는지 잘 듣고 지켜보길 바란다.

그 생각이 어떻게 처음 내 머릿속에 들어왔는지는 말할 길이 없다. 하지만 그것은 한번 나타난 이후 밤낮으로 나를 따라다녔다. 목적은 없었다. 분노도 아니었다. 나는 그 영감을 좋아했었고, 그 영감은 한 번도 나를 냉대한 적이 없다. 나를 모욕한 적도 없다. 나는 영감의 금붙이를 탐하지도 않았

다. 그렇다면 어쩌면 영감의 눈 때문이 아니었을까! 그래, 그
것 때문이다! 영감의 한쪽 눈은 독수리의 눈과 비슷했다. 연
푸른 빛을 띤 눈, 막이 한 꺼풀 씌인 듯한 눈. 그 눈이 나를 향
할 때마다 나는 피가 얼어붙었다. 그래서 차츰차츰 아주 점
진적으로 그 영감의 목숨을 빼앗기로 결심한 것이다. 그러면
그 눈을 영원히 쫓아버릴 수 있으니까.

중요한 대목에 이르렀다. 내가 미쳤다고 생각하는가. 미
친 자들은 아무것도 모른다. 나를 봤어야 했는데. 내가 얼마
나 영민하게 움직였는지, 얼마나 신중을 기하고, 어떻게 앞
을 내다보고, 얼마나 천연덕스럽게 그짓을 하러 갔는지 봤어
야 했는데! 영감을 죽이기 직전 일주일 동안은 영감을 지극
히 살뜰하게 대했다. 그러면서 한밤중이 되면 영감의 방문
빗장을 돌려 문을 열었다. 아주 살그머니! 머리가 들어갈 만
큼 문이 열리면, 불빛이 새어 나오지 않게 꼭꼭 닫은 등불을
문 안에 들여놓은 다음 머리를 디밀었다. 오, 얼마나 절묘하
게 머리를 디밀었는지 누구든 보았다면 분명 웃음을 터뜨렸
을 것이다! 영감이 잠에서 깰까 봐 천천히, 아주아주 천천히
움직였다. 문 안으로 머리를 완전히 디밀고 침대에 누운 영
감을 보기까지 한 시간이나 걸렸다. 하! 세상의 어느 미친 사
람이 이리 영리하게 행동할 수 있겠나? 머리를 방 안으로 완
전히 디밀고 나면 아주 조심조심 (경첩이 삐걱거리지 않게) 등

불 갓을 열었다. 한줄기 가느다란 빛이 그 독수리 눈에 떨어지도록. 그렇게 일곱 밤 동안, 매일 밤 자정 무렵에 매번 이짓을 했지만 그 눈은 항상 감겨 있었고, 그래서 그짓을 할 수가 없었다. 왜냐하면 나를 성가시게 한 것은 그 영감이 아니라 그 악랄한 눈이었으니까. 매일 아침 날이 밝으면 과감히 그 방에 들어가 대담하게 영감에게 말을 붙였고, 다정한 어조로 영감의 이름을 부르고 밤새 잘 잤느냐고 묻기도 했다. 그러니 매일 밤 자정에 자기가 잠든 사이 내가 들여다보는 게 아닌가 의심하고 있었다면 그 영감도 참으로 속을 알 수 없는 사람이었을 것이다.

여드레째 되던 밤 나는 평소보다 더 신중하게 문을 열었다. 시계 분침이 나보다 더 빨리 움직였을 것이다. 그날 밤 나는 전에는 몰랐던 나의 힘, 나의 영민함을 실감했다. 우쭐한 감정을 주체할 수가 없었다. 나는 여기서 문을 조금씩 열고 있는데 저자는 나의 은밀한 행동과 생각을 꿈에도 모르고 있구나 하는 생각에 그만 큭큭 웃음이 터졌다. 영감이 내 소리를 들었는지 놀란 것처럼 갑자기 침대에서 몸을 뒤척였다. 내가 그대로 꽁무니를 뺐겠거니 생각들 했겠지만 천만에. 영감의 방 안은 칠흑처럼 깜깜했다(도둑이 들까 봐 덧문을 닫고 잠갔기 때문에). 나는 문이 열리는 것이 영감에게 보일 리 없다는 걸 알고 문을 꾸준히 꾸준히 밀어 열었다.

머리를 들이밀고 막 등불을 열려는데 엄지손가락이 양철 잠금쇠 위에서 미끄러졌다. 영감이 침대에서 벌떡 일어나 외쳤다. "거기 누구요?"

나는 꼼짝 않고 아무 말 하지 않았다. 한 시간 내내 옴짝달싹하지 않았는데, 그사이 영감이 다시 눕는 소리가 들리지 않았다. 영감은 여전히 침대에 일어나 앉아 귀를 기울이고 있었다. 내가 밤마다 벽 속 죽음의 시계(나무를 갉아먹는 소리가 시계 소리와 비슷해 죽음의 시계라는 별명이 붙은 빗살수염벌레-옮긴이) 소리에 귀를 기울였던 것처럼.

얼마 뒤 희미한 신음이 들려왔다. 나는 그것이 죽음의 공포가 내는 신음이라는 걸 알고 있었다. 고통이나 슬픔이 내는 신음이 아니었다. 오, 아니고말고! 두려움에 젖은 영혼의 밑바닥에서부터 올라오는 낮게 숨죽인 그 신음, 그 소리라면 잘 알고 있었다. 수많은 밤, 자정 무렵에 온 세상이 잠들면 내 가슴속에 차올라 섬찟한 메아리와 공포로 내 마음을 뒤흔드는 그것. 알다 뿐인가. 영감이 어떤 심정인지 생각하면 측은한 마음도 들었지만 그래도 속으로는 킄킄 웃었다. 영감은 처음 들린 작은 소리에 뒤척인 이후 잠에서 깨어 있었던 것이다. 영감이 느낀 공포는 점점 커졌을 것이다. 아무리 잘못 들은 거라고 생각하려 해도 그럴 수 없었을 것이다. 그리고 이렇게 속으로 중얼거렸을 것이다. '그냥 굴뚝에 들

어온 바람 소리야. 쥐가 바닥을 건너간 것뿐이야.' 혹은 '귀뚜
라미가 한번 낸 소리일 거야.' 아무렴, 이런 짐작으로 위안을
삼으려 했겠지만 모두 헛수고였을 것이다. 헛수고일 수밖에.
죽음이 이미 검은 그림자를 데리고 영감의 코앞으로 살금살
금 다가와 그 먹잇감을 포위했으니 말이다. 이 보이지 않는
그림자의 으스스한 기운 때문에 (보이거나 들리지 않는데도)
영감은 내 머리가 방 안에 있다는 걸 느낄 수 있었던 것이다.

나는 오랫동안 끈질기게 기다리다가 영감이 눕는 소리
가 나지 않아 등불을 조금, 아주아주 조금만 열기로 했다. 등
불을 여니(상상도 못 할 만큼 살그머니 열었다), 틈새에서 희미
한 한줄기 빛이 거미줄처럼 새어 나와 영감의 독수리눈 위에
떨어졌다.

영감은 눈을 뜨고 있었다. 그것도 부릅 뜨고 있었다. 가
만히 쳐다보니 분노가 치밀었다. 그 눈이 분명히 또렷이 보
였다. 징그러운 막이 한 꺼풀 덮인 듯한 그 뿌옇고 퍼런 눈 때
문에 한기가 뼛속까지 스며들었다. 영감의 얼굴이나 몸은 전
혀 보이지 않았다. 내가 본능적으로 불빛을 그 저주스러운
부위에 정확히 비추었기 때문이다.

당신들이 광기라고 착각한 것은 사실 예리한 감각이라
고 내가 말하지 않았나? 낮고 무디고 빠른 소리, 면 옷에 싸
인 시계에서 나는 듯한 소리가 내 귀에 들려왔다. 그것 역시

잘 아는 소리였다. 그것은 영감의 심장이 뛰는 소리였다. 북소리가 병사들의 사기를 북돋듯 그것이 내 분노를 키웠다.

그럼에도 나는 자제하며 꼼짝하지 않았다. 숨을 죽였다. 등불을 가만히 들었다. 불빛을 영감의 눈에 얼마나 오래 비출 수 있는지 시험했다. 그사이 지옥의 북소리, 심장이 뛰는 소리는 커져갔다. 매 순간 점점 빨라지고 커졌다. 영감의 공포심은 그만큼 엄청났던 것이다! 정말이지 그 소리는 계속해서 점점 더 커졌다! 그때 내가 어땠을지 짐작이 되는가? 내가 신경증을 앓고 있다는 건 이미 말했다. 그건 사실이다. 모든 것이 정지한 한밤중에, 오래된 집의 으스스한 정적 속에서 이상하기 짝이 없는 그 소리는 걷잡을 수 없는 공포감을 일으켰다. 하지만 나는 몇 분 더 자제하며 가만히 서 있었다. 심장박동 소리는 더 커져갔다! 저러다 심장이 터지는 게 아닐까 생각했다. 새로운 불안감이 나를 사로잡았다. 이 소리가 이웃들에게 들릴지도 모른다! 영감의 운이 다했구나! 나는 고함을 지르며 등불을 열어젖히고 방 안으로 뛰쳐들었다. 영감이 외마디 비명을 질렀다. 한 번뿐이었다. 나는 즉시 영감을 바닥으로 끌어내리고 무거운 침대를 그 위로 뒤집어엎었다. 그러고는 드디어 일을 마쳤다는 생각에 통쾌한 미소를 지었다. 하지만 심장은 몇 분 동안이나 계속 뛰며 둔중한 소리를 냈다. 그러나 개의치 않았다. 벽 바깥으로 들릴 것 같지는 않았다. 결국 소리는 멈추었다. 영감이 죽은 것이다. 나는 침대를 치우고 시체를 살폈다. 물론 영감은 돌처럼, 정말 돌처럼 죽어 있었다. 나는 손을 그 심장 위에 대고 그렇게 몇 분 동안 가만히 있었다. 맥박은 없었다. 돌처럼 죽어 있었을 뿐이다. 이제 그의 눈은 더 이상 나를 괴롭힐 수 없었다.

이래도 내가 미쳤다고 생각하는가. 내가 시체를 숨길 때 얼마나 교묘한 조치들을 취했는지를 듣고 나면 그런 생각은 싹 달아날 것이다. 밤은 깊어갔다. 서둘러 작업했지만 소리는 내지 않았다. 우선 시체를 토막 냈다. 머리와 두 팔, 두 다리를 잘라냈다. 그 다음엔 마룻바닥에서 마룻널 세 장을 들어낸 뒤 그 틈새에 토막난 것들을 모두 넣었다. 그러고 나서 마룻널들을 아주 교묘하고, 아주 정교하게 다시 맞춰놓았기 때문에 인간의 눈으로는 (심지어 그 영감의 눈으로도) 이상한 점을 전혀 발견할 수 없었을 것이다. 물로 씻어낼 것도 없었다. 어떤 얼룩, 즉 핏자국도 없었다. 나는 너무도 용의주도했다. 통 하나에 전부 들어가다니, 하하!

작업을 끝내고 보니 정확히 새벽 네 시였다. 아직 한밤중처럼 어두웠다. 시계 종소리가 울리고 있을 때 거리 쪽으로 난 문을 두드리는 소리가 들렸다. 나는 홀가분한 마음으로 아래로 내려가서 문을 열었다. 이제 무엇을 두려워하랴? 남자 셋이 들어오더니 아주 정중히 경찰관이라고 자기들을 소개했다. 밤사이 이웃 사람 하나가 비명을 듣고 범죄가 일어난 게 아닌가 의심해 경찰에 신고를 해서 조사에 나선 것이라고 했다.

나는 미소를 지었다. 무엇을 두려워하랴? 나는 신사들을 안으로 들였다. 그 비명은 내가 꿈을 꾸다가 지른 것이고, 영감은 시골에 가서 지금은 집에 없다고 말했다. 그리고 찾아온 사람들을 데리고 집 안 곳곳을 돌아다녔다. 살펴보시라고, 샅샅이 살펴보시라고도 했다. 마지막으로 그들을 영감의 방으로 안내했다. 영감의 귀중품이 손 닿은 흔적 없이 온전한 것을 보여주기도 했다. 그러고 나서 자신만만하게 의자들을 방으로 가져와 피곤할 테니 여기 앉아 쉬라고 하고는 승리감에 도취해 대담하게 내 의자를 시체가 있는 그 지점 바로 위에 놓았다.

경찰관들은 내 말을 믿었다. 내 태도가 그들에게 확신을 심어준 것이다. 유달리 마음이 홀가분했다. 그들은 자리에 앉아서 내가 유쾌하게 대답하는 동안 익숙한 것들을 화제로 대화를 나누었다. 하지만 얼마 못 가 내 얼굴이 하얗게 질리는 느낌이 들었다. 이제 그들이 그만 가주기를 바랐다. 두통이 일면서 귓속이 윙윙거렸다. 하지만 그들은 계속 앉아 이야기를 나누었다. 윙윙거리는 소리가 더욱 또렷해졌다. 계속될 뿐 아니라 갈수록 더 또렷해졌다. 나는 그 느낌을 떨쳐내려고 더 활발히 떠들었지만 소리는 계속되었고 선명해졌다. 나는 그 소리가 내 귀 안에서 나는 게 아니라는 걸 깨달았다.

이제 내 얼굴은 아주 하얗게 질렸을 게 분명했다. 하지만 나는 언성을 높여 말을 더 줄줄 쏟아냈다. 하지만 그 소리는 더욱 커지기만 했다. 어쩌면 좋을까? 그것은 낮고 무디고 빠른 소리, 면 옷에 싸인 시계에서 나는 듯한 소리였다. 나는 숨을 몰아쉬었다. 하지만 경찰관들은 눈치채지 못했다. 나는 더 빠르고 더 열렬히 말을 쏟아냈지만, 그 소리는 줄기차게 커져 갔다. 일어나 격한 손짓을 섞어가며 높은 음성으로 사소한 것들에 대한 주장을 늘어놓기도 했지만 그 소리는 계속해서 커져만 갔다. 대체 저들은 왜 가지 않는 걸까? 나는 그 사람들의 시선에 격분한 것처럼 마룻바닥 위를 쿵쾅거리며 왔다 갔다 돌아다녔다. 소리는 갈수록 커졌다. 오, 하느님! 이 일을 어찌하면 좋을까? 나는 거품을 물었다. 악을 썼다. 욕을 해댔다! 앉아 있는 의자를 흔드는 바람에 의자에 마룻널이 긁히는 소리가 났지만, 그 소리는 모든 소리를 삼키고 끊임없이 커졌다. 더 커지고, 더 커지고, 더 커졌다! 그럼에도 그들은 흥겹게 이야기를 나누고 미소를 지었다. 이 소리가 들리지 않는다니 말이 되는가? 전능하신 하느님! 아니, 아니다! 저들은 들은 거야! 의심하고 있어! 알고 있는 거야! 두려움에 떠는 나를 조롱하는 것이다! 나는 그렇게 생각했고 지금도 그렇게 생각한다. 뭐가 됐든 이 고통보다 더 하랴! 뭐가 됐든 이 조롱보다는 수월하겠지! 그 위선적인 미소는 더 이상 참을 수가 없었다. 소리라도 지르지 않으면 죽을 것만 같았다! 지금! 또! 들어보라고! 더 크다! 더 크다! 더 크다! 더 크다!

"악당들아!" 나는 고함을 질렀다. "가식 그만 떨어! 그래, 내가 그랬다! 마룻널을 뜯어내봐! 여기, 여기다! 이게 그자의 징그러운 심장이 뛰는 소리다!"

때 이른 매장

아주 흥미진진하지만 너무도 끔찍해서 소설의 소재로는 적합하지 않은 주제들이 있다. 단순한 낭만주의자라면 불쾌감이나 혐오감을 주겠다 싶어 어김없이 피하게 되는 것들 말이다. 이런 것들은 진실의 엄정함과 권위가 인가하고 뒷받침해 주어야만 올바르게 다루어진다. 예를 들어 우리는 베레지나 전투(1812년 11월 나폴레옹이 이끄는 프랑스군이 모스크바에서 철수하던 중 베레지나강에서 참패한 전투-옮긴이), 리스본 대지진(1755년 11월 1일 포르투갈의 리스본에서 대지진이 발생해 리스본 일대가 파괴되고 최대 10만의 인명 피해가 일어난 재난-옮긴이), 런던 대역병(1665년 흑사병의 유행으로 당시 런던 인구의 4분의 1에 해당하는 10만 명이 사망한 사건-옮긴이), 성 바르톨로메오 축일의 학살(1572년 8월 24일 프랑스에서 로마가톨릭 추종자들이 개신교도인 위그노 신자들 3만 명 이상을 학살한 사건-옮긴이), 캘커타 블랙홀의 질식사(1756년 인도 캘커타의 윌리엄 요새에서 영국군

같은 이야기를 접하면 가장 강렬한 수준의 '짜릿한 고통'을 맛보게 된다. 그러나 이런 이야기에는 사실, 즉 현실이 담겨 있다. 심금을 울리는 역사가 있다. 만약 꾸며낸 이야기라면 우리는 그것을 그저 혐오스러운 짓으로 치부할 것이다.

나는 비교적 유명하고 큰 역사적 참사들을 몇 가지 언급했지만, 이것들은 참사의 특징뿐 아니라 규모 때문에 상당히 뚜렷한 인상을 남긴 경우다. 인간이 겪는 괴이한 불행의 방대한 목록 중에는 이러한 대규모 재난보다 더 심한 원초적 고통을 당한 개별적 사례가 얼마든지 있다는 걸 굳이 독자들에게 상기시킬 필요는 없을 것이다. 진정으로 비참한, 지극히 참혹한 경우는 일반적인 것이 아니라 특별한 사례에 속한다. 인간은 끔찍한 극한의 고통을 집단이 아니라 개별적으로 겪는다. 이 점만큼은 자비로운 신에게 감사를 올리자!

산 채로 땅에 묻히는, 불행 중에서도 단연 으뜸가는 불행이 많은 필멸자들에게 들이닥쳤다. 생각할 줄 아는 사람이라면 그런 일이 빈번히, 아주 빈번히 일어났다는 것을 부인하지 않을 것이다. 삶과 죽음을 가르는 경계는 기껏해야 어둑하고 흐릿하다. 어디가 끝이고 어디가 시작인지 누가 알겠는가? 알다시피 어떤 질병은 겉으로는 생명의 기능이 완전히 멈춘 듯 보이지만 정확히는 유예된 것에 불과하다. 이해할 수 없는 메커니즘이 일시적으로 정지한 것뿐이다. 특정한 시간이 흐르면 보이지 않는 미지의 원리가 마력의 톱니바퀴와 마법의 타륜을 다시 가동한다. 은사슬은 영영 끊어지지 않았고 금그릇도 완전히 깨지지 않았다("은사슬이 끊어지고 금그릇이 부서지고, 샘의 물동이가 깨지고 우물에서 도르래가 부숴지기 전에 네 창조주를 기억하라." 「전도서」 12장 6절—옮긴이). 하지만 그동안 영혼은 어디에 있는가?

그러한 원인은 그러한 결과를 낳을 수밖에 없다는 (그렇게 생명이 유예된 경우는 가끔씩 때 이른 매장으로 자연스럽게 이어진다는) 불가피한 결론과 연역적 추론이 아니더라도, 그러한 매장이 숱하게 일어났다는 것을 뒷받침하는 의학적 혹은 일상적인 경험담들이 있다. 필요하다면 당장 실제 사례를 백 가지라도 댈 수 있다. 얼마 전에도 일부 독자들은 아직도 생생한 기억으로 떠올릴 만큼 아주 놀라운 사례가 볼티모어 인근의 도시에서 일어나 곳곳에서 고통스러운 아우성이 거세게 터져나왔다. 저명한 변호사이자 하원의원으로 대단히 품위 있는 한 시민의 아내가 갑자기 원인을 알 수 없는 병에 걸렸는데 의사들이 어떤 치료를 해도 소용이 없었다. 그의 아내는 심한 고통을 겪다가 끝내 사망했다. 아니, 사망한 것으로 간주되었다. 실제로 죽은 게 아니라고 의심하거나 의심할 만한 이유를 찾은 사람은 아무도 없었다. 그 아내는 모든 면에서 사망자의 징후를 보였다. 얼굴은 파리한 빛을 띠었고 윤곽선은 움푹 꺼지고 늘어져 있었다. 입술은 대리석처럼 창백했다. 눈에는 빛도 온기도 없었다. 맥박도 뛰지 않았다. 사흘간 매장되지 않고 안치된 시신은 돌처럼 단단했다. 빠른 부패가 예상되어 장례가 서둘러 진행되었다.

부인은 지하 가족묘에 안장되었고 이후 3년간 그곳에 그대로 있었다. 이 기간이 끝나고 석관으로 이장하기 위해 가족묘 문이 열렸을 때 놀라운 일이 벌어졌다! 남편이 직접 아내의 묘지 문을 여는 순간 충격과 공포가 그를 맞이했다. 묘지 문이 바깥쪽으로 휙 열렸을 때 하얀 옷을 입은 형체가 그의 품 안으로 풀썩 쓰러졌던 것이다. 그것은 아직 완전히 썩지 않은, 수의를 입은 아내의 해골이었다.

철저한 조사 끝에 그의 아내가 안장된 지 이틀 만에 다시 살아났다는 것이 밝혀졌다. 관 속에서 몸부림을 치는 와중에 관이 받침대 혹은 선반에서 바닥으로 떨어졌고 관이 부서지면서 관 속에 있던 시체가 밖으로 탈출했다는 결론이었다. 우연히 묘지 안에 남겨졌던 등불 하나는 원래 기름이 가득했던 것인데, 불에 의해 소진된 것인지 그냥 증발된 것인지 텅 빈 채로 발견되었다. 묘실로 내려가는 계단 꼭대기에는 큼직한 관 조각이 놓여 있었다. 부인이 주의를 끌려고 그것으로 철문을 쳤던 모양이다. 그러다가 극심한 공포로 인해 기절했거나 죽었고, 쓰러질 때 수의가 안쪽으로 튀어나온 쇠장식에 걸렸는지 선 자세로 그대로 썩어버렸다.

1810년 프랑스에서는 실제로 현실이 허구보다 더 기괴하다는 것을 확신하게 만드는 생매장 사건이 일어났다. 이야기의 당사자는 부유한 명문가의 딸로서 대단한 미인인 빅토린 라푸르카드였다. 이 여자에게 청혼한 수많은 구혼자들 가운데 파리의 가난한 문인이자 언론인 쥘리앵 보쉐에도 있었다. 그는 재능과 온화한 성품으로 상속녀의 사랑을 얻은 듯하다. 그러나 여자는 명문가 태생이라는 자존심 때문에 그를 거절하고 은행가이자 외교관으로 유명한 르넬 씨와 결혼했다. 하지만 결혼 후 르넬 씨는 여자를 방치했고 학대했을 가능성마저 농후했다. 여자는 몇 년간 그와 비참하게 살다가 사망했다. 모든 목격자가 죽었다고 여길 만큼 여자는 사망한 것과 다름없는 상태였다. 여자는 지하 묘지가 아니라 태어난 마을의 공동묘지에 묻혔는데, 보쉐에는 비탄에 젖었지만 애절한 사랑의 추억에 달떠 살던 수도를 떠나 그 마을이 있는 변두리 지방으로 갔다. 시신을 파내어 그 탐스러운 머리카락을 간직하겠다는 낭만적인 목적에서였다. 그 무덤에 도착한 그는 한밤중에 관을 파내어 관뚜껑을 열고 머리카락을 자르던 중 감겨 있지 않은 여자의 눈을 보고 기겁을 했다. 살아 있는 채로 매장된 것이다. 목숨이 완전히 끊기지 않은 상태에 있다가 그의 손길에 의해 죽음과 혼동되었던 무의식에서 깨어난 것이다. 그는 여자를 정신없이 마을의 숙소로 데려갔고, 의학적 근거는 없으나 강력한 원기 회복제를 먹여 여자는 결국 살아났다. 그리고 살려준 사람을 알아보았다. 여자는 그의 곁에 머물면서 천천히 원래의 건강을 완전히 되찾았다. 그 여자의 마음은 완강하지 않았고 마지막에 얻은 사랑이라는 의미는 그 여자의 마음을 움직이기에 충분했다. 여자는 보쉬에게 마음을 주었다. 그렇게 여자는 남편에게 돌아가지 않고 살아난 것을 남편에게 감춘 채 연인과 함께 미국으로 달아났다. 20년 뒤 두 사람은 오랜 세월 끝에 프랑스로 돌아왔다. 생김새가 변했으니 친구들이 몰라볼 것이라고 확신한 것이다. 하지만 그것은 오산이었다. 르넬 씨는 처음 만난 자리에서 아내를 단번에 알아보고 아내에 대한 권리를 요구했다. 여자는 그 요구에 저항했고, 사법부는 여자의 저항이 옳다고 판결했다. 특수한 상황인 데다 오랜 기간이 흘러 남편의 권리는 도의적으로나 법적으로 시효가 끝났다는 판단이었다.

라이프치히의 《외과 의학지》(미국의 출판사들이 번역하여 발간할 법한 권위 있고 훌륭한 정기간행물)는 최근 호에서 같은 성격의 참혹한 사건을 다루었다.

거대한 체격에 건장했던 포병대 장교가 날뛰는 말에서

떨어져 뇌진탕을 일으켜 즉시 의식을 잃었다. 두개골에 경미한 골절이 생겼지만 위급한 상태는 아니었다. 두개골에 구멍을 뚫는 수술은 성공적이었다. 고인 피를 빼냈고, 그것 말고도 여러 가지 일반적인 치료들이 이루어졌다. 하지만 환자는 점점 가망 없는 혼수상태로 빠져들었고 급기야 사망 판정을 받게 되었다.

날씨가 따뜻해서 그는 급히 공동묘지에 매장되었다. 장례식은 목요일에 거행되었다. 그주 일요일에 평소처럼 많은 방문객이 그 공동묘지로 몰려들었는데, 점심 무렵에 그 장교의 무덤 위에 앉아 있던 한 농부가 땅밑에서 뭔가가 움직인다고, 누군가 땅속에서 몸부림을 치는 것 같다고 말하는 바람에 대소동이 벌어졌다. 처음에는 누구도 남자의 말을 귀담아듣지 않았다. 하지만 누가 봐도 겁에 질린 모습으로 그 이야기를 한사코 계속하자 사람들은 설득당할 수밖에 없었다. 사람들은 서둘러 삽을 가져왔고 부끄러울 만큼 얕은 무덤은 몇 분 만에 파헤쳐졌다. 관에 든 사람의 머리가 드러났다. 분명 죽은 것으로 보였던 그가 관 안에서 거의 똑바로 앉아 있었다. 관 뚜껑은 그의 맹렬한 몸부림에 일부 들린 상태였다.

그는 즉시 가장 가까운 병원으로 이송되었고 가사 상태이지만 아직 살아 있다는 진단을 받았다. 몇 시간 뒤에는 의식을 찾았고, 지인들의 얼굴을 알아보고 끊어진 말들이지만 무덤 속에서 겪은 고통을 이야기했다.

그의 진술에 따르면, 그는 매장되는 동안 한 시간 넘게 의식이 있었다가 무의식 상태에 빠진 게 분명했다. 무덤이 성긴 흙으로 대충 메워지는 바람에 공기가 무덤 안으로 들어갈 수밖에 없었다. 그는 머리 위에서 사람들의 발소리를 듣고 그들에게 소리를 내려고 애를 쓴 것이다. 무덤 속에서 아우성을 친 덕분에 깊은 잠에서는 깨어났지만 정신을 차리자마자 자신의 처지를 깨닫고 엄청난 공포를 느꼈다고 했다.

기록에 의하면 이 환자는 회복되는 중이었고 완전히 건강을 되찾을 조짐이 보였지만, 섣부른 실험적 의술에 희생됐다고 한다. 갈바니 전지가 사용되었고, 그는 그 치료가 가끔씩 동반하는 경련에 의해 무의식 상태에서 돌연 사망했다.

그나저나 갈바니 전지 이야기를 하고 보니 아주 특별하고 유명한 사례 하나가 기억난다. 갈바니 전지가 이틀 전에 매장된 런던의 젊은 변호사를 되살리는 수단이 되었던 사건이다. 1831년에 일어난 이 사건은 당시에 화젯거리가 되어 큰 파문을 일으켰다.

에드워드 스테이플턴이라는 환자가 명백한 발진티푸스로 사망했을 때, 그가 보인 몇 가지 특수한 증상들이 담당 의사들의 호기심을 자극했다. 사망 판정이 내려지자마자 그의 친구들은 시신의 부검 요청을 받았지만 거절했다. 흔히 그렇듯 의사들은 거부를 당해도 시신을 파내어 남몰래 두고두고 해부하곤 했기에 런던에 널린 무수한 시체 도굴자들을 통해 일은 손쉽게 성사되었다. 장례식이 끝난 지 사흘째 되던 날 밤 그 시신은 약 2.5미터 깊이의 무덤에서 파내어져 어느 개인 병원의 수술실에 놓였다.

복부가 어느 정도 절개되었을 때 아직 멀쩡하고 부패되지 않은 것으로 보이는 시신에 갈바니 전지가 사용되었다. 실험들이 연달아 이어졌고 일반적인 결과가 나타났다. 여러모로 특이한 점은 없었지만, 살아 있는 몸에서도 보기 힘든 강한 경련이 한두 차례 나타났다.

밤은 깊어갔고 어느덧 동이 틀 때가 되었다. 즉시 해부를 진행하는 게 좋겠다는 판단이 내려졌다. 하지만 한 수련의가 자신의 이론을 시험하고 싶은 욕심에 한쪽 흉근에 전지를 대어보자고 주장했다. 가슴이 대충 절개된 자리에 부랴부랴 전선이 접촉되었을 때, 환자는 빠르지만 경련이라고는 볼 수 없는 동작으로 수술대에서 스르륵 일어나서는 방 한가운데로 걸어간 다음, 몇 초 동안 불안한 시선으로 주변을 둘러보다가 말했다. 알아들을 수 없는 말이었지만 말을 한 것은 분명했다. 음절 구분도 뚜렷했다. 그는 말을 마치고 나서 바닥에 털썩 쓰러졌다.

모두들 깜짝 놀라 몇 분 동안 얼어붙었지만 워낙 긴급한 상황이다 보니 금세 정신을 차렸다. 스테이플턴 씨는 기절한 상태였지만 살아 있는 듯했다. 에테르를 갖다 대자 의식을 찾았고, 이후 빠르게 건강을 회복하여 친구들과도 면회가 가능해졌다. 하지만 친구들은 병이 재발할 가능성이 없어질 때까지 그가 소생했다는 것을 알리지 않았다. 그들이 놀라 환호하는 모습은 상상이 가고도 남을 것이다.

그러나 이 사건의 가장 섬찟하고 특이한 점은 스테이플턴 씨 본인의 확언과 관련이 있다. 그는 한순간도 완전한 무의식에 빠진 적이 없다고 주장했다. 어렴풋하고 혼란스럽긴 해도, 의사들에게 사망 선고를 받은 순간부터 수술실 바닥에 까무러쳐 쓰러진 순간까지 겪은 일들을 모두 인식하고 있었다는 것이다. 그가 횡설수설 지껄인 말은 자신이 해부실에 있다는 걸 알아차리자마자 죽을 힘을 다해 끌어낸 "나는 살아 있다!"는 뜻이었다.

비슷한 사례들은 몇 개고 나열할 수 있지만 더 이상 거론하지 않겠다. 굳이 계속하지 않더라도 생매장이 일어나고 있다는 것은 기정사실이기 때문이다. 사건의 본질상 여간해선 그것을 알아차릴 능력이 우리에게 없다는 것을 감안한다면, 우리가 모르는 사이에 그런 일이 자주 일어날 가능성을 인정하는 수밖에 없다. 목적이 무엇이고 규모가 어떻든, 정식으로 묘지를 파헤치는 것부터가 현실적으로 아주 드문 일이기 때문에, 해골이 지극히 끔찍한 의혹을 암시하는 자세로 발견되는 일도 드문 것이다.

그 의혹은 참으로 두려운 것이지만 그 운명은 그보다 더 두렵다! 죽지도 않았는데 땅속에 묻히는 것만큼 몸과 마음에 엄청난 고통을 야기하는 일은 없다고 단언해도 좋을 것이다. 못 견디게 폐부를 짓누르는 압박감, 축축한 흙이 내뿜는 답답한 증기, 몸에 들러붙은 수의, 비좁은 집의 억센 포옹, 칠흑 같은 어둠, 바다처럼 압도하는 침묵, 눈에 보이지 않지만 느껴지는 포식 벌레들의 존재감, 이것들과 함께하는 위쪽 공기와 풀에 대한 생각, 우리의 불운을 안다면 한달음에 구하러 올 사랑하는 친구들에 대한 기억, 또한 이 불운이 그들에게 알려질 리 없으니 가망 없는 운명은 진짜로 죽은 자의 운명과 다를 바 없다는 깨달음. 이러한 상념들이, 아직 고동치는 심장에 참혹하고 견딜 수 없는 공포를 불러와서 아무리 대담한 상상도 물리쳐버리기 마련이다. 지구상에 그처럼 고통스러운 일이 또 있을까. 지옥의 밑바닥에서 겪는 고통이 아무리 끔찍하다 한들 그 고통의 절반이라도 짐작할 수 있을까. 그러므로 이것을 주제로 한 모든 이야기들은 심오한 관심을 끌어낸다. 그러나 이 관심은 주제 자체가 가진 신성한 경외감에서 우러났기에 실화라는 확신에 당연히, 유달리 좌우된다. 이제부터 내가 하려는 이야기는 내 실제 지식에서 나온,

내가 직접 겪은 경험담이다.

몇 년간 나는 특이한 질병에 시달렸다. 정확한 병명은 알려져 있지 않고 그저 의사들이 '강경증'이라고 통칭하는 병이었다. 직접적인 원인과 소인은 물론이고 실질적인 진단법마저 아직은 베일에 싸여 있지만, 그 뚜렷한 병증만은 충분히 밝혀져 있다. 변종들 간에는 대체로 정도의 차이만 있는 것 같다. 때때로 환자는 일종의 과도한 무기력증을 보이며 길면 하루쯤 몸져눕곤 한다. 의식도 없고 아무런 움직임도 보이지 않지만, 미약한 심장박동은 감지된다. 약간의 온기도 남아 있고, 뺨 중앙에는 옅은 혈색이 남아 있다. 거울을 입술에 대보면 허파가 미약하고 불규칙하게 전율하며 움직이는 것을 알 수 있다. 그러고 나서는 무의식 상태가 몇 주, 심지어 몇 달씩 지속되는데, 그사이 철저한 검진과 정밀한 테스트를 동원해도 이 환자의 상태와 완전한 사망 상태 사이에는 뚜렷한 차이점을 찾아볼 수 없다. 이때 환자가 생매장당하지 않는 것은 순전히 환자가 강경증을 앓은 이력이 있다는 걸 주변 사람들이 알고 있거나, 그래서 이번에도 그런 경우가 아닐까 의심하는 덕분이고, 무엇보다 부패 증상이 나타나지 않기 때문이다. 그나마 다행인 것은 병의 진행이 점진적이라는 점이다. 초기 증상은 특이하기는 해도 뚜렷하지는 않다. 이후 발작이 매번 뚜렷해지면서 앞선 발작보다 더 오래 지속된다. 그나마 그대로 매장당하지 않을 수 있는 근본적인 안전장치는 바로 이 부분에 있다. 만약 가끔 최초의 발작이 극도로 심한 경우라면 불운한 환자는 산 채로 무덤에 묻히는 걸 피할 길이 없다.

내 경우는 의학 서적에 언급된 사례와 거의 같았다. 뚜렷한 원인도 없이 서서히 반쯤 기절한 상태로 빠져들곤 했는데, 이 상태에서는 고통도 없고, 움찔할 힘도, 엄밀히 말해 생각할 힘마저 없었지만, 내가 살아 있다는 것과 내 침대를 둘러싼 사람들의 존재를 몽롱하게 어렴풋이 의식하며 누워 있었다. 그러다가 병마의 위협이 지나가고 갑자기 정신이 들면서 감각이 돌아오곤 했다. 아니면 빠른 발작이 돌발적으로 일어나기도 했다. 나는 속이 울렁거리고 감각이 없어지고 오한이 나고 현기증이 나면서 별안간 고꾸라졌다. 그럴 때는 몇 주 동안 모든 것이 공백이고 암흑이고 침묵이었고, 전무全無가 우주가 되었다. 이보다 더한 전멸은 없었다. 하지만 이런 식의 발작에서 깨어나는 것은 느닷없이 시작된 것에 비하면 서서히 이루어졌다. 길고 황량한 겨울밤에 친구도 집도 없이 밤새 거리를 방랑하는 거지에게 날이 밝아오듯 그렇게 느릿느릿, 그렇게 지긋지긋하고 유쾌하게 영혼의 빛은 내게로 돌아왔다.

하지만 정신을 잃는 것 말고는 건강 상태가 전반적으로

양호해 보였다. 그 강력한 질환이 다른 건강에는 딱히 영향을 끼친 것 같지 않았다. 다만 평소 수면 습관에 별스러운 증상이 나타나긴 했다. 잠에서 깨어날 때마다 감각이 즉각 돌아오지 않아서 상당히 혼란스럽고 당혹스러운 기분으로 한참 동안 그대로 누워 있곤 했다. 전반적인 정신적 기능들, 특히 기억이 전혀 말을 듣지 않았다.

내가 겪은 고통 가운데 육체적 고통은 없었지만 정신적 고통은 무한했다. 내 공상은 공포로 채워졌다. 나는 '벌레', '무덤', '묘비명'을 이야기했다. 머릿속을 끝없이 휘젓는 죽음의 몽상과 생매장에 대한 생각 들 속에서 길을 잃고 헤맸다. 그 섬찟한 위험은 나를 위협하며 밤낮으로 따라다녔다. 고통스러운 생각은 낮에는 기세를 떨치고 밤에는 절정에 달했다. 음울한 어둠이 대지를 덮으면 나는 온갖 두려운 생각들로 몸을 떨었다. 영구차 위에서 떨리는 깃털 장식처럼 몸을 떨었다. 자연의 이치가 더 이상 깨어 있음을 받아들이지 않을 때가 되어서야 나는 겨우 잠이 드는 것에 동의했다. 깨어났을 때 무덤 속에 있을지도 모른다는 생각이 들어 진저리가 났기 때문이다. 겨우 잠이 들면 유령들의 세상으로 곧장 빠져들었는데, 무덤이라는 관념 하나가 거대한 검은 날개를 달고 그곳에 그늘을 드리우며 그곳을 지배하고 그 위를 떠다녔다.

꿈속에서 나를 짓누른 검은 형체들은 무수히 많았지만,

한 가지 이미지를 선택해 이야기해보겠다. 강경증으로 인해 평소보다 더 길고 깊은 혼수상태에 빠졌을 때의 일이다. 얼음장 같은 손이 갑자기 내 이마에 닿고 나서 조급하게 웅얼거리는 목소리가 "일어나!" 하고 내 귀에 속삭였다.

나는 일어나 앉았다. 사방이 온통 어두웠다. 나를 깨운 사람의 모습도 보이지 않았다. 얼마나 오랫동안 정신을 잃고 있었는지, 어디에 누워 있는지도 가늠할 수 없었다. 꼼짝하지 않고 애써 생각을 가다듬고 있는데 그 차가운 손이 내 손목을 와락 움켜잡고 마구 흔들었다. 그 웅얼거리는 목소리가 또다시 말했다.

"일어나! 내가 일어나라고 하지 않았어?"

"누군데 그러오? 당신 누구요?"

"내가 사는 곳에는 이름이 없다." 목소리가 구슬프게 대꾸했다. "나는 전에는 필멸자였으나 지금은 악령이다. 전에는 무자비했으나 지금은 연민을 알아. 너도 내가 떠는 것을 느낄 테지. 말할 때 이가 덜그럭거리는 건 밤이, 이 끝없는 밤이 쌀쌀해서가 아니다. 하지만 이 섬찟함은 견딜 수가 없다. 넌 어찌 그리 곤히 잠을 잘 수 있지? 나는 고통에 겨워 울부짖는 소리 때문에 쉴 수가 없다. 이건 차마 눈에 담지 못할 광경이다. 일어나! 나와 함께 바깥의 밤 속으로 들어가자. 내가 너에게 무덤들을 보여줄 것이다. 이것이 정녕 애통한 광경

아닌가? 보아라!"

나는 보았다. 그러자 보이지 않는 그 형체가 내 손목을 움켜쥔 채 인류의 모든 무덤을 열어젖혔다. 각각의 무덤에서 부패한 시신의 희미한 빛이 흘러나왔기 때문에 나는 무덤 안을 구석구석 볼 수 있었다. 수의를 입은 시신들은 벌레들과 함께 슬프고도 엄숙한 영면에 들어 있었다. 하지만 어찌할까! 정말 잠을 자는 자들은 전혀 잠을 이루지 못하는 자들에 비해 턱없이 모자랐다. 미약한 몸부림이 있었다. 구슬픈 불안이 깔려 있었다. 그 무수한 구덩이 안에서 묻힌 자들의 옷이 바스락거리는 애처로운 소리가 흘러나왔다. 그리고 편히 쉬는 듯 보이는 자들 가운데 꽤나 많은 이가 매장될 때 취했던 뻣뻣하고 불편한 자세를 많이 혹은 조금 바꾸었다는 걸 알 수 있었다. 바라보고 있자니 그 목소리가 다시 내게 말했다.

"그렇지? 참으로 딱한 광경이 아니냐?" 하지만 내가 뭐라 대꾸하기도 전에 그 형체는 내 손목을 놓아버렸고, 뿜어져 나오는 빛이 꺼지면서 무덤들은 거세게 닫혀버렸다. 그동안 무덤들 사이에서 절망에 젖어 아우성치는 목소리들이 또다시 들려왔다. "그렇지요? 오, 신이시여! 참으로 딱한 광경이 아닙니까?"

이러한 환영들은 밤에 출몰해 깨어 있는 시간까지 두렵고 흉악한 손길을 뻗쳤다. 나는 극심한 신경쇠약에 시달렸고 끊임없는 공포의 먹잇감이 되었다. 말을 타는 것도, 걷는 것도, 어떤 활동이든 집을 떠나야 하는 것이면 주저했다. 평상시처럼 발작을 일으키고는 내 진짜 상태가 밝혀지기 전에 매장될 것만 같아 내 병을 아는 사람들 곁을 감히 떠나지도 못했다. 가장 가까운 친구들의 보살핌과 신의마저도 의심했다. 혼수상태가 평균 이상으로 오래 지속되는 경우 회복이 불가하다는 판단에 그들이 설득될까 봐 두려웠다. 내가 성가셔져서 내 발작이 오래가면 드디어 나를 없애버릴 절호의 기회가왔다고 좋아하지 않을까 두렵기도 했다. 그들은 지극히 엄숙한 약속으로 나를 안심시키려 했지만 소용없었다. 나는 부패가 심하게 진행되어 더 이상 시신을 보관할 수 없을 때가 아니고서는 어떠한 경우에도 나를 매장하지 않겠다는 굳은 맹세를 받아냈다. 그런데도, 그렇게까지 하고서도 죽음에 대한 내 공포는 이성의 말을 귀담아듣지 않았다. 어떤 위안도 받아들이지 않았다. 나는 여러 가지 치밀한 예방 조치를 세워두었다. 가장 먼저, 안쪽에서 문이 쉽게 열리도록 지하 가족묘를 개조했다. 무덤 안쪽까지 길게 이어진 레버를 살짝 누르면 철문이 열리게 되었다. 공기와 햇빛이 잘 들게 조처했을 뿐만 아니라, 내가 들어갈 관에서 손을 뻗으면 닿을 거리에 음식과 물이 담긴 그릇들도 놓게 되었다. 관은 안에 패드를 덧대 따뜻하고 푹신하게 만들었고, 뚜껑에는 묘지 문과 같은 원리로 작동하는 용수철을 달아 몸을 살짝만 움직여도 뚜껑이 열리도록 했다. 이것도 모자라, 무덤 지붕의 큰 종에서부터 연결된 줄이 관에 뚫린 구멍을 통해 시신의 한쪽 손에 묶여 있도록 처리했다. 하지만 어찌할까! 인간이 운명에 맞서봤자 무슨 소용이 있으랴? 이리 정교하게 고안된 안전장치들도 생매장의 고통을 당할 운명 앞에 놓인 가엾은 자를 그 극한의 고통에서 구하기에는 역부족이었다!

여러 번 그랬듯 나는 완전한 무의식 상태에서 벗어나 내가 살아 있다는 어렴풋하고 불분명한 최초의 의식 상태로 떠오르곤 했다. 서서히, 거북이처럼 느릿느릿 마음속 어스름한 잿빛의 여명을 향해 나아갔다. 무기력한 불안, 아련한 통증을 덤덤히 견뎌내는 인내, 근심도 희망도 노력도 없는 상태. 그렇게 긴 시간이 흐른 끝에 귓속에 어떤 울림이 퍼진다. 그후에 더 긴 시간이 흐르고 나서 사지에 저릿한 느낌, 간지러운 느낌이 들고 나면 영원 같은 상쾌한 정적이 이어지며 깨어나는 느낌이 겨우겨우 생각으로 변해간다. 그다음에는 잠깐 비존재 속으로 다시 침잠했다가 돌연 의식을 찾는다. 드디어 한쪽 눈꺼풀이 바르르 떨리고, 곧바로 규정할 수 없는 지독한 공포가 전기 충격처럼 일어나 혈액을 관자놀이에서 심장 쪽으로 급류처럼 내보낸다. 그리고 생각을 하려고 시도한다. 처음에는 기억을 떠올리려고 애쓴다. 미미한 성과가 있다. 기억이 자리를 차지하자 어느 정도는 내 상태를 인식하게 된다. 내가 평상시의 수면에서 깨어나는 게 아니라는 느낌이 든다. 내가 강경증을 앓고 있다는 게 기억난다. 그리고 마침내, 덜덜 떠는 내 영혼은 몰아치는 대양의 파도에 휩쓸리듯 한 가지 으스스한 위험, 유령처럼 늘 도사린 그 관념에 압도된다.

그때도 나는 몇 분 동안 이런 상념에 사로잡혀 움직이지 않았다. 왜 그랬냐고? 움직일 용기가 나지 않았다. 괜히 내 불운만 확인하는 꼴이 될까 봐 선뜻 움직이지 못했다……. 하지만 가슴속의 뭔가가 그것이 맞다고 속삭였다. 오랜 망설임 끝에 절박한 심정(다른 불행은 전혀 허락하지 않는 상태), 오로지 절박한 심정이 무거운 눈꺼풀을 들어올리려 했다. 나는 눈꺼풀을 들어올렸다. 컴컴했다. 온통 컴컴했다. 발작이 끝났다는 걸 알 수 있었다. 병마는 한참 전에 물러간 것이다. 분명 시력이 완전히 돌아왔는데도 주변이 온통 컴컴했고 영원히 계속되는 밤의 빛 한 줄기 없는 짙은 어둠뿐이었다.

비명을 끌어냈다. 그러자 입술과 바싹 마른 혀가 경련하듯 함께 움직였다. 하지만 동굴 같은 폐부에서는 산 밑에 깔린 것처럼 아무런 소리도 나오지 않았다. 힘겹게 숨을 들이마시려 할 때마다 폐는 헐떡거리고 심장은 고동쳤다.

나는 소리를 지르려고 턱을 움직이다가 시신의 턱처럼

묶여 있다는 걸 알아챘다. 단단한 물체 위에 누워 있다는 느낌도 들었다. 양옆도 비슷한 것으로 바짝 막혀 있었다. 그때까지는 팔다리를 감히 움직이지 못했는데, 양쪽 손목이 겹쳐지게 가지런히 놓여 있던 두 팔을 거세게 들어올렸다. 팔이 단단한 목재에 부딪쳤다. 그것이 내 얼굴 위 불과 15센티미터 높이에서 몸 전체를 덮고 있었다. 내가 관 속에 누워 있다는 것은 이제 의심할 여지가 없었다.

불행이 끝없이 활개를 치는 와중에 희망이 아기 천사의 모습으로 반갑게 나타났다. 이때를 대비해 마련한 조치들이 생각난 것이다. 나는 몸을 뒤틀며 관 뚜껑을 열려고 힘껏 밀었다. 그런데 뚜껑이 꿈쩍도 하지 않았다. 손목을 더듬어 종과 연결된 밧줄을 찾아보았다. 밧줄은 없었다. 위안은 영영 달아나고 더 가혹해진 절망이 승기를 잡았다. 세심히 준비해 둔 패드 역시 없다는 걸 알아챘기 때문이다. 그때 축축한 흙에서 나는 독특하고 강한 내음이 콧속으로 들어왔다. 그렇다면 결론은 부인할 수 없었다. 나는 지하 묘지에 있는 게 아니었다. 집에서 나왔다가 낯선 사람들 틈에서 혼수상태에 빠졌고(언제 어떻게 그리 됐는지는 기억나지 않았다), 낯선 자들이 나를 개처럼 (평범한 관에 넣고 못질까지 해서는) 어딘가 흔하고 이름 없는 무덤에 깊이, 깊이, 영원히 묻어버린 것이다.

이 끔찍한 확신이 내 영혼의 가장 내밀한 곳으로 침투하는 순간 나는 다시 크게 소리쳤다. 두 번째 시도는 성공을 거두었다. 길게 이어지는 거친 비명, 고통스러운 고함이 땅속 밤의 영역으로 퍼져 나갔다.

"이봐! 이봐, 거기!" 걸걸한 목소리가 대꾸했다.

"이번엔 또 무슨 일이오?" 두 번째 목소리가 말했다.

"그만두시오!" 세 번째 목소리가 말했다.

"무슨 일로 그리 살쾡이처럼 울부짖나?" 네 번째 목소리가 말했다. 이후 우락부락한 사람들 여럿이 나를 다짜고짜 붙잡더니 몇 분 동안이나 나를 흔들어댔다. 그들은 나를 잠에서 깨운 게 아니었다. 비명을 질렀을 때 나는 이미 깨어 있었기 때문이다. 그들은 내 기억을 모두 되살려주었다.

버지니아주 리치먼드 부근에서 일어난 일이었다. 나는 한 친구를 따라 제임스강 강둑에서 몇 킬로미터 떨어진 곳으로 사냥 여행을 떠났다. 밤이 다가오면서 우리는 폭풍우에 갇혔다. 몸을 피할 데라고는 배양토를 싣고 가다가 강에 닻을 내린 작은 범선의 선실 말고는 없었다. 우리는 그 배에 최대한 머물면서 그날 밤을 보냈다. 나는 배 안에 두 개뿐인 침상 한 곳에서 잠을 청했다. 60, 70톤급 범선의 침상에 대해선 굳이 설명하지 않아도 알 것이다. 내가 잔 침상은 침구가 전혀 없었고, 폭은 43센티미터 정도였다. 선실 바닥에서 머리 위 갑판까지 높이도 딱 그 정도였다. 그 안으로 비집고 들어가는 것부터가 굉장히 힘들었다. 그래도 나는 깊이 잠들었고, 꿈도 악몽도 없었기에 잠에서 깼을 때 내가 있는 곳의 광경(일상적인 생각)이 자연스레 시야에 들어왔던 것인데, 앞서 암시한 대로 완전히 정신을 차리는 데, 특히 기억을 되살리는 데 시간이 한참 걸리는 어려움을 겪은 것뿐이었다. 나를 흔든 사람들은 범선의 선원들과 뱃짐을 내리는 일꾼들이었다. 흙내는 뱃짐에서 나는 것이었다. 턱에 감긴 붕대는 평소 쓰는 수면 모자가 없어 대신 머리를 싸맨 실크 손수건이었다.

하지만 그때 내가 겪은 고통은 매장된 자들이 겪는 고통과 다를 바 없을 거라고 확신한다. 상상도 못할 정도로 참혹한 고통이었다. 하지만 그것이 전화위복이 되었다. 그 엄청난 고통이 내 영혼에 불가피한 충격을 가했던 것이다. 내 영혼은 저항력을 얻었다. 근성을 얻었다. 나는 외국으로 가 왕성하게 활동했다. 하늘 아래 자유로운 공기를 호흡했다. 죽음보다는 다른 것들을 생각했다. 의학 서적들은 버렸다. 버컨(18세기 스코틀랜드 내과의사로 간단한 약물로 질병의 예방과 치료를 다룬 『가정요법』으로 유명하다-옮긴이)의 가정의학서는 불태워버렸다. 「밤의 사색」(영국 시인 에드워드 영의 삶과 죽음, 불멸을 다룬 장시-옮긴이)도 읽지 않았고, 교회 묘지 이야기나 괴담 같은 것도 읽지 않았다. 한마디로 나는 새사람이 되어 인간답게 살았다. 그 잊지 못할 밤 이후 무덤에 대한 공포를 완전히 떨쳐냈고, 강경증도 그와 함께 사라졌다. 아무래도 그 공포는 강경증의 결과가 아니라 원인이었던 것 같다.

애잔한 우리 인류의 세상은 냉철한 이성의 시각으로 보아도 지옥의 양상을 띨 때가 있다. 하지만 인간의 상상력은 지옥의 모든 동굴을 멀쩡히 돌아다니는 캐러디스(영국의 대부호 윌리엄 벡퍼드의 기발한 고딕소설 『바테크』에 나오는 인물로, 단 하루 지옥의 모든 보물을 차지하는 대신 영원히 저주받는 것을 택하는 마녀—옮긴이)가 아니다. 아! 무덤에 대한 갖가지 두려움을 단순히 공상으로만 취급해서는 안 되는 것이다. 그 두려움은 아프라시아브 왕이 옥수스강을 내려갈 때 대동한 악마들과 같으니 잠들어야 마땅하다(19세기초 예술과 문학 비평가인 호레이스 비니 월레스는 열정을 페르시아의 악명 높은 왕 아프라시아브가 옥수스강을 여행할 때 대동한 악마들에 비유하면서, 그것들을 잠들게 해야 안전하다고 말했다—옮긴이). 아니면 그것이 우리를 삼킬 테니까. 그것을 잠재우지 않으면 우리는 파멸할 수밖에 없다.

절룩 개구리

그 왕만큼 재담이라면 사족을 못 쓰는 사람이 또 있을까. 그는 순전히 농담하는 재미로 사는 것 같았다. 재담류의 재미난 이야기를 잘 풀어내는 것이 왕의 눈에 드는 가장 확실한 길이었다. 공교롭게도 왕의 일곱 대신들은 저마다 농담의 대가로 이름나 있었다. 하나같이 탁월한 재담꾼이었을 뿐 아니라 비대하고 개기름이 흐르는 것이 왕을 쏙 빼닮은 자들이었다. 재담을 뽑아내면 비만이 되는 건지 아니면 비만에 깃든 무엇이 재담을 자극하는 것인지 도무지 가늠할 길이 없지만, 날씬한 재담꾼이 지상의 희귀종이라는 것만은 확실하다.

왕은 위트의 세련도에 대해선 위트의 '유령들'이라고 부르며 거의 신경 쓰지 않았다. 농담의 범위에는 유달리 감탄하며 그것을 위해서라면 길이쯤은 참아넘기곤 했다. 지나치게 세심한 것에는 싫증을 냈다. 아마도 볼테르의 『자디그』(프랑스 사상가 볼테르가 1748년에 발표한 철학소설로, 고대 바빌로니아의 현인 자디그를 내세워 세태를 풍자했다—옮긴이)보다는 라블레의『가르강튀아』를 더 좋아했을 것이니, 대체로 말로 하는 농담보다는 실제로 하는 장난이 왕의 입맛에 확실히 더 맞았다.

내 이야기는 전문 어릿광대가 궁정에서 완전히 사라지기 전으로 거슬러 올라간다. 당시 대륙의 몇몇 '권력들'은 알록달록한 옷을 입고 방울 달린 모자를 쓴 '어릿광대'들을 아직 곁에 두고 있었다. 이들은 왕의 식탁에서 떨어질 음식 부스러기를 노리고 언제든 예리한 재치를 그때그때 발휘하는 자들이었다.

우리 왕도 당연히 자신의 '어릿광대'를 가지고 있었다. 사실 왕은 바보짓을 통해 얻는 것이 있었다. 바보짓은 왕 본인은 물론이고 대신들인 일곱 현자들의 진중한 지혜를 반감시켜주었다.

하지만 이 왕의 어릿광대, 전문 재담꾼은 그냥 어릿광대가 아니었다. 왕이 보기에 그 어릿광대는 몸이 불편하다는 점에서 가치가 세 곱절은 더 되었다. 그 시절 궁정에는 소인小人이 어릿광대만큼이나 흔했는데, 많은 군주가 함께 웃어젖힐 어릿광대나 웃음거리로 삼을 소인 하나 없이 하루하루 (다른 데보다 훨씬 긴 궁정의 하루를) 견뎌내기란 쉽지 않았을 것이다. 하지만 앞서 말했듯 어릿광대들은 백에 아흔아홉은 뚱뚱하고 둥글둥글하고 비대해 굼뜨기 마련이었으므로, 우리의 왕은 '절룩 개구리'(이것이 그 광대의 이름이었다) 하나로 세 곱절의 가치를 소유한 셈이었으니 적잖은 만족감을 얻었을 것이다.

아마도 '절룩 개구리'라는 이름은 대부모가 지어준 세례 명이 아니라 일곱 대신들이 그가 남들처럼 걷지 못한다는 점에 착안해 만장일치로 지어준 별명일 것이다. 사실 절룩 개구리는 와락와락 움직이는 (뛰어오르는 것 같기도 하고 꿈지럭거리는 것 같기도 한) 걸음새가 아니면 걸을 수가 없었는데, 온 궁정에서 훌륭한 풍채라고 칭송받는 왕은 (배가 불거지고 두상이 선천적으로 큰데도) 그 동작에서 마음의 위안과 한없는 즐거움을 얻곤 했다. 절룩 개구리는 틀어진 다리 때문에 길이나 마룻바닥을 걷는 것이 아주 고역이었지만, 대신에 자연이 하체의 결함을 보상하는 차원에서 내어준 것처럼 양팔의 근력이 엄청나서 나무나 밧줄, 기어오를 만한 것이 있는 곳에서는 놀라운 솜씨로 많은 묘기를 부릴 수 있었다. 그런 동작을 할 때면 개구리보다는 다람쥐나 작은 원숭이와 더 닮아 보였다.

절룩 개구리가 어느 나라에서 왔는지는 정확히 말할 수 없다. 하지만 그곳은 누구도 들어본 적 없는, 우리 왕의 궁정에서 머나먼 야만의 땅이었다. 절룩 개구리는 소인이나 다름

없는 소녀(신체 비율이 좋고 뛰어난 춤꾼)와 함께 번번이 전쟁에서 승리하는 어느 장군에게 사로잡혀 인근 지역에 있던 각자의 집에서 강제로 끌려와 이 왕에게 선물로 바쳐졌다.

사정이 이러하니 몸집이 작은 두 포로 사이에 끈끈한 친밀감이 생겨난 것은 놀라운 일이 아닐 것이다. 실제로 그들은 곧 맹세를 나눈 친구가 되었다. 절룩 개구리는 많은 재미를 주면서도 인기는 없었기에 트리페타에게 힘이 될 만한 처지는 아니었지만, 트리페타는 우아함과 탁월한 미모 덕분에 누구에게나 칭찬과 귀여움을 받았다. 그래서 큰 영향력을 가지고 있었고, 기회가 닿을 때마다 그것을 활용해 절룩 개구리의 편의를 봐주었다.

성대한 국가 행사를 맞이하여(무엇이었는지는 잊어버렸다) 왕은 가장무도회를 열기로 결정했다. 궁정에서 가장무도회 같은 행사가 열릴 때면 절룩 개구리와 트리페타는 반드시 동원되었다. 특히 절룩 개구리는 가장무도회를 위한 행렬을 조직하고 새로운 등장인물을 제안하고 의상을 준비하는 데워낙 큰 창의력을 발휘했기 때문에 그의 도움 없이는 어떤 일도 진행이 되지 않았다.

예정된 축제의 밤이 왔다. 근사한 연회장이 트리페타의 눈앞에 펼쳐졌다. 가장무도회에 화려함을 더할 온갖 장치들이 완벽하게 갖추어진 모습이었다. 궁정 전체가 기대감으로 들떠 있었다. 이 무렵엔 모든 이들이 의상과 분장할 인물을 결정한 상태였을 것이다. 많은 사람들이 일주일 전에, 심지어 한 달 전부터 맡을 역할에 대해 내심 미리 결정을 내렸다. 결정을 내리지 못한 사람은 어디에서도 보이지 않았지만, 왕과 일곱 대신들은 예외였다. 장난으로 그랬다면 모를까, 나로서는 그들이 망설인 이유를 알 수가 없다. 몸이 너무 비대해서 선뜻 결정하기 어려웠을 거라고 보는 것이 맞을 것이다. 어쨌든 시간은 흘러갔고, 그들은 최후의 수단으로 트리페타와 절룩 개구리를 불러왔다.

왕의 부름에 응해 나갔을 때 작은 두 친구는 포도주를 앞에 두고 일곱 각료들과 앉아 있는 왕을 발견했다. 하지만 군주는 기분이 심히 언짢아 보였다. 왕은 절룩 개구리가 포도주를 좋아하지 않는다는 걸 알고 있었다. 술은 이 가련한 절룩 개구리를 광기에 가까운 흥분 상태로 몰아갔다. 광기는 편안한 느낌이 아니다. 하지만 장난을 좋아하는 왕은 절룩 개구리에게 억지로 술을 먹여 '흥을 내는'(왕의 표현대로라면) 꼴을 보며 즐기곤 했다.

"이리 오너라, 절룩 개구리야." 절룩 개구리와 그의 친구가 방에 들어서자 왕이 말했다. "여기 없는 네 친구들의 건강을 위해 가득 찬 이 잔을 비우도록 해라(이 말에 절룩 개구리는 한숨을 내쉬었다). 그러고 나서 네 창의력을 마음껏 뽐내보거

라. 우리는 새롭고 진부하지 않은 인물을 원한다. 매번 똑같은 것이 반복되니 싫증이 난단 말이다. 자, 마셔라! 이 포도주가 네 재치를 밝혀줄 것이다."

절룩 개구리는 왕의 이러한 행동에 평소처럼 재담으로 응하려 했지만 그럴 힘이 나지 않았다. 하필 그날은 그 가엾은 절룩 개구리의 생일이었다. '여기 없는 친구들'을 위해 마시라는 명령에 그의 눈에 눈물이 고였다. 굵고 비통한 눈물방울이 폭군의 손에서 받아든 술잔 속으로 수없이 뚝뚝 떨어졌다.

"하하하!" 절룩 개구리가 마지못해 술잔을 비우자 왕은 너털웃음을 터뜨렸다. "훌륭한 포도주 한 잔이 무얼 할 수 있는지 보아라! 오호, 네 눈이 벌써 초롱초롱하구나!"

가엾은 친구! 그의 커다란 눈은 초롱초롱하다기보다는 눈물로 번들거렸다. 포도주는 쉽게 흥분하는 그의 두뇌에 강력하면서도 즉각적인 영향을 미쳤다. 그는 불안하게 술잔을 탁자 위에 내려놓고 나서 반쯤 광기가 어린 시선으로 좌중을 둘러보았다. 모두들 왕의 '재담'이 성과를 거두어 아주 흥겨운 듯 보였다. "이제 할 일을 해." 아주 뚱뚱한 수상이 말했다.

"그래. 와서 우리를 돕도록 해라. 나의 좋은 친구여, 어떤 인물이 좋을지 말하라. 우린 인물난에 처했도다. 우리 모두. 하하하!" 이 말은 농담 삼아 한 말이었으므로, 왕의 웃음을 따라 일곱 사람의 웃음이 합창을 했다. 절룩 개구리도 따라 웃었지만 미약하고 어딘지 허탈한 웃음이었다.

"오너라, 오너라." 왕이 조급하게 말했다. "제안할 것이 없는가?"

"색다른 걸 궁리하는 중이옵니다." 절룩 개구리는 포도주 때문에 정신이 없어 성의 없이 대꾸했다.

"궁리!" 폭군이 사납게 외쳤다. "그게 무슨 말인가? 아, 알겠다. 네놈이 뚱해 있구나. 포도주를 더 달라고 말이다. 여기, 이걸 마셔라!" 왕은 술잔을 다시 가득 채워 절룩 개구리에게 주었고, 그는 숨이 턱 막혀 그것을 바라만 보았다.

"마시라 하지 않나!" 군주가 소리쳤다. "아니면 악마들에게 맹세코 반드시……" 절룩 개구리는 주저했다. 왕은 얼굴은 분노로 보랏빛이 되었다. 신하들은 큭큭 웃었다. 트리페타는 시체처럼 창백한 얼굴로 군주의 앞으로 나아가 무릎을 꿇고는 친구를 살려달라고 애원했다.

폭군은 잠시 트리페타를 바라보았다. 소녀의 대담한 모습에 놀란 기색이 뚜렷했다. 어떻게 해야 할지, 무슨 말을 해야 할지, 자신의 분노를 어떻게 제대로 표출할지 몰라 꽤나 난처한 듯했다. 결국 그는 한마디 말도 없이 소녀를 거칠게 밀치고는 술잔에 가득한 술을 소녀의 얼굴에 뿌렸다.

가엾는 소녀는 용케 일어나 숨 한번 제대로 못 쉬고 식탁 끝의 자기 자리로 돌아갔다. 깊은 정적이 약 30초쯤 이어졌다. 나뭇잎이나 깃털이 떨어지는 소리도 들릴 법한 적막이었다. 그러다가 거칠고 질질 끌리는 낮은 소리가 적막을 깼는데, 모든 구석자리에서 일제히 들려오는 것 같았다.

"왜…… 왜…… 왜 그런 소리를 내지?" 왕이 사납게 절룩 개구리를 돌아보며 다그쳤다.

절룩 개구리는 취기가 많이 가셨는지 폭군의 얼굴을 물끄러미 쳐다보다가 소리쳤다.

"제…… 제가요? 제가 어찌 감히 그럴 수 있겠습니까?"

"밖에서 들린 소리 같습니다." 신하 하나가 말했다. "창가의 앵무새가 새장 창살에 부리를 가는 소리였을 겁니다."

"그렇군." 군주는 그 말에 마음을 놓은 투로 대답했다. "하지만 기사의 명예를 걸고 말하건대 나는 이 막돼먹은 놈이 이를 가는 소리인 줄 알았다."

이 대목에서 절룩 개구리는 소리 내어 웃으며 (왕은 누구나 인정하는 재담꾼이라 누가 웃으면 거부하지 못했다) 크고 튼튼하고 몹시 징그러운 치아를 주르르 드러냈다. 이제부터 포도주를 주는 대로 더욱 기꺼이 퍼마시겠다고 맹세했다. 군주는 마음이 누그러졌다. 절룩 개구리는 포도주를 취하는 기색 없이 한 잔 더 비우고 나서 기운차게 가장무도회 계획을 곧장 세우기 시작했다.

"난데없이 문득 떠오른 생각이 있긴 합니다만⋯⋯." 그는 평생 포도주라고는 입에도 댄 적 없는 것처럼 아주 평온하게 말했다. "폐하께서 여자를 때리고 얼굴에 술을 뿌리신 직후에 훌륭한 놀이 하나가 생각났습죠. 폐하께서 그리하시고 앵무새가 창밖에서 기이한 소리를 냈을 때 말입니다. 제 고향에서 하는 놀이 중 하나인데 거기 가장무도회에선 가끔씩 등장하지만 여기선 완전히 생소한 것이지요. 한데 안타깝게도 여덟 사람이 필요합니다. 그리고⋯⋯."

"우리가 있지 않은가!" 왕은 그렇게 외치며 우연의 일치를 발견한 자신의 예리함에 웃음을 터뜨렸다. "딱 여덟 사람⋯⋯. 나와 나의 일곱 대신. 자! 그 놀이가 무엇이냐?"

절룩 개구리가 말했다. "우리는 그걸 '사슬에 묶인 여덟 오랑우탄'이라고 부르는데, 잘만 하면 아주 재미가 있지요."

"그걸로 하도록 하겠다." 왕이 몸을 곧게 펴고 눈꺼풀을 내리깔며 말했다.

절룩 개구리가 말을 이었다. "이 놀이의 묘미는 사람들이 놀라 자지러지는 것에 있습니다."

"훌륭하다!" 군주와 그의 대신들이 일제히 외쳤다.

"제가 오랑우탄으로 변장하게 해드리죠." 절룩 개구리가 말을 이었다. "저한테 맡겨만 주세요. 오랑우탄과 완전히 똑같아서 가장무도회 참석자들이 진짜 짐승으로 착각할 겁니다. 놀라는 건 물론이고 두려움에 떨겠지요."

"오, 그것참 근사하다!" 왕이 감탄했다. "절룩 개구리! 내가 보란듯이 해보이겠다."

"절그럭거리는 쇠사슬은 혼란을 부추기는 용도입니다. 여러분은 우리에서 한꺼번에 탈출하신 거예요. 가장무도회에서 대부분의 사람이 쇠사슬에 묶인 오랑우탄 여덟 마리를 진짜라고 착각하게 되면 폐하께서 상상도 못 할 광경이 펼쳐질 겁니다. 여러분은 짐승처럼 울부짖으면서 세련되고 멋지게 차려입은 남녀들 사이로 돌진하세요. 그 대비되는 모습은 어디에도 비할 데가 없겠지요!

"그렇겠지." 왕이 말했다. 대신들은 절룩 개구리의 계획을 실행하기 위해 서둘러 (밤이 깊어 가고 있었다) 일어섰다. 그가 이 무리를 오랑우탄으로 변장시키는 방법은 아주 간단했지만 의도한 목적을 이루기엔 충분했다. 문제의 동물은 그 시절 문명 세계에서는 어디에서도 보기 드문 동물이었다. 절룩 개구리가 만들어낸 모방물들은 충분히 짐승 같았고 충분히 징그러워서 아주 그럴듯해 보였다.

왕과 대신들은 먼저 몸에 딱 붙는 니트 셔츠와 속바지를 입었다. 그다음에는 온몸에 타르를 뒤집어썼다. 이 단계에서 누군가가 깃털을 붙이자고 제안했지만, 그 제안은 절룩 개구리에 의해 바로 묵살되었다. 그는 오랑우탄 같은 짐승의 털은 아마포를 쓰면 훨씬 더 효과적으로 표현될 수 있다는 걸 시각적으로 증명해 여덟 명을 납득시켰다. 그렇게 해서 타르 위에 아마포가 두텁게 덧발라졌다. 긴 사슬이 대령되었다. 쇠사슬은 가장 먼저 왕의 허리에 감아 매듭을 지었고, 이후 무리의 다른 일원도 그걸로 묶었다. 그런 식으로 차례차례 그들은 모두 쇠사슬에 묶였다. 쇠사슬 작업이 끝났을 때 그들은 최대한 서로 멀리 떨어져 둥그렇게 둘러섰다. 절룩 개구리는 전체적으로 자연스런 느낌을 주기 위해 남은 쇠사슬로 원을 열십자로 두 번 가로질러 꿰었다. 보르네오섬에서 침팬지나 몸집이 더 큰 유인원을 잡을 때 쓰는 방식을 차용한 것이었다.

가장무도회가 열릴 대연회장은 둥그런 방으로 천장이 아주 높았고 꼭대기에 하나뿐인 창문을 통해서만 햇빛이 비쳐들었다. 밤에는 (이 방은 주로 밤에 사용하기 위해 설계되었다) 천창 중앙에 쇠사슬로 매단 큰 샹들리에의 불빛이 방을 밝혀주었다. 이 샹들리에는 평형추로 올리거나 내릴 수 있었지만, 평형추는 둥근 천장을 통해 빼내어 (보기에 거슬리지 않게) 지붕 위에 올려두었다.

연회장과 관련된 준비는 트리페타가 맡았지만, 몇 가지 세부적인 것들은 절룩 개구리가 친구의 침착한 판단에 따르는 것 같았다. 그의 제안에 따라 샹들리에는 이번 행사를 위해 제거되었다. 샹들리에가 있으면 촛농이 흘러내려 (날씨가 너무 따뜻해서 막을 도리가 없었다) 손님들의 화려한 드레스를 망가뜨릴 우려가 있었다. 연회장이 무척이나 붐빌 것을 고려하면 모든 손님이 방 한가운데, 즉 샹들리에 밑을 피해 가기는 어려울 것 같았다. 연회장 곳곳에 양초들이 거치적거리지 않을 위치마다 놓였고, 벽 앞에 늘어선 오륙십 개 여인상의 오른손에는 향기를 내뿜는 횃불이 배치되었다. 여덟 오랑우탄은 절룩 개구리의 조언에 따라 모습을 드러내지 않고 자정이 오기를 (연회장이 참석자들로 가득 차기를) 참고 기다렸다. 하지만 시계 종소리가 끝나자마자 그들은 일제히 안으로 우르르 뛰어들었다. 굴러서 들어갔다고 하는 편이 더 맞을 것이다. 거치적거리는 쇠사슬 때문에 대부분 넘어진 데다 들어갈 때 하나같이 휘청거렸기 때문이다.

연회장에 일대 소동이 일어났고, 왕의 마음은 기쁨에 젖었다. 예상한 대로 그 험상궂은 짐승들을 오랑우탄이라고 정확히 알아보진 못해도 실재하는 야수의 일종으로 짐작한 손님들이 적지 않았다. 많은 사람들이 놀라 까무러쳤다. 만약 왕이 연회장에 있는 무기를 모두 치우게 하는 조심성을 보이지 않았더라면, 그들은 얼마 못 가 장난의 대가를 본인들의 피로 치렀을지도 모른다. 그러한 연유로 사람들은 문을 향해 우르르 달려갔다. 하지만 왕의 명령에 따라 왕이 연회장에 들어가자마자 문은 잠겨버렸고, 열쇠는 절룩 개구리의 제안 대로 절룩 개구리의 손에 있었다.

소란이 절정에 다다르고 무도회 참석자들이 각자의 안위에 정신을 쏟는 사이(사실 흥분한 군중에 떠밀리면 정말로 위험했기에), 원래 위치에서 샹들리에가 제거된 이후 밖으로 끌어올려졌던 쇠사슬이 아주 조금씩 아래로 내려오는 게 보였다. 사슬 끝에 매달린 갈고리가 바닥에서 1미터 가까이 되는 높이까지 내려왔다.

왕과 일곱 신하들은 연회장을 비틀비틀 휘젓고 돌아다니다가 실내 중앙에 이르렀다. 그 쇠사슬과 닿고도 남는 위치였다. 그들이 그곳에 있는 동안 그들을 바짝 뒤쫓으며 계속 소란을 떨라고 독려하던 절룩 개구리가 쇠사슬이 원을 열십자로 교차하는 부분을 움켜잡았다. 그리고 평소 샹들리에가 매달려 있던 갈고리를 눈 깜짝할 새에 거기에 걸었다. 샹들리에 쇠사슬이 보이지 않는 어떤 힘에 의해 끌려 올라가면서 갈고리도 손이 닿지 않는 곳으로 올라갔고, 그 결과 오랑우탄들은 자연히 서로 바짝 연결되어 얼굴을 마주하게 되었다.

이즈음 가장무도회 참석자들은 어느 정도 놀란 가슴을 가라앉히고 이 모든 일을 잘 기획된 장난 정도로 받아들이기 시작했고, 곤경에 처한 유인원들을 보며 왁자지껄 웃음을 터뜨렸다.

"저들은 내게 맡겨주세요!"절룩 개구리가 소리쳤다. 그의 날카로운 목소리가 장내의 소음을 뚫고 또렷이 들려왔다. "저들은 내게 맡겨주세요. 내가 아는 자들 같아요. 자세히 살펴볼 수만 있다면 누군지 금방 알아낼 수 있어요."

그는 군중의 머리 위를 기어서 벽까지 나아갔다. 그리고 벽 여인상의 손에서 횃불을 하나 빼 들고 갈 때와 같은 방식으로 실내 한복판으로 돌아왔고, 거기서 원숭이처럼 민첩하게 왕의 머리 위로 펄쩍 뛰어오른 다음 사슬을 타고 얼마간 위로 올라갔다. 그러고는 오랑우탄 무리를 살펴보려고 횃불을 아래로 내리고는 소리쳤다. "이들이 누군지 금세 알아내도록 하지요!"

군중이(유인원들까지도) 발작을 일으키듯 폭소를 터뜨리고 있을 때, 갑자기 절룩 개구리가 날카롭게 삑 휘파람을 불었다. 그러자 쇠사슬이 10미터쯤 급격히 끌려 올라갔고, 그 바람에 오랑우탄들은 깜짝 놀라 몸부림을 치며 딸려올라가 천창과 마룻바닥 사이 중간쯤에 대롱대롱 매달리게 되었다. 절룩 개구리는 올라가는 쇠사슬에 매달려 있었지만 계속 오랑우탄들과 적절한 거리를 유지하면서 (이쯤은 아무 일도 아니라는 듯) 오랑우탄들의 정체를 알아내려는 것처럼 횃불을 계속 그들 쪽으로 내리고 있었다.

모두가 그들이 갑자기 올라가는 것을 보고는 너무 놀란

나머지 1분쯤 끽소리 한번 내지 못했다. 침묵을 깬 것은 왕이 트리페타의 얼굴에 술을 뿌릴 때 왕과 대신들의 주위를 끌었던 그 소리, 거칠고 질질 끌리는 그 낮은 소리였다. 하지만 이번에는 그 소리의 출처가 어디인지 의심할 여지가 없었다. 그건 절룩 개구리의 송곳니처럼 뾰족한 이에서 나는 소리였다. 그는 입가에 거품을 물고 이를 뽀드득뽀드득 갈면서 자기를 올려다보는 왕과 일곱 대신들의 얼굴을 미친 사람처럼 분노한 표정으로 노려보았다.

"아, 하!" 마침내 성난 절룩 개구리가 말했다. "하! 얼핏 누군지 알 것도 같군요." 그는 왕을 더 자세히 들여다보는 척하며 왕이 뒤집어쓴 아마포에 횃불을 댔다. 아마포는 순식간에 선명한 불꽃으로 타올랐고, 30초도 못 돼 오랑우탄 여덟은 맹렬히 타올랐다. 그러는 동안 군중은 공포에 질린 눈으로 아래에서 그들을 올려다보며 비명을 질렀지만 그들을 도울 아무런 힘도 없었다.

별안간 불길이 더욱더 거세지는 바람에 절룩 개구리는 사슬 위 불길이 닿지 않는 곳으로 올라갈 수밖에 없었다. 그가 움직이는 동안 잠시 군중은 또다시 침묵에 잠겼다. 절룩 개구리는 그 기회를 틈타 다시 말했다.

"이제 확실히 알겠군요. 분장한 이들이 어떤 자들인지. 이들은 위대한 왕과 일곱 대신들입니다. 무방비 상태인 여자를 거리낌 없이 때리는 왕과, 왕의 학대를 부추기는 대신들. 나로 말할 것 같으면, 난 절룩 개구리, 어릿광대일 뿐입니다……. 그리고 이것이 내 마지막 익살극입니다."

아마포와 거기에 발린 타르는 둘 다 가연성이 높았기 때문에 그의 짧은 연설이 끝나자마자 복수극도 끝나버렸다. 여덟 구의 시신은 악취를 풀풀 풍기면서 형체를 분간할 수 없는 흉측한 꺼먼 덩어리로 사슬에 매달려 흔들렸다. 절룩 개구리는 그것들을 향해 횃불을 내던지고는 유유히 천장으로 기어올라 천창 밖으로 사라졌다.

트리페타가 연회장 지붕 위를 지키고 있다가 친구가 극렬한 복수를 감행할 때 공범 노릇을 한 모양이었다. 이후 둘 다 영영 모습을 감추었기 때문이다. 그들은 함께 고국으로 도망쳤다고 한다.

W 윌북 클래식
호러 컬렉션

에드거 앨런 포 단편선

펴낸날 초판 1쇄 2022년 12월 20일

지은이 에드거 앨런 포

옮긴이 황소연

펴낸이 이주애, 홍영완

편집장 최혜리

편집4팀 이정미, 박주희, 장종철

편집 양혜영, 박효주, 유승재, 문주영, 홍은비, 강민우, 김하영, 김혜원, 이소연

마케팅 김태윤, 최혜빈, 정혜인, 김미소, 김지윤

디자인 박아형, 김주연, 윤소정, 기조숙, 윤신혜

해외기획 정미현

경영지원 박소현

펴낸곳 (주)윌북 **출판등록** 제2006-000017호 **주소** 10881 경기도 파주시 광인사길 217

전화 031-955-3777 **팩스** 031-955-3778

홈페이지 willbookspub.com **전자우편** willbooks@naver.com

블로그 blog.naver.com/willbooks **포스트** post.naver.com/willbooks

페이스북 @willbooks **트위터** @onwillbooks **인스타그램** @willbooks_pub

ISBN 979-11-5581-559-5 04840

　　　 979-11-5581-556-4(세트)